JÉRÔME DELAFOSSE

Jérôme Delafosse est grand reporter. Depuis 2006, il est l'un des « Nouveaux Explorateurs », émission diffusée sur Canal+ et Travel Channel, pour laquelle il parcourt la planète à la rencontre des Peuples de l'Eau. Son premier roman, *Le Cercle de sang* (Robert Laffont, 2006), vendu à plus de 100 000 exemplaires, a été traduit dans dix pays. *Les Larmes d'Aral* (Robert Laffont, 2012) est son second roman.

LES LARMES D'ARAL

DU MÊME AUTEUR
CHEZ POCKET

LE CERCLE DE SANG
LES LARMES D'ARAL

JÉRÔME DELAFOSSE

LES LARMES D'ARAL

ROBERT LAFFONT

MIXTE
Papier issu de sources responsables
FSC® C003309
www.fsc.org

Pocket, une marque d'Univers Poche, est un éditeur qui s'engage pour la préservation de son environnement et qui utilise du papier fabriqué à partir de bois provenant de forêts gérées de manière responsable.

ISBN : 978-2-266-23589-1

À mes enfants

I

1.

Comté de Donegal, Irlande
10 octobre 1994

La nuit.

Sinead descend l'escalier de pierre froide qui s'efface dans l'obscurité. À travers la fenêtre, les ombres des arbres fouettés par le vent dansent sur ses bras, sur son visage comme un ballet de corps décharnés.

La nausée lui brûle la gorge.

Elle s'agrippe à la rampe. Ses ongles écorchent le bois lisse. Son autre main ne lâche pas son ventre. En bas des marches, elle retient son souffle puis franchit le couloir jusqu'à la porte, gagne le jardin sans se retourner. Le vent glacé s'enroule autour d'elle, la transperce, elle fait quelques pas et se réfugie derrière le vieux mur de pierre.

À l'abri, la nuit est douce. Le dos collé au granit encore tiède, Sinead perçoit le parfum des fleurs qui serpentent entre les pierres. Le cottage aux murs de chaux se dresse vers le ciel.

Les volets rouges sont restés ouverts. Derrière la fenêtre du premier, Gari écrit. Elle peut imaginer ses yeux mi-clos qui semblent légèrement sourire. Son visage singulier, tout en angles, qu'elle connaît par cœur, ses yeux bistre qui paraissent avoir été posés par le pinceau d'un maître flamand. Pas pour représenter la beauté, mais pour refléter l'intelligence, la puissance, la douceur…

Un nouveau haut-le-cœur la submerge.

La tête en arrière, elle inspire profondément pour refouler les spasmes. Ce malaise qu'elle ressent depuis quelques semaines, auquel elle ne s'habitue pas, c'est la vie qui frémit en elle. La peau de son ventre est douce comme un galet.

Elle est à la fois ivre de bonheur et terrifiée à l'idée que cet enfant tant attendu puisse devenir tout pour elle. Que trop d'amour puisse changer le cours des choses, brûler le lien qui l'unit à Gari qu'elle aime plus que tout.

Elle regarde le ciel. La lune éclaire les nuages d'altitude qui défilent comme un torrent. Plus haut encore, la coupole d'étoiles donne une impression d'incandescence et de froid glacial.

Parfois elle a envie de fuir.

C'est cette vie devenue trop lisse qui l'inquiète. Ce calme auquel elle avait pourtant aspiré après avoir rencontré Gari au cœur du désert. 17 janvier 1991. Dans la nuit brûlante des prémices de *Tempête du désert*, parmi les journalistes massés dans l'hôtel Palestine avant que se déchaîne l'orage de feu et d'acier sur les terres de l'ancienne Babylone… Il avait compris sa fragilité, cerné ses failles et l'avait approchée avec une facilité déconcertante. Elle sait que c'est ce jour qu'elle est née une seconde fois, ce jour que tout a recommencé, qu'elle a senti à nouveau la vie couler dans ses veines. Elle sait que c'est par lui que tout est arrivé.

Elle caresse encore son ventre, espérant sentir les petits poings qui cognent même si elle sait qu'il est encore trop tôt.

La nausée s'efface.

De nouveau, Sinead regarde la maison, et subitement elle se sent seule, cernée par le vide qui l'entoure. Un amour violent, viscéral la submerge, elle n'a qu'une envie, rentrer pour se glisser contre Gari, sentir son souffle, sa peau tiède, qu'il la serre contre lui de toutes ses forces. Les seuls moments où elle se sent vraiment exister et où elle peut cesser d'être sur ses gardes.

En quittant son abri, elle lève les yeux. À cet instant précis, elle distingue comme une clarté de feu à travers la vitre, puis les sons d'un coup s'estompent, le temps s'arrête… un point de lumière, incandescent, gonfle puis se dilate brutalement en un éclair aveuglant, un embrasement sans pareil, une boule de feu de quatre mille degrés qui consume l'atmosphère et pulvérise la maison dans un hurlement assourdissant. En même temps que des milliers d'éclats volent et viennent heurter son corps, lacérer son visage, elle sent l'onde la cueillir, la soulever de terre et la propulser dans l'air à une vitesse vertigineuse. Un instant plus tard elle s'écrase sur le sol. Le souffle bloqué, une douleur blanche irradie son dos, elle se cabre comme une lame au bord de la rupture. Les branchages bruissent encore du souffle qui a tout brûlé sur son passage. Elle voudrait hurler mais sa voix s'éteint sous le torrent de sang qui remonte dans sa gorge. Les cendres tourbillonnantes couvrent peu à peu son visage. Elle sent sa nuque s'engourdir, à travers ses yeux mi-clos elle distingue les flammes qui anéantissent son monde devenu braises. Ses larmes troublent peu à peu sa vue, elle ne peut plus chercher Gari. Ses dernières forces, elle les utilise pour protéger son ventre. Après, elle ne se souvient plus.

2.

La sirène hurlait. Un badge d'identification tanguait au-dessus de ses yeux… *Costello… Letterkenny… Hospital…* Sinead voulut bouger la tête mais une minerve entravait son cou. En tournant les yeux, elle déclencha une tempête dans son crâne qui semblait près d'exploser. Elle entrevit les néons, les câbles, sur le moniteur la courbe émeraude de son cœur qui s'emballait à mesure que les pneus de l'ambulance crissaient sur l'asphalte. De l'autre côté, la veste vert et jaune barrée de bandes réfléchissantes, la tête casquée d'une jeune femme, secouée par la vitesse, penchée au-dessus d'elle, qui tentait de la rassurer. Sinead recevait les informations par bribes.

— Ça va aller…, cria la femme.

Elle articulait exagérément, comme si elle s'adressait à un jeune enfant.

Ça allait mal.

— Vous êtes en sécurité… N'essayez pas de bouger…

— Où sont-ils ? souffla Sinead.

— De qui parlez-vous ?

— Les…

— D'autres personnes se trouvaient avec vous dans la maison ?

— Mon mari… Gari…

— Les équipes de secours et la police sont sur place, ils vont prendre soin de votre mari. Qui d'autre ? Qui d'autre était avec vous ?

— Mon enfant… je veux mon enfant…

Son cœur battait trop vite, des torrents de boue dévalaient le cours de ses veines. Sinead ferma les paupières pour contenir les larmes qui ruisselaient déjà sur ses joues. Elle sombra de nouveau dans une nuit où plus rien ne pouvait l'atteindre.

Murs aseptisés, vapeurs d'éther, cliquetis du goutte-à-goutte relié à son poignet couvert d'ecchymoses… le temps était immobile. À travers la fenêtre de sa chambre grise, Sinead fixait les grands arbres, sous l'effet du vent leurs branches presque nues semblaient griffer les pans glacés du ciel d'automne. Un bourdonnement sourd emplissait son crâne douloureux, entravant toute forme de pensée.

Le médecin frappa deux coups secs à la porte avant d'entrer.

— Ms McKeown…

Sinead garda les yeux rivés sur le ciel. L'homme fit quelques pas dans la pièce en caressant du bout des doigts la chemise cartonnée couleur chair qui contenait le dossier médical de la jeune femme.

— Je suis le Dr Blidge, c'est moi qui vous ai prise en charge hier soir à votre arrivée aux urgences.

Sinead s'accorda un court moment avant de tourner le visage vers lui, sans vraiment le regarder. Elle le laissa venir jusqu'à elle. La lueur pâle dévoila un homme de taille moyenne, trapu, au crâne largement dégarni. Il émanait de lui une odeur de tabac froid. Ses yeux las et cernés la scrutaient. Ce qu'ils voyaient à cet instant était le visage au profil médiéval d'une jeune femme, constellé de minuscules taches de rousseur. Son corps était emmailloté dans une blouse blanche. Des cheveux blond foncé tombaient sur ses épaules, et sous une frange un peu trop longue se dessinaient des grands yeux de chat éteints, d'un bleu singulièrement pâle. Il suivit les lignes brisées du nez aquilin jusqu'à la bouche immense, couleur de framboise. La peau de son visage griffée, ses lèvres marquées d'écorchures et les bras nus ramenés sur la poitrine lui évoquaient le gisant d'Isabelle d'Angoulême qu'il avait découvert à l'abbaye de Fontevraud au cours d'un séminaire en France, des années auparavant. Le visage apaisé de cette reine morte l'avait frappé et lui revenait souvent depuis. Pour la première fois, il avait de nouveau l'occasion de le contempler. Il se demanda si cette patiente connaissait un destin aussi puissant que la jeune reine enlevée pour sa beauté le jour de son mariage par Jean sans Terre alors qu'elle n'était âgée que de douze ans. Un tel destin pouvait-il encore exister aujourd'hui ?

Il avança jusqu'au lit, déplia une paire de demi-lunes qu'il ajusta d'une main sur son nez tandis que de l'autre il ouvrait le dossier.

— Vous avez eu beaucoup de chance.

Sans détourner le regard du ciel, Sinead répondit d'une voix sans timbre :

— Mon mari a brûlé vif, je porte un enfant mort… C'est ce que vous appelez avoir de la chance ? Foutez-moi la paix avec votre discours d'interne boutonneux. Vous auriez dû me laisser partir avec eux.

Le médecin s'approcha encore.

— Je ne suis, hélas, plus un jeune interne, sourit-il en passant une main sur son crâne presque chauve. Et si on considère que mon métier est de sauver des vies et l'état dans lequel je vous ai récupérée cette nuit, alors oui, pour moi, c'est de la chance ; d'autres vous affirmeront que c'est le destin… Vous savez, la perception de la réalité change selon l'angle sous lequel on se place, jeune femme. Si vous aviez vraiment voulu partir, votre corps vous aurait lâchée… L'hémorragie interne que je suis parvenu à juguler aurait très bien pu se charger de vous expédier dans l'autre monde. Alors chance… destin… je l'ignore, mais le fait est que vous êtes parmi nous. Et il faut l'accepter.

Il marqua une pause avant de reprendre :

— J'ai pleinement conscience du drame que vous vivez, mais la vie reste précieuse. J'ai exercé à Belfast pendant une dizaine d'années, des victimes d'attentat, j'en ai soigné… Croyez-moi, vous êtes une miraculée. Et puis vous ne refusez pas de communiquer, c'est déjà un signe.

Il marqua un nouveau silence et se déplaça de telle sorte qu'il pouvait à présent croiser le regard de Sinead.

— Si vous voulez bien, je voudrais vous parler de votre état de santé et aussi aborder certains autres détails peut-être un peu douloureux. Il marqua un nouveau silence. Vous sentez-vous la force d'en parler maintenant ?

Sinead acquiesça d'un battement de paupières.

— Vous l'avez compris… je suis sincèrement désolé… mais nous ne sommes pas parvenus à sauver votre enfant. Vous ne le portez plus. Vous étiez à vingt et une semaines d'aménorrhée. Si vous le désirez, vous pouvez lui offrir une sépulture. Le personnel de la chambre funéraire viendra vous voir à ce sujet.

La jeune femme ne répondit pas.

— Outre l'hémorragie, que nous devons continuer à surveiller mais qui ne devrait plus vous ennuyer d'ici quelques jours, reprit le toubib, vous avez subi un important traumatisme crânien et vous avez un tympan perforé. Vous devez ressentir un bourdonnement ou un sifflement. Ce sont des acouphènes qui risquent de vous accompagner pour une durée variable, c'est difficile à évaluer, mais c'est typique chez les victimes d'attentat.

— Un attentat… ? De quoi vous me parlez… qu'est-ce que c'est que cette histoire ? s'énerva Sinead.

— Ne vous emportez pas, je vous parle seulement d'une pathologie, je suis désolé d'avoir été maladroit, mais ce sont mes références, ma culture. Nous sommes proches de l'Irlande du Nord, ici. Pour ce qui est des causes de l'explosion, je n'en sais rien, il peut y avoir mille raisons. À l'heure qu'il est, les investigations continuent sur le site de votre propriété. La police prendra rapidement contact avec vous. Dès que votre état le permettra.

Ils se turent un instant puis Sinead demanda :

— Combien de temps vais-je devoir rester ici ?

— Je ne peux encore rien vous confirmer, tout dépendra de votre rétablissement. Mais disons que, dans le meilleur des cas, dans une semaine vous serez sortie. Il y a autre chose.

— Quoi ?

— Lors de l'explosion, vous avez reçu par projection une multitude d'éclats, de corps étrangers qui sont venus se loger dans votre chair. Nous avons pu en extraire certains mais la plupart sont encore en vous. Nous ne pouvons pas faire grand-chose, ils seront rejetés petit à petit par votre organisme.

— Combien de temps cela va-t-il durer ?

— C'est difficile à dire, cela peut varier de quelques semaines à de nombreuses années. Il va falloir apprendre à vivre avec, ça peut parfois être douloureux.

— Physiquement, vous voulez dire ?

— Psychologiquement surtout. Les éclats, ça peut être du bois, du métal, et parfois…

— Parfois ?

— J'ai retiré deux éclats… c'était de l'os, de l'os humain. Ils venaient sans doute du corps de votre mari. Il faut que soyez prête à affronter ce type de situation.

Un gouffre se creusa dans le ventre de Sinead, elle ferma les yeux comme pour se protéger de cette ultime sentence. Elle ignorait si ce qu'elle venait d'entendre lui inspirait du bonheur ou de l'horreur, ce qu'elle savait c'est qu'elle porterait toute sa vie les stigmates de ce jour funèbre.

Si c'était vivre qu'elle choisissait.

3.

Les jours qui suivirent, Sinead bascula dans le vide, un monde gris, sans couleurs, sans contours, peuplé d'êtres aux visages lisses. L'image qu'elle se faisait du néant.

Passagère de l'oubli.

Son âme était une plaie ciselée par la lame du cauchemar qu'elle faisait tout éveillée. Elle ne pensait plus ; tout juste percevait-elle ses membres. Lors des soins dispensés par les aides-soignantes, il lui semblait contempler son corps comme si elle flottait au-dessus du lit. Une multitude de coupures et de brûlures légères lui couvraient le ventre, les seins, le dos. On lui lavait le visage, les jambes, le sexe, des gestes sans pudeur, mais avec une douceur presque sacrée, avant de la recouvrir de fines bandelettes de gaze humide qui lui donnaient le sentiment d'assister à son propre embaumement.

Elle se laissait faire en silence.

Le visage de Gari, le joli profil de son bébé sur l'échographie en noir et blanc… Ces images qu'elle était parvenue à garder précieusement en elle s'estompaient peu à peu, attisant encore cette douleur sourde.

Parfois, pour lutter contre le vide, elle hurlait intérieurement, un cri blanc et silencieux d'une violence inouïe.

Elle reçut plusieurs visites de la police de Letterkenny. La première fut un interrogatoire dans les règles auquel elle répondit docilement. Avait-elle remarqué quelque chose d'anormal, une voiture, un rôdeur ? Pourquoi était-elle sortie de la maison ? Avait-elle entendu une ou plusieurs déflagrations ? Quelles étaient ses relations avec Gari ? Quand et dans quel contexte l'avait-elle rencontré ? Ses articles d'investigation étaient-ils susceptibles de lui attirer des ennuis ? Avait-il reçu des menaces ? Semblait-il déprimé ? Désiraient-ils cet enfant ? À cette dernière question, Sinead s'était effondrée. Pour le reste, non, elle n'avait rien noté d'anormal. Ils s'étaient excusés d'avoir à poser ces questions de routine mais nécessaires à l'enquête. Pour les flics aussi le spectre des événements d'Irlande du Nord planait.

À la seconde visite, les policiers locaux, accompagnés d'un flic de Dublin, un grand type brun avec une gueule taillée à la serpe, qui l'observait attentivement en retrait, lui avaient fait un rapport précis des résultats de l'enquête. Des analyses étaient en cours mais les premières constatations indiquaient que l'explosion avait été causée par un court-circuit du tableau électrique. L'incendie avait démarré dans la cave mitoyenne de la cuve de fuel, portant les hydrocarbures au-delà des cinquante-cinq degrés critiques. Trois mille litres de fuel. Ils avaient soufflé la maison.

Dans les ruines du cottage, des restes humains en partie calcinés, un crâne en morceaux et un maxillaire inférieur avaient été retrouvés et formellement identifiés grâce aux empreintes dentaires comme étant ceux de Gari. Le reporter travaillait dans son bureau au moment du drame. Les flics avaient tenté de ne pas se répandre en détails mais Sinead avait compris que l'explosion l'avait frappé de plein fouet. Quelque part, cela la réconfortait : tué sur le coup par le blast de l'explosion, il n'avait pas eu le temps de comprendre ce qu'il lui arrivait.

Elle s'était un temps accrochée au sentiment que tout cela n'était qu'un cauchemar insensé, mais elle savait désormais que rien n'allait redevenir comme avant. La visite de la police, les détails de l'autopsie l'avaient plongée dans une réalité si crue qu'elle était à contrecœur mais définitivement tirée de sa torpeur. Elle sortit de l'hôpital le matin même de l'enterrement.

Du plus loin qu'elle se souvenait, Sinead abhorrait toute forme de religion. Enfant, la ferveur catholique que l'Irlande portait comme un flambeau l'écœurait. Chaque dimanche elle se rendait à la messe contrainte et forcée, elle haïssait la soumission des fidèles, leurs visages inclinés, les yeux de souffrance, les doigts noueux, joints, implorant le pardon, la pénombre du secret du confessionnal, le péché, le petit Jésus… Pour elle, l'Église tout entière n'était qu'hypocrisie et lui donnait la nausée. Ce qui restait du corps de son mari avait été entassé dans une boîte qu'on avait ensuite disposée dans un cercueil plus grand ; jusque dans la mort on voulait dissimuler, feutrer l'horreur de la mutilation. La jeune Irlandaise y lisait une forme de lâcheté de l'homme face au néant. Comme si cette mort-là n'était pas acceptable, trop différente des autres, plus insoutenable encore. Mais elle laissa faire, elle ne se sentait pas la force de lutter.

Conformément aux vœux de Gari, Sinead avait demandé qu'il soit inhumé dans l'ancien cimetière marin d'Old Abbey, le long de la mer, dans le village de Fahan. Elle l'y avait emmené, sur la tombe de ses grands-parents, peu de temps après que Gari fut venu s'installer en Irlande avec elle. Un lieu magique mais abandonné par la municipalité et qui devenait peu à peu le rendez-vous des paumés. Entre les tombes de granit séculaires et les gueules-de-loup écarlates, qu'ils aimaient faire claquer entre leurs doigts, les allées de terre sombre étaient parsemées de détritus, tessons de bouteilles de bière, papiers noircis par le temps, préservatifs usagés et shooteuses… Mais Gari aimait cet endroit ; le parfum de la mer, et le sentiment d'appartenir à une famille, même s'il ne l'avait pas connue. Il aimait l'idée de ne pas être seul une fois sous la terre. Il ne craignait pas la mort, seulement la solitude.

Au-dessus des stèles, le vent puissant et glacé d'automne chassait les cortèges de nuages noirs, laissant place à un ciel d'un bleu pur infini. Les herbes folles ondulaient sous la brise. À côté du cercueil de Gari avait été disposée une petite urne en terre qui contenait les cendres du bébé.

Une petite fille.

Sinead avait décidé en ultime don de lui offrir l'ombre d'une existence et l'avait baptisée Saoirse, qui signifie « liberté » en gaélique. Saoirse serait enterrée auprès de son père. L'idée que cette enfant de l'amour termine incinérée parmi les déchets hospitaliers la révulsait.

Seuls quelques voisins et quatre journalistes venus de Londres assistaient à l'office célébré sans passion par le père Brody, un prêtre au physique tout en longueur et au visage creusé qui rappelait les profils des morts sculptés en bas-relief sur les tombes. Il évoqua les quelques bribes de la vie de Gari qu'il avait pu glaner dans le village, ses reportages de guerre, son travail d'investigation, sa quête de la vérité. Personne d'autre ne prit la parole, pas même Nigel Bardsley, rédacteur en chef de l'*Independent*, ni son épouse et assistante, Ann Hamilton, des amis proches avec qui Gari collaborait. Les bourrasques de nord-ouest contrariées par le courant marin sculptaient la mer en de furieuses crêtes d'écume. Sinead cherchait dans cette tourmente les corps, les visages d'anciens esprits qui viendraient chercher les âmes de Gari et Saoirse.

Comme elle, Gari était un être solitaire. Il évitait le sujet de sa famille, elle savait juste qu'ils avaient quitté la Pologne pour Israël en 1968 après les campagnes d'antisémitisme lancées par le pouvoir central à la suite de la guerre des Six Jours. Second d'une fratrie de quatre, Gari était alors âgé de quinze ans. Mais cette *alya* n'avait pas été heureuse, leur mère les avait abandonnés peu de temps après l'arrivée en Terre sainte. L'alcoolisme du père, qui n'avait pas supporté le départ de sa femme, avait achevé de faire éclater la famille. À dix-neuf ans, Gari avait quitté Israël pour suivre ses études à Londres et n'avait pas repris contact avec les siens depuis cette époque, comme si le simple fait de se voir revêtait le pouvoir de raviver les blessures. Gari avait renoncé au judaïsme.

Quatre croque-morts firent lentement descendre le cercueil et l'urne en terre, puis chacun s'approcha, Sinead la première, encadrée par Nigel et Ann. Elle se baissa pour ramasser une poignée de tourbe, garda la main ouverte pour contempler un instant les fragments de terre brune mêlée de racines et de fleurs de bruyère, puis elle laissa filer l'humus entre ses doigts, scellant à jamais la seule période véritablement heureuse de son existence.

À l'issue de la cérémonie, le petit groupe était venu saluer Sinead, puis s'était rapidement dispersé. Nigel et Ann avaient insisté pour qu'elle vienne vivre avec eux à Londres le temps qu'il faudrait. D'un sourire, elle avait décliné l'invitation dans l'immédiat en promettant toutefois de les rejoindre dès que les questions de succession et l'enquête de police seraient terminées, puis elle avait regagné le petit hôtel de Fahan où elle logeait depuis sa sortie de l'hôpital.

Une fois, grâce à Gari, elle avait cru en la vie, trouvé la force de balayer la violence qui marchait à ses côtés comme une ombre depuis son enfance…

Elle savait désormais que tout cela avait été vain. Une fois encore, la malédiction la rattrapait.

4.

> « *How many times must the canonballs fly, before they're forever banned ? The answer, my friend, is blowin' in the wind...* », chantait Dylan. Cette nuit une nouvelle guerre a éclaté. Une tempête de feu et de fer s'est déchaînée sur Bagdad. Une fois encore des innocents vont mourir par milliers. Les faits démontrent que l'Europe et les États-Unis ont menti, c'est d'intérêts économiques qu'il s'agit, en aucun cas de droits de l'homme...

Ainsi commençait le premier article de Gari au déclenchement de l'opération *Tempête du désert*, alors que l'opinion publique des pays alliés soutenait massivement une intervention armée. Journaliste d'investigation indépendant, Gari Weiss était considéré comme un véritable sniper de la presse news dont les journaux les plus prestigieux louaient les services, malgré ses positions antiguerre totalement à contre-courant des grands médias occidentaux. Enquête brûlante ou analyse acerbe, sa plume faisait souvent vaciller l'actualité. Il avait fait partie des premiers à révéler l'affaire des couveuses au Koweït. Les larmes aux yeux, une jeune infirmière koweïtienne avait témoigné devant le Congrès américain des massacres de bébés prématurés perpétrés à l'arme de guerre par les troupes d'occupation irakiennes. Retransmis en direct sur les télévisions du monde entier, le témoignage avait ému l'opinion publique amenant celle-ci à soutenir l'entrée en guerre des puissances occidentales contre l'Irak. L'enquête de Gari avait permis d'établir que le témoignage était faux. La jeune fille n'était en réalité pas une réfugiée mais la fille de l'ambassadeur du Koweït à Washington. À la suite de ces révélations, la presse avait fini par mettre au jour une opération de désinformation commandée par le gouvernement koweïtien et élaborée par Hill & Knowlton, un cabinet de relations publiques proche de la CIA. Dans la communauté des journalistes, beaucoup critiquaient Gari, l'accusant d'être un sensationnaliste qui n'hésitait pas à faire monter les enchères pour chacun de ses papiers. Sinead, grand reporter qui couvrait le conflit pour l'*Irish Times*, savait que, malgré ses travers, Gari représentait le journaliste que chacun d'eux aurait rêvé d'être. Alors que certains écrivaient leurs papiers à l'abri des *green zones*, Gari faisait partie de ceux qui prenaient des risques et enquêtaient seuls sur le terrain. À l'inverse des reporters qui se mettaient de plus en plus en scène, relataient les risques qu'ils prenaient, posaient devant la caméra vêtus d'un gilet pare-balles dans des zones parfaitement sécurisées par les marines, lui s'effaçait derrière ses sujets. Alors que certains médias glorifiaient la puissance des alliés et la mort qu'ils dispensaient, lui parlait des femmes, des hommes, des enfants, de leur violence, leur fragilité, leur beauté, leur cynisme. Il racontait le quotidien des fous de l'hôpital psychiatrique d'Al-Rachad ou le massacre de cinq cents civils carbonisés dans le bunker censé les protéger. Sinead avait été profondément ébranlée par la liberté de cet homme qui semblait affranchi de toute pression, qui avait choisi l'indépendance pour ne pas subir la censure. À ses yeux, il était un être simple et juste. Et c'est en cela qu'il l'impressionnait.

Elle l'avait rencontré la première fois à bord du vol bondé de journalistes et de diplomates qui l'emmenait d'Amman à Bagdad. Ils avaient fait ensemble leur demande d'accréditation, puis elle l'avait perdu de vue. Le soir du lancement de l'opération *Tempête du désert*, au milieu des journalistes installés dans l'hôtel Palestine, il était venu la retrouver. Comme le reste du monde, dans la nuit rouge, ils avaient contemplé par la fenêtre de sa chambre le spectacle ahurissant des bombardements sur Bagdad et la riposte de la DCA irakienne en direction de l'aviation américaine. La guerre dans sa beauté perverse. Plus tard dans la nuit, sous le martèlement des missiles Tomahawk qui s'abattaient sans interruption, ils avaient gagné sans un mot la chambre de Gari, s'étaient dévêtus et, dans un vent de sable et de lumière, ils s'étaient embrassés. Dans la clarté des immeubles en flammes et la puanteur des colonnes de fumée noire qui s'élevaient vers l'enfer céleste, ils avaient fait l'amour, comme pour se purifier de la mort qui frappait autour d'eux. L'appel à la prière des muezzins les avaient séparés à l'aube.

Sinead dissimula sa voiture en lisière du petit bois pour être certaine de ne pas être dérangée. Pour la première fois depuis l'explosion, elle empruntait le sentier qui menait jusqu'à l'ancienne demeure dont elle avait hérité à la disparition de ses parents. Les ruines noires du cottage lui apparurent derrière les frondaisons vertes. Le vent s'était calmé comme en signe de respect, pour laisser place à la tourmente qui se déchaînait en elle.

Elle tremblait.

Elle inspira profondément, brisa les scellés et poussa la porte de fer du petit jardin de pierre.

La frontière vers son passé.

Sous ses pas, des gravats mêlés de poussière et une armée fantôme de débris s'éparpillaient en un linceul sale et poisseux. Tout autour de la carcasse du bâtiment calciné, les arbres décapités par l'explosion se dressaient tortueux et noirs dans le ciel gris. Il lui sembla qu'ils s'inclinaient sur son passage, comme dans un conte.

Leur destin s'était scellé sous les bombes, c'était le feu qui les avait séparés à jamais.

Elle caressa du bout des doigts la cordelette lovée au fond de la poche de son manteau noir. Étrangement, le spectacle du désastre l'apaisait, elle savait qu'elle avait pris la bonne décision. Elle avait enterré les siens, désormais plus rien ne pourrait la faire reculer.

Elle s'arrêta devant les vestiges de ce qui avait été l'intérieur de sa maison. Derrière les poutres effondrées, les dalles d'ardoise étaient jonchées d'éclats de verre brisé, de bois carbonisé, de fragments d'objets personnels flottant sur de larges flaques d'eau. Elle enjamba un pan de mur et pénétra dans le salon.

Un morceau d'escalier en pierre avait tenu bon mais l'étage avait été soufflé. En levant les yeux, elle pouvait voir les nuages défiler à travers la toiture en partie arrachée. Les flammes avaient dessiné des formes étranges sur la chaux et les boiseries. Là, un visage, de l'autre côté les contours d'un corps ou la forme d'une main ouverte en geste de protection. Elle pensa aux ombres blanches d'Hiroshima imprimées sur l'asphalte après le bombardement atomique. Les corps des victimes avaient absorbé la chaleur de la bombe, protégeant ainsi le sol ou les murs à proximité d'eux, laissant une trace perpétuelle de leur passage sur terre, comme un prétendu Christ sur le suaire de Turin. Elle chercha le visage de Gari, mais elle savait qu'ici c'était impossible : le feu avait tout effacé.

Comme elle, certains objets semblaient avoir miraculeusement échappé à l'explosion. Un ancien coffre de mariage en bois vert sombre sur lequel était peinte une fleur aux formes naïves. Des fragments de photographies, l'une de ses parents, une image de la chute du mur de Berlin, son premier reportage. Dans l'angle de la pièce, à côté de la cheminée en pierre, une *Sheela-na-gig* taillée dans le granit, un cadeau étrange que lui avait fait son père lorsqu'elle était enfant, une petite sculpture païenne moyenâgeuse aux traits grotesques et au sexe démesurément ouvert. Sinead avait descellé une pierre du mur pour y installer la petite sorcière censée repousser le diable et la mort par sa nudité obscène.

Plus jeune, elle était venue passer des vacances dans cette maison. Un havre de paix dans lequel elle avait voulu revenir vivre après le drame qui avait marqué son enfance.

Elle passa ses mains sur un bloc de granit pour sentir sur sa peau le grain rugueux. Le vent balaya ses cheveux sur son visage encore marqué d'écorchures. Elle prit ce souffle comme un signal. Elle ôta son manteau, ouvrit le coffre, le vida de la vaisselle brisée qui se trouvait à l'intérieur, puis le traîna jusque sous une épaisse poutre encore en place entre le mur de la cuisine et l'appentis. Elle plongea la main dans la poche de son manteau, en sortit la corde, puis accrocha une extrémité à un chenet en bronze qu'elle ramassa dans les décombres de la cheminée. Elle se plaça ensuite sous la poutre, lança le morceau de métal par-dessus pour récupérer la corde de l'autre côté. Elle fit une solide boucle, passa l'autre extrémité du filin à l'intérieur et tira dessus jusqu'à ce qu'elle se resserre comme un collet autour du madrier de chêne. Elle tira encore pour s'assurer de la solidité de la charpente puis, méthodiquement, elle exécuta un nœud de pendu en laissant assez de mou pour pouvoir y glisser sa tête. Elle monta ensuite sur le coffre, passa la corde autour de son cou.

Sinead McKeown allait mourir.

Pas comme une condamnée à la pendaison dont le cou se brise ou qui avale sa langue en chutant de l'échafaud. Non, elle avait choisi de voir la mort venir la prendre, dans un lent processus de strangulation. Une mort dans la souffrance, pareille à celle qui avait pris ceux qu'elle avait aimés. Face aux médecins et aux rares proches venus pour l'enterrement, elle avait joué son rôle, celui de la patiente, de l'amie dont l'état s'améliore, mais sa décision était prise depuis que tout s'était arrêté.

Le néant était pour elle l'unique porte de sortie.

L'esprit vide de toute pensée, elle regarda d'abord ses mains. En transparence elle pouvait distinguer les corps étrangers qui remontaient doucement vers la surface. En serrant les poings ils apparaissaient plus distinctement, leur couleur variait du brun clair au bleu foncé. Elle releva le visage. Debout sur le coffre, elle voyait la forêt qui se déployait loin devant. Les feuilles se teintaient peu à peu d'ocre jaune et de roux. C'était le dernier automne, elle ne verrait plus l'hiver, ni le printemps. Deux larmes s'échappèrent de ses yeux d'opale. Sinead essuya ses joues puis balaya une dernière fois la maison du regard. Elle s'arrêta sur la petite statue de pierre. Elle l'avait toujours trouvée rassurante. Elle ignorait si c'était le noir de la suie répandue sur ses traits mais son visage avait désormais quelque chose d'inquiétant.

La petite sorcière avait résisté aux flammes.

C'était elle la cause de tout. Elle portait la mort.

Sinead tenta de chasser ces pensées absurdes. Elle tourna la tête, prête à basculer dans les ténèbres, quand l'idée que quelqu'un ramasse cette pierre sculptée, se voie frappé du même malheur, la retint. Elle savait que ce n'était que pure superstition, pourtant elle desserra le nœud coulant de son cou, descendit du coffre et, à l'aide d'un tisonnier, elle s'attaqua au mortier qui la maintenait dans le mur. Elle gratta de toutes ses forces, avec la pointe de métal, avec ses ongles, jusqu'à la faire bouger. Elle frappa plus fort le mur de chaux noirci puis parvint enfin à glisser la tige de métal dans un interstice, délogeant la sorcière de sa niche.

Elle la prit à deux mains, la regarda dans les yeux. Le granit avait été légèrement fendu par la chaleur. Elle leva les bras et jeta violemment le bloc de granit au sol qui se brisa en deux. Comme possédée par la haine, Sinead saisit le tisonnier et frappa de toutes ses forces jusqu'à ce qu'il ne reste de la sculpture qu'un tas de graviers grossiers. La petite sorcière était morte, mais dans chaque morceau de granit il lui semblait apercevoir son sourire sardonique.

Sinead tomba à genoux, secouée de sanglots.

Un détail l'arrêta brusquement.

Elle examina l'endroit même où elle avait brisé la statuette… Dans sa rage, elle avait cogné si fort qu'elle avait défoncé les dalles, dévoilant une étroite cavité qui s'ouvrait sur l'obscurité.

Elle dégagea les gravats qui obstruaient le trou, et mit au jour une petite trappe qu'on avait creusée à même le sol. Relevant sa manche, Sinead y glissa la main. Elle palpa l'humus de ses doigts aveugles, jusqu'à rencontrer un objet métallique, assez lourd. Elle le saisit fermement et en forçant parvint à l'extraire du trou.

C'était une petite boîte métallique couverte de terre humide qu'on avait protégée avec un épais scotch en tissu kaki. L'ensemble semblait assez récent. Elle essuya la terre, ôta la bande adhésive. Son pouls s'accéléra lorsqu'elle découvrit une inscription en lettres cyrilliques.

« С.А. СЕКЦИЯ 4 ».

Elle n'avait aucune idée de la signification de ces caractères. Sinead souleva délicatement le couvercle, dévoilant une petite fiole de verre, une éprouvette de laboratoire hermétiquement fermée par un bouchon vissé et scellé à la cire.

Elle saisit le tube à essais du bout des doigts et le mit dans la lumière pour l'examiner en transparence.

Ça paraissait organique. Deux fragments oblongs de deux centimètres sur trois, grisâtres tirant vers le brun, pareils à deux très fins lambeaux de cuir, striés de ridules et marqués de petits points de couleur bleu sombre minuscules. Un examen plus approfondi révéla sur chacun des fragments un petit ourlet le long duquel était implanté un système pileux.

Ça ressemblait à de la peau. De la peau humaine.

Sinead ferma les yeux un moment pour encaisser le choc de sa découverte. Elle essayait de canaliser ses pensées… Qu'est-ce que c'était ? Qu'est-ce que ça faisait là, sous le plancher du cottage ?

Ça lui paraissait invraisemblable… Qui avait caché ça… là ?

À mesure qu'elle réfléchissait, il lui semblait sombrer dans la folie, une nouvelle fois ses convictions volaient en éclats.

Sinead repensa à la mort, qu'elle venait de frôler.

Une chose était certaine… La petite sorcière lui avait fait un signe.

Elle lui avait montré un autre chemin.

5.

Paris, France
17 octobre 1994
23 heures

La radio de la Clio banalisée garée devant le Kebab de la rue de Charenton crépita.

— BAC12… BAC12 de TN12, on nous signale un individu agité circulant à pied. Secteur Daumesnil, il se dirige vers la place de la Bastille. Je répète…

Au même moment, l'officier de la BAC repéra un corps nu et livide qui déboulait à pleine vitesse dans le champ de ses phares. Il saisit l'émetteur et le porta à sa bouche

— TN12 de BAC12… individu repéré, on procède à l'interpellation. Il est carrément à poil, le gus.

— Éventuels troubles psychiatriques, BAC12. Je t'envoie du monde ?

— Négatif, ça ressemble à une cloche bourrée, on s'en occupe. Terminé.

— Putain de clodo…, soupira le flic.

Il glissa son kebab dans le vide-poche de la portière

et appela ses deux équipiers qui attendaient toujours leur sandwich sur le trottoir.

— Girard, Crouzet, on y va ! Y a un clodo qu'a vu la Vierge.

Le premier embarqua à l'arrière, tandis que Crouzet disait au revoir à son sandwich luisant de graisse.

— Aziz, tu nous mets ça au chaud, on revient le bouffer plus tard.

— Si on a encore faim… les clodos, ça pue, lança Girard en claquant la portière.

L'homme feulait comme un démon.

Crâne chauve, le corps à moitié nu. Seul son sexe était caché par des guenilles crasseuses. Ses pieds martelaient le bitume au rythme des cris qui entrecoupaient ses respirations de plus en plus courtes.

— T'as maté s'il avait quelqu'un au cul ? demanda Girard à l'arrière en enfilant son brassard.

— Non, personne… à part le diable… Il m'a l'air bien attaqué. Allez, c'est parti… Rodéo !

Au volant, Metzger enclencha la sirène deux tons et démarra en trombe sur l'avenue Daumesnil en direction de la place de la Bastille.

— Bon… Il est passé où, ce dingue ?

Courir… fuir… Il avait peur… une peur suffocante.

Il jetait sans cesse des coups d'œil en arrière.

Il voulait s'arracher à son corps, qu'on l'écorche vif, qu'on lui enlève cette putain de peau qui lui portait malheur. Il ne fallait surtout pas qu'on l'attrape… Il ne pourrait plus courir, alors ça serait pire que tout. Personne ne pouvait rien pour lui.

La sirène de police qui hurlait dans son dos fut comme un signal. Surtout ne pas s'arrêter. L'homme accéléra et traversa brusquement l'avenue en slalomant entre les voitures qui pilèrent sec puis emprunta un passage en sens interdit sur sa gauche. Il devait leur échapper. Surtout pas les flics.

— Mais qu'est-ce qu'il fout ce con ! lâcha Metzger au volant.

Il braqua brutalement à gauche et traversa l'avenue pour rejoindre le passage Raguinot où s'était engagé le fuyard.

Les murs défilaient le long de la voiture lancée à pleine vitesse dans la ruelle. Ils stoppèrent net devant les plots qui bloquaient l'accès à la place Henri-Frenay.

Metzger donna les ordres.

— S'il entre dans la gare, il va aller se foutre sur les voies. Coursez-le, je préviens la Ferroviaire. Magnez-vous de le choper avant que ça parte en sucette…

Girard et Crouzet, brassards POLICE fluo et radio au poing, bondirent de la Clio et démarrèrent en sprint en direction de la gare de Lyon. À cette heure, la place Henri-Frenay était quasiment déserte. Une bande de SDF en treillis avec des chiens les gratifièrent d'un doigt d'honneur en les regardant passer. Inutile de leur demander s'ils avaient vu le dingue.

— Patrick, tu prends la gare, je fais l'extérieur.

— OK.

Crouzet piqua à gauche direction la rue Hector-Malot, avant de se raviser et faire demi-tour.

Il attrapa sa radio.

— BAC12… Je prends l'autre côté. Il a pu se faire la malle par la rue de Chalon. S'il contourne la gare, il nous baise.

— Reçu, je reste sur Diderot. La Ferroviaire est sur le coup. Terminé.

Crouzet doubla la cadence et après un droite gauche surgit dans la rue de Chalon. Aussitôt les contours de la silhouette blafarde éclairée par la lueur des lampadaires lui apparurent dans le lointain.

Bingo.

— BAC12, client repéré. Il progresse vers le parking Méditerranée.

— Reçu, je fais le tour, s'il traverse je le cueille rue de Bercy.

Crouzet allongea la foulée. Il gagnait du terrain, mais pas assez pour le coincer. Le type disparut dans le parking.

Ça changeait la donne.

Putain de poulets. À ce rythme, il allait se faire prendre. Il ne pouvait pas se permettre de se faire coincer par un flic. Il songea un instant à voler une voiture mais il était incapable de conduire. Il fit une courte halte derrière un pylône du parking. La peur et la douleur secouaient son corps livide. Son reflet dans la vitre des voitures lui glaça encore plus le sang. Il avait un visage d'outre-tombe. Il se retint de hurler. Il entendait les pas du flic sur le goudron. Il se releva en pressant le poing sur sa hanche et se déplaça derrière la première rangée de voitures.

Putain, c'est un vrai zombie... C'est quoi ce délire...

Crouzet avançait vers les voitures garées en ligne quelques mètres devant lui. Il venait de voir le type se planquer… juste derrière.

Il allait le surprendre.

Une grosse Audi noire bloquait son champ de vision. Il décrocha sa matraque de sa ceinture, et continua à progresser courbé sur lui-même à l'abri de la berline. Il fit un pas en avant… Il eut un mouvement de recul… mais pas assez rapide pour éviter le front livide du zombie qui vint s'écraser sur son visage. Il valdingua en arrière. L'enculé, il lui avait fracassé le nez d'un coup de boule. Il lui sembla que son crâne allait éclater sous la douleur. Il essaya de se relever, se prit un coup de pied dans la gorge, un autre dans les reins. Le souffle coupé, il s'écroula et tenta d'attraper sa radio…

La peur s'était calmée, maîtriser ce flic si facilement lui avait redonné confiance. Inutile de le frapper plus et de s'attarder dans le parking, les autres risquaient de se pointer et là il ne ferait pas le poids. Sa douleur à la hanche le ramena à la réalité. Tous ses projets avaient foiré, qu'allait-il lui arriver ? Impossible d'abandonner ; il fallait qu'il s'en sorte. Il repartit en boitant vers la sortie.

Crouzet regarda le zombie s'éloigner. Il distinguait son corps et son crâne entièrement glabres, ses côtes saillantes, sa peau blanche marbrée… Il eut un frisson. Ce type semblait sortir tout droit des camps de la mort.

— BAC12… TN12… vous me recevez ?

— Ici BAC12, tu l'as ?

— Négatif. Je suis au tapis, il m'a assommé d'un coup de boule…

— Il est armé ?

— Non. Mais envoyez du monde… C'est un putain de cinglé.

Le type avait rebroussé chemin pour sortir du parking et courait droit devant lui. Au bout de la rue de Chalon, il tourna sur la droite et s'engouffra dans un tunnel direction la Seine. Les néons orange défilaient au rythme de son cœur qui battait dans ses tempes. Il songea à la radio du flic, il aurait dû la détruire pour retarder les renforts ou, mieux, l'embarquer pour prévoir leurs mouvements… Mais il n'était plus capable d'anticiper… Ses seules ressources, il les utilisait pour survivre. Sa vue commençait à se troubler, des douleurs sourdes martelaient son crâne sans lui laisser de répit. Il se remit à gémir. Ça lui permettait d'évacuer la peur et la douleur.

À la sortie du tunnel, il aperçut le gyrophare de la voiture de police qui déboulait dans la rue de Bercy. Il obliqua et remarqua une volée de marches qui menait vers une passerelle. La Clio banalisée ralentit, balayant les zones d'ombre de la rue avec une torche puissante. Il accéléra et grimpa quatre à quatre l'escalier de béton. En haut de l'escalier, il stoppa une fraction de seconde ; ses poumons le brûlaient. Il se sentait de plus en plus faible à mesure que l'étau se resserrait autour de lui. Il releva la tête et vit les flics en civil sortir de la voiture et se ruer dans sa direction. Ils l'avaient repéré. À pied, il avait encore une petite chance…

Les hommes de la BAC ne rigolaient plus.

Ils grimpèrent comme des dératés jusqu'à la passerelle à la poursuite du fugitif lancé à pleine vitesse. Seul Metzger parvenait à gagner du terrain. Le type se rapprochait de la rambarde. Il commençait à faiblir, sa jambe le lâchait… Le flic envoya tout ce qu'il avait dans le ventre lorsqu'en un éclair le zombie fit volte-face. Le flic s'arrêta net. Il le vit prendre appui sur la rambarde, enjamber la passerelle et plonger sur un camion de travaux qui circulait en contrebas.

Metzger cracha ses poumons dans la radio.

— TN12, TN12…

— Ici TN12, transmettez…

— Il vient encore de se faire la malle… Je sais pas qui c'est, ce mec… Envoyez du renfort. Et bouclez le secteur 4… Je répète, bouclez le secteur 4.

C'était comme si son corps s'était disloqué au moment du contact avec la benne. Il avait ensuite roulé et s'était écrasé sur le bitume mais il était parvenu à se relever miraculeusement indemne.

Il courait à présent au milieu de la rue de Bercy, le long de la ligne blanche entre les phares et les klaxons des voitures qui faisaient des embardées à son passage. Il voyait la lumière se réfléchir sur sa peau livide. Il devait se forcer à s'arrêter pour se planquer, c'était le seul moyen… il n'avait plus la force de continuer. En prenant à gauche, la rue Van-Gogh, il rejoindrait la Seine, la première chose qu'il avait voulu voir en arrivant à Paris… Il se revit au printemps précédent sur le pont des Arts, son rêve de gamin qui se réalisait, autour de lui le Louvre, la bibliothèque Mazarine… L'espace de quelques instants, il était parvenu à oublier les raisons de sa présence dans la capitale, il s'était senti un homme comme les autres. Ni bon ni mauvais, simplement vivant… Sa jambe lui faisait mal à en crever, il ne pouvait plus la contrôler, elle traînait derrière lui, seule la douleur lui rappelait qu'elle faisait partie de son corps. Les sirènes de police hurlaient à présent dans tout le quartier.

Il continua dans la rue Van-Gogh en pensant à la toile des *Planteurs de pommes de terre*, c'était l'unique tableau qu'il connaissait vraiment… Il en avait acheté une reproduction sur carte postale, parce qu'elle lui rappelait son pays. Le bleu-gris du ciel, les vêtements bruns usés, les visages tristes aussi… Ils ressemblaient à ceux des siens… Sa famille, des êtres habitués à courber l'échine. Au bout de la rue, il vit apparaître une masse de béton et de ferraille encadrée par des grues illuminées. Un pont en construction. Il réussit à traverser la voie rapide et hissa son grand corps nu et amaigri sur les blocs, avançant sans un regard en arrière entre les treillis de métal rouillé. Son corps tenait bon, mais il sentait son âme le lâcher peu à peu. Elle le berçait de souvenirs, il voyait son visage d'enfant… des images douces… peut-être pour rendre la mort moins effrayante. Il entendait les flics l'appeler de la voie rapide. Il était arrivé. Il allait se cacher là, comme un animal blessé…

— Mais qu'est-ce qu'il fout… Allez, on va le chercher, lança Metzger.

Quatre voitures de police étaient garées sur le quai. Metzger et Girard, accompagnés de deux hommes en uniforme, s'engagèrent à la suite du zombie sur le pont. Arrivé à l'extrémité de la partie en construction, il vacillait à présent au-dessus du vide.

— Allez, vous deux, faites diversion, essayez de lui parler. Nous, on va essayer de le prendre par surprise sur le côté, l'obscurité joue en notre faveur.

Les flics n'eurent pas le temps de faire deux pas que le zombie tourna la tête vers eux, leur lança un sourire dément et bascula dans le vide.

Ils eurent juste le temps de courir au bout de la passerelle pour voir les contours du corps pâle comme le marbre sombrer dans les eaux noires du fleuve.

6.

Le plongeur de la Fluviale sangla son masque facial. Il crocheta les poches de plomb sur son harnais puis, après deux respirations, testa le système de communication. Après avoir reçu l'aval du pilote du Zodiac, il fit le signe OK et bascula en arrière dans le fleuve.

Un corps flottant avait été repéré par les occupants des péniches du quai Henri-IV tôt le matin, entre le flanc d'un bateau et le quai. C'était le cas classique. Le type tombait d'un pont, ses poumons se remplissaient d'eau et il coulait à pic. Dans un lac, un corps pouvait rester longtemps avant que les gaz internes générés par la décomposition le fassent remonter comme une baudruche. Dans la Seine, c'était différent, les corps étaient généralement rapidement renvoyés vers la surface, le long des berges, par les phénomènes de courants circulaires. Chaque fois, les cadavres venaient se loger entre les péniches et le quai.

Le temps que l'équipe de police arrive sur les lieux, il avait disparu.

Le plongeur vida ses poumons pour descendre plus vite vers les profondeurs glauques du fleuve. Il se cramponnait à la ligne de vie qui l'empêchait de se faire emporter par le courant plus violent que d'habitude à cette période de l'année. C'était surtout une vraie purée de poix, il discernait à peine sa main à moins de cinquante centimètres de son visage. Il alluma son phare et glissa le long de l'hélice de la première péniche.

Rien.

La recherche des corps était un boulot de merde. On les repérait souvent au dernier moment. Il y avait toujours cette angoisse du face-à-face. Et on espérait toujours que l'autre plongeur le trouverait avant.

C'est un pied noueux et livide qui lui apparut en premier. S'aidant de la main, il remonta le long de la jambe raidie par la rigidité cadavérique jusqu'à un amas de guenilles qui couvrait son bas-ventre. Le corps aux muscles saillants, d'une maigreur effrayante, était coincé dans le safran de la péniche et se balançait lentement dans le courant. D'un coup de palme, le flic contourna le gouvernail et se retrouva nez à nez avec le visage émacié du cadavre. Ses yeux vitreux étaient grands ouverts, ses lèvres recroquevillées sur ses gencives laissant apparaître des dents longues et jaunies.

Il éteignit son phare et, d'une pression du pouce, enclencha son micro pour établir la communication.

— Plongeur 1 à Surface... corps localisé, je le remonte au cul de la péniche.

La grue des services techniques de la police hissa le cadavre et le déposa sur les pavés du quai. Le plongeur avait dû lutter pour extirper la jambe du gouvernail, puis il avait tracté le corps dans le courant et l'avait placé dans un large filet avant de donner le signal au grutier de le treuiller. Sur la berge, les policiers en tenue avaient déployé leurs véhicules de manière à dissimuler la scène aux regards des badauds qui commençaient à s'agglutiner derrière le périmètre de sécurité.

Un médecin légiste et deux techniciens de l'Identité judiciaire vêtus de combinaisons blanches à capuche et de gants en latex s'approchèrent pour écarter les mailles du filet, puis déposèrent le corps du zombie sur un brancard.

En première ligne se tenait le substitut du procureur, Leguen. Un jeune type fluet, brun, en costume de flanelle grise avec des yeux de taupe cerclés de fines lunettes à monture de métal jaune. À ses côtés, le commissaire Martin, de la 2e division de Police judiciaire de Louis-Blanc, un colosse d'un mètre quatre-vingt-dix, cheveux ras, regard bleu vif, et Metzger, l'officier de la BAC convoqué pour l'identification du corps.

Metzger parla le premier.

— C'est lui… c'est bien notre client de lundi soir.

— Vous êtes formel ? demanda Leguen.

— Absolument, une gueule comme celle-là, on n'en croise pas tous les jours.

— Bien…, fit le substitut en ouvrant le mince dossier qu'il tenait à la main. Selon le PV, vous avez tenté d'appréhender la victime sur l'avenue Daumesnil. Après une prise à partie avec l'un de vos hommes dans le parking de la gare de Lyon et une tentative de fuite, il est acculé et se jette dans la Seine du pont Charles-de-Gaulle.

— Oui, on a tenté de le raisonner mais il n'était visiblement pas dans un état normal.

— Vous mentionnez que son comportement relevait

de troubles psychiatriques ou alors qu'il s'agissait d'un toxicomane en manque…

— Oui, j'ai écarté la possibilité d'un état d'ivresse, cette hypothèse ne cadrait pas… le type paraissait dingue mais plutôt lucide. Il a cogné et réussi à envoyer un de mes gars au tapis.

— Ça peut effectivement correspondre au délire d'un schizo qui se sent agressé ou d'un tox en manque, intervint Martin. Souvent on tombe sur des types très violents… prêts à tout pour récupérer un peu de dope.

— Vous avez fait le tour des services psychiatriques ?

— Oui, rien de ce côté.

— Bien…, fit Leguen en se tournant vers le légiste et les hommes de l'Identité judiciaire déjà au travail.

Le zombie gisait sur les pavés du quai. Les trois hommes, Metzger en tête, s'approchèrent. Le policier de la BAC inspecta en détail la grande carcasse décharnée. Ses doigts étaient cyanosés et une couronne d'hématomes semblait former une pèlerine mauve autour de ses épaules. Il avait tout d'un camé, le corps noueux, les veines saillantes, les grands ongles bombés. Son visage était resté figé sur le sourire de dingue qu'il leur avait lancé avant de se jeter dans le fleuve, à la différence que sa langue épaisse sortait largement entre ses dents déchaussées.

Les hommes en blanc s'affairaient. L'un d'eux effectuait une série de clichés du corps dans ses moindres détails. Le légiste prit la température rectale et la compara à celle de l'eau de la Seine. Il confirma immédiatement que la mort remontait au moins à soixante-douze heures.

— En revanche, impossible de relever des empreintes

correctes, poursuivit le toubib. La macération cutanée est trop importante. Il faudra une identification odonto et je suis pas sûr que celui-là soit souvent allé chez le dentiste.

— Et ces deux blessures, sur le thorax et au niveau de la hanche droite ? demanda Leguen.

— Elles sont réduites et les bords sont festonnés, ce sont des traces laissées par les rongeurs, des rats sans doute, venus tâter le terrain.

Ils ôtèrent ensuite avec précaution les lambeaux de pantalon en toile militaire qui cachaient son sexe. Dépourvu de bouton, le morceau de tissu taché et imbibé d'eau tenait par une mince ficelle qui faisait office de ceinture. Le technicien trancha le lien d'un coup de scalpel, dévoilant le corps.

Le substitut eut un net mouvement de recul en voyant apparaître le pubis du mort. Une plaie béante boursouflée et noirâtre avait littéralement rongé la chair sur un triangle qui s'étendait de l'abdomen au milieu de la cuisse et aux parties génitales. Le cœur de la plaie, d'une trentaine de centimètres de diamètre, était un magma indéfinissable de tissus et de croûtes dont la couleur variait du rouge violacé au verdâtre.

— Qu'est-ce que c'est que cette merde…, souffla Martin.

— Je comprends mieux pourquoi il traînait la patte ! lâcha Metzger.

Le substitut se contenta d'interroger le légiste du regard, pendant qu'un des techniciens vidait les poches du mort.

— Encore une fois, le séjour prolongé dans l'eau a sans doute transformé la plaie, expliqua le toubib en tirant sur son masque – ça mérite un examen approfondi mais *a priori* on est face à une gangrène. Il existe des cas chez les diabétiques mais ça touche surtout les terminaisons cutanées, mains et pieds. D'après la localisation je pencherais plutôt pour une plaie mal soignée qui a dégénéré en nécrose. À part les morsures de rongeurs, je ne vois pas d'autre signe de lésion.

— Signes distinctifs, cicatrices ?

— Des cicatrices mal recousues. Une sur le bras, une autre sur le torse et des traces de brûlures de cigarette anciennes sur les avant-bras.

— Ça pue le clodo… Le contenu des poches… qu'est-ce que ça donne ? demanda Martin au technicien.

— Un paquet de tabac plein de flotte, pas de traces de stups. Aucun papier d'identité… Si, quand même, il y a ça, lâcha-t-il en présentant un petit chapelet de perles couleur bronze.

Martin le saisit entre ses doigts gantés de latex, l'approcha de son visage et l'identifia instantanément.

— On dirait un truc musulman, dit Metzger en prenant le chapelet. Il le manipula quelques instants avant de le rendre au technicien.

— Il a pas une gueule d'Arabe. Ça mérite de faire une vérif du côté des communautés de l'Est, mate un peu son visage, il lui manque que la chapka, conclut Martin.

Leguen se tourna vers Metzger.

— Il ne vous a rien dit ? Pas un mot qui vous aurait permis de noter un accent ?

— Négatif.

— Qu'est-ce que vous en pensez, docteur ? demanda encore Leguen.

— Les pommettes saillantes pourraient effectivement évoquer une origine slave, mais il me paraît difficile de se prononcer sur son origine ethnique sans un examen approfondi.

— Très bien. Merci messieurs, dit Leguen en regardant sa montre, donc on attend les résultats de l'autopsie et les conclusions de vos premières investigations. Je déciderai alors de la suite à donner à cette affaire. La piste du chapelet est sans doute à explorer, mais le suicide d'un clochard ou d'un vagabond semble une hypothèse assez vraisemblable. Il marqua une petite pause, le temps de ranger son dossier dans un cartable en cuir brun. Je vous laisse, j'ai rendez-vous au parquet dans dix minutes.

Les hommes échangèrent des poignées de main, l'équipe de l'IML[1] ferma le zip du sac mortuaire, sangla celui-ci sur le brancard et embarqua le corps dans le fourgon, direction la place Mazas.

Martin et Metzger restèrent encore quelques minutes sur le quai.

— Qu'est-ce que t'en penses ? demanda le colosse.

— Je sais pas… Leguen m'a l'air un peu pressé de classer.

— Ouais, ils sont débordés en ce moment. En même temps je le comprends, il a pas envie de passer dix plombes sur la mort d'un clodo.

— Je sais… j'ai peut-être pas assez insisté, mais je persiste à croire qu'il y a un truc bizarre. C'était peut-être un dingue… mais tu aurais vu ce type… son regard… c'était pas comme d'habitude, je te jure qu'il foutait plus les jetons vivant que mort. Et puis ce chapelet…

1. Institut médico-légal.

— Je vais fouiner un peu… je te tiens au courant.
— OK… Tu remontes à Louis-Blanc ?
— Yep.
— Ça t'ennuie de me déposer à Voltaire, je dois récupérer ma bécane au garage, et je suis à pinces ?
— OK mais on fait fissa, y a une grosse réunion quai des Orfèvres à 9 heures avec toutes les huiles, et je suis convoqué.

7.

— Tu veux une orange ?

Raphaël se redressa dans le lit et vit Rachel nue dans l'encadrement de la porte de la chambre, son corps fin, ses cheveux châtains noués au-dessus de sa nuque. Elle faisait rouler le fruit lisse dans le creux de sa main.

— Il est quelle heure ?

— 9 heures moins 20.

— Tu déconnes…

Le flic se passa la main sur le visage. Il était à la bourre. La grand-messe commençait dans quinze minutes. Il bondit du lit et se jeta sous la douche.

Rachel le suivit dans la salle de bains.

— J'en déduis que tu vas encore te tirer comme un voleur.

Il sortit de la cabine, frotta ses cheveux ruisselants d'eau et sauta dans ses vêtements de la veille.

— Excuse-moi, Rachel, j'ai pas vu l'heure, mais là, il faut vraiment que je trace.

— Mais on s'était pas dit…

— Ah non… On s'était rien dit du tout !

Elle inspira profondément pour réprimer la colère qui montait.

— Tu penses qu'il y a un jour où on se verra deux soirs de suite ?

— Je ne crois pas, non.

— Un jour où je pourrai venir chez toi ?

— Non plus.

— T'es vraiment un sale type.

Raphaël s'arrêta et la fixa droit dans les yeux.

— Écoute, le moment est mal choisi. J'ai une réunion à la Crim' à 9 heures…

Elle retourna dans la chambre, jeta l'orange sur le lit, enfila un tee-shirt et se retourna vers lui. Raphaël lut dans son regard qu'il n'y couperait pas : elle allait vider son sac.

— J'en ai rien à foutre de ta réunion de flics de merde. J'en ai marre d'être l'otage des fantômes de ton passé, c'est fini tout ça, c'était avant… les choses ont changé. Tu comprends qu'il y a des êtres vivants autour de toi ? À partir de maintenant, soit ça change, soit…

— Soit quoi ? Vas-y, je t'écoute !

— Soit… Rachel baissa les bras, sa voix se brisa. Je n'en peux plus, Raphaël. Tu viens, tu me sautes, tu te tires et tu me rappelles quand ça te reprend. J'en peux plus, de cette vie.

— Arrête tes reproches… j'ai toujours été honnête avec toi.

— À combien d'autres pauvres filles tu fais vivre la même histoire de merde que moi… Combien, dis-moi ?

Silence. Elle le fixa dans les yeux, glaciale.

— C'est ton dernier mot ? souffla Rachel.

— Je crois, oui.

— Très bien, dans ce cas tu prends tes affaires, ton casque, ton putain de flingue, sans oublier tes caleçons et tes chaussettes et tu dégages de chez moi. Je veux plus te voir. Jamais !

Raphaël ramassa ses affaires sur le palier, fourra ses sous-vêtements dans son casque et pénétra dans l'ascenseur en bois, qui s'ébranla. Il termina de boutonner sa chemise, accrocha le .38 Spécial Police à sa ceinture, puis enfila sa veste en velours côtelé. Relevant le visage, il affronta son reflet dans le miroir usé.

Raphaël Zeck, ex-commando marine récemment promu inspecteur divisionnaire. Un mètre quatre-vingt-huit, cheveux bouclés châtains, nez grec cassé, lèvres légèrement boudeuses, regard vert délavé inclus de minuscules paillettes miel. Il venait d'avoir quarante ans et ses traits avaient changé. Mais ce n'était pas l'âge, non, c'était autre chose, une ombre, un voile invisible qui assombrissait, creusait peu à peu son visage et laissait une empreinte profonde. Comme si une fêlure s'ouvrait en lui sans qu'il puisse véritablement en identifier l'origine. Sa conscience, il la voyait comme une façade de petits compartiments alignés dans lesquels il enfermait à double tour chacun de ses problèmes, chacune de ses blessures sans jamais y revenir. Ça lui avait permis d'occulter le pire les premières années, mais le temps passait, les dossiers s'accumulaient et le tout menaçait sérieusement de s'écrouler. Rachel avait raison, cette scène, il l'avait vécue de nombreuses fois. Mais il n'avait pas l'intention de changer son mode de vie, aussi sinistre soit-il.

Dans une autre existence, il avait fait un serment,

et cette distance était le seul moyen qu'il avait trouvé de tenir une promesse qu'il n'aurait trahie pour rien au monde.

Sur le boulevard Saint-Michel, il balança ses caleçons dans la première poubelle, enfila son casque et se dirigea vers la rue Michelet. La vision de sa moto, une Triumph TR6 de 1962, qui l'attendait sur le trottoir, le même modèle que Steve McQueen dans *La Grande Évasion*, le rasséréna. Il l'enfourcha et démarra en trombe vers l'île de la Cité.

Le vent glissait sur son visage. Rachel avait définitivement rejoint le passé.

Il salua les cerbères en tenue du 36, gara la TR6 dans la cour, grimpa quatre à quatre les cent quarante-huit marches qui le séparaient du sas de sécurité de la Brigade criminelle et entra, le souffle court, dans la salle 315. Il était 9 heures précises.

— Bonjour, Patron.

Le Patron était une femme. Hélène Deluca, quarante-cinq ans, cheveux bruns coupés au carré, tailleur noir et talons. Elle dirigeait la Maison avec une main de fer depuis cinq années. Elle lui fit un petit signe de tête.

— Et voici le dernier représentant de la SAT[1]… Bonjour, Zeck… Dépêchez-vous de vous installer. On va pouvoir commencer.

Raphaël prit place sur une des chaises disposées en arc de cercle autour du bureau du Patron. Stups, Criminelle, SAT, Brigade d'investigation financière. Tous les directeurs étaient présents, ainsi que différents chefs de groupe du 36. Raphaël salua discrètement son

1. Section antiterroriste.

ancien collègue Eric Martin, de la 2e DPJ, également convoqué. En tout, une vingtaine de flics assistaient à la messe.

Le Patron commença son briefing :

— Bien, le but de cette réunion spéciale, vous le connaissez. Le pays fait face à des menaces d'attentats de plus en plus précises. Selon nos propres informations et plusieurs notes émanant à la fois de la DST, des RG et de la DGSE, un réseau est en train de se tisser sur le territoire. Je laisse au commissaire divisionnaire Moreau, de la DST, qui centralise les informations, le soin de vous faire le topo.

Adipeux et grisonnant, Moreau avait un faciès de bouledogue. Il s'éclaircit la gorge et commença.

— Comme l'a souligné Deluca, un réseau est en train de se mettre en place en Europe et notamment sur le territoire. Plusieurs signes nous ont permis d'identifier une menace qui mérite d'être prise au sérieux. Toutefois, les renseignements dont nous disposons à ce jour ne nous permettent pas d'en identifier clairement l'origine.

« Nous avons convoqué les différents services de Police judiciaire car cette nébuleuse semble tisser, lentement et de manière intelligente, une toile qui vise à installer des cellules djihadistes clandestines à long terme. Il est donc primordial que la moindre information suspecte puisse être analysée et rapportée vers une base de données spécialement créée afin de contrer d'éventuelles actions tant sur le territoire national que sur celui de nos voisins européens. La principale info dont nous disposons aujourd'hui est le nom de ce réseau. Il se nommerait « Al-Qaida », ce qui signifie « la Base » en arabe. La grande différence avec les groupes terroristes conventionnels réside dans le fait que ses responsables cherchent à recruter des candidats inconnus de nos services, et à assurer leur formation opérationnelle au sein de bases arrière avant de les renvoyer en Europe où ils pourraient mener leurs actions de manière autonome, ce qui complique notre tâche, puisqu'il n'y aura plus de communication avec les têtes pensantes connues. La construction de cette nébuleuse et son caractère clandestin impliquent que ses membres seront forcés à un moment donné d'enfreindre la loi. Cela implique aussi que des informations intéressantes sont susceptibles d'émaner autant de dossiers de droit commun que d'enquêtes menées par la Brigade financière ou encore d'affaires traitées par les Stups. Les divisions de police judiciaire sont également concernées pour les mêmes raisons. Les contrôles d'identité peuvent nous renseigner sur les déplacements passés d'individus suspects vers des zones géographiques où ils ont pu suivre un entraînement à la guérilla. De la même manière, des indices aussi banals que des mandats Western Union pourraient nous permettre de comprendre le mode de financement du réseau sur le territoire. Je vous demande donc d'être attentifs au moindre signe et de nous communiquer par voie hiérarchique les informations qui pourraient vous sembler suspectes. Nous ne vous demandons pas un travail de réflexion mais de rapporter des faits que nos experts se chargeront d'analyser.

Moreau fit une courte pause et demanda :

— Jusque-là, avez-vous des questions ?

Le discours était clair, les informations intéressantes, mais Raphaël n'appréciait guère le ton à la limite de la suffisance ni la volonté manifeste du commissaire d'expliquer à des équipes qui consacraient leur vie à lutter contre le crime ce qu'ils devaient faire ou plutôt ne pas faire. Même s'il existait une véritable coopération, ce discours résumait parfaitement le rapport de fond entre les services en terme d'antiterrorisme : une lutte bureaucratique orchestrée par les chefs dont la règle numéro un était de prendre les autres services pour des sous-produits et la règle numéro deux de garder soigneusement ses informations, tout ça dans le seul but de pouvoir tirer la couverture à soi le jour de la victoire. Ce jeu politique nauséabond transpirait du discours de Moreau. Plusieurs échanges de regards avec ses collègues lui confirmèrent qu'il n'était pas seul à ressentir ce malaise. Raphaël tourna la tête vers le fauteuil voisin, où Martin s'épongeait sans répit le front avec un mouchoir.

— Le point de départ de notre dossier, reprit Moreau, est lié à la guerre d'Afghanistan qui a vu naître dans les années 1980 le réseau MAK, qui signifie Maktab Al-Khadamat, soit « Bureau de service », également connu sous le nom de « Bureau afghan », créé par Abdullah Azzam dont le nom n'est sans doute pas inconnu à certains d'entre vous et dont le but initial était de résister à l'expansionnisme soviétique. L'idéologie de ce mouvement est d'inspiration sunnite fondamentaliste et il semblerait qu'après l'effondrement de l'URSS les moudjahidin, qui considèrent que les gouvernements « croisés » occidentaux interfèrent dans les affaires intérieures des nations islamiques, se seraient mis à la disposition des différents conflits, soit l'Algérie, les Philippines, l'Égypte, l'Indonésie et plus récemment les Balkans. Ils prévoient de mener une guerre aveugle et imprévisible contre l'Occident.

Ce qui implique qu'ils peuvent rejoindre les théâtres d'opérations mais aussi…

— STOP, STOP ! ON A UN PROBLÈME, LÀ.

Tout le monde se tourna vers Raphaël. À ses côtés, Martin suffoquait à genoux devant sa chaise, le corps secoué de tremblements.

— Ça va pas, vieux ? Qu'est-ce qui t'arrive ?

— Je sais pas, j'ai une suée, là… j'ai mal…

Il fut pris d'un spasme. Un puissant geyser de bile mêlée de nourriture surgit de sa gorge et se répandit sur le sol.

— Putain… ça brûle…

— Qu'est-ce qui brûle ? Dis-moi…

Le colosse vomit une seconde fois avant de s'écrouler en gémissant dans les bras de Raphaël.

— Dégagez, écartez-vous, laissez-le respirer… Une ambulance. VITE !

Raphaël plaça Martin en position de sécurité et contrôla ses fonctions vitales. Le Patron distribuait les ordres.

— Tout le monde dehors ! Drago, trouvez le numéro de sa femme, topo sur son état de santé. Agathe, vous vous occupez du malade jusqu'à l'arrivée des secours. Raphaël, vous appelez la 2 et vous me retracez l'emploi du temps de Martin ces dernières vingt-quatre heures.

— Reçu, lâcha le flic. Allez, magnez-vous, bordel, il est en train de nous claquer dans les doigts !

8.

Raphaël raccrocha brusquement et se leva de sa chaise au moment où Drago, son lieutenant, entrait dans le bureau.

— J'ai eu sa femme, elle n'a pas d'idée de ce que ça peut être. Martin n'a aucun souci de santé particulier. Elle est en route pour l'Hôtel-Dieu. La 2, ça donne quoi ?

— Ça donne qu'on fonce à l'IML, je t'expliquerai en route. Ça pue à mort.

Le flic se tourna vers Agathe Perriand, la jeune inspectrice du groupe, qui occupait le bureau voisin.

— Tu prends contact avec l'Identité judiciaire pour voir où ils en sont dans l'identification du corps qui a été repêché ce matin quai Henri-IV. Tu tiens le Patron directement informé. Si tu as des infos avant mon retour, tu me les transmets à l'IML.

Les deux flics dévalèrent les marches et embarquèrent dans la Laguna de service. Drago prit le volant tandis que Raphaël collait le gyrophare sur le toit. Sur le quai des Orfèvres, ils enclenchèrent la sirène et prirent la direction de la place Mazas.

— Bon, vas-y, accouche, qu'est-ce qui se passe ?

— C'est l'hécatombe. Un officier de la BAC, un substitut du proc, un légiste, sont dans le même état que Martin, deux techniciens de l'Identité judiciaire et un gars de la Fluviale présentent aussi les mêmes symptômes. Ils ont ramassé un cadavre dans la Seine ce matin, à première vue ça viendrait de là. Les locaux de la 2 ont été évacués et une équipe est venue promener un compteur Geiger. Quand ils sont passés au-dessus des scellés qui contenaient les effets personnels du macchabée, ça s'est mis à crépiter. Le compteur s'est affolé au-dessus d'un petit chapelet musulman, un *misbaha*. Bref, c'est la merde. J'ai eu le Patron dans la foulée, il a parlé au procureur, ça remonte au ministère mais on s'achemine vers une cosaisine DST-Section antiterroriste. En d'autres termes, on récupère le bébé mais ça risque d'être tendu.

À l'entrée de l'Institut médico-légal, Raphaël et Drago présentèrent leur carte de police avant de pénétrer dans le gigantesque bâtiment de brique. Un brigadier les conduisit dans le dédale de couloirs des sous-sols jusqu'à une salle d'autopsie. Le long des parois carrelées, Raphaël décocha un regard vers son coéquipier. Stefan Dragovic dit « Drago » ou « le Serbe ». Cheveux longs invariablement gras, teint de charbon et profil cabossé. Le flic n'était pas très grand mais il était bâti comme un bloc de béton, une impression de puissance encore renforcée par l'épaisse veste de cuir qu'il portait comme une cuirasse. À ses côtés Raphaël ressentait un sentiment d'invincibilité. Venu en France avec ses parents à l'âge de douze ans, Drago avait grandi à Marseille et exercé pas mal de petits boulots, de docker à videur de boîte de nuit. À vingt-deux ans, il avait commencé à donner dans le trafic de voitures, il rachetait des véhicules de sport volés qu'il allait revendre en Yougoslavie. Après un contrôle de police qui avait failli mal tourner, il s'était rangé et avait attaqué des études de droit. Quelques années plus tard, il intégrait la police. Son instinct de voyou, mêlé à un solide sens du terrain et à son côté fouille-merde, lui avait permis de se faire remarquer par ses supérieurs ; en moins de trois ans, il avait intégré la prestigieuse Brigade criminelle du 36, quai des Orfèvres.

Une forêt de costumes sombres et de visages fermés les attendait devant le corps du noyé qui reposait sur la table d'autopsie.

— Bonjour messieurs, inspecteur divisionnaire Zeck. Mon adjoint, l'inspecteur principal Drago.

Le procureur Naigeon était déjà sur place en compagnie de Schrameck, le médecin-chef, et de Thierry Dumas, commissaire divisionnaire à la DST. Il y avait aussi un autre homme, assez grand, blond, le crâne dégarni, vêtu d'une blouse de la morgue et de gants en latex, que Raphaël ne connaissait pas.

Schrameck fit les présentations.

— Mon confrère, le Pr Messier, le spécialiste le plus compétent en matière d'accidents radiologiques. Je l'ai sollicité pour les besoins de l'autopsie. Pour info, il a demandé le transfert des victimes à l'Institut Curie ainsi qu'à l'Hôpital militaire de Percy, où ils seront traités au mieux, bien que pour certains d'entre eux le pronostic vital soit engagé.

Raphaël salua le professeur d'un signe de tête et s'approcha du cadavre. L'autopsie avait déjà eu lieu, les chairs avait été disséquées et recousues. Il inspecta en silence le corps glabre, suivit les grosses coutures ourlées en Y le long de la cage thoracique. Sous la lumière zénithale, ce corps singulier lui évoquait une photographie baroque de Witkin, le photographe-poète des morts et des monstres. L'odeur des chairs en décomposition le ramena à la réalité. Son regard s'arrêta sur la plaie noirâtre qui s'étendait du pubis à l'abdomen.

— Les causes de la mort ?

Schrameck s'approcha et expliqua :

— Noyade.

— Et cette plaie ?

— Une brûlure radiologique, intervint Messier. Cet homme avait dans sa poche une source de rayonnement ionisant. Il a dû la porter quelque temps sur lui sans comprendre ce qu'il lui arrivait. C'est malheureusement assez classique, à Curie, j'ai soigné des soldats géorgiens qui avaient ramassé des barrettes de césium 137 sur les bases militaires abandonnées par les Russes, sans avoir la moindre idée de ce que c'était. Ils prennent ça pour un stylo ou un porte-clés, ils le glissent dans leur poche. Le résultat, vous l'avez devant vous.

— Vous voulez dire que des sources radioactives aussi dangereuses se baladent dans la nature ?

— En Europe occidentale, les sources sont plus ou moins contrôlées, mais dans l'ex-bloc soviétique, c'est monnaie courante. Les Russes ont abandonné les anciennes républiques du jour au lendemain, aucune installation militaire n'a été nettoyée… Il y en a partout, et plus ça va aller, plus on risque d'être confrontés à ce type d'incident.

— Cette plaie, demanda Raphaël, c'est ce qui attend les victimes ?

— Oui. Syndrome d'irradiation aiguë. C'est une combinaison de symptômes qui peut à la fois toucher les organes internes et causer des lésions comme celle-ci. Nous allons effectuer des analyses chromosomiques supplémentaires, mais d'après l'évolution des lésions de ce monsieur, je pense qu'ils ont reçu une dose inférieure ou égale à dix grays. Le processus s'étale sur plusieurs semaines, mais on doit pouvoir déjà voir une rougeur sur leur peau. La peau va ensuite se fissurer, un petit trou va apparaître, semblable à une brûlure de cigarette, puis peu à peu la blessure va s'ouvrir sans qu'on puisse rien y faire, les chairs vont se nécroser jusqu'à creuser un trou béant comme sur cette victime. J'ai traité une jeune villageoise ukrainienne qui avait été irradiée après avoir trouvé un fût radioactif en pleine campagne. Il neigeait, elle et une de ses amies ont remarqué que la neige fondait autour du fût. Les deux jeunes filles avaient froid, elles se sont collées sur le métal pour se réchauffer. Je vous laisse imaginer les dégâts ; la première est décédée très rapidement, l'autre a subi une nécrose si profonde sur les seins que je pouvais voir son muscle cardiaque battre au fond de la cavité. La douleur est atroce. Il arrive que les patients se suicident tellement elle est insupportable. C'est probablement ce qui a dû arriver à ce pauvre homme, il souffrait tellement qu'il s'est jeté dans la Seine. Dans tous les cas, vos collègues vont subir des opérations chirurgicales qui vont s'étaler sur plusieurs mois et la thérapie consistera à curer et à remplacer les tissus nécrosés par des greffes.

Tout en écoutant attentivement le toubib, Raphaël

détaillait Thierry Dumas de la DST. Il en avait entendu parler, mais ne l'avait encore jamais rencontré. Un mètre quatre-vingts, cheveux noirs, un corps svelte qui contrastait avec un visage tout en rondeurs. Sous son grand front bombé, deux yeux noirs cernés dissimulés par des lunettes rondes à monture d'écaille. Sa bouche et son nez busqué, qui semblaient ne former qu'un seul bloc, lui donnaient un air de rongeur qui n'augurait rien de bon pour les relations à venir sur ce dossier.

Dumas s'invita dans la conversation.

— La seule différence, ici, c'est que c'est arrivé en France. Si ce type de substances est en circulation sur le territoire, Paris risque de se transformer en Tchernobyl *bis*. Techniquement, professeur, quels sont les risques pour la population si ces sources étaient entre les mains de terroristes ? Une bombe sale… quoi d'autre ?

— À mon sens, ces sources constituent une menace très préoccupante. Et pas seulement dans la composition d'une bombe sale. En fait, il pourrait y avoir plus inquiétant encore. Le scénario de terroristes dissimulant une dizaine de capsules de césium ou de cobalt 60 sous des sièges de métro ou tout autre lieu public me paraît réaliste. Si on considère le nombre d'usagers du seul métro parisien, je vous laisse faire le calcul… On se retrouverait face à une vraie bombe à retardement, avec des milliers d'irradiés sur les bras. Les services d'urgences seraient débordés. Ça ne manquerait pas de créer une psychose collective… Une telle attaque aurait des conséquences tout à fait catastrophiques.

Un froid polaire succéda aux mots de Messier. Jusque-là, rien ne prouvait que le cadavre était celui d'un criminel, mais la seule idée qu'un tel plan puisse être mis à exécution était plus qu'inquiétant.

Raphaël brisa le silence :

— Vous avez sans doute raison d'évoquer le pire. Le syndrome d'irradiation dont a été victime cet homme, qu'il soit impliqué ou non, nous oriente soit vers la piste d'une action terroriste, soit vers un trafic de substances radioactives. Mais pour moi un détail ne cadre pas…

— Poursuivez, Zeck, lança le procureur.

— Ce que je voudrais comprendre, c'est pourquoi cet homme est irradié ? S'il trafiquait, il connaissait forcément le danger que représentaient ces substances, et ça n'explique pas…

Dumas le coupa :

— Déposer de telles sources dans des lieux publics implique forcément l'utilisation de kamikazes. Cela peut signifier que l'opération a déjà commencé.

Drago vint appuyer Zeck :

— Ça me semble peu probable, pour la simple raison que, lorsqu'on trafique ce type d'armes, on ne les garde pas dans sa poche.

— À moins qu'il n'ait pas été au courant de la nature de ce qu'il transportait.

Raphaël s'accorda un temps de réflexion. Dumas avait raison sur ce dernier point, le type ne savait sans doute pas ce qu'il transportait. Mais ça n'expliquait pas tout.

— OK, concéda-t-il. Mais… le chapelet… Pourquoi la source était-elle dissimulée dans un tel objet ? Il y a plus discret tout de même. Cette hypothèse est bancale. Au vu de ces premiers éléments, je ne crois pas que ce type gardait ces substances radioactives dans le but d'un acte terroriste.

— Il est un peu tôt pour éliminer des pistes, siffla

Dumas. Mon avis est que si ce type n'a jamais foutu les pieds aux urgences, c'est qu'il avait sans doute quelque chose à se reprocher. On ne peut négliger une telle option.

Exact. Le type avait enduré le martyre sans jamais aller se faire soigner. C'était plus qu'un aveu de culpabilité. Pour autant, Raphaël en était convaincu, la théorie d'une attaque en cours ne tenait pas. Messier avait été clair : la brûlure remontait à plusieurs semaines. Si des sources avaient été placées dans des lieux publics, la première vague de victimes se serait déclarée depuis longtemps. Ça semblait une évidence. Quelque chose clochait dans l'attitude de Dumas. Le flic de la DST semblait vouloir à tout prix orienter l'enquête vers la piste terroriste alors qu'aucun élément ne permettait de l'affirmer catégoriquement. Il y avait plusieurs explications possibles à cela. Soit cette affaire était liée à un dossier en cours chez eux, et il avait pour mission d'évincer la Crim', il essayait donc de manipuler le procureur dans ce sens. Soit elle était liée à une volonté du ministère de l'Intérieur de répandre la rumeur d'une menace terroriste afin de renforcer la politique sécuritaire, ce qui collait bien avec la réunion du matin. Rien de tel pour noyer le poisson en période préélectorale. Quoi qu'il en soit, Dumas était en train de leur jouer un coup tordu.

Raphaël décida d'attaquer bille en tête :

— À quoi jouez-vous exactement, Dumas ? Vous nous proposez des hypothèses plus contestables les unes que les autres comme si vous vouliez nous écarter du sujet… Dites-nous plutôt ce que vous savez, ou ce que la DST a en tête, qu'on puisse avancer. Vous avez un dossier là-dessus ?

Le flic accusa le coup et s'éclaircit la gorge.

— Messieurs, je ne tiens pas à entrer dans une querelle avec la PJ, mais je vais répondre à votre question avec la même franchise. Tout d'abord, vos allusions sur de prétendues manipulations de la part de la Surveillance du territoire sont infondées. Pour le reste, ce qui me dérange, Zeck, c'est que je ne suis pas certain que vous ayez bien intégré que toutes les personnes ici présentes ne sont pas habilitées à recevoir des informations sur le déroulement de cette investigation. Compte tenu de votre attitude, je crois qu'il serait préférable que l'enquête préliminaire soit confiée dans un premier temps au service qualifié. Dès l'ouverture de l'information judiciaire, la SAT pourrait assurer pleinement son rôle.

La réponse du commissaire fit sortir Raphaël de ses gonds.

— Écoutez, vous êtes un champion toutes catégories du secret, mais nous savons aussi garder pour nous des informations sensibles. Et je ne crois pas que la SAT soit moins qualifiée pour mener ce type d'investigations. Si ces personnes ont été convoquées, c'est qu'elles sont essentielles pour avancer rapidement dans cette enquête. Si le procureur décide ultérieurement de ne pas ouvrir d'information judiciaire et de la classer pour vous refiler le bébé, tant mieux, vous aurez alors tout le loisir de vous réunir en cellule de crise et de discuter de tout ça entre personnes habilitées. En attendant, la SAT va être saisie, que vous le vouliez ou non. Et notre enquête se déroule sur le terrain à partir de maintenant. Vous feriez mieux de nous faire confiance plutôt que de nous mettre des bâtons dans les roues, ou alors faites-le de manière plus fine.

— Zeck, doucement, intervint le proc. Je vous demande de travailler en bonne intelligence et de clore là cette querelle de clocher. Je tiens à ce que vous commenciez les investigations le plus rapidement possible. Comment voyez-vous les choses ?

Raphaël prit une longue inspiration pour recouvrer son calme.

— On va avoir des problèmes pour l'identification mais je garde bon espoir, ce type n'a pas dû passer inaperçu. Je pense que le mieux, c'est d'une part une enquête de voisinage élargie à partir de Daumesnil, d'autre part de remonter son parcours aussi loin que possible. On va mettre du monde sur le coup. Drago et moi-même allons prendre la température auprès de nos différentes sources.

— Bien, je vous demande de me faire remonter les informations, je ferai le pont entre la DST et la PJ jusqu'à ce qu'un juge de la galerie Saint-Éloi soit désigné. J'attends la même chose de vous, Dumas.

La sonnerie du téléphone de la salle d'autopsie interrompit la conversation. Schrameck décrocha.

— Oui, un instant… Zeck, c'est pour vous.

Raphaël traversa la pièce et attrapa le combiné. Il écouta attentivement son interlocuteur sans l'interrompre puis donna quelques consignes à voix basse. Une fois sa conversation terminée, il raccrocha et se retourna vers l'assemblée.

— Je ne garantis pas le résultat, mais si ce qu'on vient de m'annoncer a un quelconque lien avec notre affaire, alors il y a un dieu pour les flics antiterroristes.

9.

Les mains verrouillées sur le volant de sa vieille Saab 93 bleue, Sinead filait droit en direction de Dublin.

Les caractères cyrilliques...

Gari...

Il avait grandi à l'ombre du rideau de fer...

Elle devait comprendre, rester en vie, après seulement elle déciderait de la suite à donner aux événements...

Depuis son départ de Letterkenny, trois heures plus tôt, elle s'était arrêtée une seule fois, le temps de faire le plein, sans quitter des yeux la mystérieuse boîte de métal. Tout au long du voyage, elle avait analysé la situation, essayé de comprendre qui avait caché ce coffret et surtout pour quelles raisons. Elle avait envisagé toutes les hypothèses... Elle revenait chaque fois à la même conclusion : Gari... ce ne pouvait être que lui. Elle ne parvenait pourtant à relier cette découverte macabre à aucun élément connu de la vie de son mari, et acceptait mal qu'il ait pu garder un tel secret.

Après sa découverte, Sinead avait regagné son hôtel

à Fahan d'où elle avait composé le numéro de son ancienne amie Mia Lindstat sans parvenir à la joindre. Elle avait décidé de prendre la route. Elle lui exposerait son problème le moment venu. Sinead avait besoin d'aide et Mia était la seule personne vers qui elle pouvait se tourner.

Elle avait décidé de prendre la route la plus rapide, par Derry et Omagh, avant de repasser en république d'Irlande. Une brève incursion en territoire britannique par les chemins transfrontaliers secondaires, ceux-là mêmes qu'utilisaient les soldats de l'Irish Republican Army, pour passer de l'Eire à l'Irlande du Nord. Certains étaient barrés par de gros blocs de béton installés par les Brits, mais les locaux avaient pris l'habitude de les contourner en creusant des voies secondaires à la pelleteuse. Elle avait poursuivi jusqu'à Cookstown et Armagh et touchait à présent au but. Elle ralentit en apercevant le panneau « Dublin Exit 1/ an Lár – City Center ».

Il était 14 heures quand elle pénétra dans la capitale.

Sinead venait rarement à Dublin. Quatre ans plus tôt, elle avait choisi, pour vivre, la paix du Donegal, qui contrastait avec ses reportages, la plupart du temps dans des pays en guerre. Ses seules visites, elle les faisait pour finaliser ses papiers les plus importants. Elle aimait l'ambiance chargée d'adrénaline de la salle de rédaction de l'*Irish Times* lorsque l'actualité était brûlante. Dublin, c'étaient aussi ses années d'études au Trinity College. Au départ, elle avait voulu suivre les traces de son père, professeur de maths. Quatre années d'études scientifiques pénibles qui la destinaient à une vie de rat de laboratoire alors qu'elle désirait simplement vivre. À vingt-deux ans, elle avait pris un virage et suivi le cursus de sciences politiques du T-College, dont elle était sortie trois années plus tard un master en poche. Matt Gallagher, son prof de philo, éditorialiste conservateur au *Times*, l'avait facilement placée à la rubrique des chiens écrasés. À force d'abnégation, elle avait gravi rapidement les échelons jusqu'à devenir grand reporter, seule raison pour laquelle elle avait choisi ce métier, son unique raison de vivre jusqu'à sa rencontre avec Gari.

Sinead roulait à présent le long de Swords Road, au milieu des grues. Les travaux rongeaient Dublin, avalant peu à peu les cottages misérables aux façades noircies par la pollution, au profit des immeubles et des barres HLM tout aussi sombres. Dans le ciel, d'épaisses plaques de nuages anthracite dérivaient, couvrant les bâtiments de brique de leurs ombres gigantesques. Elle enclencha son clignotant, bifurqua sur Bolton, puis emprunta les ruelles aux façades de pubs colorées jusqu'au Bachelor's Quay où la Liffey River glissait vers la mer d'Irlande, lisse et miroitante comme une coulée de plomb. Elle se gara au parking du *Times* sur Tara Street et franchit à pied les derniers mètres avant de pénétrer dans l'enceinte du Trinity College par l'entrée de Pearse Street, évitant ainsi le flot des touristes. En traversant le campus, Sinead pouvait apercevoir de loin le clocher du campanile, la bibliothèque et surtout son bâtiment préféré, le Graduate's Memorial Building, où se tenait la « Phil », la Société de philosophie dont elle n'avait que rarement manqué les débats du jeudi. Elle en aimait les thèmes aussi variés que la vie après la mort, l'unité de l'Irlande, la suprématie de la culture britannique… Mais ce qu'elle aimait le plus, c'était imaginer que ces pavés qu'elle foulait, ces amphithéâtres où elle avait elle-même débattu étaient encore imprégnés de la présence d'hommes illustres. L'idée qu'elle avait posé le pied sur la même pierre, s'était assise sur la même chaise qu'Oscar Wilde, Isaac Newton ou Samuel Beckett la rapprochait d'une éternité dont la seule idée constituait à ses yeux une jolie raison de vivre. Quelque nostalgie qu'elle en éprouve, cette période était bien révolue, et pour l'heure elle se dirigeait d'un pas rapide vers le Moyne Institute, le laboratoire de microbiologie où travaillait Mia Lindstat.

De l'autre côté de l'immense pelouse du stade se dressait le bâtiment des années 50 qui s'ouvrait en L avec ses fenêtres bien alignées et ses colonnes de béton. Dans cette partie du campus, le style géorgien avait été abandonné au profit de constructions tristes et mornes. Sinead gravit la volée de marches et pénétra à l'intérieur. Le hall, désert, présentait quelques affiches pour la prévention des maladies infectieuses et la lutte contre le paludisme. Dans un angle, à côté d'un pupitre où trônait un téléphone, un tableau rainuré noir indiquait en lettres de plastique bancales les noms et les numéros de lignes internes des chercheurs et des techniciens. Elle repéra celui de Mia, décrocha le petit combiné de bakélite et composa le 1190. Ça sonnait, une voix d'homme répondit :

— Laboratoire de pathogénie microbienne…

— Bonjour, mon nom est Sinead McKeown, je suis dans le hall, je souhaite m'entretenir avec le Dr Lindstat.

— Vous avez rendez-vous ?

— C'est une amie.

— Un instant, s'il vous plaît.

Sinead et Mia s'étaient rencontrées en première année de maths appliquées. Mia s'était orientée vers la médecine. Les deux étudiantes ne s'étaient pas quittées jusqu'au départ de Mia pour Stanford en Californie. Une séparation que Sinead avait très mal vécue. Puis le temps avait accompli son œuvre, dénouant sournoisement les liens tissés entre les deux jeunes femmes. Elles ne s'étaient plus vues ni même parlé depuis bientôt sept ans. Sinead avait seulement reçu par la poste un courrier impersonnel indiquant que Mia Lindstat revenait s'installer en Irlande, sans même un mot à son attention. Elle n'avait pas pris la peine de répondre.

Un claquement sec de talons suivi d'une voix au timbre voilé résonnèrent dans le hall.

— Sinead… C'est vraiment toi ?

Sinead se retourna. Une silhouette fine vêtue d'une blouse blanche venait vers elle. Pour toute réponse, la jeune femme sourit.

Les cheveux noir ébène coupés au carré, une frange, de grands yeux clairs, un nez pointu, un visage très pâle à la Louise Brooks qui contrastait avec une bouche couleur mûre foncé. Sinead avait toujours été persuadée que leur amitié était née d'une attirance physique mutuelle. Elles avaient longtemps eu une relation ambiguë, qui en était restée à ce stade. Avec le temps, Mia semblait devenue plus féminine, sa blouse de médecin laissait apparaître un corsage échancré et un jean parfaitement coupé qui soulignait ses longues jambes.

— Mon Dieu…, souffla Mia en s'approchant. Quelle… Je suis heureuse de te voir…

Sinead ferma les paupières. Quand son amie étreignit son bras, elle sentit ses yeux s'embuer. Elle ne put contenir ses larmes, qui se mirent à rouler sur ses joues.

— Qu'est-ce qui t'arrive, ton visage… ça va ? Tu as eu un accident ?

Sinead éclata en sanglots.

— Viens, ne restons pas là… Dis-moi ce qu'il se passe.

Mia la prit par la main et l'entraîna dans le parc à l'ombre des grands arbres.

Sinead lui raconta son histoire dans les moindres détails. L'accident, l'hôpital, sa tentative de suicide avortée, la mystérieuse boîte qui l'avait retenue d'en finir. Mia l'avait écoutée en silence sans l'interrompre mais jamais elle n'avait lâché sa main qu'elle tenait avec la tendresse d'une sœur. Les sanglots s'étaient apaisés peu à peu. La force de leur amitié, intacte, la replongea dans des souvenirs d'une douceur infinie. Elle avait l'impression que sa vie avec Gari lui avait fait oublier ce passé, de la même manière que sa rencontre avec Mia lui avait permis d'effacer la violence de son enfance. Comme si, à chaque époque de son existence marquée par une séparation violente, elle avait été frappée d'amnésie. Mia lui prouvait aujourd'hui que rien n'était irréversible, que certains liens pouvaient persister au-delà de tout, quoi qu'il arrive. Pour la première fois depuis cette nuit terrible, elle s'était sentie libre, assez en confiance pour formuler sa détresse.

Mia allait l'aider.

Elle en avait les moyens.

Elles regagnèrent le bâtiment et se dirigèrent vers le bureau de la chercheuse, une grande pièce éclairée au néon, un lieu totalement impersonnel qui ne ressemblait en rien à son amie. Les murs étaient entièrement recouverts d'étagères surchargées d'ouvrages scientifiques. Seul le vaste bureau de style victorien était épuré. Mia y avait posé un ordinateur et un petit cadre contenant la photo d'un homme plus âgé qu'elle en compagnie de deux jeunes enfants.

— C'est ta famille ? demanda Sinead.

— Oui, Leah, ma fille, et Milan, mon petit garçon.

— Lui… c'est ton mari ?

— Oui, Lewis Sommerfield, il est avocat, nous nous sommes rencontrés à San Francisco, il est de vingt ans mon aîné… Je suis comme toi, je crois que j'ai toujours eu plus besoin d'un père que d'un amant. Nous ne sommes pas mariés mais nous avons eu ces deux charmants bambins.

— Il est ici, à Dublin ?

— C'est compliqué, soupira Mia. Je végétais à Stanford, j'ai eu cette opportunité ici, un vrai poste de recherche… bref c'était ça ou je tirais un trait sur ma carrière professionnelle. Ça a chauffé… mais les choses rentrent dans l'ordre, il prévoit de me rejoindre cette année… c'est assez dur pour les enfants… leur papa leur manque vraiment…

— C'est dur une vie sans père, sourit Sinead.

Mia lui rendit son sourire et changea de sujet.

— Montre-moi ce que tu as… C'est dans cette boîte ?

— Oui.

Sinead posa le coffret sur la table et souleva le

couvercle avec les mêmes précautions que lorsqu'elle l'avait découvert.

— Tu as une pince ou quelque chose dans le genre ? demanda-t-elle.

— Oui, fais voir…

Sinead sortit le tube de verre et le tendit à Mia. La chercheuse l'ouvrit, préleva les fragments brunâtres avec une longue pince fine. Son visage se crispa.

— Qu'est-ce que c'est… on dirait…

— De la peau humaine, souffla Sinead.

— Mon Dieu… qu'est-ce que c'est que ce truc…

L'instinct professionnel de la toubib reprit immédiatement le dessus. Dans un tiroir de son bureau, elle prit une paire de gants en latex et une grosse loupe en plastique noir équipée d'une petite ampoule afin d'examiner attentivement le contenu du tube de verre.

— On dirait… des paupières… Celui qui a fait ça l'a fait salement… Une entaille grossière au scalpel autour des orbites… Il y a certains endroits où la peau a été arrachée de l'os. Je peux déjà te dire que ce n'est pas l'œuvre d'un prix Nobel de médecine.

Elle retourna les lambeaux de peau.

— Il reste des traces… là, tu vois ? Comme des coups de lame sur le bord de la peau, sans doute pour la décoller du crâne au niveau des sourcils.

Sinead vint se placer à côté de Mia, inspecta les paupières en détail et pointa du doigt sans les toucher de petites marques brunes disséminées dans les flétrissures organiques.

— C'est l'aspect de la peau qui m'intrigue. On dirait du vieux cuir… tu as vu ces traces… comme des petites pointes de pigmentation, il y en a des dizaines…

— Oui… j'ignore ce que c'est… Peut-être des traces de moisissures, comme cette matière poudreuse blanche, ici, et là. Ce n'est pas ma spécialité, mais vu son aspect, on dirait que la peau a été traitée… Une chose est certaine, celui-là n'est pas mort hier.

Mia releva la tête.

— Fais voir la boîte…

Sinead lui tendit le réceptacle. La chercheuse l'inspecta en détail.

— Un machin soviétique… (Elle passa son doigt sur les caractères cyrilliques.) Tu sais ce que ça veut dire, ça… ? Grand reporter… c'est pas obligatoire de parler russe ?

— Mon domaine, c'est plutôt Europe – Moyen-Orient… et Gari ne m'y a pas encouragée, ça n'a jamais été l'amour fou entre lui et la Sainte Russie. Pour lui, les communistes, c'était avant tout une armée d'occupation. Un peu comme les Français et les Allemands à une certaine époque…

— Ça n'a pas empêché ma mère d'épouser mon père…, plaisanta Mia.

Sinead sourit et reprit :

— Mais ça ressemble plus à un code qu'à du russe littéraire, tu ne trouves pas ?

— Je n'en ai pas la moindre idée, et puis rien ne nous dit que cette boîte a un rapport avec son contenu.

Après un silence, Mia demanda :

— Et Gari… Tu ne m'as pas dit grand-chose sur lui… il venait d'où ?

— De Pologne, il était juif polonais. Il a quitté le pays à quinze ans avec ses parents, direction Israël. Plus tard, il est parti faire ses études à Londres, il a également fait deux ans de sciences politiques, ici, au College…

— Et tu penses vraiment que c'est lui qui a planqué ça dans le sol du cottage ?

— Franchement, je ne vois pas d'autre explication… Jusqu'à moi, personne n'y a habité, à part mes grands-parents qui étaient de bons paysans irlandais. J'y suis venue quelquefois avec mes parents, profs de lycée tous les deux. Je ne vois pas de lien possible. Est-ce que tu as moyen de regarder ça de plus près ?

Mia reposa délicatement l'éprouvette dans la boîte.

— On étudie l'infiniment petit, ici. Il y a un microscope à balayage juste sous tes jolies fesses, au labo.

Sinead suivit Mia dans le sous-sol où étaient installés les différents laboratoires. Les recherches qui nécessitaient des échantillons de staphylocoques dorés, malaria et autres microorganismes hautement pathogènes impliquaient que chaque pièce soit close par un sas de sécurité qui maintenait la pression intérieure légèrement inférieure à celle de l'atmosphère, afin de prévenir tout risque de contamination. Mia tendit à Sinead une blouse, des gants et des chaussons puis elles longèrent un long couloir carrelé et passèrent un sas avant de pénétrer dans le labo. Une pièce totalement aseptisée où trônaient plusieurs machines, mais le microscope à balayage environnemental en était la pièce maîtresse. L'appareil était composé d'un bloc de métal blanc surmonté de deux colonnes de la même couleur, le tout était commandé par des molettes noires et relié par d'épais faisceaux de câbles à une console où s'alignaient un tableau de contrôle et deux moniteurs de contrôle.

— Qu'est-ce que tu comptes voir avec ta bécane ? risqua Sinead.

— On va inspecter la surface de l'épiderme, répondit Mia en prélevant à l'aide d'un scalpel un fragment de peau qu'elle plaça dans le compartiment à échantillons.

— Ce qui est bien avec cet appareil, c'est que contrairement à la plupart des scopes électroniques, celui-ci est environnemental. Ici, tu places l'échantillon tout frais dans la machine et il ne te l'abîme pas en faisant le vide. Tu peux même étudier des bestioles vivantes.

Elle attaqua la manipulation, en expliquant les différentes étapes à Sinead en même temps qu'elle pianotait sur son clavier.

— J'ai prélevé un morceau de deux millimètres, c'est assez grand pour se balader dessus. J'ai aussi placé un marqueur qui nous indiquera l'emplacement des ces points de pigmentation qui nous intéressent. On va maintenant bombarder ça d'électrons… en comparant avec ce qui se trouve autour, on saura si ce sont des moisissures ou si c'est vraiment solidaire de la peau. On y va…

Mia appuya sur une touche qui déclencha une soufflerie, puis régla les molettes de la table de contrôle jusqu'à ce qu'une image apparaisse sur le moniteur. Tout en continuant ses manipulations à l'aide d'un petit joystick, Mia commentait :

— Le voilà. J'approche un peu le capteur. Mise au point… un peu de contraste… On y est.

L'image noir et blanc oscillante présentait une surface plane, grise et striée par endroits, mais, à mesure que Mia déplaçait le capteur, Sinead découvrait des replis, des gouffres, elle avait l'impression de survoler un massif montagneux avec ses collines et ses vallées. Un tronc d'arbre gigantesque qui semblait surgir d'un cratère se dessina sur l'écran.

— Ça, c'est un cil, on voit bien les plaques de kératine qui forment le poil. Tous les débris que tu vois déposés anarchiquement, ce sont des résidus de peau, des poussières… ici, c'est un grain de pollen très abîmé. Il y a pas mal de moisissures mais qui semblent anciennes… Le séjour dans le sous-sol de ton cottage semble les avoir tuées.

Sinead aperçut une sorte de pieu qui transperçait la peau.

— Ça, c'est mon marqueur. Une pointe minuscule. Je l'ai placé dans un groupement de points… Je zoome dedans.

Mia actionna un petit levier sur la table de contrôle. Sinead eut véritablement l'impression de plonger au cœur de la matière.

À cet endroit, la peau paraissait plane, seules quelques rides profondes la traversaient de part en part.

— On est pile dans la zone du marqueur et il n'y a rien, ce ne sont pas des moisissures. Le bonhomme avait ça dans la peau.

— Qu'est-ce que ça pourrait être d'après toi ?

— Les stigmates d'une maladie… ça me paraît trop régulier pour une brûlure… ou alors…

— Quoi… ?

— Un tatouage.

Sinead marqua un temps de réflexion avant de répondre :

— Oui, c'est vrai, la pigmentation est parfois un

peu bleutée, ça peut complètement être ça, un tatouage. Il y a un moyen de s'en assurer ?

— Ça, ma cocotte, je ne suis pas équipée. Ça risque de prendre un peu plus de temps. Je connais quelqu'un qui pourrait nous aider.

— Mais tu ne vas pas leur donner les paupières ?

— Un fragment seulement, ils n'ont pas besoin de plus pour le moment. Si c'est le cas, si c'est bien un tatouage, on avisera. Je peux m'en occuper dès aujourd'hui. Mais tu sais, il y a peut-être un moment où il va falloir en parler à la police.

— Non, surtout ne fais pas ça, je n'ai aucune confiance. Et je ne tiens pas à retrouver ça dans la presse.

— Es-tu vraiment certaine que c'est un accident ?

— Je me pose la même question… mais les flics sont formels, c'est la cuve de fuel…

— Bien, on reparlera de tout ça en temps voulu. Viens, on remonte.

Sinead franchit le sas la première, Mia la suivait l'éprouvette à la main. Elles commencèrent par enlever leurs gants, leurs blouses. Sinead tournait le dos à la porte.

— J'aimerais que tu viennes passer un peu de temps à la maison. Le temps de te retourner.

— Je ne pense pas, je…

— Arrête, j'ai une jeune fille au pair, on pourrait aller prendre l'air rien que toi et moi, comme au bon vieux temps.

— D'accord…, céda Sinead.

— Bien.

Le regard de Mia, qui faisait face à la porte transparente

s'assombrit brusquement, Sinead fit volte-face. Un type se tenait dans le couloir et tambourinait à la vitre, faisant signe d'ouvrir. Elle reconnut l'enquêteur qui avait accompagné la police de Letterkenny pendant les interrogatoires à l'hôpital.

— C'est un flic, souffla Sinead.

— Qu'est-ce qu'il fout ici ?

— J'en sais rien, ouvre.

Mia déverrouilla la porte.

— McKeown.

Sinead fit un pas pour sortir du sas.

— Qu'est-ce que… ?

Elle comprit avant même de terminer sa phrase. Quatre flics en uniforme marine de la Garda attendaient en embuscade, plaqués contre le mur. Armes braquées vers son visage, doigt sur la détente.

— Sinead McKeown, vous êtes en état d'arrestation. Vous êtes suspectée d'assassinat sur la personne de Gari Weiss, aggravé d'acte de terrorisme. Vous avez le droit de garder le silence, tout ce que vous direz pourra être retenu contre vous…

10.

— LÂCHEZ-MOI, SALES FLICS DE MERDE ! rugit Sinead.

Un policier la plaquait contre le mur tandis qu'un autre tentait de lui passer les menottes.

Mia s'interposa.

— Vous avez pénétré sans autorisation dans un laboratoire du Trinity College. Lâchez-la.

Le flic en civil la repoussa fermement du plat de la main.

— Nous n'avons besoin d'aucune autorisation, ne vous mêlez pas de ça, reculez.

Mia écarta vigoureusement le bras du flic.

— Ne me touchez pas… Sortez d'ici immédiatement ! Elle est innocente.

Il se retourna vers Mia en souriant.

— Innocente… vous semblez ne pas bien connaître cette jeune femme. Allez ! Passez-lui les menottes. Qu'est-ce que vous cachez dans ce tube que vous tenez à la main, joli docteur ?

— Des staphylocoques dorés, je serais ravie de te les mettre dans le froc, connard !

À ce moment, Sinead se cabra et d'une ruade parvint

à se dégager de l'étreinte des flics. Elle balança un puissant coup de coude dans la gorge d'un officier qui valdingua contre les autres et profita de l'effet de surprise pour s'enfuir à travers le dédale de couloirs.

— ELLE SE BARRE !

Sinead courait à perdre haleine.

Derrière elle, la cavalcade des flics lancés à ses trousses martelait le carrelage. Elle devait les distancer.

Devant elle, une dizaine de chaises alignées contre le mur.

L'Irlandaise les balança les unes après les autres, pour freiner ses poursuivants. Elle accéléra, gravit la volée de marches qui menait vers le hall, puis sortit en percutant les portes battantes.

Les battements de son cœur cognaient dans ses tempes.

Il ne fallait pas faiblir, ne pas s'arrêter.

Elle traversa le stade en direction des grands arbres. Ses poumons avaient peine à se gorger d'air, et à chaque pas elle avait l'impression de s'enfoncer jusqu'aux chevilles dans la terre humide.

En tournant la tête, elle vit les flics surgir du Moyne Institute.

Ils étaient à moins de cinquante mètres et elle était toujours à découvert. Il ne lui restait qu'un moyen de leur échapper : utiliser ce campus qu'elle connaissait comme sa poche.

Elle se glissa entre le bâtiment du musée et la Berkeley Library jusqu'au Fellow's Square et jeta un coup d'œil à sa montre.

15 heures. L'heure d'affluence.

Il lui fallait gagner la zone touristique. Elle fourra

son manteau noir en boule dans un buisson et tout en tournant à l'angle de l'ancienne bibliothèque, elle détacha sa queue-de-cheval avant de se fondre dans un groupe de touristes allemands qui se dirigeaient vers Parliament Square.

Sa ruse ne tiendrait pas longtemps. Elle devait mettre à profit les quelques instants de confusion pour rejoindre le bâtiment de la Société de philosophie. Son unique chance de s'en sortir.

En un coup d'œil, elle vit les flics se déployer, radio à la main, sur la place du Campanile. Des sirènes hurlaient dans le lointain… Des renforts avaient été demandés. En moins de dix minutes, le Trinity College serait truffé de policiers et elle serait prise au piège.

Le bâtiment de la Phil était enfin en vue, mais le groupe de touristes progressait trop lentement.

Un nouveau coup d'œil.

Les flics se rapprochaient.

En échange d'un sourire, elle emprunta le guide dépliant de sa voisine pour dissimuler son visage et continua à avancer à petits pas au milieu des autres.

Trente mètres la séparaient désormais de l'entrée principale de la Phil. C'était maintenant ou jamais.

Elle inspira profondément et jaillit telle une flamme, arrachant des cris de surprise aux touristes qui s'écartèrent brutalement.

À peine quinze secondes plus tard, les radios des flics se mirent à crépiter à l'unisson.

— Delta 4. Appel à toutes les unités, suspect repéré. Signalement : femme blonde, cheveux longs, pull bleu, se dirige vers le nord… Je répète, se dirige vers le nord de Parliament Square et Botany Bay. Bouclez la zone et bloquez toutes les issues.

L'instant d'après, deux flics en uniforme fonçaient droit sur elle.

Sinead survola les marches du perron du Graduate's Memorial Building et se retrouva dans le hall d'honneur.

Elle grimpa quatre à quatre l'escalier qui menait à l'amphithéâtre, mais au lieu de pénétrer dans la salle de conférences, elle obliqua vers la droite et gagna l'étroit couloir des bureaux de l'administration. Au bout, elle dévala un escalier en colimaçon qui la ramena jusqu'au rez-de-chaussée.

Juste devant elle se dressait la porte noire qu'elle cherchait.

La cave.

Sa mémoire ne l'avait pas trahie, au contraire, elle l'avait guidée.

Encore quelques secondes et elle serait hors d'atteinte.

Le bâtiment ne datait que des années 1900, mais il avait été construit sur des ruines plus anciennes. Un jour, avec d'autres membres de la Phil, ils avaient décidé d'explorer les sous-sols. Au cœur des salles immenses qui remontaient à la période gothique, ils avaient trouvé la moitié d'un soupirail muré mais miraculeusement conservé par l'architecte qui avait conçu l'actuel bâtiment. Ils étaient revenus équipés de torches, de cordes et avaient mis au jour un tunnel qui menait à un réseau souterrain datant du XVIIe siècle, une période particulièrement sanglante durant laquelle Jacques II le Catholique et ses jacobites avaient tenté en vain de soustraire l'Irlande au joug des Anglais. Le Trinity College avait été fondé par la Couronne britannique, les protestants, seuls autorisés à étudier, avaient dû creuser ces galeries pour échapper à d'éventuelles représailles des catholiques.

Il n'y avait qu'à espérer que l'accès n'avait pas été bouché depuis ses années d'études. Dans le cas contraire, elle serait définitivement perdue.

Elle tenta de pousser la lourde porte.

Fermée.

Les flics étaient en train d'investir le bâtiment.

Elle se pencha vers la serrure. C'était la même qu'elle et ses compagnons avaient forcée pour s'introduire dans le sous-sol. Elle appuya son épaule sur le bois et força de tout son poids pour faire jouer les gonds jusqu'à ce que la porte finisse par céder.

Sur un tableau de bois couvert de poussière et de toiles d'araignées, Sinead repéra plusieurs jeux de clés rouillées et une petite lampe de poche plate que personne n'avait touchée depuis des temps immémoriaux. Elle en souffla la poussière et l'alluma pour la tester. La lueur était faible mais ça ferait l'affaire.

Elle progressait dans le couloir jonché de cartons éventrés, de chaises en bois brisées… De chaque côté, les voûtes s'ouvraient sur les fameuses caves.

D'après ses souvenirs, le soupirail se trouvait dans la deuxième sur la droite.

Sinead la traversa jusqu'à l'angle opposé. Le désespoir la saisit lorsqu'elle découvrit les dizaines d'objets, et surtout une imposante armoire métallique, qui avaient été entreposés le long du mur qui lui permettrait de s'échapper. Les flics n'allaient plus tarder à descendre. Elle poussa les cartons puis s'allongea sur les dalles. À peine trente centimètres séparaient le bas de l'armoire du sol. Il fallait que ça passe.

L'écho de la voix des flics qui s'engouffraient dans l'escalier lui donna l'impulsion.

Elle s'aplatit au maximum et rampa en balayant le mur de sa torche jusqu'à repérer l'arc de cercle qui se dessinait sur la paroi.

Le soupirail était là. À cinquante centimètres à peine.

Elle pivota sur elle de manière à placer ses pieds vers l'avant et frappa les blocs de calcaire de toutes ses forces jusqu'à en faire tomber un premier. Elle et ses amis les avaient descellés lors de leurs expéditions de jeunesse… Douze ans s'étaient écoulés et personne ne semblait avoir revisité les souterrains.

Les flics se rapprochaient.

Sinead poussa plus fort sur les autres blocs jusqu'à provoquer un nouvel éboulement. La brèche ouverte, elle passa ses jambes puis glissa tout entière dans la cavité. Une fois de l'autre côté, elle remit les blocs en place et s'enfonça dans l'obscurité d'une galerie.

La lampe faiblissait dangereusement, elle ouvrit le boîtier métallique, mordit à pleines dents la grosse pile plate pour lui donner une seconde vie et continua d'avancer en prenant appui sur le mur suintant d'humidité pour ne pas trébucher sur les amas de gravats qui s'étaient effondrés de la voûte. Elle savait que ce tunnel la conduirait de l'autre côté du campus.

Après avoir parcouru une distance qu'elle évalua à trois cents mètres, Sinead tomba sur une intersection. Le tunnel se séparait en deux galeries plus étroites. L'une partait à gauche en direction de Nassau Street et les écuries du Prévôt, mais Sinead se souvenait que la sortie était totalement obstruée. Elle emprunta la galerie de droite, inondée par les eaux, qui la mena droit vers les soubassements d'un des lieux les plus secrets du campus. Chaloner's Corner.

Imbriqué entre la chapelle et le réfectoire, c'était le plus petit cimetière de Dublin, où étaient enterrés les prévôts décédés dans l'exercice de leurs fonctions. Cette crypte était elle-même reliée à un autre réseau souterrain de Dublin dont une des issues donnait sous un porche de Grafton Street. Elle pourrait sortir par là, le moment venu.

Pour la première fois depuis l'intervention des flics, elle s'autorisa à respirer.

Que s'était-il passé ? Qu'avaient trouvé les enquêteurs pour conclure à un acte criminel ? Et pourquoi elle ? Même si elle avait une idée des raisons qui pouvaient faire d'elle le suspect idéal, elle ne parvenait pas à déterminer quels éléments avaient pu conduire à sa mise en cause dans cette affaire… Et comment l'avaient-ils retrouvée au College ? Sans doute en la traçant à l'aide du coup de fil qu'elle avait passé à Mia depuis son hôtel de Fahan.

Sinead remit à plus tard ses interrogations pour se concentrer sur une priorité plus immédiate.

Organiser sa cavale.

Elle avait échappé à l'arrestation mais désormais elle était une fugitive recherchée par tous les flics d'Irlande. Elle savait que dès le lendemain matin sa photo circulerait dans les médias et ferait la une des journaux, probablement même celle du *Times*. Plus question de retourner dans le Donegal, ni même de reprendre contact avec Mia.

Elle devait quitter l'Irlande.

Pour cela il n'y avait qu'un moyen. L'idée la répugnait mais elle savait que sa seule chance était de lancer une contre-enquête qui lui permettrait de se disculper. Il ne lui restait plus qu'à attendre que les flics relâchent la pression sur le quartier.

Elle fit l'inventaire de ses poches : un trousseau de clés, un carnet et un stylo, son passeport et son portefeuille. À la vue de ses cartes de crédit, elle comprit qu'elle ne pourrait plus les utiliser. Il lui restait 60 livres irlandaises en cash. Pas de quoi tenir très longtemps, sans compter qu'elle allait devoir acheter un ticket de bus… Des déplacements en taxi étaient également à prévoir.

Après un temps de réflexion, Sinead décida de passer la nuit dans la crypte. Elle avait besoin de dormir, et vu l'heure qu'il était, les prochains bus pour la destination qu'elle devait atteindre ne partiraient plus avant le lendemain matin. En attendant, elle serait plus en sécurité dans ce trou qu'à courir les rues de Dublin.

Dès la première heure, il lui faudrait se procurer une parka au grand magasin Penney's sur O'Connell Street, puis prendre un taxi pour la gare routière. À partir de là, elle partirait en direction de l'Irlande du Nord. Belfast. La route de tous les dangers.

Un monde de violence et de haine qu'elle avait fui et banni de sa mémoire. Pourtant, en moins de vingt-quatre heures, cette terre était redevenue son seul espoir, sa terre promise.

11.

POURSUITE AU TRINITY COLLEGE

La journaliste du Times,
Sinead McKeown, en cavale
après une arrestation manquée.
Par Tom Bendis, notre envoyé spécial
à Letterkenny

C'est une femme potentiellement dangereuse, impulsive et imprévisible qui a échappé aux forces de police hier sur le site du Trinity College, à Dublin, en pleine heure d'affluence. Aucun coup de feu n'a été tiré mais selon Seamus Shawn, enquêteur de la section criminelle de la Garda, à l'origine de l'arrestation manquée, « cela ne signifie pas qu'elle n'est pas armée. Étant donné la présence de nombreux touristes et étudiants sur le campus lors de l'intervention, nous avons préféré relâcher la pression autour du suspect pour ne pas risquer de déclencher une fusillade.

Originaire de Belfast, Sinead McKeown entretient des liens étroits avec l'IRA, nous demandons donc à toute personne qui la croiserait de faire preuve de la plus grande prudence ». Cette nuit, Sinead McKeown, journaliste grand reporter au *Times*, était toujours en cavale.

L'affaire commence dans la nuit du 9 au 10 octobre, où le cottage familial situé aux environs de Fahan dans le Donegal est détruit par une explosion attribuée dans un premier temps à une cuve de fuel défectueuse. Les pompiers retrouveront quelques heures plus tard le corps carbonisé de son mari Gari Weiss, journaliste d'investigation, dans les décombres de la maison. Enceinte de cinq mois, Sinead McKeown, qui était dans le jardin au moment du drame, a été victime d'une fausse couche, mais est ressortie quasiment indemne de la déflagration. « Les accidents de cuves de fuel sont rares mais cela arrive malheureusement, indique le chef des pompiers volontaires de Fahan. Ce qui nous a le plus étonnés, c'est la violence dévastatrice de l'incendie qui a suivi le blast. Nous en avons informé le procureur qui a dépêché une équipe de la police scientifique et technique sur les lieux du drame. » Ce n'est que cinq jours plus tard que les analyses ont révélé la présence de résidus d'oxyde de fer et de poudre d'aluminium, soit les composants d'un mélange explosif capable d'atteindre des températures de plusieurs milliers de degrés connu sous le nom de « thermite » et utilisé dans les bombes incendiaires au phosphore. Selon Shawn, la thermite a pu être utilisée dans le but d'effacer les traces d'un crime effroyable commis quelques minutes ou quelques heures plus tôt dans le cottage. Gari Weiss ayant déjà été inhumé, c'est une seconde lecture des scanners des restes du corps qui a permis de déceler que le journaliste avait été assassiné avant l'explosion. « Des coups d'une barbarie extrême ont été portés sur la victime, indique le détective Shawn. Nous avons retrouvé une quinzaine d'entailles causées par la lame d'un poignard qui ont brisé certaines côtes, atteignant parfois les vertèbres de la victime de la gorge au sternum. »

La police, encore incertaine sur le mobile de ce crime crapuleux, n'exclut pas un acte de folie de la part de Sinead McKeown, sans doute marquée par une enfance bercée par la violence des troubles qui ont secoué l'Irlande du Nord depuis ces trente dernières années.

Un avis de recherche national a été délivré à son encontre.

Sinead tourna le visage vers la fenêtre du car qui l'emportait en direction de Belfast. Les révélations de l'*Irish Mirror* avaient sur elle l'effet d'un flacon de vitriol qu'on lui aurait jeté au visage. Gari poignardé, la thermite… Elle ne parvint pas à réprimer la nausée qui la submergeait. Elle attrapa le sachet en papier dans le vide-poche devant elle et vida son estomac en deux spasmes.

Sa voisine, une petite femme frêle d'une soixantaine d'années à l'accent nord-irlandais ferma sa bible usée jusqu'à la toile et lui demanda :

— Ça va aller ?

— Oui, je suis désolée. Chaque fois, le car me fait cet effet. Mais le train, c'est pire… J'ai tellement honte.

— Ça arrive à tout le monde… et puis moi aussi je déteste les transports. Mais ne vous inquiétez pas, j'ai perdu l'odorat il y a longtemps, sourit la femme avant de replonger dans sa lecture.

Sinead se tourna de nouveau vers la vitre et ferma les yeux. Elle ne pouvait plus perdre de temps à s'apitoyer sur son sort. Elle refoula les flots d'angoisse qui l'assaillaient. Le sang-froid et la lucidité seraient ses seuls alliés pour se sortir de cette situation. Elle se concentra pour essayer de se remémorer la nuit du drame.

Vingt minutes.

C'est le laps de temps où elle était restée dehors, mais elle n'avait pas vu physiquement Gari durant les deux heures précédentes : il s'était enfermé pour travailler dans son bureau dès leur dîner fini. Que s'était-il passé ? Était-il possible que quelqu'un se soit introduit dans la maison pour l'assassiner sans qu'elle entende quoi que ce soit ? Elle s'était assoupie… la réponse était donc oui. Mais la thermite… Le meurtrier avait pu visiter le cottage un autre jour en leur absence pour la déposer… ça semblait fou mais elle ne voyait pas d'autre explication.

Pour quelles raisons ? Pourquoi seul Gari avait-il été tué ? Était-elle visée également ? Son excursion nocturne lui avait-elle sauvé la vie ?

Tout cela était incompréhensible.

Découvrir le véritable meurtrier était sa seule chance de s'en sortir, mais ce qui lui semblait envisageable avant la tentative d'arrestation lui paraissait aujourd'hui impossible. Recherchée par la police, sans argent… L'ampleur de la tâche était tout simplement délirante.

Elle regarda discrètement la photographie que l'*Irish Mirror* avait publiée d'elle pour accompagner le torchon qui faisait office d'article. C'était un ancien portrait qu'ils avaient piqué dans un numéro du *Times*. Elle portait alors les cheveux courts et avait l'air beaucoup plus jeune, plus garçonne qu'aujourd'hui. Elle avait, le matin même, utilisé une partie de son argent pour changer d'aspect physique. Avant de rejoindre la gare routière de Newry, elle s'était procuré comme prévu l'anorak noir ainsi qu'un bonnet et une paire de lunettes de vue à monture épaisse. Tout ça l'aiderait à passer plus facilement en Irlande du Nord. Mais les risques de se faire reconnaître étaient toujours bien réels, d'autant qu'il existait des liens entre les flics irlandais et les RUC[1], la police anglaise d'Ulster.

Le paysage d'hiver défilait sous ses yeux. À mesure

1. Royal Ulster Constabulary.

qu'elle approchait de Belfast s'esquissait la pauvreté moderne de l'Irlande. Les cottages misérables mais pleins de charme avaient cédé la place à des chapelets de pavillons préfabriqués qui s'égrenaient dans la campagne morne.

La frontière avec l'Ulster était proche à présent.

Avant de parvenir à South Armagh, Sinead aperçut la tour de guet du Cloghogue Checkpoint qui surplombait la zone. La cabane blindée perchée en haut d'un échafaudage d'une dizaine de mètres permettait aux soldats britanniques de contrôler visuellement tout le périmètre, soit une route et la voie ferrée qui acheminait l'*Enterprise*, le train de passagers en provenance de Dublin. Cette précaution n'avait jamais découragé les soldats de l'IRA : à plusieurs reprises, ils avaient attaqué à la bombe ces postes militaires dans des attentats sanglants. C'est cette violence qui l'avait poussée à quitter l'enclave. C'est cette même violence qui aujourd'hui la rattrapait et l'accusait d'un crime dont elle était innocente.

Le car ralentit au check-point pour venir se ranger dans une file d'une quinzaine de véhicules qui attendaient de passer au contrôle. Le long de la route, Sinead pouvait apercevoir les rangées de camions blindés. Des soldats équipés de casques, gilets pare-balles et armes lourdes montaient la garde au pied des blocs de béton armé qui fermaient la frontière. Un feu rouge au-dessus d'un panneau « STOP » indiquait aux conducteurs de n'avancer qu'au moment de l'appel. La guerre était réelle et la tension perceptible dans les regards nerveux et les doigts des soldats britanniques prêts à appuyer sur la détente de leur arme.

Ils avançaient au pas.

Du revers de la manche, Sinead essuya la buée qui s'était formée sur la vitre. En collant son visage contre le verre Securit glacé, elle distingua les militaires qui contrôlaient les passagers par la portière de leur voiture. Certains réclamaient des papiers d'identité, d'autres discutaient quelques secondes. Puis ce fut à leur tour. Le chauffeur du car avança jusqu'au feu. La porte s'ouvrit dans un souffle pneumatique, laissant monter un officier des RUC facilement identifiable à son uniforme kaki, son fusil-mitrailleur et la casquette démesurée frappée du blason à la lyre surmontée d'une couronne. À l'extérieur, des soldats tournaient autour du car, frappant à coups de crosse sur la tôle cabossée. Une technique pour faciliter le repérage des individus suspects en créant le malaise. Au moment où le flic s'engagea dans l'allée centrale, Sinead sentit son cœur s'accélérer. Il avançait à pas lents, dévisageait un à un les voyageurs. Il contrôla un homme au cinquième rang, en interrogea un autre, puis reprit sa marche. Sinead inspira profondément. Le fait qu'il contrôle plusieurs passagers signifiait sans doute qu'ils ne cherchaient personne en particulier, en même temps elle ne pouvait s'empêcher de penser que c'était une ruse pour faire monter la tension, comme les coups de crosse sur la carrosserie. La cherchaient-ils, elle ? Elle n'avait aucun moyen de le savoir. Elle regarda, impuissante, ses mains secouées de tremblements. Elle savait qu'elle se trahirait au premier regard. Alors elle ferma les yeux et s'enfonça profondément dans son siège. Elle ne voyait plus l'officier des RUC mais elle sentait les vibrations des rangers sur la moquette élimée. Il approchait. Il s'arrêta net devant sa rangée. Il y eut un silence puis il ordonna :

— Vous !

C'était pour elle. Son cœur battait dans sa poitrine comme un tambour. Sinead garda les yeux fermés, elle pourrait plus facilement masquer sa peur en feignant de se réveiller.

— Mademoiselle ?

Ne réagis que s'il te touche.

Sinead garda les yeux fermés.

Sa voisine soupira puis s'adressa au flic :

— Elle ne se sent pas bien.

— Vous voyagez ensemble ?

— C'est ma locataire, elle loue une chambre chez moi. Elle a gentiment accepté de m'accompagner jusqu'à Belfast, je vais voir ma sœur. Je n'aime pas voyager seule, ma santé est mauvaise, je marche mal… et voilà que c'est elle qui est malade.

— Malade ?

La femme saisit le sachet dans lequel Sinead avait vomi et le balança sous le nez du flic.

— Laissez-la dormir, par pitié. J'ai pas envie qu'elle remette ça.

Le type hésitait. Sinead ouvrit un œil et lui fit un léger sourire souffrant.

— Bien, bien.

Sans un mot, il tourna les talons et redescendit du véhicule. Tandis que le car s'ébranlait pour passer la frontière et reprendre sa route en direction d'Armagh puis de Belfast, Sinead se redressa dans son siège et regarda sa voisine fixement.

— Pourquoi avez-vous fait ça ?

La femme montra à Sinead l'exemplaire de l'*Irish Mirror* qui dépassait du cabas qu'elle serrait entre ses jambes. Elle parla à voix si basse que Sinead dut quasiment lire sur ses lèvres.

— J'ignore si ce journal dit la vérité… je ne l'espère pas… mais comme vous, je viens de Falls Road, jeune femme, votre nom m'a tout de suite rappelé le malheur qui a frappé votre famille. La seule pensée que vous puissiez être arrêtée par un RUC n'était tout simplement pas acceptable.

Sinead caressa les doigts frêles et noueux de la vieille dame sans répondre.

Vingt minutes plus tard, le car traversait Lisburn Road. Ils approchaient de Maze Town. Sinead salua sa voisine, enfonça son bonnet sur sa tête et se dirigea vers la porte. Le bus filait normalement jusqu'à Lisburn sans marquer d'arrêt à Maze, elle aurait dû prendre un taxi mais elle n'avait presque plus d'argent, et les chauffeurs, pour la plupart protestants, refusaient d'embarquer les passagers catholiques, qu'ils considéraient pis que des chiens.

Trois autres passagers se présentèrent à la porte et, sans qu'ils aient besoin de demander quoi que ce soit, le chauffeur s'arrêta à l'intersection avec Kesh Road et leur ouvrit la porte en leur souhaitant une bonne journée. Sinead descendit la première et remonta le col de son anorak pour se protéger du froid.

Elle marchait sous les nuages de fer, le long du talus, regardant ses pieds fouler la terre. Sa terre natale. Elle ne l'avait plus revue depuis seize ans.

Lorsqu'elle releva les yeux, elle vit droit devant elle les clôtures grillagées surmontées de pelotes de barbelés, les hauts murs de béton, les miradors vitrés, les blocs H où étaient morts Bobby Sands et les grévistes de la faim… À moins de cent mètres se dressait Long

Kesh, la sinistre prison des soldats de l'IRA, une des plus redoutées et des mieux gardées d'Europe.

D'une manière ou d'une autre, elle devait trouver le moyen d'y pénétrer.

Alors qu'elle était recherchée par tous les flics d'Irlande, c'était dans cette geôle, ce lieu de mort, qu'elle venait chercher son salut.

12.

C'était insensé, pourtant Sinead avait la certitude que personne, pas même le plus vicieux des RUC, ne viendrait la chercher derrière ces murs.

En approchant de l'enceinte surveillée par les patrouilles de militaires en casque, treillis et gilet pare-balles, l'Irlandaise évalua les risques immédiats : un mandat d'arrêt international ne se délivrait pas en un claquement de doigts. Pour quelques heures, elle était ici en relative sécurité. Mais il lui fallait pénétrer à l'intérieur de l'enceinte le plus rapidement possible.

Restait un obstacle : le droit de visite.

Elle passa le long d'un cortège de véhicules blindés, le regard rivé vers le sol en signe de soumission et se dirigea vers l'entrée principale de la prison.

Sinead n'était venue ici qu'une fois, à l'âge de quinze ans, mais elle se souvenait parfaitement de la sévérité des règles. Les visites aux détenus étaient planifiées à l'avance. Aucune chance d'avoir accès au parloir au pied levé. Un contact direct avec l'administration pénitentiaire se solderait par un refus. Elle écarta également l'idée de demander conseil à des proches de sa famille à Belfast. Elle ne les avait pas vus depuis des années et beaucoup considéraient sans doute sa désertion prolongée comme une trahison ; personne ne l'aiderait directement.

Les quakers étaient la seule solution.

À l'extérieur de la prison, plusieurs bâtiments en préfabriqué s'alignaient le long de la route goudronnée. Sinead poussa la porte du premier, qui avait été peinte en rouge et dont le toit était surmonté d'une petite croix et d'une pancarte signalant « Les Amis de Long Kesh ». Un centre d'accueil quaker pour les familles de détenus. Bien que protestants, les volontaires étaient avant tout militants antiviolence et pro-paix. Ils tenaient un rôle essentiel au cœur des « Troubles », la guerre qui secouait l'Ulster et opposait loyalistes, protestants qui avaient juré fidélité à la Couronne d'Angleterre, et républicains catholiques qui revendiquaient la terre d'Irlande du Nord.

L'intérieur consistait en une vaste salle aux murs blancs crasseux et à la moquette beige. Sur le mur, une reproduction d'un portrait du XVIIe siècle représentant l'austère George Fox, fondateur du mouvement religieux, en chapeau à large bord, redingote noire et écharpe immaculée. Juste en dessous, quatre tables en Formica qui contrastaient avec le portrait étaient alignées les unes à côté des autres. Au fond, deux portes s'entrouvraient sur des bureaux réduits dont quelques dessins d'enfants en faveur de la paix et du dialogue intercommunautaire ornaient les murs.

Deux femmes parlaient à voix basse devant une cafetière en sirotant leurs mugs brûlants. À leur accent rugueux, Sinead comprit qu'elles venaient de Falls Road, le quartier républicain.

Elle s'approcha et les salua en irlandais de Belfast.

— Salut… vous travaillez ici ?

— Non… tu cherches quelqu'un ? répondit la femme de droite, une grande tige maigre comme un clou aux yeux vert amande surmontés d'épais sourcils aussi noirs que sa chevelure.

— Vous avez de la famille à l'intérieur ? demanda Sinead.

— Nos hommes. Qu'est-ce qu'on peut faire pour toi ?

— Je dois voir… un prisonnier.

— Quel bloc ?

— Je ne sais pas.

— Tu ne sais pas ?

— Ma visite n'est pas programmée, ça fait longtemps que je ne suis pas venue…

Les femmes échangèrent un regard puis la première répondit :

— Normalement, c'est une visite par mois, il va falloir que tu aies une bonne raison…

— Le mieux, c'est que tu parles avec Aloïs. C'est le responsable ici, fit la deuxième femme en désignant le bureau du fond.

La pièce avait été peinte en bleu pâle, une étagère chargée de livres bien ordonnés se dressait entre deux classeurs métalliques. Sur le bureau, une boîte de trombones, une agrafeuse, un pot à crayons et une ancienne machine à écrire à côté de laquelle étaient empilées des feuilles avec leur double de papier carbone. Sinead observait du coin de l'œil le petit homme roux et rose assis en face d'elle.

— Pas de permis de visite ? marmonna Aloïs Penn

en grattant son ventre trop gros à travers sa chemise du même bleu que les murs.

— Non, je suis désolée…, répondit Sinead en parcourant du regard les objets disposés sur le bureau.

— Ne soyez pas désolée, c'est moi qui le suis pour vous. Allez, relevez la tête, je ne suis pas un garde de Long Kesh et vous n'êtes pas une détenue. Vous êtes ici pour chercher de l'aide et je vais faire tout ce que je peux, dans la mesure de mes moyens.

Penn l'avait cernée en quelques secondes. En pénétrant en Irlande du Nord, elle avait adopté cette posture soumise qu'elle n'avait jamais eue jusqu'alors. Même à l'époque où elle vivait à Falls Road, elle avait appris à affronter le regard des Brits, à les défier même, depuis son plus jeune âge. Les récents événements qui avaient fait basculer sa vie l'avaient transformée en un être faible, une attitude dont elle devait se débarrasser rapidement, sans quoi elle finirait par la perdre. Elle releva le menton et plongea ses yeux dans le regard perçant d'Aloïs Penn qui esquissa un sourire bienveillant.

— Bien, Ms McKeown, fit l'homme à la voix étrangement grave par rapport à sa petite taille, pouvez-vous me communiquer le nom de la personne que vous souhaitez rencontrer ?

— Adrian McKeown.

Penn griffonna le nom sur un bloc-notes.

— Lien de parenté ?

Sinead considéra un moment le visage rouquin aux joues écarlates avant de répondre :

— C'est un cousin…, mentit-elle.

— Ça va être difficile…, fit Penn en faisant la moue. Motif de la visite ?

Sinead réalisa qu'elle ne s'était pas préparée à la suite de cet entretien. Elle improvisa :

— Je viens de perdre mon mari dans un accident, j'ai quitté Belfast depuis une quinzaine d'années... Adrian est la seule personne susceptible de m'aider à renouer des liens avec ma famille.

— Avez-vous des pièces ? Un certificat de décès ?

— Je n'ai pas...

— Je comprends... Je vais solliciter un droit de visite d'urgence, c'est plutôt calme en ce moment à Long Kesh, il n'y a qu'à espérer que Manning n'a pas pris de cuite hier soir.

— Manning ?

— Mike Manning, l'officier qui gère les droits de visite, répondit Penn en décrochant son téléphone.

Il composa un numéro et attendit en silence. Quelques secondes plus tard, Sinead entendit une voix masculine résonner dans l'écouteur.

— Mike ? C'est Penn... Comment ça va, ce matin ? Ah... bien... Je ne vous embête pas longtemps, voilà, j'ai ici une jeune femme qui demande une visite d'urgence... oui... Non, elle ne vit pas à Belfast... Elle est irlandaise, son mari vient malheureusement de décéder, elle doit rencontrer un certain Adrian McKeown... un cousin, il est la seule famille qu'il lui reste, je me suis dit qu'on pouvait peut-être le lui permettre. Oui, j'ai le certificat de décès... Très bien, je vous remercie...

Penn raccrocha et se tourna vers Sinead.

— Mais qu'est-ce que vous racontez... Je vous ai dit que je n'avais pas le certificat avec moi...

— L'essentiel, c'est que Manning croie le contraire. Il me fait confiance, il ne le réclamera pas. Rassurez-moi... vous avez des papiers d'identité ?

Sinead acquiesça.

— Bien… Arrangez un peu votre coiffure et venez avec moi.

« H.M.P. MAZE », *Her Majesty's Prison*… le nom officiel de Long Kesh s'alignait en lettres blanches sur une plaque noire frappée du blason de la Couronne britannique. Le long des murs de la prison, le vent du nord faisait battre les pans de la veste en tweed du petit homme. Penn sonna à l'interphone, déclenchant immédiatement une rotation de la caméra de surveillance fixée au pied du mirador. Ils attendirent en silence. Les poings dans les poches de sa parka, Sinead essayait de fixer son attention sur les détails qui l'entouraient, la tôle grise de la porte, ses chaussures sur le bitume sombre, mais elle sentait son cœur s'emballer. Elle avait d'abord cru que c'était la peur de se jeter dans la gueule du loup, elle comprenait à présent que c'était l'appréhension de revoir Adrian. Quinze ans s'étaient écoulés depuis leur dernière rencontre, quinze années qu'il avait passées derrière les barreaux. Quinze années où elle avait quitté le monde de l'enfance pour devenir une femme et où il était devenu une bête en cage.

Le feu orange se mit à clignoter au-dessus de la porte blindée. Penn se tourna vers elle et lui glissa à l'oreille :

— Vous ne dites rien, vous me laissez parler. Manning peut changer d'avis à tout moment.

La porte s'ouvrit et ils pénétrèrent dans l'enceinte.

Un grand type en uniforme bleu foncé vint à leur rencontre. Manning. Il jeta un regard inexpressif à

Sinead puis fit signe à Penn de le suivre. Quelques instants plus tard, le quaker était de retour.

— Voilà, Sinead, tout est en règle. Vous allez être escortée jusqu'au parloir. Je vous laisse en vous souhaitant de sortir plus forte de cette épreuve.

Sinead remercia Penn, puis un gardien pointa la direction à suivre avec sa matraque. Ils passèrent un premier sas, une porte blindée électrique bleu pastel surmontée de barbelés, puis ils suivirent un long corridor à ciel ouvert jusqu'à une seconde guérite. Le gardien pressa le bouton d'appel de l'interphone. Silence. Nouvelle rotation de caméra, puis la porte s'ouvrit automatiquement. Sinead était à présent au cœur de la prison, entre les sinistres blocs H où étaient répartis les prisonniers politiques selon qu'ils étaient loyalistes ou républicains. Plusieurs milliers d'hommes étaient enfermés ici, pourtant aucun son ne parvenait jusqu'à elle, hormis ce sifflement sourd du vent. Sinead avait grandi parmi les républicains, elle comprenait leur cause, mais elle ne pouvait s'empêcher de les haïr, tout autant qu'elle haïssait les flics et toute forme d'autorité militaire. Ce lieu cristallisait à lui seul toute la haine et la violence qui avaient marqué son enfance. Les siens lui avaient souvent reproché d'avoir rompu les liens, attitude qu'ils jugeaient égoïste, mais c'était plus fort qu'elle. Elle chassa ces idées de son esprit et pénétra dans le parloir.

Face à la salle déserte tout en longueur, composée d'une allée centrale qui s'ouvrait sur des box numérotés dans lesquels on avait installé des bancs en bois face à face, Sinead songea à une sorte de wagon de train qui embarquerait des familles mais resterait éternellement à quai. Adrian n'était pas encore arrivé. Depuis sa dernière visite, qui remontait à une vingtaine d'années, les lieux avaient profondément changé. La première fois, elle avait eu le sentiment d'entrer dans une prison militaire improvisée sur un champ de bataille, les conditions de détention étaient terribles, mais d'une certaine manière, l'aspect provisoire de tout ça donnait l'impression que cette guerre allait s'arrêter, que les prisonniers seraient libérés, que tout s'arrangerait. Ça avait empiré. L'Ulster s'était enfoncé dans la guerre et l'horreur. Il y avait eu le Dirty Protest au cours duquel les républicains, qui luttaient pour être reconnus comme prisonniers politiques, avaient étalé leurs excréments sur les murs de leurs cellules, et suivi une grève de la faim, puis la mort de Bobby Sands et de neufs autres soldats de l'IRA. À compter de ce sinistre jour de mai 1981, Sinead avait compris que plus rien ne serait comme avant. Elle avait quitté Belfast avec la certitude qu'elle n'y reviendrait jamais.

L'Irlandaise fit quelques pas.

Le personnel de la prison avait disposé quelques maigres plantes et des jouets pour les enfants des détenus sur les tables basses installées au centre de l'allée. Tout dans ce parloir disait à Sinead que cette guerre dégueulasse s'était institutionnalisée et que l'espoir d'un accord de paix était définitivement parti en fumée.

Une présence derrière elle l'arracha à ses pensées. Elle resta figée sur place sans oser se retourner. Une main rugueuse se posa sur son épaule.

Sinead sentit alors le torse se poser contre son dos, les bras comme des branches noueuses l'envelopper, puis un souffle et le baiser tendre dans ses cheveux.

— Petite sœur… j'ai toujours su que tu reviendrais.

D'une voix martiale, le maton leur indiqua le box n° 14. Sinead s'installa de manière à lui tourner le dos. Adrian prit place à ses côtés.

Silence.

Sinead regardait droit devant elle, incapable d'affronter le regard de son frère. Son unique frère, et qu'elle avait pourtant voulu oublier.

De dix ans son aîné, Adrian avait quarante ans passés. Son corps était puissant mais son visage, strié de rides profondes et de cicatrices, était devenu un masque de souffrance. Sa belle chevelure auburn ébouriffée d'autrefois avait cédé la place à un casque ras de cheveux gris fer et on pouvait lire en filigrane des tatouages imprimés sur sa peau les épreuves d'un guerrier en cage.

Sinead lut à voix haute l'inscription en gaélique qui dépassait de sa manche.

— *Tiocfaidh ár lá*... Notre jour viendra… Elle passa un doigt sur ses lèvres puis demanda :

— Tu y crois encore ?

— C'est pour me parler de ça que tu es venue me voir ?

— Non.

— Te pointer ici alors que tu as les flics au cul… Tu n'as pas changé, petite sœur…, murmura Adrian. J'ai appris pour ton mari.

Sinead tourna lentement le visage vers lui. Pour la première fois elle croisa son regard.

— Et qu'est-ce que tu as appris ?

— Rien de plus que ce qu'il y avait dans la presse. L'explosion, le cottage, sa mort, les soupçons qui pèsent sur toi.

— Pourris de flics et de journalistes…

Adrian posa sa main sur la bouche de Sinead.

— Chhh… Calme-toi.

— Je n'ai rien fait de ce qu'ils racontent dans ces torchons. J'ai perdu mon enfant, ma vie est détruite… une seconde fois. Cette malédiction qui nous a frappés, ça recommence, Adrian, ça recommence…

La voix de Sinead se brisa dans un sanglot.

— Arrête avec ces histoires. Après toutes ces années tu en es encore là ?

— Et toi, tu en es où ? Tu en serais là si tout ça n'était pas arrivé ? Tu serais à croupir derrière ces barreaux ? À foutre ta vie en l'air.

— Écoute, Sinead, j'ai toujours pris ta défense, toujours défendu tes choix auprès de la communauté. Beaucoup n'ont pas compris…

— Qu'ils aillent se faire foutre !

— Sinead. Tais-toi et écoute-moi.

— C'est toi qui vas m'écouter.

La voix martiale du maton résonna dans le parloir.

— DIX MINUTES !

Adrian referma sa main comme une serre autour du bras de Sinead et parla à voix basse.

— Maintenant, tu te tais ou je sors d'ici et je te laisse te démerder… Sans aide, dans moins d'une semaine les flics t'auront mis le grappin dessus et je te promets que Kesh te paraîtra un quatre-étoiles comparé à ce qui t'attend les trente prochaines années.

Sinead se leva brusquement.

— C'est moi qui me tire.

— Tu t'assieds et tu la boucles ! Je t'aime, Sinead, je sais que tu n'as rien fait de tout ça. Je suis entre quatre murs mais je vais essayer de te sortir de ce merdier. Tu es d'accord ?

Sinead acquiesça d'un battement de paupières.

— Alors raconte-moi ce qui s'est passé.

L'Irlandaise expliqua en détail les dernières semaines, l'explosion, l'hôpital, la découverte des paupières jusqu'à son évasion du Trinity College.

Adrian se passa lentement les mains sur le visage comme pour ôter le stress qui l'enveloppait. Il lança un regard au surveillant et murmura :

— La priorité, c'est ton identité. Tu vas aller sur Bombay Street, au numéro 18, tu sais où c'est ?

— Une ruelle à côté du monastère de Clonard ?

— C'est ça, tu demandes à voir Seamus McMillen, tu lui dis qui tu es, que c'est moi qui t'envoie. Tu lui expliques que tu as besoin d'argent et d'un passeport. Il fera ce que tu lui demandes. Il va falloir te couper les cheveux et les teindre. Après, tu dois te tirer de Belfast… tu files à Londres. Tu vas voir ce Bardsley dont tu m'as parlé, qui était à l'enterrement. Tu n'y vas surtout pas directement, tu prends rendez-vous par téléphone dans un lieu où lui et ton mari avaient l'habitude de se retrouver.

— Le Botanist Club, un cercle privé sur Cadogan Garden's.

— Parfait. Là, tu lui demandes une revue de presse de tout ce qu'a écrit Gari depuis les cinq dernières années, tu passes tout au peigne fin.

— Et après ?

— Tu es journaliste… Tu enquêtes, tu auras de l'argent pour ça, tu amasses le maximum d'informations qui pourraient mener aux auteurs du crime. Tu envoies le tout à une adresse que te donnera McMillen. Les flics finiront par te coincer, il faut que ce jour-là tu aies un dossier complet pour que le juge comprenne que tu as essayé de faire toute la vérité sur l'affaire, que tu fournisses des pistes à explorer. L'IRA produira un démenti officiel sur les prétendus liens qui t'unissent à notre organisation, et on te trouvera un bon avocat. S'ils te prennent maintenant, on fera ce qu'il faut mais ça risque d'être compliqué.

Sinead resta muette.

— Tu as pigé ?

— Oui.

— Tu vas faire ce que je te dis ?

— Je vais le faire… Dis-moi une chose…

— Quoi ?

— L'IRA n'est pour rien dans tout ça ?

— Bien sûr que non.

— Comment peux-tu en être certain, tu es enfermé !

— Parce que Long Kesh, c'est l'IRA. Tu me crois ?

— Oui.

— Bien, ces paupières que tu as trouvées dans le cottage… Il faut que tu comprennes pourquoi Gari les a planquées. S'il y a un lien entre la boîte qui les enfermait et sa mort.

— Ceux qui ont fait ça… tu crois qu'ils voulaient la récupérer ?

— Ça ne colle pas avec la bombe. Gari gardait sans doute un secret, cette boîte ou autre chose. Peut-être était-ce un moyen de pression. Comme ils ne l'ont pas trouvé, ils l'ont peut-être exécuté pour le mettre hors d'état de nuire. Je vais faire envoyer des gars de chez nous pour analyser les traces d'explosifs. Les flics de Dublin ont donné leur version à la presse pour t'incriminer. Ça serait pas la première fois qu'ils racontent ce qui les arrange.

— Merci, Adrian.

— Tu es, tu seras toujours ma petite sœur. Encore une chose, en sortant d'ici, demande le numéro de téléphone réservé aux détenus. On a le droit à une communication par semaine. Si tu as besoin, appelle-moi…

Adrian planta son regard dans celui de Sinead.

— Laisse-moi te serrer une fois dans mes bras.

La voix du maton résonna de nouveau dans la salle vide, sonnant la fin de l'étreinte.

Adrian se leva, il tendit ses poignets et se laissa docilement passer les bracelets d'acier. Sinead le regarda disparaître par la porte réservée aux détenus. Elle savait qu'une fois enchaîné il ne se retournerait pas.

13.

Belfast et ses faubourgs défilaient à travers la vitre du *black cab*. Assise à l'arrière, Sinead regardait en silence la ville de son enfance se dévoiler dans le soleil d'octobre.

Lisburn, Derryaghy, Blacks Road, Ballygammon, à mesure qu'ils progressaient vers le cœur de la ville, Sinead avait plus que jamais le sentiment de pénétrer en zone de guerre. De plus en plus dense, la présence militaire britannique se matérialisait sous forme de check-point, colonnes de Land Rover antiémeutes, véhicules blindés et patrouilles de RUC et de régiments des Royal Marines.

Alors que Dublin se modernisait, ici rien n'avait changé. Entre les petites maisons de brique alignées sur le bitume gris, le conflit déployait ses stigmates. Carcasses de voitures calcinées, monceaux de gravats, immeubles éventrés où se mêlaient les graffitis, des slogans à la gloire de l'IRA, et les *murals*, fresques immenses et colorées à la mémoire des héros républicains tombés pour la cause.

Une lumière douce baignait la ville sans pourtant parvenir à lever le voile de grisaille qui semblait incrusté dans la brique et le bitume ; les traits mêmes des habitants, leurs vêtements, paraissaient marqués par cette noirceur qui emplissait l'atmosphère tout entière. Sinead remarqua une passante, une femme d'une trentaine d'années, manteau brun vieillot, cheveux noirs coupés court et visage fatigué. Elle marchait d'un pas rapide, poussant un jeune enfant dans un landau, un sac de courses en plastique accroché à la poignée. Elle la contempla un moment, comme si elle regardait dans un miroir le reflet de la femme qu'elle n'était pas devenue.

Au carrefour de Ballymurphy, Sinead aperçut le cimetière, où étaient enterrés Bobby Sands et les membres de l'IRA morts en service actif. C'est aussi là, à l'ombre des grands arbres, que reposaient les corps meurtris de ses parents.

Eux aussi, elle les avait abandonnés.

Lorsqu'ils s'engagèrent dans Falls Road, Sinead indiqua la route au chauffeur, un loyaliste de Lisburn qui ne s'était déplacé jusqu'à Long Kesh que parce que Aloïs Penn le lui avait demandé et qu'il avait assuré que la cliente n'était pas une catholique. Pour prévenir toute hostilité, Sinead s'adressait à lui en teintant sa voix d'un pur accent britannique. Elle se fit déposer devant le monastère de Clonard, régla la course avec le peu d'argent qui lui restait et franchit les derniers mètres à pied.

L'Irlandaise longea l'enceinte du couvent et s'engagea dans Kashmir Street. Un quartier calme au premier abord, mais en levant les yeux Sinead pouvait voir la muraille de béton et d'acier d'une dizaine de mètres de hauteur qui séparait Shankill de Falls, érigée pour éviter les affrontements.

On l'avait appelée le « mur de la Paix », pour elle il avait toujours été le mur de la Haine.

La construction avait commencé après les affrontements de l'été 1969. Alors qu'elle avait à peine huit ans, West Belfast avait été mis à feu et à sang par les affrontements des loyalistes et des républicains à la suite d'incidents à Derry. Quatre jours d'horreur au cours desquels les Apprentice Boys[1], accompagnés des milices loyalistes de Shankill, avaient déferlé sur Falls, pour brûler maisons et commerces du ghetto catholique. Les snipers loyalistes avaient abattu des civils innocents qui tentaient d'évacuer le quartier. L'IRA avait organisé une riposte et le quartier s'était enfoncé dans la violence. Le jeudi 14 août, le jeune Sean Rooney, avec qui Sinead étudiait le violon chez Eamon Culbert, avait été abattu dans son lit, victime des rafales d'armes lourdes tirées aveuglément par les RUC en représailles.

Sinead rasa les petites maisons de brique presque toutes reconstruites, jusqu'au numéro 18 de Bombay Street, l'adresse qu'Adrian lui avait indiquée. Un fond de musique et de rires semblait provenir du jardin. Elle pressa la petite sonnette en métal et attendit.

La porte s'ouvrit sur un homme court et trapu, mâchoire carrée, joues couperosées, dont les cheveux gris soigneusement peignés en arrière faisaient ressortir le regard bleu pâle.

— Oui ?

1. Les Apprentis de Derry, fraternité protestante liée à l'ordre orangiste.

— Bonjour, est-ce que Seamus McMillen est là ?

Le type la scruta de la tête aux pieds et balaya la rue d'un regard circulaire.

— Qu'est-ce que tu lui veux ?

— Je dois lui parler.

— C'est moi, lâcha-t-il en fronçant les sourcils.

Sinead glissa les mains dans ses poches.

— Je viens de la part d'Adrian. Je suis Sinead McKeown, sa sœur. Il m'a dit de…

— La fille de Pat McKeown ?

— C'est moi.

Sinead sentit McMillen se raidir. Elle avait fui les troubles, elle était considérée ici comme une lâche.

— Qu'est-ce que tu veux ?

— C'est compliqué d'en parler dans la rue.

— Ça sera pas plus calme à l'intérieur ; on fête le mariage de ma fille, mais entre !

Sinead déposa son anorak sur un tas de manteaux empilés dans l'entrée, tira sur ses vêtements froissés, se recoiffa et pénétra dans le salon. Un homme plus jeune, sans doute lui aussi membre de l'IRA provisoire, était resté derrière la porte pendant leur échange. Il salua Sinead d'un signe de la tête et partit rejoindre les autres. Deux canapés de velours vert avaient été repoussés contre les murs, une soixantaine de personnes buvaient et mangeaient sur des tables alignées dans le salon trop petit. Un poste de radio crachait un tube de Van Morrison. La mariée en robe de satin blanc posait pour un photographe amateur contre le mur en béton du jardin. Personne ne semblait remarquer sa présence.

L'Irlande que Sinead était en train de contempler était la sienne. Elle savait parfaitement que ce monde était comme les autres. Comme ailleurs, cette assemblée recelait son lot de menteurs et de traîtres, pourtant à cet instant précis elle aurait voulu n'avoir jamais quitté cette communauté, elle aurait voulu être l'une d'entre eux, pour pouvoir rire et aimer au cœur de la guerre.

McMillen l'arracha à ses pensées.

— Suis-moi !

Elle lui emboîta le pas. Ils traversèrent le salon puis gagnèrent une chambre au premier étage. Seamus ferma soigneusement la porte derrière lui.

— Qu'est-ce qui se passe ?

— J'ai des ennuis, Adrian m'a dit que je pouvais m'en remettre à vous.

— Raconte ce qu'il t'arrive.

Sinead raconta à McMillen son histoire et le plan qu'Adrian avait échafaudé, des analyses à conduire sur le site du cottage par les chimistes de l'IRA jusqu'au recueil des preuves que Sinead parviendrait à réunir, en passant par le faux passeport et l'argent qu'on devait lui remettre.

Le soldat l'observait, muet.

— Et qui me dit, à moi, que tu es innocente, que tu n'es pas en train de baiser tout le monde pour te barrer encore une fois dans la nature ?

Sinead sonda ses yeux. Chacun de ses mots était un coup de poignard dans sa chair. En aucun cas elle ne devait laisser transparaître ses sentiments. Elle choisit l'attaque comme riposte.

— Vous ne m'aimez pas, McMillen, et je ne vous aime pas non plus. Je suis venue ici parce qu'Adrian me l'a demandé. Maintenant, soit vous m'aidez, soit on en reste là et je repars d'où je viens. Dans les deux cas, je me passerai de vos commentaires.

McMillen soutenait le regard de l'Irlandaise sans montrer la moindre émotion.

— Tu crois que tu peux me parler comme ça, McKeown ? Tu as déserté Belfast, tu as abandonné ton frère en prison, tu n'es jamais venue même fleurir la tombe de tes parents… Aujourd'hui tu es dans la merde et il faut t'en sortir, comme ça, sur un claquement de doigts !

— Écoute-moi, McMillen, on a tous vécu des drames, Adrian et toi avez choisi le camp de la violence et je ne vous juge pas. C'est moi qui ai vu la première le corps de mes parents lorsqu'ils ont été retrouvés, et jamais, tu m'entends, jamais je ne pourrais soutenir une armée qui inflige à des innocents la même peine que celle que j'ai ressentie. Votre engagement vous rend aveugles, intolérants, et c'est pour ça que j'ai décidé de rompre. J'étais une gamine et je n'en pouvais plus de vivre avec Adrian, je savais ce qu'il faisait, les armes, les explosifs qu'il cachait à la maison, et je n'en pouvais plus de vivre en me disant chaque soir que des commandos pouvaient débarquer et nous arrêter, nous tabasser et me dire que j'allais terminer raide et défigurée dans un terrain vague comme ma propre mère. Tu penses que c'est ce que mon père aurait voulu ? Ce qui se passe ici est dégueulasse, McMillen, je suis bien d'accord et chaque fois que j'ai pu, j'ai pris la plume pour le condamner, et cette communauté qui m'a reniée me manque plus que tu ne le penses. Crois-tu qu'une gamine de treize ans qui vient de perdre ses parents dans des circonstances épouvantables mérite de vivre dans cette angoisse permanente ? Penses-tu que cette guerre vaille que chaque catholique, chaque protestant foute sa vie en l'air, sous prétexte qu'il est catholique ou protestant ? C'est vrai que je suis partie, mais aujourd'hui je paye pour mon appartenance à votre clan. Tu crois que ma famille n'a pas assez contribué à cette cause ?

Seamus McMillen passa une main dans ses épais cheveux gris et jeta un regard à travers la fenêtre, comme s'il essayait de diriger ses pensées très loin, au-delà du crépuscule qui tombait sur Belfast.

— Assieds-toi Sinead. L'argent, c'est celui de ton frère, tu peux en disposer. Pour les analyses d'explosifs du cottage, il faut que j'en réfère au commandement, je ne peux pas décider seul.

— Et pour le passeport ?

— Tu parles français ?

— Oui.

— Sans accent ?

— Ma mère était française.

— Bien, alors j'ai ce qu'il te faut. Il va falloir qu'on te coupe les cheveux, qu'on les teigne. Ma nièce Mary est coiffeuse, elle peut s'en occuper.

— OK.

— Attends-la dans la salle de bains au bout du couloir. Après, tu descendras manger, il faut que tu reprennes des forces. Il te faut des vêtements aussi.

— Bien.

McMillen s'apprêtait à sortir, il se figea dans l'encadrement de la porte et s'adressa à Sinead sans se retourner.

— La guerre nous rend méfiants et haineux, Sinead McKeown. Tu es des nôtres, autant qu'Adrian et que ton père.

14.

Les fines gouttes de pluie diffusaient l'éclat des gyrophares des voitures de police qui tournaient en silence sur la route de l'Asile-National. Seuls les crépitements des radios brisaient le calme automnal du bois de Vincennes. Derrière le ruban réfléchissant marqué « Zone interdite » qui délimitait le périmètre de sécurité, on apercevait d'autres fourgons de police, les véhicules des unités mobiles des sapeurs-pompiers et deux grandes tentes de décontamination gonflables jaunes. Des cerbères en tenue montaient la garde le long de l'allée.

La nature, ici, semblait avoir repris ses droits ; de chaque côté de la route Raphaël regardait défiler les murs d'une végétation si dense qu'elle semblait presque impénétrable. À quelques endroits pourtant, il distingua des passages que devaient utiliser les habitants des lieux pour rejoindre leurs campements de fortune. Drago, comme à son habitude, restait muet. Ils poursuivirent leur route entre les feuillages roux. Le Serbe ralentit au premier contrôle où il présenta sa carte tricolore.

— Brigade criminelle.

— Allez-y, fit le brigadier en leur adressant un salut discret. Vous devez attendre d'être pris en charge pour rejoindre la scène de crime.

Drago passa la barrière. Presque aussitôt, Raphaël reconnut Manon Fresnay en pleine discussion avec un gradé des pompiers. Cheveux courts poivre et sel, la quarantaine, un visage fin à l'intensité renforcée par de grands yeux noirs un peu tristes, elle commandait l'Identité judiciaire au Quai des Orfèvres. Ils se garèrent sur le bas-côté et la rejoignirent à la lisière du bois.

— Bonjour, Manon.

— Salut les garçons ! Suivez-moi, je vais vous donner vos combinaisons.

Raphaël alluma une cigarette.

— T'es arrivée la première ? demanda-t-il en soufflant une longue volute bleutée.

— Juste après les pompiers, grimaça Fresnay.

— Quoi ! Ils ont pollué la scène ?

— Les dégâts sont limités. Je leur ai surtout demandé de ne plus toucher à rien. Ils ont trouvé deux sources radiologiques qu'ils ont accepté de laisser en place, ils ont posé des écrans de plomb à certains endroits pour protéger les équipes qui interviennent.

— C'était quoi ?

— Quoi… les sources ?

— Oui.

— Je ne sais pas encore, pour l'instant personne n'est revenu de la zone sécurisée.

— Bien… tu peux nous faire un topo ?

— C'est un jogger qui a donné l'alerte ce matin vers 10 h 30. Un habitué du bois, il courait avec son clebs lorsqu'il a entendu un coup de feu. Une patrouille du XIIe s'est immédiatement rendue sur les lieux. Ils ont mis un peu de temps à trouver la tente de fortune d'où est partie la détonation, elle est à l'écart de celles d'autres SDF qui sont partout dans ce coin du bois. Dedans, il y avait le corps encore chaud d'un type avec le canon d'un pistolet automatique dans la bouche, et la crosse dans la main. Reste à vérifier s'il porte des traces de poudre sur les doigts, mais a priori ça ressemble à un suicide…

— Il y a eu contact des nôtres avec les sources ?

— Une alerte tourne dans les commissariats depuis ce matin. Le gars qui est entré le premier a immédiatement flairé l'embrouille en voyant les brûlures sur le corps. Il a fait boucler le secteur et appelé les pompiers. J'ai discuté avec la 2 du cadavre du quai Henri-IV, ça semble pas mal coller.

— Ouais, ça tient… même géographiquement, l'avenue Daumesnil part d'ici et c'est sur cet axe que la BAC a pris notre gus en chasse lundi soir.

Fresnay ouvrit le fourgon de l'IJ et sortit deux équipements CMIR complets. Elle fixa un petit boîtier noir à la ceinture de chacun des inspecteurs.

— Ce sont les dosimètres électroniques. Ils permettent de quantifier la radioactivité que vous allez absorber.

— Quels sont les risques ? demanda Raphaël.

— Les combinaisons ne protègent pas des radiations. Il faut limiter au maximum le séjour dans la tente et garder le plus possible la distance avec les sources ionisantes. Dans chaque masque vous disposez d'un système radio qui vous permettra de communiquer, poursuivit Fresnay en déballant leurs tenues qui consistaient en une épaisse combinaison à capuche en vinyle kaki, des surbottes, une paire de gants et un masque facial en silicone terminé par une grosse cartouche filtrante métallique déportée sur le côté.

— Vous vous couvrez bien la tête, et vous me scotchez hermétiquement gants et bottes, je veux rien voir qui dépasse, conclut Fresnay en leur tendant un épais rouleau d'adhésif jaune. J'ai trois gars en train de bosser à l'intérieur. Vous attendez quelqu'un d'autre ?

— Le proc, sans doute, mais ça m'étonnerait qu'il s'approche de la zone. La DST ne va pas tarder à se pointer non plus. S'ils n'ont pas de tenue, tu fais traîner et tu les renvoies vers les pompiers, je ne veux pas de ce connard de Dumas sous la tente en même temps que nous.

Au sourire malicieux de Manon, Raphaël comprit qu'il serait tranquille pendant un moment.

Les deux flics rabattirent leur masque sur leur visage, puis passèrent devant un pointeur qui régulait l'accès au site. Après une dernière vérification, ils pénétrèrent dans le sas et suivirent le marquage rouge vif qui menait vers la scène du crime.

Un monde contaminé, une scène d'apocalypse en plein Paris. Ce furent les première pensées de Raphaël, qui se remémora les images de Tchernobyl encore fraîches dans sa mémoire, en découvrant l'armée d'hommes sans visage, vêtus de blanc et armés d'instruments électroniques qui recherchaient minutieusement, dans la jungle de ronces et de branches noueuses, des traces de radiations. À quelques mètres devant eux se dressait l'abri dans lequel gisait encore l'homme qui s'était vraisemblablement donné la mort.

C'était une bâche brune en épaisse toile de Nylon usée jusqu'à la corde pareille à celles fournies aux réfugiés par les ONG lors de catastrophes humanitaires. Elle était en partie effondrée mais tenait encore par endroits grâce à des cordelettes nouées aux angles. L'équipe de l'Identité judiciaire avait surélevé le centre avec deux trépieds métalliques et installé une puissante lampe halogène qui crachait sa lumière blanche par une mince ouverture.

Raphaël pénétra le premier dans l'antre, Drago resta à fouiner dehors. C'est ainsi qu'ils avaient l'habitude de travailler.

L'intérieur était plus grand que Raphaël ne l'avait imaginé. Les trois hommes de l'IJ étaient à pied d'œuvre, l'un prenait des photos tandis que les deux autres passaient la surface du sol au peigne fin.

Raphaël les salua d'une tape sur l'épaule.

Le photographe se retourna et lança un salut étouffé par le masque de silicone. Dans son mouvement, le technicien laissa entrevoir le cadavre. La première chose que Raphaël remarqua fut le calibre encore planté dans la bouche du mort. Le flic identifia immédiatement l'acier noir et le grip de la crosse en forme de lame, caractéristiques du CZ-75, une arme de poing de fabrication tchèque, capable de chambrer du .9 mm parabellum ou du .40 S&W. Vu la bouillie d'éclats d'os, de chair et de cheveux mêlés au sang qu'il distingua à l'arrière du crâne, Raphaël opta pour la seconde munition. Il contempla ensuite les yeux grands ouverts et absents, injectés de caillots de sang. Ce mort-là aussi semblait dépourvu de système pileux. Le corps amaigri présentait au moins deux brûlures radiologiques. Une sur le torse, profonde et nécrosée, qui laissait apparaître les os de la cage thoracique, l'autre, violette et purulente, avait dévoré les doigts de la main droite.

Les souffrances avaient dû être telles que l'hypothèse du suicide tenait sérieusement la route.

La mort violente qui figeait le visage de ses victimes en une expression de stupeur, de terreur parfois, n'impressionnait plus Raphaël. Cet aspect de la mort, il le côtoyait au quotidien et à ses yeux, le dégoût ou la crainte que pouvait inspirer un cadavre étaient liés à une réaction intime et profondément humaine de rejet de la fin inéluctable, le reflet de son propre corps qui serait un jour dévoré par la vermine. Chaque fois pourtant, face à un cadavre, il ne pouvait s'empêcher de songer à cet être encore présent physiquement mais dont l'âme avait été soufflée. Cette seule idée ouvrait en lui un vertige incontrôlable. La dimension métaphysique de la mort, le fait de basculer dans le néant, le hantait jusqu'à l'obsession, accompagnant presque chaque jour de son existence.

La découverte d'une deuxième paillasse le ramena à la réalité. Le bonhomme ne vivait pas seul dans sa tanière.

Raphaël interrogea un des techniciens.

— Vous avez quelque chose ?

— Pas pour l'instant.

— Le corps ?

— On l'a fouillé. On n'a rien trouvé.

— Les sources radiologiques… c'est des trucs religieux ?

— Oui, il y en a deux. Une médaille et un chapelet musulmans. Ils sont planqués sous ces boîtes de plomb. Le technicien montra du doigt les écrans antiradiations dont avait parlé Manon Fresnay. Interdiction absolue d'y toucher. On a fait quelques photos de loin.

— OK.

Raphaël n'insista pas, tout ça collait avec le *misbaha* du zombie, il était maintenant certain que les deux affaires étaient liées.

— Quoi d'autre ?

— Un paquet d'empreintes… va falloir faire le tri, pas de papiers d'identité ni quoi que ce soit qui permette l'identification. On est en train de passer le sol au crible, avec cette boue, on va être obligés de creuser et passer le tout au tamis. On va en avoir pour un bout de temps. C'est bien dégueulasse.

— Pas de traces de seringues, ou de ce qui pourrait évoquer une consommation de dope ?

— Négatif.

— Bien, je te remercie.

Raphaël alla se poser dans un angle pour s'imprégner des lieux. L'espace confiné était un vrai cloaque. Partout gisaient des vieilles fripes puantes, des bouteilles à moitié remplies d'une eau trouble que les types avaient sans doute été puiser dans les ruisseaux des environs, faute de pouvoir se déplacer jusqu'à un commerce. Raphaël remarqua également cinq ou six bombes insecticides vides et des tubes de Biafine pressés jusqu'au trognon. Les victimes avaient dû récupérer un stock de pommade croyant naïvement qu'avec ça ils pourraient soigner leurs brûlures. Le reste était composé de déchets de nourriture et d'excréments. Trop malades, les irradiés avaient chié et pissé à même le sol.

Cette scène de crime allait être décontaminée, dans les prochaines heures elle n'existerait plus. Pour comprendre qui étaient ces hommes et ce qu'il s'était réellement passé, il était crucial que Raphaël laisse son esprit analyser chaque centimètre carré de cet environnement.

Dès ses premiers pas au sein des commandos, à l'entraînement et au cours des conflits dans lesquels il avait été engagé, il avait mesuré toute l'importance de son intuition, qui se matérialisait en lui par un sombre instinct de prédateur. Il avait développé à l'extrême cette forme d'animalité qu'il portait en lui depuis son enfance. Elle s'était invariablement révélée sa plus fidèle alliée.

Qu'est-ce que ces zombies préparaient dans leur tanière ?

Raphaël se mit à genoux et commença à fouiller le sol, un mélange dense d'herbes grises, de détritus, de boue. Il soulevait des paquets de feuilles mortes, des papiers d'emballage de biscuits, de beurre rance, et de sucre. Il trouva un string rose en matière synthétique déchiré. Pas de cadavres de bouteilles d'alcool. Les victimes ne se droguaient pas, ils ne semblaient pas picoler non plus. En revanche, ils baisaient.

— Zeck ! On a quelque chose, lança un des techniciens.

Raphaël le rejoignit et l'aida à creuser pour déterrer ce qui se révéla être une petite caisse métallique. D'un geste, le flic de l'IJ l'ouvrit et en sortit plusieurs armes qu'il déposa du bout des doigts dans des sachets de plastique transparent. Un autre calibre, de fabrication autrichienne cette fois, un petit poignard recourbé en forme de griffe, et un autre couteau plus grand à lame crantée. Il y avait également une chaussette bleu marine qui contenait plusieurs centaines de dollars.

Raphaël approfondit la fouille et vérifia que la caisse ne recelait pas de double fond. Rien. Par terre à côté de la cantine, il remarqua un petit sachet de papier cristal noir. L'ouvrant, il en fit glisser un objet au creux de sa main.

Une clé.

Il demanda :

— C'était dans la cantine, ça ?

— Quoi ?

— Ce sachet, il était dans la cantine ?

— Non… enfin, je pense pas. C'est une clé ?

Le flic lui tendit le sachet.

— Mets ça de côté, il faut trouver d'où ça vient.

Ils furent interrompus par l'arrivée de Drago.

— Alors ? demanda le Serbe, totalement impassible face au cadavre qui gisait devant lui.

— On a mis la main sur le deuxième lascar. Mais toujours aucune piste pour les identités… à part peut-être leurs empreintes… si elles parlent.

Drago se frotta les cuisses et s'accroupit.

— Y a pas mal de tentes dans le périmètre proche mais les pompiers les ont évacuées. Les occupants viennent en majorité des pays de l'Est. Vu qu'ils sont à peu près tous illégaux, ça m'étonnerait qu'ils reviennent traîner leurs guêtres dans le coin avant un moment. C'est pas bon pour notre enquête de voisinage, ça.

— Ils sont partis en catastrophe, ils vont revenir en douce, chercher leurs affaires quand ça se sera calmé.

Drago acquiesça et brandit un sac transparent contenant une masse de débris calcinés.

— J'ai ramassé ce tas de merde. Il y a une chance pour que ce soient eux qui l'aient cramé. Peut-être des trucs qu'ils voulaient faire disparaître quand ils ont vu que ça partait en live.

Raphaël inspecta en transparence le brûlis d'objets

qui formait une épaisse masse de carbone. Ça ne ressemblait à rien, mais des fragments semblaient avoir échappé aux flammes. L'IJ pourrait peut-être en tirer quelque chose. Raphaël montra à son tour sa récolte.

— Armes de poing, pognon, emballages de nourriture, petite culotte, fringues pourries. À ça on ajoute les sources radiologiques, dissimulées dans des chapelets… Ça t'inspire ?

Le Serbe inspecta les objets. Il les scrutait d'un regard vif, essayant de les assembler pour leur faire raconter une histoire. Le début lui paraissait évident.

— Les armes nous orientent définitivement vers la sphère criminelle.

— Le beurre et le sucre… Je sais pas si ça a un rapport avec ce que je pense, mais ils avaient l'air d'en avaler au kilo. C'est une habitude de types de l'Est. Des tranches de pain avec de la margarine et du sucre. Ukraine, Russie, Géorgie… même en Serbie… mon père en bouffait tout le temps. Pas de traces d'alcool ?

— Non.

Drago s'accroupit et observa les bombes d'insecticide vides.

— Pas d'alcool, tu dis…

Il attrapa une bouteille d'eau à moitié remplie, la déboucha et la renifla.

— Les mecs se défonçaient au Baygon.

— Quoi ?

— Certains alcooliques ruskoffs, quand ils n'ont plus de blé, sont prêts à boire n'importe quoi, y compris du parfum. Une technique consiste à pulvériser l'insecticide dans de la flotte et à la boire illico. Je te promets qu'à côté de ça, l'eau de Cologne c'est du Dom Pérignon.

— Mais là, ils avaient du blé…

— Peut-être qu'ils le gardaient pour autre chose. Si un tox gagne au loto, je suis pas convaincu qu'il changera sa défonce pour du château-margaux. Si les types sont habitués à se biturer à l'insecticide, ils y ont sans doute pris goût. Il y en a même qui bouffent des tartines de cirage.

— En tout cas, ça nous oriente vers l'Est. Si on ajoute à ça le fait qu'ils ne se sont pas fait soigner comme l'a évoqué Dumas, il y a toutes les chances qu'il s'agisse de vrais méchants. Recherchés, soucieux de ne pas se faire repérer.

Raphaël marqua un temps de réflexion.

— C'est merdique… On a des éléments mais rien qui colle. Les mecs se terrent comme des rats au milieu des SDF, ils trimballent des calibres et des poignards de mercenaires… en même temps, ils ignorent que leurs bondieuseries radioactives les crèvent à petit feu… C'est pas un profil terroriste classique. On va laisser l'IJ bosser sur les empreintes et le reste. On fait évacuer la zone et on revient ce soir en sous-marin, faut qu'on mette le grappin sur les campeurs. On doit absolument prendre l'avantage pendant l'enquête préliminaire, sinon Dumas et sa bande de barbouzes vont nous la faire à l'envers.

15.

Paris, bois de Vincennes
2 heures du matin

Tout était noir.

Enveloppé dans sa parka, Raphaël scrutait la nuit.

Il ne distinguait que les silhouettes des arbres qui se découpaient sur le ciel sans lune.

Droit devant lui, quelque part entre les ronces, il sentait la présence de Drago, sans pouvoir le distinguer. Il ne voyait pas davantage la dizaine d'hommes de la BRI[1] venus en renfort qui planquaient stratégiquement autour des tentes de fortune des illégaux partis en catastrophe à l'arrivée des flics et des pompiers.

Tous étaient à l'affût et guettaient le moindre craquement de feuilles mortes, signal du retour des locataires du campement fantôme. Et ils avaient sérieusement intérêt à se montrer, car pour l'heure ces familles étaient leur seul espoir de mettre un nom sur les cadavres des irradiés.

Un peu plus tôt dans la soirée, les investigations de

1. Brigade de recherche et d'intervention (antigang).

la scène de crime terminées, Raphaël avait inspecté les abris situés aux abords directs de la tente contaminée. Il y avait trouvé fringues, réchauds, nourriture. Il fallait s'armer de patience mais son instinct de chasseur lui soufflait que les types finiraient par se pointer pour récupérer leurs maigres biens.

Le flic aimait la nuit.

Au cours de ses dix années passées au sein des commandos marine, d'entraînements en opérations, il avait appris à se fondre dans les ténèbres. Alors que le reste du monde dormait, bien au chaud, lui progressait à pas de loup vers sa cible, dans l'obscurité la plus profonde.

Peu à peu, il était devenu un prédateur.

Ce n'était pas la guerre, mais plutôt l'idée d'une existence différente en marge des hommes qui l'avait guidé vers cette vie. Du moins c'est ce qu'il avait cru au départ mais, au fil du temps, il avait compris qu'un autre sentiment, une sorte d'inquiétude, l'habitait et l'attirait vers la nuit comme un champ de forces. Apprivoiser l'obscurité lui avait permis d'identifier cette peur qui coulait dans ses veines comme un poison depuis sa plus petite enfance : celle de sa propre mort. Pendant des années, à l'heure du crépuscule, lorsqu'il s'allongeait sur le sable ou dans l'herbe fraîche, le simple fait de contempler les astres, d'essayer d'envisager l'Univers dans son ensemble, éveillait en lui une angoisse viscérale. Il avait fini par identifier cette peur, il avait réalisé que ce n'était pas vraiment la douleur de la mort qui l'effrayait, mais celle du passage vers le néant. Chaque fois ces pensées se matérialisaient en une terreur intérieure qui lui donnait envie de hurler.

Depuis ce temps, il avait compris que sa vie ne serait que l'apprentissage de sa propre fin.

Un éclat de lumière arracha Raphaël à ses pensées. Une silhouette armée d'une torche marchait droit dans sa direction.

Il se redressa et porta sa radio à sa bouche.

— GR1... On a de la visite dans l'ouest.

Son oreillette crépita :

— GR2... je l'ai en visuel. On l'arrache ?

— Négatif, c'est un éclaireur. On le laisse se promener.

— Reçu de GR2.

Radio en main, Raphaël observait le « promeneur » évoluer. Le type s'arrêta devant une tente, en inspecta l'intérieur, puis fit quelques pas en direction d'un deuxième abri installé un peu plus loin. Il fit volte-face, balaya les broussailles où était dissimulé Drago du faisceau de sa torche avant de s'éloigner tranquillement dans le sens inverse.

— GR1 à GR6. Le promeneur prend la tangente, direction route du Tremblay, on croise les doigts pour qu'il retourne chercher les autres. Il a pu nous repérer. Je veux une équipe de piétons à ses basques. Vous restez couverts, pas d'interpell', sauf s'il se tire.

— Reçu de GR6.

À mesure que la nuit avançait, le froid se faisait plus cinglant. Raphaël enfila un bonnet de laine et glissa les mains dans les poches de sa parka. Il sentait la crosse de son arme qui dépassait du holster fixé à sa ceinture. Il n'espérait qu'une chose : ne pas avoir à s'en servir. Les réfugiés étaient probablement inoffensifs, la plupart étaient en situation irrégulière et ne voulaient pour rien au monde être renvoyés d'où ils venaient. Mais les flics n'étaient pas à l'abri d'un type plus agressif que les autres.

Quelques minutes plus tard, la voix de Drago crépita dans son oreillette :

— GR3… un groupe s'approche par le sud.

Raphaël décrocha sa radio :

— GR1 à toutes les unités. On les laisse entrer dans les tentes. À mon signal, on leur tombe dessus. Terminé.

À cette dernière annonce succéda un silence de plomb.

Les hommes de la BRI retenaient leur souffle. Ils savaient qu'ils n'avaient pas droit à l'erreur. Un seul faux pas et ils risquaient de voir leur cible s'évanouir dans la nature.

Un groupe d'une dizaine de réfugiés se rapprochait, éclairé par quatre ou cinq lampes de poche. Ils n'étaient plus qu'à quelques mètres des flics et ne se doutaient de rien. Raphaël les regarda un à un pénétrer dans les tentes. Deux restaient en retrait pour assurer la surveillance.

Le flic murmura dans sa radio :

— GR2, GR3, vous prenez les guetteurs. Les autres, à mon signal, vous allumez les phares et on lance l'assaut. Attention. Prêts… MAINTENANT !

Trois gros projecteurs embrasèrent la nuit. Au même instant, les flics de l'Antigang en combinaison commando jaillirent des broussailles et encerclèrent les réfugiés.

— POLICE… POLICE… POLICE !

— TU RESTES LÀ… TOI… TU TOUCHES PAS À TES POCHES !

Raphaël regarda Drago s'engouffrer dans les ronces derrière un fuyard.

En se retournant, il vit qu'un type cavalait droit sur lui. Le flic le laissa venir et le percuta à son passage. Le réfugié lâcha un hurlement, s'écroula, puis d'un coup de reins parvint à se relever.

— POLICE, TU BOUGES PAS ! gueula Raphaël en l'agrippant par le col de sa veste qui se déchira.

Le flic le rattrapa au vol et lui plaqua la main droite sur le visage. Il ramena brutalement son bras vers lui en écrasant le nez du type de l'arête de son index. L'effet fut immédiat : l'homme s'immobilisa et tomba à genoux. Raphaël le fit basculer, tête la première dans les feuilles mortes, lui bloqua les bras et lui passa les menottes avant de le pousser sous un arbre où les autres avaient été rassemblés. Quelques minutes plus tard, tous les illégaux étaient menottés et regroupés sous le feu croisé des projecteurs.

En tapant au moment où les types s'y attendaient le moins, l'effet de surprise était toujours radical. Les cris, la lumière, les armes et les hommes cagoulés paralysaient les cibles assez longtemps pour que les flics puissent les appréhender.

Sept hommes, deux femmes.

Encore sous le choc de la violence de l'interpellation, l'une d'elles sanglotait. Trois hommes étaient prostrés sans pouvoir articuler un mot. Les autres se lamentaient ou insultaient les flics. Raphaël identifia immédiatement la langue. C'était du russe.

Il frappa trois coups secs dans ses mains pour imposer le silence mais les cris reprirent de plus belle.

— TAISEZ-VOUS ET ÉCOUTEZ ! hurla-t-il plus fort.

Les voix se turent peu à peu et l'on n'entendit bientôt plus que les sanglots de la femme.

— OK. Est-ce que l'un d'entre vous comprend le français ?

Un homme se désigna immédiatement.

— Oui, nous tous parler en français un peu.

— Bien, alors, écoutez-moi. Aucune charge ne pèse contre vous, pour l'instant en tout cas. Nous allons vous emmener pour vous entendre en tant que témoins dans le cadre d'une affaire de terrorisme. Il s'agit seulement d'une audition, nous allons vous interroger. Votre aide est très importante, il ne vous sera fait aucun mal mais n'essayez pas de jouer au plus malin avec nous. C'est bien clair ?

L'homme hocha la tête.

— Oui, bien compris.

— Très bien, lâcha Raphaël, alors maintenant, vous nous suivez dans le calme et sans faire d'histoires.

16.

— Moi jamais parler avec les morts !

Raphaël sourit légèrement à la phrase : il l'avait entendue de la bouche d'au moins la moitié des clandestins qui défilaient dans les bureaux de la section antiterroriste de la Police judiciaire.

— Tu vis à côté d'eux, tu viens du même pays et tu ne leur parles pas ! T'as décidé de me prendre pour un con ?

— Moi honnête, eux c'est *opasni* !

— C'est quoi, *opasni* ?

— « Dangereux », en russe, traduisit Drago qui préparait une nouvelle tournée de café dans un angle de la pièce.

— Oui, dangereux, c'est ça. Moi réfugié politique, honnête… eux pas honnêtes… eux…

— *Opasni*, c'est bon, j'ai compris.

Le jour se levait sur le Quai des Orfèvres, Raphaël pressa l'interrupteur pour éteindre les néons encore allumés de la salle d'interrogatoire et se dirigea vers la fenêtre du bureau mansardé. Il resta un instant à regarder le ballet des voitures et des piétons qui se densifiait sur le quai des Grands-Augustins. Ça faisait trois heures que les réfugiés, quatre Ukrainiens et cinq Biélorusses, étaient interrogés par les hommes du groupe et pas un seul n'avait fourni la moindre information permettant d'identifier les cadavres.

Il se retourna et marcha jusqu'à l'Ukrainien.

— Écoute-moi bien, Vassili, tu viens de te faire choper en situation irrégulière sur le territoire français. J'espère que tu te rends compte que la seule chose que vous allez gagner, tes copains et toi, c'est un aller simple pour Kiev, Minsk ou je ne sais quel bled dont vous débarquez !

Le Serbe profita d'un silence pour s'inviter dans la conversation :

— Un café ?

— Oui.

— Du sucre ?

— Noir.

Drago planta son regard dans celui de l'Ukrainien.

— C'est quoi, le problème ? Tu as peur ?

— Non, moi rien vu, les mecs jamais parler avec nous, jamais sortir de tente !

— Tu dis qu'ils étaient dangereux, comment tu le sais ?

— Dans yeux, tu sens.

— OK, fit Drago en retroussant les manches de son sweat. Mais tu vois, ton pote, tout à l'heure, il m'a dit qu'ils sont arrivés il y a deux mois. Il s'est bien passé des choses quand même depuis août ! T'as rien vu qui pourrait nous aider, personne ne leur a rendu visite, quelqu'un qui leur vendait de l'alcool, apportait des médicaments quand ils étaient malades ? Qui allait à la pharmacie pour eux ? Personne n'est allé les voir quand ils étaient en train de crever ?

— Eux crier en russe mais nous peur de eux. Moi pas savoir plus !

— Je comprends que ces types aient pu vous foutre les jetons, mais ils sont morts, mec ! Tu risques plus rien ! Allez, vas-y, lâche-toi, raconte !

— Moi pas rentrer chez moi, moi aller Angleterre.

Raphaël revint à la charge.

— Pour l'instant t'es à la PJ, mon gars, t'es illégal et tu t'es fait serrer... Crois-moi que l'Angleterre, elle est encore loin. Par contre, si vous nous aidez, toi et tes potes, vous avez tout à gagner dans cette affaire. Réfléchis-y parce que, là, t'es très mal barré !

— Moi rien savoir !

Raphaël haussa le ton.

— TU SAIS RIEN ? ET QU'EST-CE QU'ON VA LUI DIRE, AU JUGE D'INSTRUCTION ? QU'EN DEUX MOIS T'AS RIEN APPRIS D'UN MEC QUI VIVAIT À MOINS DE DIX MÈTRES DE TA TENTE ? TU CROIS QU'IL VA LES GOBER, TES CONNERIES, LE JUGE ? ÇA FAIT TROIS HEURES QUE VOUS NOUS CHIQUEZ ! JE SAIS PAS CE QUI ME RETIENT...

Raphaël acheva sa phrase en frappant un grand coup du plat de la main sur la table avant de redescendre.

— Encore une fois... T'as quelque chose à me dire ?

— Je peux te dire des choses, si vous voulez, mais ce sera pas vérité...

Raphaël se passa la main sur le visage.

— Bon, ça suffit. Débarrassez-moi de lui. Vous me le collez au frigo, je le reverrai plus tard.

Alex Morand, un des flics du groupe, lui fit signe de se lever et le fit sortir du bureau.

Raphaël et Drago se regardaient en chiens de faïence.

— C'est la merde, jura Raphaël. On a rien. Que dalle ! T'y crois, toi, qu'ils ne connaissent pas ces types ?

— Pas vraiment. Je suis convaincu qu'ils ont peur de quelque chose… il n'a pas pu y avoir zéro interaction entre les morts et les campeurs.

Raphaël se leva et se servit un café.

Agathe Perriand, jeune enquêtrice de la SAT, pénétra dans la salle. La trentaine menue, des cheveux courts presque gris, un nez en trompette et des grands yeux verts. Elle était la procédurière de Raphaël.

— Bon, alors, on en est où ? Les chefs s'impatientent.

Raphaël avala une gorgée de café brûlant.

— Nulle part. Et vous ?

— C'est la misère.

— T'as interrogé les filles ? demanda Drago.

— Oui, elles sont choquées. Surtout la plus jeune. Elle vient d'un bled de la région de Minsk. Je pense qu'elle et sa collègue sont venues en France sous la contrainte, elles se sentent en danger.

— Pourquoi ?

— Elles… Je sais pas si elles cachent quelque chose, ou si elles ont juste peur de se faire dérouiller par leur mec si elles se mettent à table.

— Tu crois qu'elles savent quelque chose ?

— C'est difficile à évaluer… Elles viennent de loin et ont tout à perdre à parler. Si t'ajoutes à ça qu'elles ont connu la méthode des flics soviétiques… on passe pour des enfants de chœur à côté.

— Amène-la, ordonna Raphaël.

— Je pense que ça serait pas mal d'attendre. On vient de les cuisiner pendant…

— Amène-la, je te dis. J'ai une idée.

C'était une jolie fille. Moins de vingt-cinq ans, très brune avec des yeux en amande, mais son teint blafard, les petites cicatrices et la tristesse qui marquaient son visage trahissaient une jeunesse bercée par la douleur.

— Donc tu t'appelles Natalia Razimova ?

Installée dans une chaise face au bureau métallique, les bras ramenés le long de son corps maigre enveloppé dans un survêtement bon marché, la jeune femme hocha la tête en guise de réponse.

— Tu veux quelque chose… Un sandwich ? Une cigarette ?

La jeune femme fit non de la tête. Elle saisit un stylo et griffonna machinalement sur une feuille de papier.

— Et tu es arrivée en France il y a longtemps ?

— Trois.

— Trois quoi… Mois ? Semaines ?

— Mois.

— Bien… Où as-tu appris à parler français ?

— École. J'ai toujours rêvé venir France.

Raphaël lui fit un sourire.

— Tu vivais où… à Minsk ?

— Baranovichi.

— C'est là d'où tu viens ?

— C'est ça.

— C'est comment… Baranovichi ?

La jeune femme déglutit et marqua un temps avant de répondre.

— Pauvre.

— C'est pour ça que tu es partie ?

La Biélorusse acquiesça.

Raphaël la regardait tracer soigneusement courbes et lignes sur sa feuille de papier.

— Ça te fait du bien de dessiner ?

— Oui. Je arrêter si tu veux…

— Non, non, continue…

Le flic eut alors la vision de Natalia, enfant, sur les bancs de l'école, prononçant à voix haute les mots en français inscrits à la craie sur le tableau noir. Une petite fille, la tête pleine de rêves de princesses et d'ailleurs. Aujourd'hui, la France était devenue un interrogatoire face à un flic qu'elle considérait comme une ordure sans états d'âme et qui la menaçait de la renvoyer d'où elle venait, sans compter tout ce qu'elle avait dû vivre avant d'échouer ici.

D'un battement de paupières il chassa sa pensée. Il sentait qu'avec elle il y avait un coup à jouer. Il se retourna vers la jeune fille.

— Toi non plus tu ne connaissais pas les victimes ?

— Non.

— Tu es bien sûre de ce que tu me dis ?

— Oui.

— Tu sais qu'en France la loi t'oblige à témoigner… Que, si on se rend compte que tu as menti, tu risques jusqu'à cinq ans d'emprisonnement et une grosse amende ?

— Je sais pas ça…

— Maintenant si. Alors réfléchis bien et réponds-moi… vous aviez peur de ces hommes, n'est-ce pas ?

— Oui, peur.

— Pour quelles raisons ?

— Nous connaître hommes comme ça, c'est très méchant, chez nous.

Natalia était toujours concentrée sur sa feuille, comme si elle cherchait à éviter le regard des flics.

Raphaël lui tourna le dos pour relâcher la pression.

— Ils ne sont jamais venus vous voir ?

— Jamais.

Elle mentait comme les autres. Il fallait entrer dans le vif du sujet.

— Bien, fit Raphaël en se dirigeant vers une armoire métallique.

Il ouvrit la porte et sortit un sac en papier kraft. Il fouilla à l'intérieur et en extirpa un sachet transparent numéroté, scellé, et le brandit devant son visage.

— Comment tu expliques qu'on a retrouvé ta culotte sur la scène de crime ?

La respiration de la jeune femme s'accéléra. Elle se mit à noircir le papier nerveusement.

— Pas mienne.

— Il y a pas mal d'indices sur cette pièce, liquides biologiques, fragments de peau et poils pubiens. Est-ce que tu penses que tes déclarations résisteront à un test ADN ?

Silence.

Raphaël avait tenté un coup de bluff, mais à présent, il était presque certain qu'il se tenait face à la propriétaire du string rose retrouvé dans la tente.

Agathe parla d'une voix douce.

— Le mieux, ma grande, c'est que tu vides ton sac et que tu nous racontes ce qu'il s'est passé. On ne te veut pas de mal. Si tu nous aides, tu auras toutes les chances de t'en sortir.

Deux larmes glacées coulèrent le long de ses cernes profonds. Elle murmura :

— Lui fait des choses à moi.

— Est-ce qu'il t'a forcée ?

— Oui, lui a violé moi.

Raphaël échangea un regard avec Drago et Agathe.

L'affaire était loin d'être résolue mais ils venaient de faire un pas de géant. La jeune femme était traumatisée, il fallait avancer à pas de chat et tenir compte de sa fragilité.

— C'était il y a longtemps ?

— Il y a plus qu'un mois.

— Ça s'est passé plusieurs fois ?

— Oui… presque six fois, après ça s'est arrêté.

— Parce qu'il était malade ?

— Oui, très malade.

Agathe prit les deux photos des corps des irradiés et les présenta à la jeune femme.

— Tu vois, ils sont morts. Est-ce que tu peux me désigner celui qui te violait ?

Natalia posa son crayon et pointa le doigt sur le premier, le zombie qui s'était jeté dans la Seine.

— Lui.

— Et l'autre, demanda la flic, il ne t'a rien fait ?

— Non, lui pas.

— Comment s'appelait cet homme ?

Natalia sécha ses larmes, et prit le paquet de mouchoirs en papier que lui tendait Drago.

— Il disait Umar. Mais je pense que pas son vrai nom. Lui pas musulman. Lui slave.

— Est-ce qu'il t'a dit ce qu'il faisait ici ?

— Jamais. Moi suis juste pour plaisir de lui. Lui baiser moi dans ma tente et partir.

— Tu es mariée ?

— Mon mari peur de lui, laisser faire lui.

L'interrogatoire tournait au sordide. Il fallait en finir.

— Écoute Natalia, on a besoin de pouvoir identifier cet homme à tout prix. Est-ce que tu n'as pas entendu une conversation ? N'importe quoi qui pourrait nous mettre sur une piste.

— Non, pas conversation. Ni personne venir voir eux. C'est moi aller chercher pommade pour brûlures et déposer tente.

— Attends, demanda Drago, tu veux dire que tu es entrée dans la tente après qu'ils sont tombés malades ?

— Oui.

À ce moment, les trois flics remarquèrent le bandage qui enveloppait sa main gauche.

— Tu t'es blessée ? demanda immédiatement Agathe.

Silence.

Drago prit délicatement la main dans la sienne. Le corps frêle de Natalia fut secoué de sanglots lorsque Raphaël commença à dérouler le pansement.

La plaie violacée aux tissus creusés qui leur apparut ne laissa pas le moindre doute aux flics.

— Elle est irradiée, lâcha Raphaël. Putains d'enfoirés. Agathe, appelle immédiatement Curie et demande le Pr Messier. Drago, on suspend les interrogatoires, on fait examiner les autres.

Le flic se retourna vers Natalia. Le visage de la jeune femme était livide. Elle regardait son bras qui pendait à présent comme un organe mort, étranger à son corps. Elle avait eu le même comportement que les irradiés, elle avait occulté la gravité de sa blessure par peur de se faire arrêter et expulser en allant se faire soigner.

— On va s'occuper de toi, ma jolie, ne t'inquiète pas. Tout va bien se passer.

Elle ne répondit pas.

En se levant, Raphaël posa les yeux sur la feuille qu'avait griffonnée Natalia au cours de l'interrogatoire.

Il la saisit et l'inspecta en détail.

C'était un croquis étrange. Une scène surréaliste et étonnamment bien exécutée qui représentait le président russe Boris Eltsine en train de sodomiser Staline, un cigare coincé entre les dents. Les deux hommes, nus, se tenaient sur une petite planète sur laquelle était posé un Kremlin gigantesque. Plusieurs $ symbolisant les dollars mêlés à des phrases en cyrillique voletaient comme des étoiles autour d'eux. Le dessin surgissait telle une gerbe de vomi de la bouche d'un visage barbu qui apparaissait dans une suite de cursives illisibles.

Le flic se retourna vers la jeune femme.

— C'est quoi, ce dessin, Natalia ?

Elle leva le regard vers Raphaël et murmura :

— C'est le salaud Umar, il avait ça tatoué près du sexe. Il forçait moi à le… tu comprends… j'ai bien vu tatouage. J'ai dessiné pour toi.

— Ne bouge pas d'ici !

Raphaël se précipita vers la porte et rattrapa Agathe et Drago dans le couloir.

— Je vous laisse gérer la gamine et les autres.

— Qu'est-ce qui se passe, tu vas où, là ? s'énerva Drago.

— Le zombie, il avait un tatouage sous sa brûlure. Un vrai truc de tordu. Je trace boulevard Mortier.

— À la DGSE ? Qu'est-ce que tu vas foutre là-bas ?

— Ils ont du personnel pour déchiffrer ça. Sednaoui m'en doit une sur l'attentat de l'ETA l'année dernière à Madrid. Tu me colles tout le monde en alerte, et pas un mot à qui que ce soit jusqu'à mon retour, je ne veux pas que la DST soit mise au parfum. Reçu ?

— Reçu.

17.

Raphaël gara son véhicule de service en double file devant la station de métro Saint-Fargeau et gagna à pied le 141, boulevard Mortier, l'entrée principale du bunker de la Direction générale de la sécurité extérieure. Le flic longea les herses anti-intrusion du mur d'enceinte de la caserne des Tourelles et présenta sa carte tricolore à un militaire à l'abri d'une cabine de verre blindé. Après avoir laissé son arme, il pénétra dans le complexe militaire.

Avant de quitter le Quai des Orfèvres il avait passé un bref coup de fil à son contact, qui avait accepté de le recevoir sur-le-champ. Sednaoui avait laissé un message, il était attendu.

Un cerbère en uniforme vert-de-gris lui fit passer deux portiques de sécurité et l'escorta à travers la cour jusqu'à un ancien bâtiment de garnison. Sous l'occupation allemande, l'enceinte avait abrité une maison de redressement. Elle était aujourd'hui occupée par près de deux mille personnes réparties entre les directions stratégiques, techniques et opérationnelles qui exploitaient du renseignement, transmis par les ambassades, les agents et les « honorables correspondants » dispersés aux quatre coins du monde, dans le but de préserver les intérêts de la France. Ça, c'était le discours officiel. La réalité de la DGSE, passée maître dans l'espionnage industriel, la manipulation et les coups tordus en tout genre, était beaucoup plus obscure. Jeune commando, Raphaël avait un temps rêvé d'intégrer le mythique Service action, lors d'une opération conjointe au Sud-Liban avec une équipe du 11e Choc ; les commandos de la DGSE lui avaient vite fait comprendre que les coups de force étaient loin des idéaux qu'il souhaitait servir.

En revanche, la perspective de revoir Naïma Sednaoui l'enchantait. Il pénétra dans le bâtiment et parcourut quelques mètres avant de voir apparaître la responsable d'une cellule de renseignement opérationnel qui venait à sa rencontre.

La quarantaine, vêtue d'un tailleur sombre, Sednaoui était d'origine égyptienne. Elle avait dompté ses cheveux en un chignon strict. Le flic remercia le cerbère et la laissa venir jusqu'à lui pour pouvoir admirer son visage de pure lumière. L'année précédente, Raphaël lui avait refilé un tuyau précieux sur une planque d'ETA en banlieue parisienne à la suite des lourds attentats de Madrid. Il avait essayé de la revoir sans le moindre succès. C'était une barbouze et elle avait vite compris à quel genre de bonhomme elle avait à faire. Fin de l'histoire. Raphaël aurait volontiers retenté le coup mais l'heure était à des priorités plus immédiates.

Sednaoui le salua d'une poignée de main ferme.

— Bonjour, Raphaël.

— Salut, Naïma. Merci de me recevoir aussi vite.

— Excuse-moi mais je suis pressée. Suis-moi, j'ai l'homme qu'il te faut.

Elle passa devant lui et présenta son badge à un premier sas, puis ils s'engouffrèrent dans un ascenseur qui les mena vers le sous-sol. Un second sas dévoila un couloir gris qui s'ouvrait sur des portes numérotées. Elle s'arrêta devant le numéro 127 et l'invita à entrer.

Un homme les attendait dans une salle de réunion déserte. La cinquantaine largement entamée, visage lisse, lunettes à monture plastique d'un autre temps et cheveux gris épais comme du poil de sanglier, il semblait venir d'Asie centrale.

— Je te présente Ruslan Bayamarov. Il vient du Turkménistan, ex-république soviétique. C'est un spécialiste des groupes mafieux qui essaiment un peu partout dans la nouvelle Russie.

L'homme se leva pour saluer Raphaël, dévoilant un costume bon marché bleu pâle qui cadrait parfaitement avec le décor.

— Assieds-toi, reprit Sednaoui.

Raphaël sourit et prit place sur un siège en face du petit homme étrange. Elle s'assit sur un angle de la table.

— Raconte-nous ton histoire.

— Deux cadavres irradiés dans le bois de Vincennes. On a cinq flics sur le carreau et au moins une illégale, tous victimes de brûlures radiologiques.

— On a eu l'info, coupa Sednaoui. Donc, c'est ton enquête ?

— Presque... la DST est cosaisie.

— T'en as de la chance !

— M'en parle pas, ça a déjà chauffé sévère à l'IML. Je peux fumer ?

— Fais comme chez toi.

Raphaël alluma une cigarette et souffla un épais nuage bleuté.

— Donc un de tes cadavres était tatoué ?

— Oui… L'histoire est assez glauque. En fait, c'est la gamine illégale ramassée à Vincennes qui l'a révélé. Le tatouage a disparu sous les chairs nécrosées par du cobalt 60. Le type la violait régulièrement dans sa tente sous les yeux de son mari, à force de lui tailler des pipes elle a parfaitement mémorisé le motif… qui est assez particulier.

— Fais voir…

Raphaël plongea la main dans sa poche intérieure et déplia la feuille sur laquelle Natalia avait esquissé le tatouage.

Sednaoui l'examina brièvement et le tendit à Ruslan.

Le flic regardait le petit homme scruter le dessin avec un léger sourire aux lèvres.

— Ruslan a un parcours très intéressant, reprit Sednaoui. Il a passé plus de vingt-cinq ans en prison.

— Comme gardien, pas derrière les barreaux, sourit le petit homme.

— Ça ne vous ennuie pas si je parle de votre passé ?

— Pas du tout.

— Ses parents sont morts dans les camps de torture de Staline et il a passé son enfance dans des institutions réservées à ce qu'on appelait les « ennemis du peuple ». Étrangement, il le dit lui-même, il n'a jamais quitté l'Univers carcéral et il a travaillé comme gardien-chef dans les goulags les plus durs de l'empire. Il a côtoyé de près les prisonniers politiques et les pires criminels, il est aujourd'hui un des meilleurs spécialistes des mafias russes. C'est un élément précieux, et francophile de surcroît !

Raphaël commençait à envisager l'homme qu'il avait en face de lui sous un autre jour.

Il demanda :

— Vous pensez que ce tatouage pourrait être celui d'un mafieux ?

Ruslan se racla bruyamment la gorge avant de commencer :

— Laissez-moi vous expliquer. À travers les âges et dans toutes les régions du vaste monde, le tatouage a toujours été un moyen d'affirmer son appartenance à un clan, à une croyance, d'affirmer sa personnalité ou ses idées en se démarquant de l'autre. Dans ce singulier pays qui était le mien, cette dimension est décuplée. Dans le cas de votre cadavre, ce qui nous intéresse est ce que j'appellerais la catégorie des tatouages criminels, qui englobent à la fois les tatouages des mafieux et ceux des détenus de droit commun ou autres éléments « antisociaux » qui peuplaient les prisons soviétiques. Voyez-vous… pour ces hommes qui vivent en enfer, un tatouage est avant tout un objet linguistique extrêmement complexe, un langage crypté et les règles qui permettent de le déchiffrer se transmettent par tradition orale afin de se protéger d'une éventuelle intrusion des non-initiés. Vous me comprenez ?

— Oui, oui…

— Une image qui peut vous paraître évidente revêt toujours un caractère masqué ; chez un *vor z'vakone*, un mafieux, disons… respecté, les tatouages sur les épaules, autour des doigts, des étoiles ou des chaînes symbolisent les états de service du truand, ses faits d'armes, ses échecs aussi. Ils sont sa carte d'identité. Certains tatouages servent même à faire passer des messages en prison de la part d'un chef du milieu. La difficulté pour les décrypter est que le même symbole, une chauve-souris, comme celle qui figure sur votre dessin, revêt un sens différent s'il est tatoué sur le bras ou dans le cou. Dans la *Mafyia* comme en prison, un homme non tatoué n'a absolument aucun statut social, il est considéré comme *tchoukhan*, un larbin, et il paye pour ça. Il existe également une autre signification aux tatouages : les représentations peuvent également exprimer les sentiments ou les engagements d'un individu, le tatouage est un acte qu'on accomplit pour affirmer sa pensée et montrer à ceux capables de le déchiffrer quel genre d'homme on est. C'est le livre d'une vie écrit à même la peau. Je pense que votre cadavre était à mi-chemin entre ces deux Univers…

Raphaël échangea un regard avec Naïma avant de demander :

— Vous pensez qu'il est possible de comprendre qui était cet homme simplement grâce à ce tatouage ?

— Assez précisément, oui.

L'homme aplatit soigneusement la feuille de la paume de sa main.

— Je pense tout d'abord que cet homme n'est pas un mafieux, tout au moins pas dans le sens traditionnel du terme. Ses tatouages sont à cheval entre deux mondes. Les représentations reflètent à la fois ses pensées et son appartenance à une communauté. Il n'avait pas d'autre tatouage sur le corps ?

— Non, je n'en ai vu aucun.

— Quel âge avait-il ?

— Difficile à évaluer vu son état… mais disons pas moins de trente-cinq ans.

— Bien, souffla Ruslan. Commençons. Ce petit dessin de chauve-souris qui flotte au-dessus du tatouage principal est caractéristique, il signifie que votre homme a été une partie de sa vie un membre des Spetsnatz, les unités d'élite créées par le GRU, le renseignement militaire soviétique. C'est leur emblème.

Raphaël connaissait parfaitement ces commandos légendaires, formés pour les missions les plus dangereuses en territoire ennemi, à la guérilla et à l'assassinat d'opposants gênants. Le flic comprenait mieux pourquoi le zombie avait réussi à passer à tabac un homme de la BAC alors qu'il était mourant.

— Vu son âge, cet homme a très probablement participé à la guerre d'Afghanistan. Les caractères cyrilliques inscrits ici signifient « Pardonne-moi, maman ». C'est pure supposition mais je pense que cet homme a basculé à un moment donné de son existence, il a connu une rupture douloureuse qui l'a forcé à renoncer aux siens. Je ne pense pas qu'il ait fait de prison, sinon il aurait été tatoué sur d'autres parties du corps. Non… cet homme souhaitait signifier son appartenance à un groupe mafieux, mais la localisation du tatouage sur ses parties les plus… intimes pourrait signifier qu'il souhaitait dissimuler cette appartenance. Ça collerait certainement avec ce visage barbu dessiné ici. La jeune femme a dessiné des vaguelettes mais il semblerait que l'original soit de l'alphabet arabe, des versets du Coran, l'homme représenté serait sans doute Ouchourma, connu sous le nom de cheikh Mansour, chef rebelle tchétchène historique qui vomit littéralement le symbole d'une

Russie corrompue par l'argent, le crime et le capitalisme sauvage. La représentation d'un Boris Eltsine doté d'un gigantesque attribut sodomisant Staline, que pour ma part je trouve assez amusante, va clairement dans ce sens. J'ai souvent vu des caricatures de Marx ou de Lénine, ici c'est la dérive du pouvoir qui est soulignée. Une dérive plutôt appréciée de la *Mafyia* traditionnelle car elle favorise le crime. Votre mort semble plus avoir embrassé une cause.

— Donc, selon vous, résuma Raphaël, cet homme est un ancien Spetsnatz, il a mal vécu les crimes commis par l'armée soviétique lors de la campagne d'Afghanistan. Ce qui à terme l'a amené à rompre avec sa vie après avoir quitté l'armée et à se convertir à l'islam…

— Et à l'effondrement de l'empire soviétique, intervint Sednaoui, il a été écœuré par le capitalisme et il a rejoint une cause plus ou moins liée à la Mafia mais dont le profit n'est pas le seul moteur. Le terrorisme, par exemple, qui l'aurait forcé à dissimuler ses tatouages pour ne pas se trahir.

— C'est difficile de se prononcer précisément sur la chronologie, mais, oui, je pense que c'est exactement ça.

Raphaël poursuivit sa réflexion à haute voix :

— Terrorisme, Mafia, musulman, Russie, Paris… qui ?

— Caucase du Nord, lâcha Ruslan.

— Daguestan ?

— Non, Raphaël, je pense que Ruslan veut parler de la Tchétchénie.

— La région est actuellement au bord de l'implosion. Il ne faut pas être grand clerc pour prédire qu'une guerre aura lieu sous peu dans le Caucase du Nord. Eltsine va attaquer la Tchétchénie pour deux raisons. La première est que le président Doudaïev veut asseoir l'indépendance, une situation tout à fait inacceptable pour Moscou, car en perdant la Tchétchénie, toute la région risque de se soulever, et la Russie se verrait ainsi privée de l'accès à la mer Caspienne et ses ressources pétrolières. La deuxième raison est qu'aujourd'hui Grozny est devenue la capitale du crime organisé, une sorte de zone franche où l'on rencontre des trafiquants en tout genre, et parmi eux des ministres et des conseillers du président Eltsine. Cette situation commence à être gênante, un conflit armé effacera les preuves. Les Tchétchènes sont courageux mais ils vont avoir besoin d'armes et donc d'argent. Aucune puissance ne se mouillera pour une république confetti corrompue, et ils ont déjà revendu une grande partie des stocks d'armes de l'Armée rouge. Cela veut dire qu'aujourd'hui, seul le crime peut apporter les fonds nécessaires. Ce sera une guérilla où tous les coups seront permis, les Tchétchènes chercheront certainement à mener des actions terroristes contre les intérêts russes à l'étranger.

— Ça colle pas mal avec notre histoire.

Silence.

Sednaoui s'adressa à Raphaël.

— Tu m'as sauvé la mise pour ETA, je vais te livrer une information… mais ça ne vient pas de moi, OK ?

— Ça me va.

— Bien, on a été informés qu'un *teïpe*, un clan mafieux tchétchène, s'est installé à Paris il y a à peine deux mois. Ils sont encore en mode sous-marin, ils observent et prennent leurs marques. Ce sont des gens extrêmement violents, quand ils vont sortir de leur tanière, ça va aller très vite et faire très mal. Ils vont mettre la main sur les réseaux de prostitution et maquer les réseaux de trafic de stups les plus faibles. C'est de cette manière qu'ils fonctionnent à Moscou, et crois-moi, c'est pas les julots casse-croûte de Pigalle ni les dealers de crack de la porte de la Chapelle qui vont leur faire peur.

— La DST est au courant ?

— Qu'ils aillent se faire foutre.

— Tu as des noms ?

— Un nom : Islamov, le type a été logé dans le XIXe. J'ai un portrait, une adresse et une note de service à son sujet. Tu consultes mais ça ne sort pas d'ici. Si tu les veux, ils sont à toi, mais débrouille-toi pour les faire plonger et qu'on n'en entende plus parler.

Le visage de Raphaël se fendit d'un large sourire.

— Il faudra vraiment que je t'invite à dîner pour te remercier.

— N'y songe même pas !

18.

DGSE ANTENNE DE VIENNE/ AUTRICHE

PARIS, LE 5 SEPTEMBRE 1994/ N° 425/DEF/CROS

NOTE RÉSERVÉE DIFFUSION UNIQUE

OBJET : MOUVEMENT D'INDIVIDU SUSPECT

NOM : SULTAN ISLAMOV

NAISSANCE : 1953/Tsentoroï-Tchétchénie.

ACTIVITÉ RÉCENTE : une source située à l'étranger nous informe de la présence de Sultan Islamov sur le sol français. Arrivé à Paris le 15 juin 1994 en provenance de Vienne, Autriche. Il est soupçonné d'organiser un réseau mafieux dans le but de récolter des fonds afin de financer la rébellion tchétchène.

ADRESSE CONNUE : 12, rue de Tanger, 75019 Paris.

PASSÉ DE L'INDIVIDU : en 1991, il est chef du gang ultraviolent Lasagnskaïa (ses membres fréquentaient le café Lasagne à Moscou), véritable brigade de choc de Letchi Yamadayev, chef de clan spécialisé dans un racket d'envergure dont les victimes sont des sociétés bancaires. Islamov est en outre soupçonné de trafics divers, racket de bars et de casinos, proxénétisme, trafic de stupéfiants, revente d'armes de l'arsenal soviétique et meurtres. Fin 1991, la police arrête Islamov et Yamadayev à Moscou. Doudaïev, le président séparatiste tchétchène, envoie à Moscou un faux convoi pénitentiaire de Grozny muni d'un arrêté du tribunal de la ville ordonnant un transfèrement des deux truands vers leur pays d'origine pour y être jugés. Dès leur arrivée à Grozny, Islamov et Yamadayev retrouvent la liberté. Collusion évidente entre pouvoir et mafia. Yamadayev est assassiné quelques mois plus tard par un commando des Forces spéciales russes. Plus de traces connues d'activités d'Islamov jusqu'à août 1994.

La note de la DGSE sur le truand était brève mais éloquente. Une photo prise lors de son arrestation par la police russe montrait un homme aux cheveux mi-longs noirs, au teint olivâtre et à l'épaisse moustache.

De retour au Quai des Orfèvres, Raphaël avait mis

en place un dispositif de filature autour de la rue de Tanger, à deux pas du métro Stalingrad, le quartier des dealers et des fumeurs de crack, l'empire de la défonce.

Trois voitures, deux motos, avec à leur bord six flics en civil prêts à prendre le relais à pied si nécessaire. Le code radio habituel avait été établi selon le mode de déplacement des filocheurs. V pour les voitures, M pour les motos, P pour piéton, suivi d'un numéro d'identification pour chacune des équipes.

V1, c'était Raphaël. Le flic planquait dans la Ford Mondeo, stationnée à une quinzaine de mètres de l'immeuble de six étages à l'angle des rues Rébuffat et de Tanger. Les autres étaient répartis dans les rues adjacentes, entre le boulevard de la Chapelle, l'avenue de Flandre et la rue du Faubourg-Saint-Denis. Le but de l'opération : suivre les Tchétchènes et les interpeller à la première occasion.

Trois heures qu'ils planquaient… à surveiller la porte marron encadrée par une laverie-pressing et une agence de voyages. À part une mère de famille rentrée vers 21 heures avec ses courses et un couple sorti un peu plus tard, rien n'avait bougé. Raphaël avait envoyé Agathe Perriand en reconnaissance dans l'immeuble sans digicode. Elle n'était pas parvenue à loger Islamov.

À 23 h 15, la lumière s'alluma dans le hall.

Raphaël se redressa dans son siège et braqua ses jumelles sur la porte. Trois types sortaient de l'immeuble. Le flic inspecta en détail les deux premiers, vestes en cuir, gueules de charbon, inconnus au bataillon. Il déplaça ses binoculaires vers la droite. Le troisième homme était Islamov.

Il porta la radio à ses lèvres.

— V1, ça bouge ! Le client sort de l'immeuble. On est prudents, il est avec ses sbires. Ça se déplace à pied. On suit, direction boulevard de la Villette.

La voix de Drago résonna dans son oreillette.

— P2, je les ai en visuel, je prends.

Quinze secondes plus tard, Raphaël aperçut le Serbe enveloppé dans sa veste carapace en cuir. Il avait laissé sa moto et filochait les clients à pied, à bonne distance. Les mains dans les poches. Une sur la radio, l'autre sur son calibre.

— P2, les clients viennent de traverser le boulevard. Ils marchent vers la rue de l'Aqueduc.

Raphaël démarra sa voiture et s'engagea dans la rue de Kabylie pour rejoindre le boulevard.

La radio crépita à nouveau.

— P2, les clients embarquent à bord d'une Mercedes 190E, gris métallisé. Immat' : 837 FAJ 75… Ça part. Ça roule vers le boulevard de la Villette. Clignotant à gauche, ça va descendre vers la Chapelle, direction Paris.

— V3, je les vois. Je prends.

Raphaël déboula sur le boulevard un instant après la Mercedes. Il vit la Twingo noire d'Agathe les prendre en chasse.

Il se glissa dans la circulation sur la file de droite et resta légèrement en retrait.

— V1, une moto derrière en sécu si jamais ça décroche, tu suis.

— Reçu de M1.

La filature fonctionnait.

Jusque-là les Tchétchènes se comportaient normalement et rien n'indiquait qu'ils avaient repéré le dispositif. La circulation était fluide, Raphaël roulait à vue des feux arrière de la Mercedes et de la Twingo d'Agathe. Ils descendaient en direction du boulevard Barbès.

La circulation était plus dense.

Avec la nuit, ça risquait de se compliquer.

— V3, attention, ça décroche sur la droite, ils prennent la rue de Chartres.

— M1, je prends.

Raphaël observa la moto se faufiler entre les voitures et s'engouffrer derrière les truands.

— M1 de V1, tu suis de loin… je trace sur Barbès.

Il s'adressa ensuite à Drago.

— M2, tu te postes à l'angle Jessaint et Polonceau, s'ils nous grillent, ils risquent de se tracer par là.

Raphaël accéléra et tourna à droite sur le boulevard Barbès.

— M1. C'est bon. Ils descendent sur toi par la Goutte-d'Or. V1, tu récupères.

Raphaël accéléra, la Mercedes venait de débouler sur Barbès, il ralentit pour les laisser passer et s'engagea derrière eux lorsqu'ils bifurquèrent presque immédiatement sur la droite dans la rue des Poissonniers.

— V1, ça se dirige vers la rue Myrha.

— V2, rue Saint-Luc, j'avance tranquillement.

— Reçu, ça tourne à droite dans Myrha. Tu les récupères à l'angle de la rue Cavé.

— OK.

Raphaël leur collait aux basques.

Qu'est-ce qu'ils foutaient à tourner virer ?

À ce moment, le flic vit la Mercedes freiner brutalement et se ranger le long du trottoir. Deux des types en sortirent et pénétrèrent dans un bar.

— Ça se pose rue Myrha en face de l'église nazaréenne. Ils sont dans un bar. L'Olympic. Le client est resté dans la Mercedes. M2, tu planques, je décroche. On se repositionne.

— Reçu de M2. Tu veux quelqu'un dans le bar ?

Raphaël tourna à gauche et se gara sur les clous à un angle de la rue Léon. Il reprit la radio et s'adressa à Drago.

— Négatif. Clientèle d'habitués, même avec ta gueule de basané, on risque de se cramer.

Silence.

— Reçu. M2. Je suis derrière la Merco. Ça bouge pas mais le client mate à mort dans le rétro. Il doit se douter de quelque chose. Il faut le coiffer maintenant.

Raphaël s'accorda un instant de réflexion.

Le type était seul, le moment était idéal pour l'interpeller… mais si les autres sortaient du troquet, ça risquait de saigner… il ne fallait pas bouger : s'ils se sentaient filés, ils n'auraient pas laissé Islamov seul dans la Mercedes.

— Négatif, ils sont en business. Ça pue le flag, on attend. Je veux serrer les trois.

Moins d'une minute plus tard, Drago reprenait contact.

— Je bitume à dix mètres de l'entrée de l'Olympic… ça sort, ça sort. Un troisième gus. Merde qu'est-ce qui foutent ces cons.

— Qu'est-ce qui se passe ? demanda Raphaël.

— Ils sortent un type du bar. Ils le cognent… Ils l'embarquent. Ça va très vite, ça repart direction rue Stephenson.

— V2, je suis derrière, rue Myrha, je prends.

— OK, fit Raphaël. Je veux une moto, angle rues Léon et Doudeauville. On les lâche pas.

— V2, toujours rue Myrha, ça tourne à gauche sur Stephenson. Je décroche.

Raphaël prit le relais derrière la Mercedes.

— Je les colle. Ça bastonne dans la caisse. Ils sont en train de le dérouiller. On quadrille. Y a quelqu'un sur Marx-Dormoy ?

Agathe lui répondit.

— V3, sur Marx-Dormoy.

— Ça tourne à droite sur Ordener. Agathe, c'est pour toi. Je fais le tour pour les prendre en tenaille. On les arrache dès qu'on peut. Je veux une moto avec moi pour les bloquer au-dessus de la voie ferrée, on remonte par Ordener et la rue de la Chapelle.

Il appela Drago.

— M2, donne ta position.

— Je suis à quatre cents mètres derrière Agathe.

— OK, fonce et rattrape-la.

Raphaël balança sa radio sur le siège. Il fit rugir le moteur dans la rue Ordener et mit un coup de volant brutal à gauche pour s'engouffrer dans la rue de la Chapelle. Le quartier était un vrai labyrinthe. À cause des voies ferrées, les rues étaient de plus en plus longues et espacées. Ça devenait impossible de se relayer sans se brûler.

Agathe reprit le contact radio.

— Je suis derrière le client rue Riquet, ça ralentit. Il y a un truc qui cloche. Je suis toute seule. Drago, t'es où ?

— Deux cents mètres derrière toi.

Le véhicule n° 2 se signala.

— V2, bloqué rue d'Aubervilliers. Je suis hors jeu.

Raphaël frappa son volant des deux poings. Il n'aimait pas l'idée de voir la jeune femme sans filet au contact des Tchétchènes. Ça commençait à puer.

Il prit sa radio et appela l'autre motard :

— Ml, qu'est-ce que tu fous ?

— Rue de Tanger. Je fonce vers Riquet.

— Bouge-toi, putain.

Rue de Torcy, Raphaël fut stoppé net par des travaux de voirie. Cent cinquante mètres le séparaient d'Agathe et des Tchétchènes. Le flic n'avait plus le choix. Il abandonna la Ford. Un instant plus tard, il sautait la barricade en courant, arme à la main.

La voix d'Agathe résonna dans son oreillette.

— Appel à tous, ça… ÇA MERDE, je viens de voir un éclair dans la Mercedes, ça calibre dans l'habitacle, ils l'ont buté. Qu'est-ce que je fais ?

La gamine commençait à paniquer.

Raphaël hurla dans la radio.

— TU DÉCROCHES, TU DÉGAGES ! TOUT DE SUITE ! DRAGO, TU LA COUVRES.

Les truands se dirigeaient vers la voie ferrée, sans doute pour y balancer leur victime. Raphaël doubla la cadence. Son cœur s'emballait au rythme de ses pas qui frappaient l'asphalte. Il était à moins de deux cents mètres. Dans moins d'une minute, il y serait.

Un silence puis Agathe reprit la transmission.

— V3, c'est QUI, la Peugeot grise qui me colle… ? La Mercedes s'arrête sur Riquet… le pont… au-dessus de la voie ferrée… C'EST QUI ? ! JE PEUX PAS DÉCROCHER… MERDE !

— DRAGO, C'EST QUOI LA VOITURE DERRIÈRE ELLE ?

— PAS À NOUS. DEUX PERSONNES À BORD. VÉHICULE SUSPECT CONTRE-FILATURE ! CONTRE-FILATURE !

Agathe cria dans la radio :

— ÇA SORT DE LA MERCEDES, MERDE… ON A ÉTÉ DÉTRONCHÉS ! ÇA MARCHE VERS MOI ! C'EST QUOI CE DINGUE !

— DÉGAGE, AGATHE, DÉGAGE DE TA CAISSE !

— DRAGO, T'ES OÙ ?

— LÀ… AGATHE, PLANQUE-TOI !

Raphaël déboula à l'angle de la rue pour voir la Peugeot suspecte accélérer brusquement en marche arrière et venir percuter de plein fouet la moto de Drago dans un fracas de métal et d'étincelles. Le Serbe valdingua et vint s'encastrer dans le pare-brise arrière de la Peugeot, qui vola en éclats.

Raphaël ignorait s'il faisait partie de la bande des Tchétchènes, mais il était certain que le type cherchait à se sortir de là et qu'il ne reculerait plus devant rien. Il fit crisser ses pneus dans un tête-à-queue, faisant rouler Drago à terre. Le chauffeur fonçait à présent pleins phares vers Raphaël qui eut à peine le temps de bondir sur le côté pour éviter la collision. Lorsqu'il se releva, le flic était encore à trente mètres de la voiture d'Agathe. Face à lui, Drago, casqué, gisait sur l'asphalte.

Pivotant sur lui-même, Raphaël aperçut un des occupants de la Mercedes, visage dans l'ombre, debout, arme braquée vers le cockpit de la Twingo.

Le flic arma son 38.

Trop tard.

L'homme vida son chargeur dans le visage et la poitrine de la jeune flic.

Raphaël ajusta son tir et fit feu à deux reprises sans parvenir à atteindre sa cible que protégeaient les carcasses fumantes des voitures. Un instant plus tard, l'homme enjambait la barrière de sécurité et disparaissait sur la voie ferrée, quelques mètres en contrebas.

Raphaël eut une seconde d'hésitation.

Il n'était pas certain d'arrêter le tueur et il ne pouvait pas se permettre de perdre les Tchétchènes.

La Mercedes.

Il pénétra arme au poing dans l'habitacle de la berline. Un des truands s'était fait dessouder d'une balle dans la gorge, le deuxième avait reçu un projectile dans la fémorale et s'était vidé de son sang en quelques minutes. Raphaël attrapa le troisième par les cheveux.

Islamov.

Cette ordure avait pris un coup de crosse dans le visage, mais il était bien vivant. Le flic lui passa les bracelets et l'enchaîna à la voiture. Le tueur avait profité du temps de réaction de ses tortionnaires lorsqu'ils avaient repéré la filature pour prendre le contrôle de la situation, la fusillade lui avait permis de se faire la malle. Mais pourquoi avait-il tué ?

En revenant vers la Twingo, Raphaël découvrit Drago agenouillé près d'Agathe. Elle gisait dans un linceul d'éclats de verre, poitrine ouverte et la moitié inférieure du visage emportée par une munition de gros calibre. Le Serbe lui tenait la main comme pour l'accompagner de l'autre côté. De celle restée libre, il lui ferma doucement les paupières demeurées grandes ouvertes.

Tout avait merdé.

Agathe était morte assassinée sous leurs yeux sans qu'ils puissent rien y faire.

Les sirènes de police hurlaient dans le lointain.

Raphaël réprima la violente nausée qui le submergeait.

Dans quelques heures, son équipière ne serait plus qu'un cadavre glacé, mais à cet instant précis le flic avait le sentiment que son âme était encore là, quelque part autour de lui. Il sonda la nuit à la recherche d'un détail, d'un signe de sa présence. Il se tourna vers la voie ferrée et tendit son regard vers la nuit. Il voulait lui parler avant qu'elle ne rejoigne le néant. Il voulait hurler son nom de toutes ses forces pour la retenir. Pas le moindre son ne sortit de sa gorge. Il ne parvint qu'à murmurer un « Pardon » au goût métallique, celui du sang.

19.

Aéroport de Londres-Gatwick
11 heures du matin

Passeport en main, Sinead suivait le flot de passagers qui débarquait du Fokker 50 en provenance de Belfast.

Louise, Marie, Conrad, née le 4 juin 1960 à Paris. C'était sa nouvelle identité. Le document français était authentique, probablement volé à une touriste en vacances en Irlande. McMillen avait fait appel à un expert en faux papiers de l'armée clandestine. L'homme avait d'abord photographié Sinead à l'aide d'un Polaroïd. Le reste de la nuit, il avait réalisé son minutieux travail de faussaire qui consistait à remplacer la photo d'origine et à reconstituer un nouveau tampon de la préfecture de police où avait été délivrée la pièce.

Après s'être fait couper et teindre les cheveux par Mary, la nièce coiffeuse, Sinead était descendue dans la cuisine, elle avait mangé sans appétit la nourriture qu'on lui avait offerte, juste avec la volonté de survivre. Elle était ensuite montée dans la petite chambre de la maison de Bombay Street où elle avait dormi d'un sommeil exutoire. Le matin, McMillen lui avait remis des vêtements, le passeport ainsi que 7 500 livres sterling en espèces, qu'elle gardait précieusement dans une ceinture dissimulée sous son jean.

Les vols en provenance et à destination de l'Ulster faisaient l'objet d'une surveillance particulière de la part des autorités britanniques ; la presse irlandaise la déclarait comme toujours activement recherchée, mais aucun mandat d'arrêt international n'avait encore été délivré à son encontre. Elle savait pourtant que, dès que la découverte de sa visite à Long Kesh serait révélée, elle risquait de sérieux ennuis avec les autorités britanniques. La police ou le MI-5, les services de contre-espionnage très actifs en Irlande du Nord, pouvaient la coffrer sur simple présomption de liens avec l'IRA. McMillen l'avait prévenue. Son attitude à ce poste de contrôle serait cruciale. Elle s'était préparée à cet instant pendant tout le voyage.

Sinead inspira profondément et déposa le précieux livret sur le desk du fonctionnaire des services d'immigration britanniques sans trembler. Le flic ouvrit le document à la seconde page et inspecta la photo d'identité en détail. Il jeta un bref coup d'œil à l'Irlandaise puis entra les données dans le terminal informatique. Le temps de la vérification, Sinead se concentra sur son nouveau visage qui se reflétait en filigrane sur la vitre de l'hygiaphone. Des cheveux bruns coupés court avaient remplacé sa chevelure blonde, et ses sourcils teints contrastaient à présent avec ses taches de rousseur et ses yeux d'opale.

Le type la regarda une seconde fois et lui demanda d'une voix mécanique :

— La raison de votre visite en Ulster ?
— Vacances.
— Des vacances à… Belfast ?
— J'allais rendre visite à des amis.
— Et vous restez longtemps à Londres ?
— Un week-end pour faire du shopping avant de reprendre le boulot lundi. Paris, lâcha l'Irlandaise avec un petit sourire.

L'homme lui rendit son passeport, la gratifiant d'un « Bonne fin de vacances » en français et lui fit signe de passer.

Sinead se dirigea droit vers la sortie.

Sa priorité était d'entrer en contact avec Nigel Bardsley. Elle s'arrêta à la première cabine téléphonique et composa le numéro de la ligne directe du rédacteur en chef de l'*Independent*. Après deux tonalités, elle tomba sur sa boîte vocale. Elle hésita un instant puis décida de laisser un message en prenant bien soin de divulguer le moins d'informations possible sur son identité.

— Salut Nigel, c'est moi. Je me suis rendu compte qu'on ne s'était pas revus depuis nos retrouvailles sur la falaise. Est-ce qu'on pourrait se croiser… Elle leva les yeux en direction de l'horloge du terminal. Il est 13 heures, disons vers 15 heures à l'endroit habituel. Ça me fera plaisir de te voir.

Elle raccrocha en se demandant si elle n'avait pas commis une erreur de débutante en laissant ce message… Elle se ravisa, c'était plus sûr que de l'avoir eu directement en ligne. En tant que chef de la rédaction d'un grand quotidien, Nigel était forcément au courant de sa cavale, s'il avait décroché, il n'aurait pas manqué de prononcer son nom. En cas d'écoute, cela suffirait à mettre des enquêteurs sur ses traces. Le message qu'elle avait laissé était suffisamment énigmatique pour que lui seul comprenne qu'il émanait d'elle.

Le premier bus à destination du centre de Londres ne partait qu'une heure plus tard. Sinead hésita avant de se décider pour un taxi.

Le *black cab* s'engagea sur l'A23 en direction de Crawley. Sinead résolut de mettre à profit les cinquante minutes du trajet pour faire le point et établir un plan d'action.

Elle allait commencer par s'installer dans un quartier discret. Kilburn, le quartier irlandais, était à bannir, c'était là qu'elle aurait le plus de chances de se faire repérer. Brixton, le quartier jamaïcain, était peu recommandable, mais entre les dealers, les tapins et les squatters, les flics avaient du pain sur la planche. C'était une triste réalité, mais dans un tel Univers, le simple fait d'être une jolie jeune femme blanche était une sorte de sauf-conduit qui lui permettrait d'éviter les contrôles d'identité. C'est aussi là qu'elle trouverait un hôtel bon marché. Elle se souvenait de l'ancien Railway Hotel, un établissement modeste à deux pas de la station de métro. Elle y avait déjà séjourné, elle y établirait sa base pour quelques jours, le temps de passer au peigne fin les documents et informations que Bardsley pourrait éventuellement lui transmettre, après quoi elle déciderait de la suite à donner aux événements.

Quarante minutes plus tard, le taxi s'engageait au cœur de Brixton, le Londres noir aux maisons victoriennes. Sinead aimait plus que tout ce contraste puissant entre l'architecture ancienne et la population des Caraïbes qui s'y bousculait.

Ce quartier avait vu naître David Bowie et Mick Jones, le guitariste des Clash. Pour Sinead, c'était un lieu mythique où elle avait fait ses premières armes de journaliste. La chanson des Clash « Guns of Brixton », qui dénonçait les violences policières contre les minorités ethniques, l'avait menée ici alors qu'elle n'avait pas vingt ans. En 1981, alors qu'elle entamait ses études, l'Irlandaise était partie, pour le journal du Trinity College, couvrir les *Race Riots*, les émeutes raciales qui avaient enflammé le quartier et fait des centaines de blessés. Elle avait découvert un Londres sombre et violent qui lui avait évoqué Belfast.

Le taxi bifurqua sur Atlantic Road et déposa Sinead devant l'immeuble du Railway Hotel, un bâtiment victorien en brique jaune surmonté d'un clocher et littéralement encastré dans la voie ferrée aérienne.

La jeune femme s'engouffra à l'intérieur, s'enregistra à la réception et monta dans sa chambre. Elle avait rendez-vous moins d'une heure plus tard à Cadogan Garden's, à deux pas de King's Road.

Elle jeta son sac sur son lit et repartit aussitôt.

Le Botanist Club, dont Nigel était membre, était situé au cœur de Chelsea, à deux pas de King's Road. Sinead sortit du métro à Sloane Square et marcha jusqu'à Cadogan Garden's.

Bien qu'ancien reporter de guerre rompu à une existence rustique, le rédacteur en chef de l'*Independent* était le rejeton d'une grande famille et gardait un goût héréditaire pour les charmes discrets de l'aristocratie.

C'était là que le retrouvait Gari lors de ses passages à Londres.

Il était 15 heures passées lorsque Sinead sonna à la porte du club. Le portier en livrée l'informa qu'elle était attendue. Une jeune femme en tailleur prit le relais et l'escorta à travers les couloirs feutrés, décorés de toiles anciennes et de boiseries, jusqu'à un salon privé où l'attendait Nigel.

Sinead reconnut immédiatement la tignasse brune épaisse et le visage large au nez cassé, couronné d'une barbe poivre et sel. Le journaliste taillé comme un roc était vêtu d'une veste en tweed, d'un jean et de solides boots en cuir. Il se leva et la prit dans ses bras. L'étreinte fut douce. Sinead dut se retenir pour ne pas fondre en larmes.

Bardsley recula ensuite sa grande carcasse.

— Je me faisais un sang d'encre…

Il marqua un silence, puis lança un clin d'œil.

— Tes cheveux… c'est parfait, tu es méconnaissable.

La jeune femme lui retourna un sourire triste et s'installa face à lui dans un Chesterfield noir.

— J'ignore ce qu'il s'est passé, je…

— Tu n'as pas à te justifier. Je sais très bien que tu n'es pour rien dans cette affaire.

Un serveur interrompit la conversation pour prendre leur commande. Sinead commanda un thé, Bardsley choisit un whisky écossais sans glace.

— Il y a eu des papiers dans la presse ici ?

— Quelques brèves dans le *Guardian* et le *Times*… le *Sun* a pondu un papier plus long façon tabloïd, mais l'affaire n'a pas été suivie. En revanche, j'ai reçu la visite de deux types du contre-espionnage ce matin.

Ils sont au courant de ta visite à Long Kesh, mais n'ont encore rien laissé filtrer dans la presse. Ils ont horreur de passer pour des cons, une fugitive qui se balade dans la prison la mieux gardée d'Europe, ça risque de faire grincer des dents.

Sinead ne put réprimer un sourire.

— Qu'est-ce qu'ils voulaient ?

— Savoir si tu n'avais pas pris contact avec moi. J'ignorais que ton frère était détenu là-bas.

— Il y a passé une quinzaine d'années. Sept ans pour trafic d'armes, il a été libéré. Il est resté dehors sept mois avant que les RUC ne le chopent en train d'acheminer une voiture piégée en plein centre-ville de Belfast. Ils t'ont dit quoi d'autre, les types du MI-5 ?

— Ils sont restés vagues, mais je crains qu'ils n'aient vraiment pas apprécié ta petite visite à ton frangin. Pour eux, désormais, tu es estampillée IRA, les flics irlandais collaborent avec les services britanniques, il est probable qu'en retour les barbouzes leur refilent des tuyaux, ou qu'ils cherchent carrément à te mettre le grappin dessus pour te renvoyer clandestinement en Irlande. Comment es-tu arrivée jusqu'ici ?

— Moins tu en sauras… je suis désolée Nigel, mais je ne peux pas me permettre…

— Je comprends. Tu as besoin d'argent, d'un endroit où rester ?

— Je te remercie, je me suis organisée, pour ce qui est du fric, j'ai de quoi tenir quelque temps.

Le serveur s'approcha discrètement, déposa le thé devant Sinead. Il présenta la bouteille de whisky à peine ambré à Bardsley et le versa dans un verre à pied, avant de se retirer.

— Tu es dans une sacrée merde, Sinead. Qu'est-ce que tu comptes faire pour prouver ton innocence ?

— J'ignore si j'en ai les moyens. Pour l'heure je n'ai pas la moindre idée de la direction dans laquelle chercher. Ce qui est certain, c'est que je dois réunir assez d'informations pour faire douter un juge de ma culpabilité le jour où je me ferai coffrer.

— Tu sais quoi sur l'attentat ?

— Rien de plus que toi... tout ce que j'ai appris était écrit dans ce torchon d'*Irish Mirror*.

Bardsley goûta son Islay. Il passa la langue sur ses lèvres encore humides d'alcool et demanda :

— Bien, dis-moi de quelle manière je peux t'aider.

— Je n'ai pas la moindre idée du mobile ni de l'identité des ordures qui ont fait ça... Est-ce une vengeance, est-ce qu'on voulait empêcher Gari d'enquêter ? Je dois fouiller dans son passé, pour ça j'ai besoin de toutes les informations dont tu disposes à son sujet. J'aurais besoin que tu réunisses les papiers qu'il a publiés chez toi.

Bardsley esquissa un sourire et glissa la main dans une besace en cuir posée à ses pieds. Il en sortit un épais dossier qu'il posa sur la table.

— Je me doutais un peu de la raison de ton appel et j'ai pris les devants. Dans cette chemise tu trouveras plusieurs enquêtes de Gari. Ce sont les versions intégrales.

— Merci ! Est-ce que tu pourrais m'aider à récupérer ce qu'il a publié ailleurs ?

— On a une base de données au journal, je vais lancer une recherche.

Bardsley posa une main sur le dossier avant de reprendre.

— Sinead, tu as tout de même conscience que tout ça représente des années de travail, il y a des dizaines de sources non citées, des noms dans tous les sens… tu comptes t'y prendre comment ?

— Franchement ? Je ne sais pas, je vais commencer par éplucher tout ça, ensuite j'aviserai… Est-ce que tu sais sur quoi il enquêtait avant de mourir ?

— Absolument pas, souffla le journaliste. Tu sais qu'il ne laissait rien filtrer avant que chaque enquête soit terminée. Il disait qu'il ne voulait risquer aucune fuite, je pense qu'il prenait un malin plaisir à entretenir le mystère avant de te poser une bombe sur la table.

Sinead hocha la tête.

— Il était pareil avec moi à part sur un ou deux dossiers sur lesquels je lui ai donné un coup de main… Vous n'avez jamais reçu de menaces, vous n'avez pas été victimes d'intimidations quand vous avez publié ?

— On a eu pas mal de procès dont on s'est globalement bien sortis, quelques pressions gentilles du gouvernement et des menaces plus personnelles, mais rien de très inquiétant. Tu sais, Gari aimait l'info, mais je crois que ce qu'il préférait c'était de déterrer des cadavres, d'exhumer des affaires obscures, des trucs que tout le monde croyait oubliés, pour les révéler au grand jour. Ça faisait du bruit mais à part quelques affaires les faits étaient souvent prescrits.

— Il faut croire que cette fois c'était différent. De toute manière, je n'ai pas le choix, il faut que je découvre qui a détruit ma vie.

— Je vais te filer un coup de main et voir ce que je peux dénicher de mon côté. Où est-ce que je peux te joindre ?

— C'est moi qui te contacterai. Quand veux-tu que je te rappelle ?

Bardsley sortit une carte et griffonna une suite de chiffres au stylo.

— C'est mon numéro à la maison. Appelle-moi en début de soirée. Je te dirai ce que j'ai pu trouver.

Sinead se leva et glissa la chemise cartonnée sous son bras. Elle prit la main de Bardsley.

— Je voudrais pouvoir te remercier, Nigel.

— Tu me payeras un coup quand tu seras tirée d'affaire. Et encore une fois, si tu as besoin de quoi que ce soit, n'hésite pas. Ann et moi sommes très affectés par tout ce qui se passe. Nous tenons profondément à toi.

Sinead lui lança un petit sourire et tourna les talons… puis hésita et revint sur ses pas.

— Encore une chose…

— Oui ?

— J'ai trouvé une boîte dans les ruines du cottage, quelque chose dont Gari m'avait caché l'existence. Une boîte métallique avec une inscription en caractères cyrilliques, ça ne te dit rien ?

— Qu'est-ce qui est écrit ?

— Je ne sais pas, c'est un truc russe, une suite de lettres et un chiffre… il ne t'en a jamais parlé ?

— Il y avait quoi, dedans ?

— Pas grand-chose d'intéressant, mentit Sinead.

— Tu es sûre ?

— Oui, je te promets.

— Une boîte, des inscriptions en russe… Non, comme ça… ça ne me dit rien !

— Bien… à ce soir alors.

20.

La nuit enveloppait Londres et les rues de Brixton, battues par une pluie glacée, avaient été désertées par les marchands ambulants, la foule cosmopolite et les parfums d'ailleurs.

Sinead avait rejoint sa chambre du Railway Hotel.

Rideaux à fleurs miteux, papier peint bordeaux, moquette sale et dessus-de-lit en synthétique, le lieu ressemblait plus à une maison de passe qu'à une chambre d'hôtel mais l'Irlandaise s'y sentait en sécurité.

Installée sur son lit, elle avait classé les articles de Gari par ordre chronologique et les analysait en détail.

Cinq enquêtes.

Cinq sujets aux antipodes les uns des autres.

Sinead avait lu ces textes avant publication mais il lui fallait à présent les passer au peigne fin pour déceler l'information qui la mettrait sur une piste éventuelle.

La plus récente était un portait polémique de François de Grossouvre, l'homme aux mille visages, conseiller de François Mitterrand, sur les questions sécuritaires et diplomatiques sensibles, qui s'était donné la mort dans son bureau à l'Élysée quelques mois plus tôt. Il était aussi celui qui avait fondé « Rose des vents », la branche française du réseau Stay-behind Gladio, chargé de la résistance anticommuniste. Un autre portrait, aux accents shakespeariens cette fois, racontait Ratko Mladić, chef de guerre serbe soupçonné de purification ethnique contre les populations musulmanes bosniaques, mais le portrait était brossé à travers le suicide de sa fille Ana Mladić, étudiante en médecine qui ne supportait plus qu'à son nom soit associée l'horreur. La jeune femme avait utilisé l'arme de son père pour mettre fin à ses jours.

Suivaient plusieurs contre-enquêtes : la première portait sur les liens secrets qui unissaient la Libye et l'Union soviétique à l'aile communiste de l'IRA. Une sévère critique très documentée qui aurait pu valoir de sérieux ennuis à Gari de la part des Irlandais, mais Sinead était désormais certaine que l'Armée républicaine n'était pour rien dans l'attentat, comme Adrian le lui avait garanti. La seule piste intéressante qu'offrait ce papier était un lien possible entre les Russes et le coffret dissimulé par Gari dans le cottage. Elle mit l'article de côté.

Sinead se plongea ensuite dans une histoire complexe, dans laquelle le journaliste dénonçait l'attitude de certains juges antiterroristes européens accusés d'orienter leurs enquêtes pour servir le pouvoir mis sous pression par la CIA, notamment dans le cas du vol UTA 772 qui avait explosé au-dessus du désert du Ténéré et avait été attribué à Kadhafi. L'affaire remontait à plusieurs années, les chances qu'il y ait une quelconque relation avec la mort de Gari étaient quasi nulles. Idem pour l'affaire des couveuses du Koweït ainsi que les deux ou trois autres articles, anciens et plus généralistes, sur la guerre en Irak.

Sinead se leva brusquement et fit le tour de sa chambre plusieurs fois avant de se diriger vers le lavabo qui trônait dans un angle de la pièce.

Elle regarda le visage défait qu'elle reconnaissait de moins en moins. Un sentiment de rage et de désespoir mêlés la tenait suspendue au-dessus d'un abîme. Elle réprima son angoisse en se passant de l'eau fraîche sur le visage puis décida de reprendre les documents les plus récents.

Elle devait orienter ses recherches différemment. Si rien de ce qu'elle avait lu ne menait vers une piste solide, une certaine logique se dégageait pourtant de la masse d'informations contenues dans ce dossier.

Sinead devait repartir de zéro, se coller dans sa peau de journaliste et appréhender les documents en s'affranchissant de tout ce qui la liait à son mari.

Depuis leur rencontre sous le feu des bombes de Bagdad, Gari avait changé. Elle ne l'avait jamais perçu de cette manière, mais en analysant ses papiers, il devenait évident que d'enquêtes au cœur des guerres, il avait étrangement dérapé vers des histoires sombres et secrètes. Ses angles d'attaque aussi étaient singuliers.

Une explication aurait pu être que l'homme souhaitait donner une dimension plus profonde et littéraire à son travail, mais cette théorie ne tenait pas la route : jamais Gari n'avait manifesté de désir de publier ses enquêtes autrement que dans la presse quotidienne.

Il y avait forcément une autre explication.

Ses derniers sujets sur Mladić et Grossouvre avaient un point commun : le suicide.

Qu'est-ce qui avait poussé le journaliste à s'aventurer sur ce terrain ?

Le premier traitait de la douleur d'un père, auteur de crimes de guerre, face à la mort violente de sa fille ; le second évoquait le destin d'un homme aux personnalités multiples qui avait été lâché par le pouvoir.

Ana Mladić avait été poussée à l'acte par la violence et l'horreur des actes de son père qu'elle devait vivre comme une forme de trahison. Le cas Grossouvre était différent, mais d'une certaine manière, ses fonctions de conseiller de l'État l'avaient plongé dans une sphère de violence tout aussi vénéneuse que celle dans laquelle Ana Mladić évoluait. Le récent génocide rwandais dans lequel le président Mitterrand était mouillé était sans doute le meilleur exemple. Suicide ou assassinat, les états d'âme de Grossouvre l'avaient conduit plus ou moins consciemment vers sa propre fin. Il y avait deux points communs dans ces articles.

La trahison et la mort.

Gari apparaissait presque comme un étranger à Sinead. Ces révélations n'entamaient en rien l'amour qu'elle lui portait, mais elle prenait conscience qu'elle avait vécu à côté de cet homme sans avoir la moindre idée de ses convictions profondes. Gari était pudique et parlait peu des événements ou des images qui avaient marqué sa vie, mais elle avait toujours eu la certitude de le comprendre et que les mots étaient inutiles.

Il n'en était rien.

Sinead devait à présent découvrir quels événements avaient guidé Gari sur cette voie.

Elle regarda l'heure sur le petit réveil électronique posé sur la table de nuit.

20 h 45.

Il était temps de rappeler Nigel Bardsley.

Sinead ferma sa porte à clé et descendit dans la rue, elle gagna le métro, prit une rame en direction de Walthamstow Central. Le MI-5 était venu rendre visite à Nigel, il était probable qu'il soit sur écoute. Elle ne devait en aucun cas risquer que les flics retrouvent sa trace en identifiant l'origine de son appel. Elle descendit à Oxford Circus et prit la correspondance pour Harrow & Weldstone jusqu'à Baker Street. Là, elle sortit et marcha une dizaine de minutes avant de pénétrer dans la première cabine téléphonique et de composer le numéro griffonné par le journaliste sur sa carte de visite. Au bout de trois sonneries, Nigel décrocha.

— Allô ?

— C'est moi.

— Tout va bien ?

— Oui, je te remercie.

— Ça donne quoi, tes recherches ?

— Pour l'instant pas grand-chose… mais j'ai une ou deux idées. Et toi ?

— Écoute, je n'ai pas eu le temps de me plonger dans les articles, mais j'ai quelque chose d'intéressant… Je ne sais pas où ça peut mener mais ça mérite sérieusement d'être exploité. Je t'ai dit que je ne savais pas sur quoi Gari planchait avant l'accident.

— Quoi, qu'est-ce que tu as trouvé ?

— Eh bien voilà. Ça m'était sorti de l'esprit, mais il existe au journal un serveur informatique que les journalistes peuvent utiliser pour stocker des informations en toute sécurité. Il faut un identifiant et un mot de passe pour y accéder. Gari avait un compte, j'ai discuté avec le responsable du service et nous avons réussi à en déverrouiller l'accès.

Le cœur de Sinead s'accéléra dans sa poitrine.

— Il y avait quelque chose ?

— Il ne semblait pas se servir des masses du serveur, il y a deux ou trois documents assez anciens, en revanche trois jours avant sa mort, Gari y avait sauvegardé l'adresse d'un rendez-vous à Amsterdam. J'ai un contact.

— Je t'écoute.

— Le nom, c'est Finkel, l'adresse : Gravelandseveer, 11. J'ai vérifié, c'est à côté de Rembrandt Square, en plein cœur de la ville. Tu notes le numéro ?

— Oui.

— 31 pour les Pays-Bas, ensuite c'est 20 626 30 89. Qu'est-ce que tu vas faire ?

— Prendre le premier vol pour Amsterdam.

— Bien… Fais bien attention à toi, Sinead. Et donne-moi des nouvelles.

— Promis… Sinead marqua une pause avant de reprendre : Est-ce que je peux te demander quelque chose ?

— Bien sûr !

— C'était quoi, le mot de passe de Gary ?

— Sept lettres, Saoirse… le nom que vous aviez choisi pour votre petite fille.

Sinead raccrocha violemment le combiné et disparut dans la nuit.

21.

Amsterdam, Pays-Bas
8 heures du matin

Emmitouflée dans sa parka, Sinead marchait le long du canal Keizersgracht en direction de Rembrandt Square. Un froid hivernal s'était abattu sur le cœur ancien de la ville qui semblait figé dans une gangue de brume épaisse et glacée.

La jeune femme distinguait à peine les contours des maisons à pignons et les quais, baignés par une lumière d'or, qui lui évoquaient une toile de Turner, *Ovide banni de Rome*.

La veille au soir, elle avait gagné le port de Newcastle sur la côte est de l'Angleterre et s'était embarquée à bord d'un ferry qui l'avait menée sans encombre à Amsterdam. À plusieurs reprises, elle avait tenté de joindre le numéro du contact que Gari avait rencontré quelques jours avant sa mort, sans succès. Alors elle avait décidé de se rendre directement à l'adresse que lui avait communiquée Bardsley.

À un carrefour, Sinead s'arrêta pour laisser passer une jeune amazone à vélo puis elle tourna vers la gauche et longea les silhouettes noires des péniches jusqu'à la rivière Amstel. Elle traversa un dernier pont et s'arrêta devant le 11, Gravelandseveer, l'adresse où vivait Jakob Finkel. En levant les yeux vers le ciel, l'Irlandaise découvrit une ancienne demeure à la façade de brique sombre et percée de grandes fenêtres à guillotine. Elle gravit les marches qui la séparaient de la porte d'entrée et pressa le bouton de l'interphone.

Un instant plus tard, une petite caméra de surveillance pivota dans sa direction et une voix au timbre étrange lui demanda en anglais la raison de sa visite.

— Est-ce que Jakob Finkel vit bien ici ?

— De quoi s'agit-il ? demanda encore la voix.

— Je souhaite m'entretenir avec lui au sujet de Gari Weiss. C'est très important.

Il y eut un temps mort puis la porte s'ouvrit automatiquement sur un vestibule.

— Montez à l'étage, prenez soin de bien refermer derrière vous.

Sinead s'exécuta puis avança dans une pièce sombre ornée de boiseries polychromes. Ce qu'elle avait au départ pris pour un immeuble était en fait une immense maison particulière. Elle emprunta l'escalier jusqu'au premier niveau qui s'ouvrait sur une vaste pièce immaculée où se déployaient toiles anciennes et meubles précieux.

Droit devant elle, une silhouette dont elle aurait été incapable de dire si c'était celle d'un homme ou d'une femme se découpait dans la clarté des fenêtres qui donnaient sur le quai.

— Débarrassez-vous et venez me rejoindre.

Sinead ôta sa parka et la déposa sur une console

dorée à la feuille. Son regard s'attarda sur une nature morte, l'œuvre d'un maître hollandais, où étaient représentés trois fruits et une carafe de verre soufflé dont la finesse et la transparence étaient accentuées par le décor d'un noir profond.

En se retournant, elle découvrit son hôte.

Un homme étrange, aux traits délicats gâchés par une face grêlée, fendue de deux yeux perçants que masquait en partie une longue frange brune. Une sorte de chevalier d'Éon vêtu d'une chemise de lin clair à col Mao et d'un pantalon de coton ajusté qui soulignait son côté androgyne.

— Je suis Jakob Finkel, fit l'homme dans un anglais teinté d'un accent d'Europe de l'Est.

Sinead hésita un instant avant de décliner son identité. Elle ne pouvait se permettre de dévoiler Louise Conrad à un inconnu.

— Sinead McKeown, je suis la femme de Gari Weiss.

— Gari Weiss, bien sûr ! Comment va-t-il ?

— Il… il est mort il y a plusieurs semaines en Irlande. Assassiné.

— Mon Dieu, fit l'homme en portant sa main à sa bouche. Je suis navré… Je vous en prie, venez vous asseoir.

Il lui indiqua un siège Louis XIII et s'installa face à elle tout en saisissant une théière en céramique posée sur la table basse entre eux.

— Un peu de thé ?

Sinead déclina et l'observa servir le breuvage âcre. Elle était intriguée par ce personnage aux gestes aussi lents et maîtrisés que ceux d'une mante religieuse.

— En quoi puis-je vous être utile ?

— Je cherche à découvrir qui a assassiné mon mari… Il semble que, quelques jours avant sa mort, il soit entré en contact avec vous, je me disais que vous pourriez peut-être m'aider.

Finkel prit une gorgée de thé.

— Comment avez-vous obtenu cette information ?

Surprise par ce ton brusquement glacial, Sinead marqua un temps d'arrêt avant de répondre :

— Il l'avait noté… cela pose un problème ?

— Pas le moins du monde…, dit froidement Finkel en souriant. C'est exact. Il est venu me rendre visite, ici même.

— Puis-je vous demander la raison de cet entretien ? L'androgyne recula dans son siège et croisa ses jambes maigres.

— C'est délicat, étant donné la nature confidentielle des informations que je devais lui livrer.

— Vous voulez dire que…

Une sonnerie stridente, venue du téléphone à cadran rotatif posé sur le guéridon, l'interrompit. Elle attendit quelques instants pensant que l'homme allait se lever pour répondre, mais il n'en fit rien.

Lorsque la sonnerie s'arrêta, Sinead reprit :

— Vous voulez dire que vous ne pouvez pas me révéler la teneur de votre conversation ?

— Je regrette… mais c'est impossible.

Finkel marqua une pause le temps d'ingurgiter une nouvelle gorgée de thé, puis il fixa Sinead :

— La police irlandaise ne se charge-t-elle pas de l'enquête ?

Sinead fixa les yeux perçants de son interlocuteur avant de répondre sans se démonter :

— Disons qu'ils cherchent dans la mauvaise direction… J'ai réellement besoin de votre aide.

— Que savez-vous précisément de cette affaire ?

Le grelot strident du téléphone retentit de nouveau. Sinead considéra l'appareil avant de déplacer son regard vers Finkel qui ne bougea pas plus que la première fois. Sinead compta une dizaine de sonneries avant que le silence ne revienne.

Sans tenir compte de la question qu'il venait de lui poser, l'Irlandaise demanda :

— Je vais formuler les choses différemment… pensez-vous que le sujet sur lequel Gari enquêtait pouvait mettre sa vie en danger ?

— Pardonnez-moi, mais… vous semblez ne pas bien connaître votre mari…

— Que voulez-vous dire ?

— Weiss semblait vous tenir à l'écart de certains aspects de sa vie, ne croyez-vous pas que c'était sa manière à lui de vous protéger de certains dangers ?

Sinead tourna le visage vers la fenêtre. Soit ce type était un pervers et il jouait avec elle comme un chat avec une pelote de laine, soit il la menaçait.

— J'ignore qui vous êtes et à quel jeu vous jouez, monsieur Finkel… Je comprends à ce que vous me dites que vous savez quelque chose. Peu importent les conséquences… Il faut que je sache !

— Je ne joue pas avec vous ! Pardonnez-moi si je vous ai inquiétée, mon physique… singulier me joue parfois des tours. Je veux simplement vous préserver.

Sa réponse bienveillante déconcerta Sinead.

Ils furent de nouveau interrompus par le téléphone. Cette fois l'Irlandaise demanda :

— Vous ne répondez pas ?

Finkel la dévisagea un moment, puis sans rien dire il posa sa tasse et se leva pour décrocher.

Sinead observait le profil d'insecte. Il écouta son interlocuteur quelques instants puis se tourna vers elle.

— C'est pour vous.

— Pour moi ?

— Pour vous.

L'Irlandaise se leva et prit le combiné qu'il lui tendait.

— Prenez votre temps, je vous abandonne quelques instants.

— Allô ?

— Sinead ?

— Oui…

— C'est Bardsley.

Il paraissait inquiet.

— Qu'est-ce qui se passe ?

— Écoute-moi bien et surtout ne laisse transparaître aucune émotion… tu m'entends ?

Sinead sentit son cœur s'accélérer. Elle chuchota :

— Je suis seule, là… vas-y !

— Le chef du service informatique est à côté de moi, il vient de m'informer qu'il a décelé une intrusion sur le serveur du journal. Quelqu'un… un hacker s'est baladé sur le réseau.

— Continue.

— Quel jour est mort Gari ?

— Le 10 octobre…

— Putain de merde…

— Quoi ?

— Il y a une trace de connexion sur son compte le 12…

— C'est impossible… ça veut dire que…

— Que le rendez-vous avec Finkel a été inscrit deux jours après la mort de Gari…

Sinead sentit ses jambes se dérober sous elle.

— Tu dois dégager de là immédiatement ! C'est un piège, ceux qui ont tué Gari… ils t'ont tendu un piège !

À ce moment Sinead sentit un souffle rugueux sur sa nuque puis une main sèche se plaqua sur sa bouche et bloqua sa tête en arrière. Elle essaya de hurler, de se débattre.

En vain.

La seringue prolongée d'une longue aiguille d'acier s'enfonçait déjà dans son nez. Elle sentit le liquide épais se répandre dans son cerveau jusqu'à noyer son âme, puis elle sombra dans les ténèbres.

22.

36, quai des Orfèvres
4 heures du matin

Raphaël claqua la porte de la salle d'interrogatoire et vint rejoindre Drago qui préparait le café.

Face à eux, Islamov, livide, cheveux gras, vêtements maculés de sang, la mousse aux lèvres.

Jésus au Golgotha.

— Je lui enlève les bracelets ? demanda le Serbe.

— Négatif.

— Je s'asseoir, lâcha le truand.

— Tu restes debout et t'ouvriras ta gueule quand on te le dira.

Raphaël ferma les yeux un bref instant. Il ne parvenait pas à accepter la réalité de la mort d'Agathe, la silhouette du tueur, le visage défiguré de sa coéquipière l'assaillaient… Il leur fallait réagir très vite pour avoir une chance de mettre la main sur le meurtrier. Il se concentra sur les éléments. Deux pistes s'ouvraient. D'un côté, une voiture suiveuse qui avait grillé la filature et indirectement provoqué la mort de sa coéquipière, de l'autre un tueur surgi de nulle part. Était-il lié aux cadavres du bois de Vincennes ? C'est ce qu'il fallait tenter d'arracher à Islamov.

Il se rapprocha de lui.

— T'as envie de me parler ?

— Parler avec ton cul !

Sans prévenir, Raphaël lui balança un coup de genoux dans l'entrejambe. Le Tchétchène se plia en deux sans émettre le moindre son.

— Sale fils de pute ! Tu croyais que tu pouvais venir faire ton business en France, tu nous prends pour des cons ? On sait tout sur toi, de ta grande vie moscovite jusqu'au jour où t'as posé ton cul merdeux dans l'avion à Vienne en direction de Paris.

— Pisse dans ton cul, cracha Islamov.

— À ta place, je m'engagerais pas sur ce terrain-là ! intervint Drago

Islamov releva le visage.

— Aaaah, *good cop, bad cop*, comme…

Le Serbe ne lui laissa pas le temps de conclure et lui balança un coup de poing dans la gorge. Le truand s'effondra. Drago s'accroupit, l'empoigna par les cheveux et le força à se relever.

— Non, mon vieux ! Y a pas de gentils ici, on est deux gros enculés et on va te dérouiller jusqu'à ce que tu craches le morceau. *Panimaï*[1] *?*

— Je veux l'avocat.

— Il dort, l'avocat, lâcha Raphaël. Maintenant tu m'écoutes… On a deux dossiers sur toi. Le premier concerne deux types qui ont été retrouvés raides irradiés dans le bois de Vincennes, le second c'est le gus que tu as été arracher ce soir à l'Olympic et qui

1. « T'as pigé ? », en russe.

a descendu un de mes hommes. Par quoi tu veux commencer ?

— Baise ta mère !

Drago s'apprêtait à frapper de nouveau le truand, Raphaël le stoppa.

Avec sa gueule de petite frappe et ses fringues froissées, Islamov avait l'air pathétique. Il vacillait sur ses jambes, son regard changeait comme s'il comprenait peu à peu qu'il n'était pas ici chez lui, que les règles étaient différentes. Raphaël savait que c'était du flan, le Tchétchène jouait un numéro, la seule explication était que le type avait échappé à la prison en Russie et n'avait aucune envie de croupir dans une taule française, il ferait tout pour minimiser les charges qui pesaient contre lui, du pur instinct de survie.

Le flic décida de jouer le jeu.

— C'était qui le type de l'Olympic ?

Silence.

— Un flic a été assassiné. Et le tueur est sorti de TA putain de voiture. Donc maintenant, soit tu balances ce qu'il s'est passé et t'as une chance de t'en sortir sur ce dossier-là, soit on t'inculpe pour complicité d'assassinat sur un officier de police dans l'exercice de ses fonctions. Et là, crois-moi, tu vas prendre cher. Cette fois, personne ne viendra te sortir du trou à rats dans lequel on va te coller.

Islamov épongea la sueur glacée de son front sur le bord de son épaule.

— Réfléchis, mais pas trop longtemps.

Le truand cracha par terre et releva la tête vers les flics.

— C'est bon, je parler ! Mais toi sortir moi d'ici, suis rien fait.

— Raconte-nous une belle histoire et on fera les comptes avec le procureur, à la fin.

Islamov acquiesça, il savait qu'il n'avait plus le choix.

— Pose questions.

— Bien… Les deux morts du bois de Vincennes, c'est des gars à toi ?

— Pas mes gars… je connais eux.

— Leurs noms ?

— Umar et Azlan.

— Umar et Azlan comment ?

— Sais pas.

— D'où est-ce qu'ils viennent ?

— Azlan est de Chechnya… Umar, lui, c'est Russe converti islam.

Les premiers éléments qu'il livrait concordaient parfaitement avec l'analyse du tatouage livrée par la DGSE.

— Et qu'est-ce qu'ils foutaient planqués dans le bois de Vincennes ?

— Acheter armes.

— Pourquoi ?

— Sais pas.

— Recommence pas à nous la faire à l'envers, Islamov…

Silence.

— Ils parlent pas !

Raphaël se passa une main sur le visage.

— Arrête de nous chier des billes ! Tu sais parfaitement ce qu'ils foutaient là, alors crache ton histoire, je vais finir par perdre patience…

— C'est merde en Tchétchénie… Russes ils vont nous taper sur notre gueule. Nous défendre avec nos moyens.

— Continue…

— Si Moscou attaquer, Tchétchènes répondre à terreur par terreur.

— C'est quoi, le plan… Assassinats, attentats ? Toi aussi tu es lié à Grozny, tu as une dette depuis que tu as été « évadé » de ta cellule de Moscou par les autorités tchétchènes, non ?

— Pas savoir ce qu'ils faire. Eux guerriers, spécialistes action, moi je gagne argent.

— OK… tu faisais quoi pour eux ?

— Eux cachés en France, nous on donne contact pour qu'ils achètent armes, explosifs…

— Et sources radiologiques…

— Non, pas sources radiologiques…

— C'est pourtant ce qui les a tués ! Tu sais comment ils sont morts, non ?

— Réfugiés dans forêt expliquer que eux malades.

— Oui, eux très malades… Ils étaient tous les deux en possession d'un *misbaha*, les chapelets musulmans, dont chacun comportait une perle de cobalt 60. C'est ce qui les a tués à petit feu.

— Fils de pute…

— Qui est un fils de pute ?

— Petite pute de Séror !

— Qui est-ce ?

— Mec de l'Olympic… qui a tué mes hommes et ta flic.

— Tu penses que c'est lui qui a tué les gars de Vincennes ?

— C'est sûr !

— C'est pour ça que tu voulais lui faire la peau ?
— Couper ses couilles de porc.
— Tu sais pourquoi il les a tués ?
— *Niet !*
— C'est lui qui leur vendait des armes ?
— Oui. Lui arnaquer. Il livre, prend argent, et exécute pour récupérer armes…
Raphaël se tourna vers Drago et réfléchit rapidement. S'il avait juste voulu enfler les Tchétchènes, le tueur les aurait exécutés d'une autre manière. Ce raisonnement ne collait pas.
— Et toi, dans tout ça ?
— Moi seulement contact entre eux.
— Parle-moi un peu de Séror.
— Moi fermer gueule si toi pas garantir que moi je sors d'ici.
— T'es pas en position de négocier, Islamov. Je peux juste te dire que ton profil nous intéresse. Si tu es réglo avec nous, on pourrait trouver un moyen de s'arranger qui t'éviterait d'échouer en taule.
— Travaille pas avec flics… Va faire mettre !
— À toi de voir… De toute façon, tu sais que t'as pas le choix… Allez, accouche ! Dis-moi ce que tu sais sur Séror.
Islamov se racla la gorge et cracha de nouveau sur le sol en lino.
— Séror, il parle en russe avec nous mais lui pas russe. J'ai vu lui une fois au jardin du musée.
— Le jardin des Tuileries ?
Le truand hocha la tête.
— J'ai donné argent à lui, il doit livrer armes à Umar.
— Quelle somme ? intervint Drago.

— 65 000 dollars US…

— Et après ? questionna Raphaël en arpentant la pièce.

— Il a livré Umar.

— Et bien entendu tu ne sais pas où le stock est passé ?

— Non.

— OK. Elles viennent d'où, ces armes ? demanda Drago.

— Je pas savoir, mais lui a beaucoup.

— Tu connais ses habitudes, les endroits qu'il fréquente ?

— Non.

— Comment est-ce que tu l'as retrouvé, alors ?

— Par hasard. Un homme de moi a vu lui à Barbès, il nous a prévenus.

— Par qui as-tu eu le contact ?

— À Moscou.

— Continue…

— Lui français, visite souvent la Russie.

— Tu sais où il crèche ?

— Banlieue, quartier de Lozère… Palaiseau.

— Une adresse ?

— Rue Banville… numéro 6.

— Ben tu vois Islamov…, sourit Raphaël, tu joues les durs comme ça, mais c'était pas si difficile de balancer.

Le flic se retourna immédiatement vers Drago.

— Descends-le à l'Identité judiciaire pour établir un portrait-robot de notre client, je lance une recherche sur Séror au fichier et on trace direct à son domicile.

— Et la Peugeot qui suivait Agathe ?

— C'étaient pas les Tchétchènes…

— Qui, d'après toi ?

— À ton avis… qui roule en Peugeot ?

— T'es sûr de ton coup… ?

— Certain, mais on s'occupera de ça plus tard, la priorité c'est de coincer ce salopard qui a fumé Agathe.

23.

Quartier de Lozère, Palaiseau, France

C'était une banlieue comme les autres.

Pavillons avec jardin, café du Commerce et coiffeur pour hommes. Mais Lozère était situé à quelques kilomètres à peine du campus scientifique de Saclay, fief du CNRS, de l'École polytechnique et du Centre de recherche de physique nucléaire. Plus de la moitié de cette zone pavillonnaire était occupée par des scientifiques.

Au volant de la Laguna de service, Raphaël regardait défiler le décor de carton-pâte. L'automne avait dépouillé les arbres et la boue maculait les pelouses. Il imaginait pourtant les jardins au printemps, fleurs, cerises et rires d'enfants. Ce monde ne collait pas avec l'image qu'il se faisait des esprits singuliers qui vivaient derrière ces murs et consacraient le temps d'une vie à percer des secrets, établir des vérités qu'eux seuls pouvaient comprendre, des petites histoires qui aidaient à faire avancer la grande. Avancer, comprendre, autant de valeurs que le flic respectait sans doute parce que, en un sens, le même désir de vérité l'animait. Mais il ne pouvait s'empêcher de songer à la science qui tuait autant qu'elle soignait, celle qui changeait le monde en le rendant plus cruel, la science fossoyeuse, qui creusait chaque jour un peu plus la tombe des hommes.

Comment ces types vivaient-ils cette fuite en avant qui finirait par leur échapper définitivement ?

Séror était l'un d'eux, et lui avait sérieusement dérapé. La recherche au fichier de la PJ n'avait rien donné. Les RG en revanche détenaient sur le scientifique un dossier complet. En moins d'une heure, le flic avait reçu une synthèse par fax.

Séror était né en 1953 à Oran, en Algérie. Son père, Louis, un tourneur ajusteur, était pied-noir, ou plutôt pied-rouge… Trotskiste convaincu, il était proche de la IVe Internationale communiste et de son leader mythique, le Grec Michel Raptis, dit « Pablo ». À la veille de la guerre d'Indépendance, il s'était éloigné de sa famille pour rejoindre les réseaux de soutien au FLN et avait travaillé dans une usine d'armement clandestine installée près de Kenitra, au Maroc, avant d'être abattu par des agents de la DST au cours d'une descente.

À l'indépendance du pays, le jeune Pierre Séror avait suivi le cortège d'exilés en direction de la France où il s'était installé avec sa mère. Marseille d'abord, puis Paris. Élève brillant, il avait été admis au lycée Louis-le-Grand avant d'intégrer Polytechnique et l'Institut de physique nucléaire.

Marqué au fer par le martyre de son père, Séror avait suivi ses traces et s'était engagé politiquement à travers l'OCI, les jeunesses trotskistes. Il avait appris le russe et intégré les GER, les Groupes d'études révolutionnaires. Un coco pure laine. Parallèlement à ses engagements, il était devenu un des spécialistes mondiaux en sûreté nucléaire. Le rapport des RG faisait également état de déplacements réguliers de l'autre côté du rideau de fer, Allemagne de l'Est, URSS, où il avait lié de solides amitiés avec la nomenklatura. Il y participait à des colloques et enseignait à l'université de Leningrad, ce que l'État français voyait d'un mauvais œil. Il avait été l'un des premiers à se rendre à Tchernobyl lors de la catastrophe en 1986. D'après l'analyste qui avait rédigé la note, cet événement avait marqué une rupture profonde dans la carrière du prodige. Dès la fin des années 1980, alors qu'il dirigeait un laboratoire du CNRS, il avait rejoint un groupe de chercheurs militants antinucléaires qui dénonçait les essais français. Ces dernières années, le chercheur semblait s'être radicalisé et, malgré la chute de l'empire soviétique, il affichait des opinions anticapitalistes de plus en plus marquées.

Il n'avait ni femme ni enfants connus et conduisait une Honda Civic noire immatriculée 745 SHD 91.

Le profil ne cadrait pas. Comment un type qui affichait aussi ouvertement ses positions pouvait-il tremper dans un tel trafic ?

Raphaël ne voyait que deux réponses possibles : soit Pierre le Rouge avait sérieusement pété les plombs et il voulait faire brûler le monde capitaliste, soit il avait goûté à la grande vie et formait pour sa retraite d'autres projets que la banlieue parisienne.

— On vient de passer le lac, tu remontes Alfred-de-Musset, on devrait plus être loin, lâcha Drago installé sur le siège passager, le plan de Lozère entre les mains.

Raphaël roula une centaine de mètres, contourna un grand cèdre puis leva les yeux vers le panneau à l'angle d'une rue qui bifurquait vers la droite.

— Théodore-de-Banville…

— Ralentis, c'est là.

Raphaël se gara au carrefour, ils claquèrent les portières et marchèrent en direction du numéro 6.

C'était un bâtiment des années 1950, volets bleus métalliques tachés de rouille, façade en béton, toiture à pignon en tuiles brunes et clôturé par une sorte de grillage à poules entièrement envahi de glycine morte.

Contrairement aux autres maisons du quartier, douillettes et aux jardins entretenus, celle-ci paraissait à l'abandon.

Drago vérifia le nom sur la boîte aux lettres.

— Séror… crèche bien ici. Le Tchétchène ne nous a pas chiqués.

Raphaël pressa le bouton caché sous des entrelacs de lierre en se demandant s'il fonctionnait encore. L'écho du carillon résonna dans le silence.

Ils attendirent.

— Pas de réponse… qu'est-ce qu'on fait ? souffla Drago.

— Tu surveilles la rue…

Raphaël poussa le portail et pénétra dans le jardin.

Mauvaises herbes, fleurs fanées, les haies non plus n'avaient pas reçu de coup de sécateur depuis un moment.

Le flic tenta d'actionner la poignée de porte.

Verrouillée.

Il jeta un regard au Serbe et contourna la maison pour vérifier si une fenêtre n'était pas restée ouverte.

Les plates-bandes étaient jonchées de feuilles mortes

et de détritus. Sur la droite se dressait un garage attenant au bâtiment principal, la porte avait été murée avec du ciment jamais repeint.

Il revint sur ses pas.

De l'autre côté, sur le sol de béton craquelé, il dépassa un banc en plastique sale, deux gros bidons noirs et un morceau de corde usée.

Instinctivement il mit la main sur son arme. Sans qu'il puisse réellement s'expliquer pourquoi, il ne sentait pas ce lieu.

Il finit par remarquer une porte-fenêtre sur un mur latéral. Il avança de quelques pas et jeta un coup d'œil à l'intérieur par les carreaux crasseux.

Une cuisine.

Il fit signe à Drago de le rejoindre.

— Visite ? demanda le Serbe.

En guise de réponse, Raphaël roula son écharpe autour de son poing et brisa le carreau d'un coup sec. Il délogea avec précaution les morceaux de verre restants puis glissa sa main à l'intérieur et actionna la poignée.

Les deux flics dégainèrent leurs calibres et pénétrèrent dans la maison.

L'intérieur paraissait figé dans une époque lointaine. Vaisselle Arcopal blanche à fleurs. Gazinière en tôle émaillée d'un autre temps, tables et chaises en Formica.

Deux assiettes sales et des couverts gisaient au fond de l'évier.

Drago ouvrit le réfrigérateur.

Deux tomates pourries, un vieux morceau de fromage et un pot de confiture collé de moisissures.

Un claquement sourd fit sursauter les flics.

Raphaël posa son doigt sur ses lèvres, puis fit signe

à Drago de visiter l'étage. Il se chargeait du rez-de-chaussée.

.38 au poing, le flic s'engouffra dans le couloir tandis que le Serbe se dirigeait vers l'escalier.

Le flic progressait dans la pénombre, papier peint cradingue et moquette élimée, attentif au moindre signe susceptible de trahir une présence humaine. Il enjamba un grand vase renversé sur le sol et s'arrêta pour écouter.

Plus aucun son ne lui parvenait.

Au bout du couloir, une porte s'ouvrait sur le salon. Raphaël balaya l'espace du canon de son arme et pénétra dans la pièce.

Parquet taché et tissu ocre tendu sur les murs.

L'odeur le heurta de plein fouet.

Celle de chairs décomposées.

Le flic retint sa respiration et fit quelques pas en direction du canapé.

Le cadavre d'un chat gisait sur les coussins.

Il contempla un instant la frêle carcasse de poils, d'os et de liquides organiques qui s'étaient répandus sur le velours beige.

Le flic fit volte-face et inspecta la pièce.

Sur un buffet rustique plusieurs photographies représentant le même homme, petite taille, teint mat et cheveux prématurément gris, dans des situations différentes. Sur l'une d'elle, Séror était attablé aux côtés de Georges Marchais, l'ancien leader du Parti communiste, sur une autre il posait en compagnie de militaires soviétiques.

Drago débarqua dans le séjour.

— Personne… le bruit devait venir de dehors… Il y a des fringues et un sac qui traînent là-haut. À mon avis, il s'est fait la malle... Putain, c'est quoi, cette odeur ?

— Il a eu tellement les jetons que les Tchétchènes lui tombent dessus qu'il s'est cassé en laissant crever son chat, lâcha Raphaël en rangeant son calibre à sa ceinture.

— T'as vérifié s'il y avait une cave ? demanda-t-il.

— Oui, pas de sous-sol...

— Bon, il va falloir passer les lieux au peigne fin et lancer un avis de recherche. Il est aussi patron d'un labo au Collège de France. En comprenant qui est Séror, on découvrira peut-être où il se planque. Le type était surveillé, mais il a été assez prudent pour baiser tout le monde avec son petit business.

— Il y a un truc qui colle pas..., répondit Drago. Quand tu vois la baraque... il a pas franchement l'air intéressé par le blé.

— C'est peut-être une couverture...

— C'est un ponte du nucléaire...

— Ça serait pas la première fois. Je serais pas étonné que la DST ait un dossier sur Pierre le Rouge. Il faut qu'on le récupère.

— Et tu comptes faire comment ? sourit Drago.

— Je vais demander à Dumas.

— T'étais à deux doigts de l'emplâtrer à la morgue. Il te lâchera rien.

— Peut-être, mais la donne a changé. On a un de moyen de pression maintenant...

— Tu crois sérieusement que c'est eux, la Peugeot qui suivait Agathe ?

— Je pense que Dumas nous surveille. Pourquoi... je ne sais pas ! Soit il est aux fraises et il veut savoir ce qu'on a, soit il bosse déjà sur le dossier tchétchène et il veut garder le contrôle. Le fait est qu'il a dérapé et qu'il n'a pas d'autre choix que de nous balancer ce qu'il sait.

Raphaël consulta sa montre.

— Il est 9 heures. On retourne à la caisse appeler le 36, qu'ils envoient du monde ; nous, pendant ce temps-là, on va aller rendre une petite visite surprise à Dumas. *Vamos*.

En traversant la maison pour regagner la cuisine, Drago s'arrêta dans le couloir.

— Tu trouves pas ça bizarre ?

— Quoi ?

— Ce vase, là, renversé…

Raphaël se rapprocha du Serbe.

— Bizarre ?

— Tais-toi…

— Quoi ?

— Chhhh… T'entends pas un truc, là ?

Ils gardèrent le silence.

— Si… t'as raison, ça souffle, comme si de l'air circulait quelque part…

Le Serbe fit deux pas en avant.

— Ça vient d'où ?

— Du mur…, on dirait, murmura Raphaël.

Le flic pressa le premier interrupteur à portée de main. L'ampoule était grillée.

Les flics sondaient les parois en frappant à l'aide de leurs phalanges. Les murs étaient pleins. Raphaël se déplaça d'un petit mètre et sonda encore.

— Ici… ça sonne creux.

— Mate ça, souffla Drago en décollant une languette de papier peint au niveau de la plinthe.

Le Serbe tira lentement dessus jusqu'à découvrir une surface de plâtre lisse incluse dans le mur de ciment.

— Une trappe ?

Raphaël colla son oreille sur la paroi.

— T'entends quelque chose ?

— Que dalle.

Le flic attrapa la petite desserte métallique sur laquelle avait été posé le vase et commença à cogner le mur de toutes ses forces. Les deux premiers coups n'arrachèrent que de la poussière, au troisième, la plaque vola en éclats.

Le Serbe défonça le reste à coups de talon, dévoilant une cavité d'à peine deux mètres carrés. Ils dégagèrent les derniers gravats, Raphaël alluma sa torche et plongea un bras à l'intérieur. Il tâtonna quelques instants jusqu'à sentir une masse inerte sous ses doigts.

— Merde…

— Quoi ?

— Il y a un putain de macchab' là-dedans. On le sort de là… vite !

Raphaël s'engagea à l'intérieur de la trappe, saisit le corps à deux mains et le souleva pour offrir une prise à Drago.

— Tu l'as ?

— C'est bon.

— Tire bordel, c'est lourd !

Raphaël s'arc-bouta dans les gravats tandis que le Serbe tirait comme un forcené pour l'extraire de la cavité.

Un instant plus tard, le corps reposait sur le sol du couloir. Pieds et poings liés, la tête enveloppée dans un sac de toile rugueuse et serrée autour du cou par un épais ruban adhésif. Raphaël sortit un canif de sa poche et commença à cisailler les cordes tandis que le Serbe déchirait le scotch et arrachait le sac de jute.

Un visage leur apparut dans l'obscurité, cheveux courts, traits maculés de sang et de poussière. La bouche s'ouvrit, les poumons se gonflèrent dans une longue plainte de souffrance…

— Il respire, lâcha Drago, il est vivant !

24.

Un violent éclat de lumière brûla ses iris dilatés, deux ombres se penchèrent vers elle. Sinead inspira profondément, l'air libre était comme un geyser d'eau glacée qu'on lui injectait dans la poitrine. Elle referma les paupières.

— C'est une femme…

— Police, calmez-vous… Ça va aller, on va vous aider !

LES FLICS… La terreur gonfla en elle. Elle tenta de se débattre pour s'échapper, deux bras la plaquèrent au sol.

— C'est fini, mademoiselle… on va s'occuper de vous. C'est la police, ne vous inquiétez pas ! Va lui chercher de l'eau !

Ces ordures de flics… ils l'avaient coincée, et elle n'avait pas eu le temps de comprendre qui avait tué Gari. Elle aurait dû mourir dans le cottage… Ses membres étaient secoués de tremblements, les larmes lui montèrent aux yeux.

Un instant plus tard, elle sentit un linge humide glisser doucement sur son visage. La sensation de fraîcheur l'apaisa. Elle rouvrit les paupières. Au-dessus d'elle, deux grands yeux verts, encadrés par une masse de cheveux bouclés, l'observaient. Légèrement en retrait, un autre homme très brun, les cheveux longs, la dévisageait, les traits parfaitement impassibles.

— Qui êtes-vous, mademoiselle ?

Elle fixa les deux inconnus… ils ignoraient son identité. Elle reprit son souffle. L'air libre lui brûlait les poumons.

— Vous êtes… français ? Des policiers français ?

— Oui, Police judiciaire, je suis Raphaël Zeck, lui c'est Stefan Dragović, nous appartenons à la Brigade criminelle.

— Je suis où, là ?

— En banlieue parisienne, à Palaiseau… Comment vous appelez-vous ?

Sinead hésita un instant puis livra sa fausse identité.

— Louise Conrad. Je… je pense que j'ai été enlevée…

— Vous êtes française ?

— Oui.

— Savez-vous qui vous a fait ça ?

— Amsterdam…

Sinead se tut. Elle risquait de se compromettre en parlant alors qu'elle était encore dans le cirage.

— Comment ça, Amsterdam ?

— J'étais à… Amsterdam. Je ne me souviens pas de ce qui s'est passé…

— Est-ce que le nom de Pierre Séror vous évoque quelque chose ? demanda Raphaël.

L'Irlandaise sonda un instant le regard du flic.

— Sé… Séror ?

— On en reparlera plus tard… Il lui tendit un verre d'eau. Tenez, buvez.

Drago l'aida à se redresser, elle s'empara du verre à pleines mains et l'engloutit à petites gorgées.

— On va appeler une ambulance et vous conduire à l'hôpital, poursuivit Raphaël.

Sinead sentit un nouveau flot d'angoisse la submerger. Non, pas l'hôpital ! Elle devait trouver un moyen de reprendre des forces pour se tirer à la première occasion sans laisser de traces dans le système judiciaire français.

— Ce n'est pas la peine… ça va aller.

— Vous avez été séquestrée pendant un temps indéterminé et sans doute droguée, il faut que vous soyez examinée par un médecin. Tout ira bien. Après, nous pourrons vous entendre.

L'Irlandaise fixait le flic avec le sentiment que son crâne allait éclater. Elle tenta une analyse rapide de la situation : elle devait éviter toute attitude suspecte, il lui fallait jouer à la petite fille sage. Elle devait également profiter de ce temps de confusion pour essayer d'arracher quelques informations aux policiers.

— Je me… je me souviens de… ce qui s'est passé…

— Vous n'êtes pas en état… nous reparlerons de tout ça plus tard.

— Je vais bien… si nous perdons plus de temps, on risque de ne jamais mettre la main sur ceux qui m'ont… qui m'ont fait ça…

C'était la règle numéro 1 de la Crim' : le temps était le seul atout des enquêteurs. Raphaël se retourna vers Drago, qui approuva d'un signe de tête.

— Bien, je vous écoute.

Elle devait se concentrer et coller le plus possible à la réalité de sa propre histoire. Des enquêteurs aguerris comme ces deux-là ne mettraient pas longtemps à comprendre qu'elle les menait en bateau.

— J'enquête sur… des assassinats de reporters.

— Pour qui travaillez-vous ?

— Je suis journaliste indépendante, je prépare un livre.

— Que faisiez-vous aux Pays-Bas ?

— Il fallait que je… je devais retrouver un contact.

— Un nom ?

Sinead réfléchit un instant, le rendez-vous d'Amsterdam était un piège, Finkel sans doute un nom d'emprunt, les flics n'avaient que très peu de chances de retrouver sa trace. Elle ne risquait rien en révélant ces informations.

— Jakob Finkel. Je ne me souviens plus de l'adresse précise… C'était dans le centre, pas loin de Rembrandt Square. Je l'ai rencontré mais je n'ai qu'un souvenir très vague de son visage. Il était étrange, efféminé.

— C'est lui qui vous a enlevée ?

— Je me souviens d'une maison en ville et d'un petit tableau hollandais, une nature morte… des oranges… rien d'autre.

— Pourquoi vous avoir enlevée et pas tuée ?

— Je ne sais pas…

— Sur le meurtre de quel journaliste enquêtiez-vous ? intervint Drago.

— Claire Smith, improvisa l'Irlandaise. Cette femme… cette femme réalisait un documentaire pour la… BBC sur les réseaux de financement du GIA. Elle a été tuée… deux balles dans la tête en plein centre d'Alger l'année dernière.

L'histoire était vraie, mais elle n'en connaissait pas les détails. Sinead savait qu'elle jouait avec le feu, jamais elle ne résisterait à un interrogatoire approfondi. Elle devait détourner la conversation en douceur, les emmener sur son terrain.

— Cet homme… Séror… qui est-il ?

— Un spécialiste de la sûreté nucléaire. Il est soupçonné de trafic d'armes. Nous sommes venus l'interroger mais il a mis les voiles.

— C'est chez lui, ici ?

Zeck garda le silence un temps.

— Qu'est-ce qui vous a mis sur cette piste ? demanda Sinead.

— Désolé, c'est un dossier sensible, je ne peux rien vous dire de plus.

— Pourquoi faites-vous ça ?… Nous devrions recouper nos informations…

L'Irlandaise termina sa phrase dans une quinte de toux.

— Vous êtes en état de choc, nous reprendrons cette conversation quand vous irez mieux. Le médecin de l'Hôtel-Dieu m'avertira quand vous serez en mesure d'être auditionnée.

Sinead considéra le flic avec une envie viscérale de lui cracher à la gueule. Elle avait échoué. Déjà, la sirène de l'ambulance résonnait dans la rue. L'Irlandaise fit glisser discrètement ses mains le long de son corps jusqu'à son ventre. La ceinture dissimulée sous son jean contenant argent et papiers avait disparu. Cette ordure de Finkel l'avait dépouillée. Tous ses espoirs s'écroulaient, elle ferma les yeux mais ne parvint pas à empêcher ses larmes de couler. Quelques minutes plus tard, une équipe du SAMU l'entourait et la soulevait pour la déposer sur un brancard.

Debout sur le seuil de la porte, Raphaël l'observait. Ce fut la dernière image qu'elle vit avant que les portes ne se referment, puis l'ambulance démarra.

II

25.

Les yeux rivés sur le plafond carrelé de la salle d'examen des urgences de l'Hôtel-Dieu, Sinead faisait le point en attendant le retour du toubib. Prises de sang, électrocardiogramme, examen vaginal...

Elle subissait une batterie de tests destinés à déterminer la nature des violences dont elle avait été victime dans le seul but de savoir à quel moment elle pourrait être mise à disposition de la Brigade criminelle. Trois jours s'étaient écoulés entre le moment où elle avait pénétré dans la maison de Finkel et celui où les flics l'avaient découverte. Les premiers résultats étaient optimistes, les auditions pourraient donc commencer rapidement.

Sans argent ni passeport, l'Irlandaise était revenue à la case départ. Son transport en ambulance l'avait replongée dans les heures de terreur qui avaient suivi le drame de Letterkenny, pourtant cette fois elle refusait de s'abandonner à la douleur. Elle repensait à chaque épreuve traversée, elle ne pouvait pas capituler maintenant sous prétexte que deux flics de merde lui avaient sauvé la peau. Sa fausse identité ne résisterait pas à dix minutes d'interrogatoire, et ces deux-là la colleraient au trou sans le moindre état d'âme, Sinead le savait.

Il ne lui restait qu'une option.

Fuir.

L'accès le plus direct vers la rue était le hall des urgences, mais ces enfoirés avaient affecté un policier en uniforme à sa « sécurité ». Il montait la garde juste devant le box.

Sinead se redressa sur la table d'examen. Derrière elle, une seconde porte, par laquelle circulaient le médecin et les infirmières. Elle donnait probablement sur le service du personnel de l'hôpital et les salles de garde.

L'Irlandaise considéra ses vêtements roulés en boule dans un coin. Elle fit ensuite courir son regard le long de la perfusion reliée à sa main. Le médecin n'allait pas tarder à revenir.

C'était maintenant ou jamais.

D'un coup sec, elle arracha le sparadrap de sa main puis, lentement, elle tira sur le tube planté dans sa veine tout en pressant son pouce dessus pour empêcher l'hémorragie.

Elle se leva pour récupérer ses vêtements ; la pièce tanguait sous ses pieds.

Elle était faible. Incapable de s'en sortir dans cet état.

Il lui fallait un shoot… quelque chose pour tenir.

Elle avisa l'armoire à pharmacie fixée sur le mur, juste en face d'elle.

Dès les premiers pas, elle eut la sensation de chavirer. Elle s'agrippa aux meubles, traversa la salle et essaya de l'ouvrir.

Verrouillée.

Dans une clayette, elle saisit un spéculum, le glissa dans l'interstice entre les deux battants et fit levier de toutes ses forces jusqu'à faire sauter la serrure.

En un coup d'œil elle repéra garrot et seringue.

Elle passa les produits en revue les uns après les autres… elle n'y connaissait rien ! Désespérée, elle balaya le contenu des étagères… Elle se sentait comme une junkie en manque.

Des voix d'infirmières résonnaient derrière la porte. Si l'une d'elles ou le toubib rentrait à ce moment, c'était terminé.

Elle devait trouver quelque chose, rapidement !

Un flacon retint son attention. *Suprarenin…* Elle avait entendu ce nom dans la bouche de ceux qui l'avaient prise en charge dans les ruines du cottage en cendres. Elle approcha l'ampoule de ses yeux et déchiffra les inscriptions… « adrénaline synthétique » … Le corps sécrétait cette hormone pour répondre au stress, redoubler d'énergie face au danger…

C'était ce qu'il lui fallait.

À genoux, elle déchira l'emballage de la seringue, aspira les trois quarts de la dose, puis elle garrotta son bras et planta l'aiguille dans la veine la plus saillante avant de s'injecter la substance.

Presque immédiatement, elle sentit son cœur accélérer sa course puis une sensation de lucidité extrême l'envahit. Elle se remit debout, enfila ses vêtements souillés de poussière et d'urine et sortit de la pièce.

Elle avait à peine parcouru quelques mètres qu'une infirmière l'arrêta.

— Qu'est-ce que vous faites ici ?

Sinead esquissa un sourire tendu.

— Ça fait deux heures que j'attends un médecin… là, il faut que je trouve des toilettes d'urgence.

— Vous ne devez pas vous trouver ici, c'est réservé au personnel médical… Vous êtes dans quelle salle ?

Sinead pointa du doigt la direction opposée à celle d'où elle venait.

— Je ne sais plus, une de celles-là !

— Il y a une sortie sur la droite, vous trouverez des sanitaires dans la salle d'attente.

Sinead suivit les instructions de la jeune femme et rejoignit le hall des urgences.

Il était à peine 15 heures et la salle d'attente grouillait déjà de malades. En majorité des clodos, ivrognes et délinquants… Elle enfila sa parka et se fraya un chemin au cœur de cette cour des miracles sans même que le flic censé la garder la repère.

Un instant plus tard, l'Irlandaise y croyait à peine, mais elle marchait, libre, dans la rue de la Cité. Elle prit la direction du Petit-Pont et du Quartier latin.

Il lui fallait maintenant établir un plan.

Elle songea dans un premier temps à appeler Mia à Dublin… Non, les flics de la Garda surveillaient forcément son amie, elle risquerait de se trahir. Sa seule alternative était de reprendre contact avec Adrian et l'IRA, mais lui faire parvenir des nouveaux papiers d'identité et de l'argent prendrait du temps et elle serait forcée d'errer dans la rue… Les flics de la Brigade criminelle allaient lancer un avis de recherche, elle se ferait prendre rapidement… Il lui fallait trouver un toit. Elle avait quelques connaissances à Paris mais personne chez qui elle pouvait débarquer comme ça.

Devant l'église Saint-Julien-le-Pauvre, un nom traversa son esprit.

McVeight.

C'était un ancien de l'IRA, il avait déserté les rangs de l'Armée républicaine après avoir vu son fils de quatorze ans assassiné sous ses yeux par des loyalistes.

Un traître comme elle.

C'était un ami de la famille, elle s'en souvenait parce que c'était dans sa boutique de Falls que son père lui avait offert son premier violon. McVeight était luthier.

L'homme devait avoir plus de soixante ans, mais s'il exerçait toujours elle le trouverait sans peine.

Il lui fallait un annuaire. Sinead s'engagea sur le boulevard Saint-Germain. Elle se souvenait d'un bureau de poste proche de la place Saint-André-des-Arts.

Elle allait traverser la rue Saint-Jacques quand une Renault bleue pila devant elle. Les portières claquèrent, deux hommes foncèrent vers elle… L'Irlandaise tenta de s'enfuir mais une main l'agrippa violemment par le col de sa parka et la fit valdinguer. Elle cria, essaya de cogner, une autre main plaqua son visage sur le bitume tandis que le deuxième type lui serrait les menottes autour des poignets.

En se relevant, elle reconnut Zeck, le flic aux yeux verts.

— Bien tenté…, fit-il avec un grand sourire. Vous êtes en état d'arrestation, Sinead McKeown.

26.

— MON NOM EST LOUISE CONRAD !

Sinead criait pour couvrir le hurlement de la sirène deux tons.

— Te fatigue pas, lâcha Raphaël. On a relevé les empreintes que tu as laissées sur le verre dans lequel on t'a donné à boire chez Séror. Ce sont celles de Sinead McKeown, trente-quatre ans, un mandat d'arrêt international a été délivré à ton encontre. Tu es soupçonnée d'homicide sur ton mari Gari Weiss et de faire partie des réseaux de l'IRA.

— Je suis innocente…

— Et ton frère qui a pris vingt piges, lui aussi il est innocent ? C'est pour ça que t'es allée lui rendre visite à Belfast ?

Le flic connaissait son dossier, inutile d'essayer de le convaincre. Sa seule chance était de lui faire admettre l'erreur judiciaire dont elle était victime. La voiture filait vers la Seine, moins d'un kilomètre les séparait du Quai des Orfèvres, après ce serait terminé.

— Écoutez-moi… Ces connards de la Garda ont décidé que j'étais coupable simplement parce qu'un membre de ma famille est lié à l'IRA et que ça collait avec la bombe qui a tué mon mari… J'étais enceinte… j'ai perdu mon enfant… j'aimais Gari plus que tout et…

Sa voix se brisa sur un sanglot muet. Si c'est du flan, elle nous joue drôlement bien la veuve et l'orphelin, songea Raphaël.

— Si tu es innocente, pourquoi tu t'es fait la malle à Dublin quand les flics sont venus t'arrêter ? réattaqua-t-il.

— J'ai passé mon enfance à Belfast, des années d'humiliation à voir mes proches se faire tabasser à mort par les forces de sécurité britanniques… J'ai une haine viscérale des flics, quand je les ai vus arriver j'ai paniqué… Vous devez me croire… je n'ai tué personne.

— Garde ta salive pour le jury, ce n'est pas nous qui allons décider de ta culpabilité ou de ton innocence.

— Je vais être extradée ?

— Boucle-la, tu veux !

— Si je suis extradée, je ne pourrai pas collaborer à votre enquête…

— T'inquiète, on viendra t'apporter des oranges, j'ai toujours rêvé de visiter l'Irlande, répliqua Raphaël.

Menottes serrées dans le dos, Sinead ne réagit pas à la provocation. Ces flics ne la laisseraient jamais échapper. Il ne lui restait plus qu'à tenter le tout pour le tout.

— Renvoyez-moi en Irlande et je vous jure que jamais je ne vous lâcherai la moindre information sur ce que je sais. Vous irez vous faire foutre.

— C'est ce qu'on verra, dit Drago en souriant.

Quand tu seras au trou, tu seras prête à tout pour une remise de peine.

— Ça, c'est ce que tu crois… t'as oublié d'où je viens ; quand j'étais gamine, les flics je leur crachais à la gueule.

Les policiers ne répondirent pas.

Elle enchaîna :

— Vous ne pouvez pas faire l'impasse sur moi… Sans mon aide, vous ne résoudrez pas votre affaire, vous ne saurez jamais pourquoi on m'a emmurée dans cette baraque.

Ils étaient à l'angle du Pont Neuf et du Quai des Orfèvres. Sinead sentit la voiture ralentir.

Elle venait de marquer un point.

— Et qu'est-ce qui te fait dire ça ? demanda Raphaël.

— Je vous propose un deal… Vous prétendez que je me suis tirée de l'hôpital et que vous ne m'avez pas remis la main dessus, en contrepartie je vous dis tout ce que je sais ; de votre côté, vous me planquez et me livrez toute information susceptible de prouver mon innocence. Si ça ne marche pas vous me « retrouvez » et vous m'extradez.

Silence. Encore cinquante mètres et ils pénétreraient dans la cour du quartier général de la PJ.

— C'est quoi, tes infos, une tantouze hollandaise sans nom et un tableau avec des oranges ?

— Écoutez, je n'ai pas encore de réponses mais j'ai des éléments qui peuvent vous intéresser. Vous êtes flics, vous pourrez les exploiter. Je peux aussi vous aider, je suis journaliste, je sais fouiner. J'ai une bonne capacité d'analyse.

Raphaël freina brusquement et s'adressa à elle sans se retourner :

— Moi, je pense que t'es en train d'essayer de nous rouler. Tu vas nous balancer pour t'avoir dissimulée.

— Que vaut la parole d'une terroriste irlandaise accusée d'avoir assassiné mari et enfant face à celle de deux flics irréprochables ?

Raphaël sourit en silence. L'Irlandaise était maline, elle avait flairé son côté voyou et elle l'exploitait.

Le flic hésitait, Sinead le sentait.

— Une boîte en métal avec une inscription… des lettres et un chiffre, cachée par Gari sous le sol de notre maison en Irlande.

— Il y avait quoi, à l'intérieur ? demanda le Serbe.

— Rien, mentit Sinead. Son contenu a brûlé. Mais l'inscription était en russe, un nom de code…

— Du russe ?

— Probablement.

Raphaël réfléchit. Planquer une fugitive comportait des risques sérieux, d'un autre côté, si cette fille disait vrai, elle était LE moyen de doubler la DST. Il fallait que Drago marche dans la combine. En un seul coup d'œil Raphaël sut que le Serbe était en train de suivre le même raisonnement que lui. Devant le 36, il accéléra.

— On peut dire que c'est ton jour de chance aujourd'hui…

Moins d'un quart d'heure plus tard, la Laguna contournait le lion de la place Denfert-Rochereau pour s'engager dans la rue Froidevaux.

— Tu nous emmènes où, là ? demanda Drago.

— J'ai un appartement au 15. Elle va rester là.

— Un appart' à toi ?

— Tu préfères peut-être lui prendre une suite au Crillon ?

Raphaël gara la voiture de service en double file et ajouta :

— Enlève-lui les bracelets, ça sert à rien qu'on se fasse remarquer. Et toi…, lança-t-il à Sinead, n'essaie pas de nous la faire à l'envers, à la première embrouille je te coffre. Crois-moi, je me ferais un plaisir de trouver deux kilos d'héroïne dans ton sac à main histoire de m'assurer que tu passes par les prisons françaises avant d'aller pourrir dans les geôles irlandaises. Je suis bien clair ?

— Parfaitement clair.

C'était un petit trois-pièces parisien classique avec parquet, murs blancs et balconnet, au cinquième étage. Dans le salon, un canapé faisait face à deux vieux fauteuils club. Sur une étagère, plusieurs rangées de livres et quelques objets, des statuettes orientales en terre peinte de couleurs vives, une souris blanc et or, un tigre rouge et des personnages miniatures dont la tenue évoquait celles des moines shinto du Japon. Un lieu simple mais décoré avec goût.

— Tu vis ici ? demanda l'Irlandaise.

— Personne ne vit ici. Tu resteras seule.

Sinead n'insista pas, mais à mesure qu'elle prenait possession des lieux, elle pouvait sentir comme une force négative qui la repoussait, une sensation de malaise, une ambiance malsaine, qu'elle ne parvenait pas à identifier. Elle chassa ces pensées et s'approcha des fenêtres du séjour. Elles donnaient directement sur les rangées de tombes du cimetière Montparnasse.

— La vue, c'est…

— T'inquiète, t'auras pas l'occasion d'en profiter,

fit le flic en fermant les volets. Il plaça des barres de sécurité et les verrouilla avec des cadenas pour s'assurer qu'elle ne tenterait pas de s'enfuir par le balcon.

— Quoi ! Je vais vivre dans le noir ?

— Tu vas faire ce qu'on te dit. Je te rappelle que tu es sous le coup d'un mandat d'arrêt international…

Sinead lui retourna un regard glacial, sans ciller.

— Je m'installe où ? demanda-t-elle en allant allumer les lumières.

— Tu prends la chambre du bout. Il y a un matelas.

— Et l'autre avec le lit ?

— Laisse tomber. Assieds-toi.

Sinead s'installa dans un des fauteuils club, Raphaël se posa à côté de Drago dans le canapé.

— Bien, j'ai accepté le deal, mais sache que je n'ai aucune confiance en toi. Tu seras donc enfermée ici. Seuls Drago et moi aurons les clés. On t'apportera à bouffer, et si quelqu'un sonne, tu ne réponds pas.

L'Irlandaise accueillit la sentence sans broncher. L'idée de se retrouver cloîtrée l'angoissait, de perdre tout contact avec l'extérieur : son frère, Bardsley, et surtout Mia qu'elle devait à tout prix joindre au sujet des paupières. En même temps, elle n'avait plus de ressources et ces flics, s'ils tenaient leur parole, seraient ses meilleurs alliés. Eux, ils avaient les moyens d'enquêter. Il fallait juste qu'elle se montre assez habile pour leur délivrer les infos au compte-gouttes, de manière à faire durer l'enquête jusqu'à l'apparition des éléments qui la disculperaient.

— On ne peut pas rester. Je vais revenir ce soir, d'ici là réfléchis bien à tous les détails que tu aurais pu omettre de nous raconter. Et n'oublie pas ! À la moindre embrouille…

27.

36, quai des Orfèvres
19 heures

Raphaël frappa une fois et poussa la porte du bureau du Patron de la PJ. Hélène Deluca était en ligne. Elle lui fit signe de s'asseoir.

Murs blancs, lumière feutrée et moquette épaisse, les lieux tranchaient nettement avec le reste des locaux de la Crim', pourtant Raphaël préférait de loin son propre Univers de linoléum, meubles métalliques et peintures défraîchies, un goût pour la vie rustique qu'il avait gardé de ses années de guerrier.

Deluca avait accroché aux murs deux tableaux et quelques photos de famille qui donnaient au lieu une atmosphère étrange étant donné les affaires qu'on y traitait, mais l'objet le plus singulier était ce Luger, un pistolet allemand de la Seconde Guerre mondiale qu'elle avait fait monter en lampe de bureau. Au départ, Raphaël avait pris ça pour une touche virile afin de se faire respecter de ses hommes, au fil du temps il avait compris qu'il n'en était rien, Deluca aimait vraiment les armes, elle était un flic comme les autres et n'avait pas besoin de ça pour se faire respecter.

Elle raccrocha et s'adressa à Raphaël sans détours.

— Qu'est-ce que c'est que ce merdier, Zeck ? Un flic au tapis, deux Tchétchènes abattus et le tueur dans la nature. Vous pétez les plombs ?

Raphaël encaissa le coup et répliqua aussi sec.

— Le seul responsable, c'est Dumas. Ce salopard a monté une contre-filature. C'est lui qui a tout fait foirer. C'est lui qui méritait de se faire abattre.

— Surveillez-vous, Zeck… La ST[1] vous aurait affecté une équipe ? Vous vous rendez compte de ce que vous dites ?

— Qui d'autre a intérêt à nous surveiller pour mieux nous torpiller ? Dumas cherche à verrouiller le dossier depuis le départ.

— Et pourquoi pas une voiture suiveuse des mafieux ? Quelles preuves avez-vous ?

— Non. C'était une Peugeot avec deux bras cassés à bord. Ils ont failli me foutre en l'air, je les ai aperçus, c'étaient pas des Tchétchènes. Mon rapport sera sur votre bureau demain matin. Je vais charger Dumas, c'est le moment de le coincer.

Deluca garda le silence quelques instants. Elle se massait la lèvre du bout du pouce comme si elle cherchait à faire pénétrer une pommade.

— Vous n'en ferez rien.

— Quoi… ?

— L'instruction est ouverte, le juge Aubert a été désigné.

— Et alors ?

1. Langage policier pour désigner la DST.

— C'est un cireur de pompes de première. Il rêve de devenir barbouze, il n'aura d'yeux que pour Dumas…

— Vous me demandez d'assumer seul la mort d'Agathe ? C'est hors de question !

— Vous ferez ce que je vous dis. Si on balance sur Dumas maintenant, la SAT sera dessaisie dans l'heure et je veux garder la main sur l'enquête. Vous avez relevé la plaque de la Peugeot ?

— Oui, mais vous pouvez être certaine que sur une opération comme ça, celle qu'ils ont utilisée n'est pas répertoriée.

— On garde ça sous le coude, on voit comment le magistrat se comporte. Si ça coince, on s'en servira. On en est où sur le reste ? Vous avez mis la main sur Séror ?

— Parti aux chèvres. On a lancé l'avis de recherche, et ça perquisitionne chez lui et rue Saint-Jacques dans son labo du Collège de France. On attend également une réponse sur ses mouvements bancaires. Pour ce qui est des irradiés, l'IJ doit me remettre son rapport ce soir sur les armes retrouvées dans la tente. Il y avait du matériel spécifique, on risque d'en apprendre plus sur leur provenance.

— Quelles sont vos premières conclusions ?

Raphaël s'éclaircit la gorge et livra sa vision du dossier.

— La tension monte dans le Caucase, pris d'une fièvre indépendantiste, Moscou est prêt à cogner sur Grozny, les Tchétchènes se préparent à riposter sur le terrain mais pour eux la guérilla n'a pas de frontières. Ils prévoient de frapper les Russes sur leur territoire mais également leurs intérêts à l'étranger. Des réseaux se mettent en place en Europe. Islamov, un truand proche de Doudaïev, est envoyé à Paris pour récolter des fonds qui vont financer la guerre. Une autre équipe, celle des irradiés de Vincennes – dont on n'a toujours pas clairement établi l'identité –, s'organise en commando chargé de préparer les attaques terroristes : assassinats d'hommes d'affaires ou attentats à la bombe contre les intérêts russes. Ces deux-là ne doivent pas se faire repérer, ils se planquent parmi les clandestins de Vincennes. Séror a effectué de nombreux voyages derrière le rideau de fer et dispose toujours de relations sur place. Islamov prend contact avec lui pour se procurer armes et explosifs. Il règle la note et le matériel est livré directement au commando. C'est ensuite que ça se complique. Avant ou après la livraison d'armes, Séror et son équipe éliminent les gus à l'aide de chapelets musulmans radioactifs qu'il a dû leur offrir en cadeau. Ce que je n'arrive pas à comprendre, c'est pourquoi…

— Pour récupérer les armes et l'argent… ou alors les Tchétchènes n'ont pas réglé la note… De quelle somme s'agit-il ?

— Islamov me dit qu'il a casqué 65 000 dollars US. Imaginons que le scénario de l'arnaque tienne la route, un truc ne colle pas. Pourquoi éliminer le commando de cette manière ? Ils auraient pu simplement les abattre…

— J'ai lu votre compte rendu de l'audition d'Islamov, au moins un de ces types est un ancien des Forces spéciales russes, vétéran de la guerre d'Afghanistan. Je ne crois pas que Séror, même avec des associés, soit en mesure de les éliminer facilement. Ce n'est pas à vous que je vais apprendre ça !

— Je suis d'accord mais je ne peux pas m'empêcher

de penser qu'on n'est pas sur une affaire terro classique. Il y a autre chose…

— Comment avez-vous fait le lien avec les Tchétchènes ? demanda Deluca. Vous évoquiez un *tonton*[1]...

— J'ai des contacts au sein d'une cellule opérationnelle, boulevard Mortier. Ils m'ont aidé à identifier le tatouage du macchab' de Vincennes et ils avaient été prévenus de l'arrivée d'Islamov par leur antenne de Vienne. Ils ont rapidement fait le lien. J'aimerais que ça reste entre nous, on peut encore avoir besoin d'eux.

— Comptez sur moi… Tout ça me paraît pourtant clair. Qu'est-ce qui vous chiffonne ? Vous me cachez quelque chose, Zeck ?

Raphaël redoutait cette question depuis le départ. Il songea à l'Irlandaise planquée dans son appartement. La jeune femme ne figurait dans aucun rapport. Et dans son groupe, seul le Serbe était au courant. Cet instant était crucial, Sinead McKeown était sous le coup d'un mandat d'arrêt international émis par Interpol. S'il parlait d'elle à Deluca, elle serait extradée et il perdrait la clé de voûte du dossier. En ne la mentionnant pas, il sortait de la légalité et risquait gros. Sans hésiter, il choisit la seconde option.

— Non, je ne vous cache rien, Patron. Ce qui me chiffonne, comme vous dites, c'est la manière dont le commando de Vincennes a été éliminé. Ils auraient pu leur tendre une embuscade, les filocher jusqu'à leur campement. Et puis j'ai du mal a imaginer Séror en trafiquant d'armes…

— J'ai lu vos rapports, il a quand même un joli

1. Indicateur, dans le langage policier.

pedigree, entre son père qui collaborait avec le FLN et ses liens avec les cocos.

— Mais d'où sortirait-il son arsenal ?

— Il a des associés.

— OK. Mais les chapelets ? Ce sont les chapelets qui me perturbent. Une grenade ou une fusillade aurait laissé croire à un règlement de comptes entre mafieux. Là, Séror a signé son crime et c'est bien ça qui ne cadre pas avec un réseau de trafic d'armes qui a tout intérêt à faire profil bas. Ce dossier cache autre chose, j'en suis certain.

— Eh bien, je compte sur vous pour découvrir quoi. Je dois filer. La famille d'Agathe a été prévenue, les funérailles auront lieu vendredi au Père-Lachaise, elle souhaitait être incinérée.

Deluca se leva.

— Et souvenez-vous, pas un mot au sujet de Dumas et de la contre-filature. Prévenez-moi dès que vous avez du nouveau.

Il était près de 20 heures lorsque Raphaël regagna son bureau au cinquième étage. À cette heure, Drago et les autres membres du groupe perquisitionnaient encore chez Séror. Il se servit un café et songea à la décision de Deluca de ne pas mentionner la contre-filature de la DST. Quelles motivations la poussaient à vouloir garder secrète la responsabilité de Dumas dans ce fiasco ? Était-ce pour garder la main sur le dossier afin de s'assurer que le service coincerait lui-même le meurtrier d'Agathe, ou était-ce une décision purement politique ?… Le flic préférait ne pas connaître la réponse. Il s'installa à son bureau et attaqua la rédaction du rapport.

À 21 h 30, on frappa à la porte. Raphaël leva les yeux. C'était Manon Fresnay, de l'Identité judiciaire.

— Salut, je te dérange ?

— Je viens de terminer mon rapport… Je t'en prie, entre.

— Comment tu vas ?

Raphaël répondit par un sourire triste.

— On ne s'est pas vus depuis la mort d'Agathe, ajouta doucement la policière.

— J'essaie de ne pas y penser, je veux juste fumer l'ordure qui l'a abattue.

— Je ne t'ai pas vu à l'enterrement… Drago non plus.

— Au-dessus de mes forces. C'était comment ?

— Funérailles nationales, deux mille policiers en tenue, des ministres… Tu n'as pas peur que ton absence soit mal interprétée ?

— Je me fous de ce que les autres pensent. Agathe, je lui ai déjà dit au revoir à ma manière.

— Tu aurais pu venir pour ses parents.

— Désolé, Manon, pour moi la mort ne se célèbre pas.

Silence.

— J'arrive pas à bien réaliser qu'elle est partie.

— Moi non plus. Je la sens toujours présente.

— Qu'est-ce qui s'est passé ? Pourquoi ça a merdé comme ça ? demanda Fresnay.

Raphaël se passa une main sur le visage.

— Je ne peux pas t'en parler, mais je te promets que je n'y suis pour rien.

Manon s'approcha et s'assit sur un coin du bureau de Raphaël.

— Vous avancez ?

— On a une idée de l'identité du tueur, *a priori* ce serait aussi lui qui se serait chargé de liquider les irradiés de Vincennes. Maintenant, il va falloir lui mettre la main dessus. Je pense qu'il bosse en équipe.

— Vous l'avez logé ?

— Oui, mais il s'est cassé.

— Et les autres ?

— On n'a pas la queue d'une idée. Mais on avance.

— Bon. Je viens de récupérer le rapport des investigations menées sous la tente des irradiés de Vincennes.

— Qu'est-ce que ça donne ?

— Décevant.

— Merde.

— Aucune autre empreinte que celles des deux corps, pas de traces d'eux au fichier. Pour ce qui est du reste, les armes sont toutes de fabrication étrangère, plutôt anciennes, numéros de série limés, et nous n'avons aucune idée de leur origine. On a également analysé les résidus d'objets brûlés retrouvés à proximité de la tente. On n'en a rien tiré : tout était carbonisé. Il ne reste qu'un truc qui n'est pas complètement parti en fumée. Un fragment de circuit électronique imprimé. Ça fait sans doute partie d'un dispositif de mise à feu pour engins explosifs, il n'a pas été connecté électriquement, donc pas utilisé. Il y a un marquage dessus, TY, ça correspond au géant de l'électronique taiwanais Taiyoun. On s'est renseignés, ils ont fabriqué des millions de ces mêmes composants qu'ils ont vendus dans plus de vingt-sept pays. On leur a envoyé des photos. On attend leur retour mais ça risque de prendre du temps. Il y avait aussi une clé… mais on n'a pas retrouvé la serrure qui va avec.

— OK, merci. Laisse-moi le dossier.

Silence.

— Tu veux dormir chez moi ?

— Ç'aurait été avec plaisir mais je pars retrouver les autres en perquis'.

— Rejoins-moi plus tard si tu veux. Ça nous fera du bien…

— Manon, je suis désolé…

— Je comprends… Essaie quand même de te reposer, tu as une tête de déterré. Je ne voudrais pas qu'il t'arrive quelque chose à toi aussi.

Raphaël regarda Manon fermer sans bruit la porte sur elle, puis il attrapa le rapport de l'IJ et le feuilleta machinalement. La scène de crime de Vincennes avait terminé de livrer ses secrets.

C'est-à-dire pas grand-chose.

Plus que jamais, le flic avait le sentiment de s'enfoncer dans le brouillard.

Il songea au reste du groupe qui était en train de passer la maison de Séror au peigne fin. Drago se débrouillerait très bien sans lui.

Le temps était venu d'explorer la piste irlandaise.

28.

Raphaël tourna la clé dans la serrure et glissa en silence dans l'appartement.

Tout était noir.

Il venait rarement, seulement la nuit, et chaque fois le fait de pénétrer dans ce lieu réveillait les fantômes de son passé. Pourtant, c'était là qu'il venait chercher la paix, quand tout allait mal.

Pour la première fois, il avait brisé la règle… quelqu'un d'autre était là…

Il laissa ses iris s'habituer à l'obscurité et se dirigea vers la chambre de Sinead.

Personne.

Le flic sentit la colère monter en lui. Il traversa le couloir et s'arrêta sur le seuil de la seconde chambre.

L'Irlandaise s'était installée dans le lit. Raphaël pressa l'interrupteur.

— Qu'est-ce que vous fichez là ?

Sinead sursauta et se retourna vers lui, un bras replié sur les yeux pour se protéger de la lumière.

— Je vous avais dit l'autre chambre ! siffla Raphaël.

— Mais t'es complètement dingue… Tu m'enfermes dans ton trou à rats, tu, me fais dormir dans le canapé… C'est quoi, ton foutu problème ?

— Rien qui vous concerne…

— Tu me vouvoies maintenant… je suis devenue quelqu'un de respectable ?

— Je t'ai rapporté à manger et des vêtements propres. Habille-toi… On a du boulot.

Sinead enfila un jean et un pull en laine trop grand pour elle et vint rejoindre Raphaël dans le salon.

Au premier abord, elle avait cru que Zeck était différent ; elle comprenait à présent qu'il était comme les autres, un sale flic.

— Tu veux manger ? demanda-t-il.

— Plus tard.

— Comme tu veux… Je t'écoute.

— Qu'est-ce qui me garantit que tu n'essaies pas de me rouler ? Toi d'abord.

— Tu commences à me fatiguer, McKeown. Tu me racontes ce que tu sais ou je te coffre sur-le-champ.

— Finalement, je crois que je préférais quand tu me vouvoyais. Tu avais l'air plus civilisé.

Sinead mit de côté le dégoût que ce flic lui inspirait et raconta son histoire dans les moindres détails. Depuis l'attentat jusqu'aux articles de Gari en passant par son évasion et sa rencontre avec Finkel à Amsterdam. Cette fois encore, elle garda pour elle les paupières tatouées ainsi que les identités de Mia et de Bardsley.

Raphaël l'avait écoutée sans l'interrompre. Il scrutait à présent le regard de la jeune femme à la recherche d'un signe qui lui indiquerait qu'elle était en train de mentir, mais il ne décela rien.

Son histoire était hallucinante mais, par-dessus tout, il était stupéfié par son instinct de survie.

Le lui dire était l'erreur à ne pas commettre. La moindre faille dans sa cuirasse de flic et elle l'utiliserait à la première occasion.

— Donc tu es née à Belfast…

— Oui.

— Père irlandais et mère française… Tes parents sont toujours là-bas ?

— Oui, au cimetière.

— Ils sont morts il y a… longtemps ?

— Ils ont été assassinés, une sale histoire.

— Raconte.

— On s'écarte de notre sujet, là… C'est une vraiment sale histoire et je ne tiens pas à remuer ce passé…

— Je comprends mais je dois tout savoir sur toi. N'oublie pas notre contrat.

Sinead lança un regard noir au flic.

— Les bouchers de Shankill, tu connais ?

— Non.

— Des loyalistes sanguinaires de l'Ulster Volunteer Force. Ça a commencé en 1976. Ils enlevaient des catholiques dans le *black cab* de l'un d'entre eux, puis ils les massacraient. On les appelait les bouchers parce qu'ils dépeçaient leurs victimes à l'aide de couteaux de bouchers. Leurs chefs s'appelaient Lenny Murphy et Robert Bates.

Sinead marqua une pause avant de replonger dans l'horreur de son enfance.

— Un soir de l'hiver 1978, mes parents rentraient à la maison après un dîner chez des amis, les bouchers leur sont tombés dessus. On les a retrouvés le lendemain dans un terrain vague. Ma mère avait été violée et égorgée, ils ont coupé le sexe de mon père, ses bras aussi et ses pieds, après l'avoir traîné sur des dizaines de mètres à l'arrière de leur voiture, ensuite ils ont brûlé leurs visages à l'acide. C'est moi qui les ai découverts. Je n'étais encore qu'une gamine.

— Les tueurs ont été arrêtés ?

— Oui, mais ni l'un ni l'autre n'ont avoué, comme pour la plupart des crimes qu'ils ont commis, d'ailleurs.

— Je suis désolé…

— C'est bon, je vis avec cette histoire depuis mon enfance. J'évite juste de la raconter parce qu'elle me replonge dans un passé que j'essaie d'oublier, mais aujourd'hui tout ça n'a plus vraiment d'importance… souffla Sinead avant de reprendre. Et je ne crois pas que tu sois désolé, tu es comme les autres. Je veux que tu saches que depuis toujours je hais les flics, les types de ton espèce, je méprise l'autorité sous toutes ses formes…

La remarque heurta Raphaël. Alors qu'il commençait à l'envisager sous un autre jour, il réalisait que la jeune femme le considérait ni plus ni moins comme une ordure, rôle qu'il endossait habituellement sans trop d'état d'âme. Il prit un moment avant de répondre.

— Très agréable. Drôle de façon de remercier quelqu'un qui vient de te sauver deux fois la peau. Je te rappelle que sans moi tu serais en train de pourrir dans un trou à Palaiseau, ou dans une cellule en attente de ton transfert vers Dublin.

— Je suis là parce que tu as besoin de moi. Tu m'utilises, Zeck.

— Crois ce que tu veux, j'en ai rien à cirer. Et

jusqu'à maintenant tu ne m'as pas été d'une grande aide, donc si tu veux un conseil, mets ta haine puérile de côté et concentre-toi sur le dossier avant que je te donne une vraie bonne raison de me détester.

— Ne t'inquiète pas, nous avons passé un marché, je sais ce que tu attends de moi et tu sais ce que j'attends de toi. Je respecterai les clauses du contrat.

Raphaël marqua un nouveau silence. L'Irlandaise l'avait provoqué. Il ignorait si c'était volontaire où non mais il se jura de ne plus laisser filtrer la moindre émotion. Il poursuivit la séance de travail comme si de rien n'était.

— Tes éléments sont difficiles à exploiter, même pour un enquêteur. D'après ce que tu me dis, ceux qui ont posé la bombe chez toi sont des pros, et sans un accès direct à l'enquête, ça risque d'être vraiment compliqué de leur mettre la main dessus… Pour ce qui est d'Amsterdam, on va se rencarder sur la maison, mais je doute qu'on retrouve la moindre trace de Finkel. Il va falloir que tu te donnes un peu plus de mal.

Il garda le silence quelques instants puis demanda :

— Parle-moi encore de cette boîte que tu as trouvée dans le cottage. Tu peux me la décrire ?

— C'est un objet ancien. En métal dans le plus pur style soviétique.

— L'inscription, c'était quoi ?

Sinead attrapa un stylo et une feuille sur la table et reproduisit avec précision les caractères cyrilliques.

С.А. СЕКЦИЯ 4.

Ce serait suffisant pour le tenir en haleine, le convaincre de continuer à la planquer.

Raphaël prit le papier entre les mains, réfléchissant tout haut.

— J'ignore le sens des deux premières initiales. Le mot d'après doit signifier quelque chose comme Section 4.

— Section 4… tu parles russe ?

— Pas vraiment, j'ai juste quelques bases. Il y avait quoi dans cette boîte ?

— Une fiole de verre qui s'est brisée, sans doute sous la chaleur des flammes, mentit Sinead. Ce qu'elle contenait a dû être détruit.

Raphaël la considéra quelques secondes en se demandant si elle le menait en bateau. Il décida de contourner l'obstacle en tentant une question sur Gari.

— Ton mari ne t'en a jamais parlé ? Tu n'as pas idée d'où il a pu récupérer ça ?

— Non. Gari est né en Pologne, a vécu en Israël, voyagé dans des pays en guerre, réalisé des enquêtes sensibles. Je n'ai aucune idée d'où il a pu rapporter ça, et encore moins pourquoi !

Raphaël l'observa de nouveau. Elle s'engageait un peu vite sur le terrain de Gari Weiss, comme si elle cherchait à l'éloigner du sujet de la boîte. Il revint à la charge.

— Tu serais pas en train de m'endormir avec ton histoire de fiole brisée ?

Sinead accusa le coup. Elle avait-sous estimé le flic. Elle feignit la surprise.

— Je te demande pardon ?

Raphaël se passa une main sur les yeux et serra la mâchoire

— Je te demande si tu me prends pour un bleu en essayant de me faire croire qu'il n'y avait rien dans cette boîte qui ait résisté à l'incendie. Je ne te sens pas, McKeown. Je m'accommoderai de ta haine, pas de tes mensonges.

— Pourquoi te cacherais-je un élément de cette nature ? Je te rappelle que j'ai autant besoin que toi d'avancer dans cette enquête.

— Elle est où cette boîte ?

— Je l'ai perdue en m'échappant lorsque la Garda a tenté de m'arrêter au Trinity College.

— Très bien. On passe à la suite.

Raphaël sortit alors plusieurs dossiers d'une épaisse chemise et raconta à l'Irlandaise l'affaire depuis son point de départ, de la découverte des corps des irradiés jusqu'à la cavale de Séror et ses liens avec l'ex-bloc soviétique.

À son tour elle l'écouta attentivement, sans rien laisser transparaître.

— Donc d'après toi, cette affaire n'est pas forcément liée au terrorisme ?

— Elle l'est, bien sûr, par les Tchétchènes et le réseau de trafic d'armes… mais j'ai le sentiment qu'il y a autre chose. C'est dans la manière dont Séror exécute ses victimes. Agathe, Azlan, Umar… Jusqu'à présent, c'était juste une intuition, mais depuis que tu m'as raconté ton histoire, c'est une certitude. Plusieurs éléments clochent. De la même manière que le commando a été irradié, je ne comprends pas pourquoi tu as été emmurée vivante chez Séror.

— Et si tout ça n'avait aucun rapport ?

— Il y a forcément un lien… Crois-moi, tu n'as pas atterri chez lui par hasard. Comment aurais-tu pu atterrir chez Séror par hasard ?

— À quoi tu penses ?

— C'est difficile à dire… spécialement parce qu'on ne voit apparaître aucune logique…

Sinead replia ses jambes sous elle et posa son menton sur ses genoux comme pour se protéger.

— Il y a quoi dans tes dossiers ?

— Des rapports, des comptes rendus d'auditions, rien de plus que ce que je t'ai raconté.

— Et celui-là ?

— Des photos.

— Je peux voir ?

— Si tu veux, mais je te préviens, c'est trash !

Elle prit la chemise et l'ouvrit à la première page. Les images crues la heurtèrent de plein fouet. La première série montrait le corps gorgé d'eau d'un homme. Teint pâle, ecchymoses, et peau glabre. *Ne montre jamais tes sentiments, ne montre jamais quand tu subis*... songea Sinead. Un enseignement dispensé par son père et son frère depuis sa plus tendre enfance pour survivre à la violence de Belfast. Avec le flic, elle l'appliquait à la lettre.

— Lui, c'est Umar, un des commandos irradiés dont je t'ai parlé. Il s'est jeté dans la Seine.

Le flic passa en revue les clichés suivants.

— Le deuxième, c'est Azlan, celui qui s'est tiré une balle dans la bouche pour abréger ses souffrances. Et là, c'est l'abri dans lequel ils vivaient. On y a retrouvé des armes sans doute prélevées dans la livraison que Séror leur a fournie. Mais on n'arrive pas à tracer le matos.

Sinead faisait défiler les images les unes après les autres.

— On ignore si Séror a livré ou non. Ce qu'on a trouvé dans la tente peut n'être qu'un échantillon.

— Islamov le sait, lui ?

— Il dit que non, mais c'est difficile d'avoir des certitudes. S'il parle, il risque de prendre plus de taule ou de voir son stock saisi, il ne va pas lâcher 65 000 dollars de ferraille comme ça.

— Et ça, c'est quoi ? demanda Sinead en désignant une photo du fragment de circuit imprimé.

— Un *timer* destiné à déclencher un système de mise à feu d'engin explosif.

L'Irlandaise se tut quelques instants.

Le flic avait changé d'attitude à son égard, elle brûlait de lui révéler le contenu de la boîte du cottage, mais elle se ravisa. À tout moment, il pouvait retourner sa veste et se débarrasser d'elle. Sinead savait que son silence freinait l'enquête. Pourtant une piste commune vers la Russie s'esquissait déjà.

Elle était sur la bonne voie.

Elle devait mener deux enquêtes, l'une officielle en aidant Zeck, attentive au moindre élément qui pourrait permettre de remonter à ceux qui avaient assassiné Gari. Pour l'autre, il lui fallait gagner la confiance du flic afin qu'il la laisse sortir seule. Elle avait impérativement besoin de reprendre contact avec Mia. Son amie avait forcément profité de la confusion de son évasion pour mettre les paupières à l'abri. Si c'était le cas, elle avait fait réaliser des nouvelles analyses. L'Irlandaise devait s'armer de patience et se montrer docile.

L'une des photos que lui avait montrées Zeck avait retenu son attention.

— Je peux revoir les photos ? demanda-t-elle.

— Lesquelles ?

— Celles des circuits imprimés.

Raphaël fouilla dans la pile et lui en tendit plusieurs. On voyait en très gros plan les composants électroniques intégrés dans une plaque de plastique vert.

Sinead inspecta chaque image et demanda :

— D'après toi, c'est quoi ce qu'on voit sous le plastique, là ?

— Je sais pas... fais voir ?

— On dirait du cuir, non ?

— Oui, c'est possible. Pourquoi ?

Elle regarda encore une fois les photos pour s'assurer qu'elle ne se trompait pas et tourna le visage vers le flic.

— Ça, je connais.

— Qu'est-ce que tu veux dire ?

— Je pense que j'ai déjà vu ce type de matériel à Belfast. Quand j'étais gamine.

Raphaël sentit l'adrénaline affluer dans son corps.

— Continue.

— C'est mon frère. Après la mort de nos parents, il a rejoint les rangs de l'IRA. Il est vite devenu opérationnel. On vivait tous les deux, il ne me disait rien de sa vie et moi j'allais à l'école... Plusieurs fois je me suis levée la nuit et je l'ai vu en train d'assembler les bombes qu'il posait en ville. Je n'avais qu'une hantise, c'était qu'il lui arrive la même chose qu'à nos parents. Il planquait son matériel sous des plaques de carrelage de la salle de bains. Quand il était absent, je soulevais les dalles et je regardais toute cette merde en pleurant. J'avais envie de tout brûler mais je n'osais pas... c'est là que j'ai vu ça, je me rappelle très clairement de ces circuits collés sur des languettes de cuir.

— Il a été fabriqué par une firme taiwanaise qui

en produit des millions. On n'a pas le numéro de série… et sans ça, impossible de remonter vers ceux à qui cette pièce a été vendue. Si tu me dis que ce matériel a été utilisé par l'IRA, je peux sans doute récupérer des informations auprès de Scotland Yard.

— Il y a peut-être un moyen plus rapide de savoir, souffla Sinead.

— Lequel ?

— Quand tu m'as arrêtée boulevard Saint-Germain, je m'apprêtais à prendre contact avec un ancien de l'IRA, Daniel McVeight. Il doit encore être luthier à Paris. Il faut juste trouver son adresse… mais je te préviens, tu vas être obligé de m'emmener.

29.

Il était 9 heures du matin quand Sinead et Raphaël entrèrent dans l'atelier de la rue du Pont-Louis-Philippe. McVeight était installé au cœur du Marais, à deux pas de la Seine.

Un petit carillon signala leur présence.

Raphaël eut la sensation immédiate d'un rêve. Violons, luths, mandolines… Des dizaines d'instruments anciens suspendus semblaient flotter dans l'air. Le parfum des bois précieux et marquetés embaumait l'atmosphère. Le flic se sentait comme un enfant pénétrant dans une forêt enchantée.

La voix de l'Irlandaise le ramena à la réalité de leur visite.

— Daniel McVeight… Je suis Sinead, la fille de Pat McKeown.

Un homme grand et mince se tenait derrière le comptoir, un outil à la main. Vêtu d'un gilet de laine rugueuse, il avait les cheveux gris filandreux, le visage barbu d'un personnage de conte, des yeux verts soulignés par de longs cils et des lunettes à monture d'écaille reposant sur un solide nez semblable à un bec d'aigle.

Raphaël avait peine à croire que cet homme avait jadis été un soldat de l'IRA.

McVeight sourit à Sinead.

— Je me souviens de toi… jeune femme. C'était il y a longtemps… Tu habites Paris ?…

— J'habitais…

— Et tu n'es jamais venue me voir…

— Tout à été trop dur pour moi, je voulais rompre avec Belfast.

— Ne t'inquiète pas, je comprends tout ça très bien. J'ai suivi le même chemin… Ton frère, comment va-t-il ?

— Comme un loup en cage, il est à Long Kesh depuis quinze ans.

— Je sais… Tu es retournée là-bas ?

— Par la force des choses, il y a quelques jours.

McVeight posa son ciseau à bois sur le comptoir.

— Bien… j'imagine que tu n'es pas venue me parler du bon vieux temps.

Sinead prit son élan :

— C'est une affaire un peu délicate, est-ce qu'on pourrait s'asseoir pour discuter ?

— Délicate de quelle manière… ?

McVeight tourna le visage et observa Raphaël resté en retrait avant de demander :

— Qui est ce monsieur ?

— Il est…

— Mon nom est Zeck, j'appartiens à la Brigade criminelle.

— Je comprends… Nous ne nous sommes pas vus depuis plus de vingt ans et tu viens me rendre visite avec… un policier.

Sinead sentit le malaise monter.

— Ce n'est pas ce que vous croyez.

— Là n'est pas la question… Pour moi, les policiers français sont de la même race que les Brits qui tuent les nôtres. Il n'a rien à faire ici.

— Daniel, j'ai absolument besoin de votre aide.

— Reviens me voir une autre fois.

Le flic s'approcha.

— McVeight, nous sommes ici à titre officieux. Notre visite n'a rien à voir avec votre passé ou les enquêtes qui vous ont concerné.

— De quoi tu parles ? demanda Sinead.

Silence.

— Quelles enquêtes ?…

— Ce matin, je suis passé au service, j'ai fait une vérification au fichier. Daniel McVeight a fait l'objet d'une procédure pour avoir hébergé des membres de l'IRA. Il est surveillé.

— Daniel, je suis désolée… j'ignorais…

McVeight la coupa :

— Ces messieurs, qui n'avaient pourtant aucune preuve contre moi, m'ont proposé de les informer. Ils m'ont demandé de trahir.

Sinead ferma les yeux, elle avait le sentiment que son crâne allait éclater.

— Pourquoi ne m'as-tu rien dit ? s'écria-t-elle en se retournant vers Raphaël.

— Parce que tu n'aurais jamais accepté que nous venions ici, et nous avons besoin de l'aide de McVeight.

L'Irlandais passa de l'autre côté du comptoir.

— Je n'aiderai pas un organe dont les méthodes s'apparentent à celles des collaborateurs du régime de Vichy. Maintenant, sortez.

— Surveillez-vous, McVeight. Vous comparez l'IRA à la Résistance… Mais combien de victimes innocentes sont mortes sous vos bombes… Vous voulez qu'on parle de Brighton ou de Warrington ?

— Sortez.

Sinead s'interposa entre les deux hommes :

— ÇA SUFFIT !

Elle reprit son souffle et s'adressa à McVeight :

— Daniel, je suis recherchée par la police irlandaise pour un crime que je n'ai pas commis. Si vous ne m'aidez pas, je risque de passer le restant de mes jours derrière les barreaux. C'est l'IRA qui m'a permis de m'en sortir.

— Ton frère ?

— Oui, Adrian et McMillen. Ils m'ont fourni des papiers d'identité et de l'argent. Je vous en prie…

Daniel McVeight fixa le flic puis la jeune femme dans les yeux.

— Que voulez-vous de moi ?

— Nous aimerions vous montrer des photos de pièces retrouvées sur une scène de crime. Sinead pense que vous pourriez nous aider à les identifier.

— Suivez-moi, soupira McVeight en verrouillant la porte de la boutique.

Les visiteurs emboîtèrent le pas du luthier le long d'un couloir étroit avant de déboucher dans un vaste atelier qu'éclairait une verrière latérale.

Sur un établi étaient posés plusieurs instruments anciens, certains en attente d'être restaurés, d'autres, écartés par des pinces et comprimés sous des presses, semblaient subir une opération à cœur ouvert. Mais ce qui frappa le plus Raphaël était la couche de copeaux qui jonchait les plans de travail et venait former un tapis épais qui recouvrait le sol.

McVeight les pria de s'asseoir autour d'une grande table.

— Café ?

Sinead et Raphaël déclinèrent. Le luthier se servit un mug du breuvage noir et tiède puis Raphaël sortit un dossier de son sac et présenta l'image du circuit imprimé au luthier.

L'homme retourna la photographie dans tous les sens pour l'examiner en détail.

— D'où sortez-vous ça ? demanda-t-il.

— De la planque de deux terroristes tchétchènes. D'après nos spécialistes, c'est une fabrication artisanale. Nous n'avons aucun *timer* de ce type dans nos archives.

— Adrian en utilisait des semblables… C'est ce morceau de cuir que j'ai reconnu… ça vous dit quelque chose ? intervint Sinead.

Le luthier la regarda d'un air songeur.

— Ça fait quelques années que je n'ai plus touché à ça. Mais oui, je me souviens assez clairement, ce sont les premiers modèles électroniques qui nous sont parvenus… Si ma mémoire est bonne, c'est un MST-9. Les circuits étaient collés sur une langue de cuir souple qui permettait de les fixer sur à peu près n'importe quoi. Mais plus personne ne doit utiliser ce type de matériel aujourd'hui…

— Savez-vous où l'IRA se procurait ces *timers* ?

— On passait la plupart du temps par des intermédiaires, certains amis de notre cause s'occupaient de ce genre de commandes.

— Des « amis » qui avaient intérêt à entretenir les conflits en Europe ?

— Oui, ce n'est pas un secret, appuya Sinead. Les Soviétiques étaient pourvoyeurs, la Stasi aussi, et également la Libye.

— Savez-vous chez qui ils achetaient ?

— Pas précisément, mais c'est une fabrication européenne, et c'est le genre de matériel qui ne figurc pas au catalogue…

— Suisse ? demanda Raphaël.

— Liechtenstein aussi.

— Ces pays fourmillent de ce type de sociétés. Un petit effort, McVeight, après nous disparaissons.

— OK, fit le luthier. Il y a deux firmes auprès desquelles vous pourriez tenter de récupérer des informations, si elles existent encore. La première, Gross AG, se situe dans la campagne de Zurich. Une autre, qui se nomme Wilco, est établie au Liechtenstein. Ces deux-là n'ont jamais été très regardantes sur leur clientèle.

— Peu importe la cause, pourvu que le client paye, ne put s'empêcher de remarquer Raphaël.

McVeight lui retourna un regard glacial.

— Celle des catholiques d'Irlande du Nord est juste. Je continue à le croire bien que j'aie quitté Belfast et Falls Road depuis de nombreuses années.

— Mais en vous armant, vos « amis », comme vous dites, la détournent. Ils entretiennent la haine.

— Sans doute, mais sans eux, nous serions morts écrasés depuis longtemps. Seule compte la fin… Nous sommes des survivants. Et vous, quelle est votre cause, Zeck ?

— J'essaie de sauver des vies, pas de les prendre.

— Vous avez toujours été flic ? demanda McVeight.

— Pas toujours, non.

— Et que faisiez-vous avant ?

— Je courais la nuit dans la forêt… après des types comme vous.

— Comme moi ?

— Vous semblez très sensible à toutes ces questions, McVeight… Depuis quand avez-vous quitté l'IRA ?

Le luthier attrapa son mug et but une gorgée de café… le genre de gorgée qu'on boit quand on a besoin d'un temps de réflexion, pensa Raphaël.

Ce fut Sinead qui répondit :

— On ne quitte jamais l'IRA…

30.

Le Serbe raccrocha le combiné du téléphone et fit pivoter sa chaise en direction de Raphaël qui pénétrait dans le bureau du 36.

— Qu'est-ce que tu fous… t'étais où ? demanda Drago.

— Toi d'abord, les perquis' chez Séror, ça a donné quoi ?

— Nada… nuit blanche pour pas grand-chose. On n'a rien chiné.

— Ni chez lui ni dans le labo ?

— On a ramené des caisses de merdes, papiers, thèses, c'est Einstein, ton type. Il va nous falloir un expert pour déchiffrer tout ça et je suis à peu près certain que ça ne nous mènera nulle part. Dans la baraque, il n'y avait rien non plus. Pas un répertoire, pas un carnet de notes… On a épluché ses factures de téléphone, perso et pro. On a vérifié chaque numéro… rien. C'est un malin. Le type s'est barré en prenant soin de ne laisser aucune piste qui nous permettrait de le tracer.

— Vous avez auditionné ses collègues ?

— Alex est encore là-bas, avec Nico. Ils continuent

à les entendre, mais je ne suis pas sûr que ça donne grand-chose. Ils sont tous surpris de cette affaire, pour ne pas dire qu'ils tombent de leur chaise. L'engagement politique de Séror n'était un secret pour personne. D'après eux, c'est avant tout un pacifiste et un antinucléaire. Notre dernier espoir, c'est d'aller creuser du côté de ses potes révolutionnaires de mes deux.

— Fait chier… Appelle Manon et demande-lui de nous trouver un spécialiste au pied levé, il faut passer tous les docs scientifiques au peigne fin.

Raphaël braqua le regard vers la fenêtre. De son bureau du 36, il pouvait voir le ciel pur de l'automne. Les pieds dans la merde et la tête dans les nuages, songea-t-il. Séror les avait baisés en beauté. L'enquête partait dans tous les sens, sans aucun fil conducteur. La rencontre avec McVeight avait été intéressante, mais les sociétés d'armement basées en Suisse et au Liechtenstein étaient quasiment impénétrables. Il allait leur falloir un allié de poids dans cette recherche. Drago l'interpella :

— Bon, qu'est-ce que t'as foutu pendant tout ce temps ?

— L'Irlandaise nous a mis sur une piste…

Raphaël résuma les derniers événements. La découverte des restes du *timer* par l'IJ, la soirée avec Sinead et la rencontre avec McVeight qui avait identifié les MST-9, et les deux noms de marchands d'armes.

— Et maintenant qu'est-ce qu'on fait ? demanda le Serbe quand Raphaël eut terminé. CRI[1] ?

— Je ne crois pas que ce soit une bonne idée, pas plus que de contacter Gross en direct. Les Suisses

1. Commission rogatoire internationale.

ne lâcheront rien. Je serais d'avis de passer par la criminelle de Zurich.

— Ils sont foireux.

— Peut-être, mais le temps passe et il nous faut une réponse rapide. Sans compter que maintenant, d'une manière où d'une autre, Dumas et ses équipes sont sur le coup. Si on n'amène pas des pièces sérieuses au juge, on va se faire dégager.

Drago pianotait sur un angle de son bureau jonché de dossiers.

— J'avais bossé avec un certain Erwin Meyer, de la Crim' de Zurich. Un employé de sécurité de l'aéroport local faisait passer des islamos sans papiers sur les vols à destination de Paris…

— Je me souviens… Les Suisses n'avaient pas été très coopératifs.

— Il y avait eu une enquête parlementaire. Meyer et une partie de son équipe avaient été sanctionnés.

— Et tu penses qu'après ça il va t'aider ?

— Ça se tente, à moi d'être convaincant, lâcha Drago en ouvrant un épais répertoire couvert de similicuir noir.

Il composa le numéro et déclencha le haut-parleur.

Deux sonneries puis une voix :

— *Kriminal Polizei, Kanton Zurich !*

— Bonjour, ici Dragović, Brigade criminelle de Paris. Erwin Meyer, s'il vous plaît. C'est urgent.

— Ne quittez pas, fit la voix.

Les deux flics patientèrent un instant puis une nouvelle voix résonna dans le haut-parleur :

— Erwin Meyer.

— Bonjour, Stefan Dragović. Vous vous souvenez ?

— Comment pourrais-je vous oublier !

— Je suis désolé pour ce qui s'est passé. Nous n'avons jamais pensé que tout cela prendrait une telle tournure, mentit le Serbe.

— Oh, c'est de l'histoire ancienne… Qu'est-ce qui vous amène ?

Drago décida de la jouer au bluff.

— Je travaille sur un dossier terroriste complexe, nous avons retrouvé un fragment de *timer* destiné à la mise à feu d'engins explosifs. Le circuit imprimé a été fabriqué par une firme taiwanaise qui nous a informés que le composant faisait partie d'un lot vendu à un fabricant d'armes du nom de Gross AG domicilié dans le canton de Zurich. Nous savons qu'une prise de contact directe serait peine perdue. Et nous n'avons pas le temps d'attendre une commission rogatoire internationale. Je voulais savoir si vous pouviez me donner un coup de main discret.

Il y eut un silence, puis le flic suisse ironisa :

— Vous savez bien que je ne peux rien vous refuser… Que désirez-vous savoir, au juste ?

— J'ai besoin de récupérer la liste des clients de Gross qui ont acheté les *timers*, modèle MST-9.

— Je peux essayer mais je ne vous promets rien. Je doute qu'ils me livrent ce type d'information en un claquement de doigts.

— Cette affaire est suivie par les plus hautes instances. Dites-leur que s'ils ne collaborent pas, ils risquent de voir débouler une jolie brochette de poulets qui n'ont pas peur de mettre les mains dans la merde.

— Et vous pensez que ça va les impressionner ?

— Je compte sur votre pouvoir de persuasion. Vous pouvez les contacter rapidement ?

— Je m'en occupe tout de suite.

— Merci, Meyer… J'attends votre appel.

Le Serbe raccrocha.

— Il n'y a plus qu'à espérer que les gars de Gross tombent dans le panneau.

Quarante-cinq minutes s'écoulèrent avant qu'Erwin Meyer ne rappelle.

Le Serbe prit la communication.

— Dragović ?

— C'est moi…

— J'ai parlé avec un responsable. Ça n'a pas été simple mais le type m'a finalement lâché que la société a effectivement commercialisé les MST-9. Je pense qu'il m'a donné l'info parce que ce matériel est obsolète, ils ont cessé de le produire depuis plus de dix ans.

Raphaël et Drago se regardèrent un bref instant.

— Il est OK pour nous transmettre les fichiers clients ?

— Tout ce qui concerne les transactions antérieures à 1989 est archivé dans un entrepôt en dehors de Zurich. Mais je crois qu'il s'agit d'une manœuvre de sa part.

— Pour gagner du temps ?

— Pour ne rien vous transmettre du tout.

— Vous lui avez mis la pression ?

— Je vous rappelle qu'il s'agit d'un service que je vous rends et non d'une enquête officielle.

Drago couvrit le combiné de la paume de sa main et demanda à Raphaël :

— Qu'est-ce qu'on fait ?

— Gross est lié au MST-9. On n'a rien à perdre. Rentre-lui dans le lard.

Le Serbe s'éclaircit la voix et attaqua en douceur :

— Meyer, c'est une affaire du genre sérieuse, je ne vous appelle pas pour me confirmer une info que j'ai déjà. Il me faut des noms.

— Jamais Gross ne fournira quelque information que ce soit sur ce type de client… En revanche…

— Écoutez, le coupa Drago. Il me faut ces putains de listes et rapidement ! Vous jouez à quoi, là ?

— Je ne joue à rien, vous savez comme moi qu'il est peu probable que ces listes vous aident dans votre affaire. Les *timers* ne sont plus fabriqués, et ceux qui ont été acquis l'ont été par des sociétés écrans et probablement revendus depuis… Je vous le dis franco, même avec une commission rogatoire vous n'obtiendrez rien… n'oubliez pas que vous êtes en Suisse.

— Un pays neutre… à votre image, Meyer. Merci pour la leçon mais n'essayez pas de m'apprendre mon métier.

— Changez de ton, Dragović. Vous n'avez pas l'air de comprendre comment ça marche, ici. Gross est un gros bonnet de l'armement. Ils ont un catalogue officiel de technologie de défense de pointe destiné aux armées de l'OTAN, mais tout le monde sait qu'ils ont mis en place des marchés parallèles totalement officieux d'armes non conventionnelles. Depuis la chute du Mur, on sait qu'ils ont travaillé avec la Stasi et on les soupçonne de livrer des systèmes de défense à la Libye. Si les équipes de Gross ont pu développer de tels marchés, c'est qu'elles disposent de solides réseaux. Croyez-moi, ils ne vont pas risquer de mettre en péril leurs marchés pour renseigner des petits flics parisiens. Maintenant, si vous m'aviez laissé finir, j'aurais pu vous dire que mon contact chez Gross ne tient effectivement pas à voir débarquer les flics. En échange, il a accepté de me livrer une info susceptible de vous intéresser.

— Je vous écoute.

— Voilà… Gross est spécialisé dans tout ce qui est télécommunications. Pour ce qui concerne le marché des armes non conventionnelles, ils sous-traitent avec plusieurs sociétés. Il est bien entendu hors de question qu'ils me livrent les noms de celles qui sont toujours en activité. Les MST-9 ont été mis au point par une petite société installée dans l'Est de la France. Une fabrique artisanale fondée par un certain Dieter Mulh. Il est aujourd'hui rangé des voitures, mais d'après mon contact il n'est pas impossible qu'à son époque Mulh ait revendu des *timers* pour son compte. J'ai un autre nom, celui du directeur des ventes… un certain Jacques Verhoeven. Je ne sais pas ce que ça vaut, mais à votre place j'irais plutôt remuer la merde de ce côté-là, c'est moins salissant.

31.

Trois heures que Raphaël avalait l'asphalte, mains verrouillées sur le volant et pied au plancher. Reims, Châlons, Metz… Au péage de Saint-Avold, il enclencha son clignotant et s'engagea sur l'A320 en direction de Merlebach, Forbach et Sarrebruck. Le cœur de la Moselle.

De chaque côté de l'autoroute, des langues de brume s'étiraient à l'infini au-dessus de champs de terre, et dans la désolation de l'hiver le gris du béton semblait plus triste qu'ailleurs. Raphaël jeta un coup d'œil à Drago qui mâchait, impassible, un sandwich acheté un peu plus tôt dans une station-service. Le froid le pénétrait jusqu'aux os, pourtant le flic pouvait sentir son cœur cogner fort dans sa poitrine. Malgré les nouvelles révélations, l'enquête était au point mort. Il considérait désormais Dieter Mulh comme sa seule chance de remonter la filière, de retrouver la piste de Séror et de garder la main sur le dossier.

L'image de Sinead cloîtrée dans son appartement lui traversa brièvement l'esprit. Il songea à leurs destins qui s'étaient croisés et à la merde dans laquelle il allait se mettre s'il était dessaisi. Cette pensée le ramena à Mulh.

Raphaël avait fouillé les fichiers de police. La seule info qu'il avait exhumée, c'était un titre de séjour et une photo d'identité, datant de 1958, établis au nom du ressortissant allemand. Le type était né en 1914 à Rostock, sur la mer Baltique, le principal port de l'ex-RDA, entièrement détruit par les bombardements alliés à la fin de la Seconde Guerre mondiale. C'était aussi là que les nazis produisaient les avions de la Luftwaffe. Son activité impliquait que l'homme avait probablement combattu du côté des armées hitlériennes en 39-45 et choisi l'Ouest à l'issue des accords de Yalta. Sa société, baptisée Dobrzyń, avait été fondée en 1960 et avait cessé toute activité cinq années plus tôt, en 1989. Le fabricant d'armes était aujourd'hui un vieillard de quatre-vingts ans. En trois coups de fil, Drago l'avait logé dans les environs de Sarreguemines.

Ils arrivèrent à destination aux environs de 18 heures.

L'obscurité glissait sur la ville, masquant la tristesse des bâtiments et des passants. Dans la lumière orange des lampadaires, Raphaël scrutait les visages, essayant de comprendre les raisons qui avaient pu pousser Dieter Mulh à poser son sac dans cette ville frontalière. De la même manière que Rostock, Sarreguemines avait été en partie détruite par les Alliés en 1944, on y parlait l'allemand, mais avant tout la Moselle était le berceau des mines de fer et de l'industrie sidérurgique, la forge de Mars, l'antichambre de la guerre.

Mulh vivait ici car cette terre lui ressemblait.

La Laguna longea les flots noirs de la Sarre et s'engagea dans la rue des Trembles une quinzaine de minutes plus tard. La cloche d'une église résonnait dans le lointain. Drago se tourna vers son coéquipier.

— Tu veux l'aborder comment, grand-père ? Je te sens à cran… Faudrait pas trop le brusquer quand même !

Il y eut un silence, puis Raphaël lâcha :

— Je crains qu'on n'ait personne à brusquer. Regarde.

À moins de cinquante mètres devant eux, les gyrophares de véhicules de police tournaient en silence dans la nuit, réfléchissant leur éclat métallique sur les rubalises du périmètre de sécurité. Raphaël ralentit à l'approche de la maison. C'était un bloc de béton massif bâti dans les années 50, sans aucun charme apparent et entouré d'un jardin au cordeau… Une caméra de surveillance se dressait au-dessus du portail principal, signe que le vieil homme se souciait de sa sécurité. Devant eux, un fourgon de la PJ refermait ses portes. Raphaël eut tout juste le temps de distinguer le brancard sur lequel reposait un sac mortuaire puis le véhicule s'éloigna.

Raphaël continua.

— Tu te gares pas ? demanda Drago.

— Attends…

Raphaël ralentit encore. Un peu plus loin, il distingua les contours d'une grosse berline noire, gyrophare, vitres fumées et intérieur cuir, arrêtée en travers de la route. À l'intérieur, il reconnut le profil du type en pleine conversation téléphonique…

— Vise-moi ça… Dumas est venu en famille… Il est bien informé, tu trouves pas ?

— Ce fils de pute sait tout depuis le début, siffla

le Serbe. Agathe est morte… pour que dalle. Je vais le défoncer…

— Tu ne vas rien faire du tout. On descend même pas de voiture, on réglera ça de retour à Paname. Maintenant, on sait qu'ils savaient, et ça, c'est un vrai moyen de pression.

Raphaël passa la troisième et s'éloigna sans se faire remarquer.

— Pour l'heure, on trace à Forbach, on a un coup à tenter chez Verhoeven.

Ils longèrent la frontière allemande et atteignirent Forbach moins d'une demi-heure plus tard. Jacques Verhoeven ne figurait pas plus au fichier que Dieter Mulh, une chose était pourtant certaine, ces deux-là étaient liés de près au dossier, autant que les barbouzes de la DST qui avaient été mis au courant de la mort de l'ex-trafiquant avant même que son corps ait eu le temps de refroidir.

Une obscurité glaciale régnait et la ville semblait avoir été désertée de la plupart de ses habitants. Le commercial de Dobrzyń habitait au 21, avenue de Spicheren, un immeuble cossu du centre de Forbach. Les flics se garèrent devant le bâtiment de trois étages. Raphaël tira le frein à main.

— Qu'est-ce qu'on fait si Dumas se pointe ? demanda Drago.

— On n'interroge pas Verhoeven chez lui. On l'alpague, il fait son sac, et on l'embarque à Paris.

— Et s'il refuse ?

— On lui fait peur.

— OK.

Ils claquèrent les portières de la voiture et franchirent les quelques mètres qui les séparaient de la porte d'entrée.

Pas de digicode.

Le Serbe poussa la porte et passa le premier. La boîte aux lettres leur confirma que le type vivait bien ici.

Les flics tentèrent d'allumer la minuterie, sans succès. Ils dégainèrent leurs armes et gravirent dans la pénombre les marches qui menaient au second.

Drago fit halte devant la porte et tendit l'oreille.

Pas de bruit.

Raphaël frappa deux coups et attendit. Un instant plus tard, les flics entendirent des pas de l'autre côté de la cloison. Il y eut un instant de silence.

— Qui est là ?

— Police. Brigade criminelle, souffla Raphaël en collant sa carte de flic à l'œilleton de sécurité.

— Qu'est-ce que vous voulez ?

— Nous cherchons Jacques Verhoeven. Ouvrez cette porte s'il vous plaît.

Sans plus de résistance, la porte s'ouvrit sur un homme de grande taille vêtu d'une robe de chambre bordeaux et de mules en cuir. Raphaël s'attarda sur son visage et son crâne rasé, éclairés à contrejour. Ses yeux, deux billes profondément enchâssées dans leurs orbites, ses joues creusées et ses dents presque apparentes sous ses lèvres lui donnaient l'air d'un rescapé des camps de la mort. Seul son nez boursouflé comme un fruit trop mûr trahissait un goût prononcé pour l'alcool. Verhoeven avait soixante-dix ans passés.

— Nous souhaitons vous interroger dans le cadre d'une affaire criminelle.

— Et ça ne peut pas attendre demain ?

— Non, fit Drago.

Verhoeven soupira.

— Vous faites quoi… Vous entrez ?

— Ce ne sera pas nécessaire. Nous allons vous demander de nous suivre. Allez faire votre sac, on risque d'en avoir pour plusieurs jours.

— Et vous comptez m'emmener où ?

— À Paris. Il s'agit essentiellement de votre sécurité.

Les yeux du type s'étrécirent, lui donnant soudainement l'air d'un vieux rapace qui connaissait la chanson.

— Ma sécurité… Écoute-moi, bonhomme, siffla Verhoeven, tu ne sais pas à qui tu parles… Je ne te suivrai nulle part, je n'ai pas besoin de branleurs dans votre genre pour l'assurer, ma sécurité…

Les deux flics se regardèrent.

Drago enchaîna sur un coup de bluff :

— Mulh a été retrouvé mort il y a quelques heures à son domicile de Sarreguemines. J'ignore dans quel merdier vous vous êtes fourrés tous les deux mais je ne crois pas que vous fassiez le poids face à ceux qui le cherchaient. On a déjà plusieurs cadavres sur les bras, on ne tient pas à ce que la liste s'allonge et encore moins à perdre un témoin.

— Dieter Mulh est mort ?

— Vous vivez seul ? Il y a quelqu'un d'autre avec vous dans l'appartement ? voulut savoir Raphaël.

— Je suis veuf…

— Vous n'avez pas eu de visite, ces derniers jours ? De la police ou d'inconnus ?

— Non… Dieter Mulh… il a été… ?

— Assassiné ! Dépêchez-vous. On perd du temps.

Moins de dix minutes plus tard, Jacques Verhoeven verrouillait sa serrure et suivait les flics dans la pénombre de la cage d'escalier. Alors qu'ils atteignaient le rez-de-chaussée, la porte de l'immeuble s'ouvrit sur la silhouette d'un homme, une main dans la poche, qui s'immobilisa net à la vue des flics et du septuagénaire.

Instinctivement, Raphaël posa la main sur son calibre, mais l'homme sortit un trousseau de clés de sa poche et reprit sa marche dans leur direction.

Le flic se détendit et se retourna pour faire signe aux deux autres d'avancer. Au même instant il perçut comme un souffle. Il pivota sur lui-même et distingua un bras armé tendu dans leur direction.

— AU SOL !

Deux coups de feu claquèrent en direction de Drago qui s'était jeté sur Verhoeven pour le protéger. Raphaël brandit son .38 et ajusta son tir.

Trop tard.

L'homme avait fait volte-face et s'engouffrait dans l'embrasure de la porte.

— OK… OK ! PAS DE CASSE ! cria le Serbe.

Il ordonna à Verhoeven de remonter et de s'enfermer chez lui avant d'emboîter le pas de Raphaël qui s'élançait à la poursuite du tireur.

Les flics balayèrent la rue du regard.

Personne.

Raphaël hésita un instant à le poursuivre en voiture. Forbach était une ville de province avec des impasses, des pavillons avec jardin, des bois… Ils auraient plus de chances à pied.

L'avenue de Spicheren remontait en pente douce. Le tireur savait qu'il avait deux flics aux trousses, il avait forcément pris la fuite dans le sens descente.

Raphaël démarra en sprint talonné par Drago.

Ils atteignirent un premier rond-point et obliquèrent en direction de la rue Nationale, une artère commerçante déserte à cette heure.

À gauche, une ruelle.

Vide.

Dans l'angle opposé, Raphaël vit la silhouette surgir de l'ombre et disparaître dans une rue transversale.

Les flics démarrèrent en trombe.

Qui était ce type ? Certainement pas Séror.

Trop rapide.

Trop opérationnel.

Raphaël allongea la foulée en courant côté rue le long des voitures garées. Ça lui permettrait de se mettre à l'abri si le tireur décidait de le prendre pour cible.

À l'intersection suivante, la silhouette avait de nouveau disparu. Les deux flics balayèrent rapidement leur champ de vision pour vérifier qu'il n'y avait aucune issue par laquelle l'homme aurait pu s'enfuir, puis ils se séparèrent. Drago continua dans la rue de la Chapelle qui descendait jusqu'au bas de la ville, Raphaël obliqua à gauche, rue des Charrons.

Cinquante mètres plus bas, le flic le vit droit devant lui.

Le tireur dévalait la rue à pleine vitesse.

Qu'est-ce qu'il foutait ? Il y avait des jardins à chaque coin de rue. Pourquoi ne pas disparaître, pourquoi continuer tout droit à découvert ?

Le flic arracha la radio de sa poche et cracha, hors d'haleine.

— Drago… Devant moi. Ça descend rue… Bauer. Il est en train de nous préparer un coup tordu.

— Reçu, je te rejoins.

Le type courait comme un diable sans même se retourner et Raphaël avait gagné à peine quelques mètres.

Il ne devait pas le laisser s'échapper.

Mais pour ça, il devait comprendre pourquoi il agissait ainsi, pourquoi il l'emmenait dans cette direction.

C'est un panneau de signalisation sur le côté qui le fit percuter.

Il porta la radio à sa bouche.

— Cet enfoiré est en train d'essayer de nous baiser. Il court droit vers la frontière. Il essaie de passer en Allemagne. T'es où ?

— En plein milieu d'un putain de terrain de foot, il y a un cimetière… Et derrière, une route qui coupe.

— Vas-y, fonce, j'arrive sur le rond-point, il a pris sur la droite vers la frontière, t'es sur la D31, t'as une chance de l'arracher là.

— JE LE VOIS ! Juste devant ! Il vient de prendre à travers champs. Il fatigue, magne-toi… à deux on a une chance de le toper.

Raphaël inspira profondément. Ses cuisses le brûlaient, il crachait ses poumons mais l'envie de coincer cette ordure le dévorait. Il le ramènerait coûte que coûte, même s'il fallait aller le chercher jusqu'à Berlin.

Ils quittaient l'agglomération. Le paysage était de plus en plus désolé. Des pylônes haute tension se dressaient telles des carcasses d'oiseaux gigantesques dans la nuit mauve et la seule lumière provenait de la centrale électrique de la ville qui se dessinait dans le lointain.

Dans la pénombre, Raphaël repéra la silhouette de Drago qui se rapprochait du type. Ils se dirigeaient vers un lotissement. Le flic enjamba le fossé et accéléra.

Ça ne collait pas.

Le tireur ne prenait pas le chemin de la frontière.

Il avait autre chose en tête.

Raphaël perçut d'abord le bruit des groupes électrogènes, puis il vit les caravanes.

Un camp de manouches.

La seconde suivante, il entendit un coup sourd, puis il vit le Serbe stopper net sa course et se courber en deux. Un instant plus tard, il était à genoux et trois ombres le cognaient à coups de poing et de pied.

Une embuscade. Le type avait préparé son coup et Drago ne l'avait pas vu venir.

À bout de souffle, Raphaël approcha en silence et frappa d'un puissant coup de crosse au visage un premier homme qui valdingua, le crâne en sang. Il braqua aussitôt son calibre vers les autres gitans en hurlant aussi fort qu'il pouvait.

— POLICE ! TU RECULES, TU ME MONTRES TES MAINS ! LE PREMIER QUI BOUGE, JE LE FUME.

Drago se releva et cracha à la gueule d'un des manouches.

Quand ils entendirent le moteur d'une moto rugir dans le lointain, les flics comprirent… Cette fois encore, ils avaient échoué.

32.

Siège de la DST
7, rue Nélaton, Paris XVe
9 heures du matin

Raphaël plaqua sa carte de flic contre le verre blindé du sas de sécurité.

— Le divisionnaire Dumas, c'est urgent.

— Vous avez rendez-vous ?

Raphaël sonda le faciès du cerbère en uniforme pour déterminer l'attitude à adopter. De toute évidence, il fallait prendre l'ascendant. Il opta pour le tutoiement.

— Appelle-le, il va me recevoir.

Le fonctionnaire lui jeta un regard noir tout en tapotant sur son clavier, puis il décrocha son téléphone et coupa le micro avant de le rallumer une fois la conversation terminée.

— Il sera absent toute la journée.

— Te fatigue pas, je sais qu'il est là. Donc tu le rappelles et tu lui dis que s'il ne descend pas maintenant, je fonce chez le juge. Il comprendra.

Le type s'exécuta sans broncher.

Quelques minutes plus tard, Dumas débarquait,

visage fermé et mâchoire serrée, escorté par un de ses sbires. Le divisionnaire stoppa net devant Raphaël et le fixa en silence le temps de ravaler sa colère, puis il lui fit passer le sas de sécurité et pénétrer dans l'enceinte du service de renseignements.

— Qu'est-ce que c'est que ce merdier, Zeck ? Vous vous croyez où ? Vous êtes à la DST, ici. Pas dans un commissariat de quartier ! Qu'est-ce que vous voulez ?

— Vous savez parfaitement pourquoi je suis là.

— Pas le temps de jouer aux devinettes... Que voulez-vous ? répéta le divisionnaire.

Raphaël afficha un léger sourire.

— Récupérer mon témoin.

— De qui parlez-vous ?

— Deux de mes hommes vous ont vu vous pointer ici avec Verhoeven ce matin. Vous l'avez cueilli cette nuit à Forbach pendant qu'on coursait un tireur qui venait d'essayer de l'abattre. Il a peut-être oublié de vous le dire ? Je vous ai également vu devant chez Mulh... Vous devez être drôlement bien informé pour vous pointer chez un macchabée encore tiède à cinq cents bornes de Paris. Je continue ?

Dumas fixa encore Raphaël de ses petits yeux noirs avant de jeter un regard à son sbire et de capituler.

— Je crois que nous devrions avoir cette conversation en privé.

— En effet, je ne crois pas que votre brillante carrière résisterait à un déballage en public.

Ils longèrent le couloir central jusqu'à un ascenseur qui les mena au troisième niveau. C'était la première fois que Raphaël mettait les pieds à la DST. Lino, murs crème, meubles métalliques, c'était une administration comme les autres au détail près que le bâtiment, un bloc massif de béton aux fenêtres alignées comme des alvéoles, avait été construit sur les ruines sinistres de l'ancien Vél d'Hiv qui avait servi de prison de transit pour des milliers de Juifs avant leur départ vers les camps de la mort.

Raphaël pénétra dans le vaste open space de la division du contre-terrorisme. Les flics y avaient la même allure que tous les autres flics, mais il y avait ici un culte du secret perceptible dans le silence qui se fit à son entrée. Sans un mot, Dumas le précéda dans un bureau, le sbire resta dehors et referma la porte derrière eux.

Un desk en bois, deux étagères où s'alignaient des livres sur la stratégie, l'islamisme et les pays arabes, d'épais dossiers et une grande armoire fermée à clé. Un Univers à l'image de son occupant, songea Raphaël, dépouillé et ennuyeux.

Au regard que lui lança le divisionnaire, le flic comprit que la conversation allait dégénérer.

— Donc, si j'ai bien tout compris, Zeck, vous me faites surveiller ?

Raphaël songea un instant à lui jeter au visage la contre-filature qui avait coûté la vie à Agathe, mais il se rappela la promesse faite à Deluca. Il ignora la provocation et enchaîna sur les questions.

— Pourquoi est-ce que la SAT n'a pas été informée de la mort de Mulh ? Et pourquoi quand j'appelle le SRPJ et la morgue de Nancy, c'est l'omerta ?

— Parce que c'est une affaire sensible et que des consignes ont sans doute été données pour ne pas communiquer… J'ai été averti du décès de Mulh par l'antenne de la DST locale.

— Vous saviez donc que Mulh était mêlé à cette histoire ?

— J'en ai été informé par le juge Aubert, désigné pour l'instruction qui nous concerne. J'imagine que c'est le 36 qui lui a livré l'info.

— Le juge n'était pas encore au courant de la piste de Mulh.

— Quelqu'un de chez vous a dû le renseigner. Aubert m'a demandé de me rendre sur place pour prendre la température. Je vous rappelle que nous ne sommes pas un service de police judiciaire, nous n'avons donc pas vocation à enquêter officiellement, c'est le SRPJ de Nancy qui a été saisi du dossier sur décision du parquet de Sarreguemines.

— Bien sûr… Et c'est pour ça que c'est vous qui embarquez le témoin…

— Verhoeven n'a été témoin de rien.

— Arrêtez de me prendre pour un con, Dumas ! Personne de chez nous, à part Dragović et moi-même, n'était au courant de la piste de Sarreguemines. Depuis le départ, vous nous mettez des bâtons dans les roues. J'ai d'abord cru que vous essayiez de gagner du temps parce que vous étiez largués. Maintenant je comprends que vous pilotez cette enquête parce que vous avez un dossier qui touche de près cette affaire et que vous faites tout pour nous tenir à l'écart. Malheureusement, on avance et vite… et c'est pour cette raison que vous avez raflé Verhoeven. Je veux récupérer le témoin et je veux savoir exactement ce qui s'est passé chez Mulh afin de pouvoir continuer mon enquête. Je ne me contenterai pas d'un rapport de la PJ de Nancy soigneusement expurgé par vos soins des détails qui pourraient se révéler gênants pour votre service. Je vous rappelle qu'il s'agit d'une affaire de terrorisme et qu'une de mes équipières, une jeune femme d'à peine trente ans, y a laissé sa peau.

— Écoutez-moi bien, Zeck…

— C'est vous qui allez m'écouter ! menaça Raphaël, sortant de ses gonds. Soit vous me dites précisément ce que vous savez, soit je balance un bon gros pavé dans la mare et je vous garantis que vous allez être éclaboussé.

— Vous dérapez, Zeck ! Continuez et c'est moi qui vous colle un rapport.

Raphaël serra les mâchoires, il savait qu'en lâchant le morceau il mettrait Deluca en colère, mais la plaisanterie avait assez duré.

— JE dérape ? Et les deux hommes à bord de la Peugeot qui se sont incrustés dans mon dispositif de filature d'Islamov la semaine dernière… Qui a dérapé, là ?

Silence.

Dumas resta impassible. Sans un mot, il ouvrit un tiroir de son bureau parfaitement rangé, y prit une feuille de service et composa un des numéros de la liste.

Lorsque son interlocuteur décrocha, Dumas leva le visage et planta un regard aussi tranchant qu'un poignard dans celui de Raphaël.

— Hélène Deluca, s'il vous plaît, de la part du commissaire Dumas. C'est urgent.

Le flic sentit son cœur battre à coups lourds dans sa poitrine. À aucun moment il n'avait anticipé la réaction du divisionnaire. Il venait de commettre une erreur grossière qu'il allait payer au prix fort.

— Deluca ? Ici Dumas. J'ai en face de moi l'inspecteur principal Zeck… Oui… il est venu me voir pour me demander de lui remettre un témoin qui pourrait être lié à notre affaire… Êtes-vous à l'initiative d'une telle démarche ?

Tout en parlant, le barbouze le fixait toujours de ses petits yeux noirs. Cette crevure était en train de le mettre à mort.

— C'est ce que je pensais, je vous laisse gérer ça en interne, j'ai déjà assez perdu de temps comme ça… En revanche, j'ai un problème plus sérieux avec votre petit flic de merde qui vient à l'instant de m'accuser d'avoir monté une opération de surveillance de vos équipes et par là même d'avoir provoqué la mort de la policière pendant la surveillance d'Islamov. C'est bien ça, Zeck ?

Raphaël détourna le regard sur un document qui dépassait d'une pile de dossiers soigneusement rangée sur l'angle gauche du bureau. Il en déchiffra les premières lignes.

Dumas continuait :

— Ces accusations sont d'une gravité extrême, je vais donc être forcé d'en référer à la DGPN ainsi qu'au juge dans le but que la SAT soit dessaisie. Vous comprendrez qu'un dossier de cette envergure ne puisse s'encombrer d'amateurs… Oui, il est en face de moi… très bien, je lui passe le message. Au revoir.

Dumas raccrocha le combiné et lâcha, cinglant, à Raphaël :

— On dirait que vous êtes dans la merde, Zeck… C'est Deluca qui le dit. Vos états de service vous permettront peut-être de vous en tirer, mais je vous préviens, si jamais je vous retrouve en travers de mon chemin, je vous détruis. À présent, sortez de mon bureau.

Il n'avait plus grand-chose à perdre, il fallait le tenter. Raphaël se leva brusquement, d'une main il saisit le divisionnaire par la cravate et l'attira brusquement vers lui tandis que son autre main se posait sur la pile de documents.

— T'es une belle ordure, Dumas. Mais tu rêves si tu crois que tu vas t'en tirer comme ça. Je sais que la contre-filature, c'est toi. Je t'avertis que si je suis écarté de cette enquête, je ne te lâcherai pas, je te traquerai jusqu'à te faire tomber. Je deviendrai ton pire cauchemar.

33.

Un vent d'automne balayait le cortège des feuilles mortes à la dérive le long du quai Branly. Raphaël se passa une main sur le visage comme pour se réveiller du cauchemar dans lequel il sombrait.

Chute libre.

Il reprit sa voiture et rejoignit le flot de la circulation en direction du Quai des Orfèvres tout en glissant un CD dans le lecteur de la voiture. *Kaddish*, de Ravel. Une prière des morts au violoncelle. Lentement la mélodie hébraïque enfla dans l'habitacle. Le flic apercevait les flots sombres de la Seine s'enrouler sur eux-mêmes en puissants tourbillons. Il sentait les prémices d'une même tourmente naître en lui.

Depuis le départ, Dumas n'attendait qu'un faux pas de sa part pour le mettre à l'écart. Raphaël le savait, et il venait de le lui servir sur un plateau.

La sanction avait été immédiate.

Il prenait conscience que tout avait basculé la nuit de la mort d'Agathe ; le sentiment d'impuissance qui l'avait anesthésié à l'instant où elle avait été abattue s'était peu à peu mué en un désir impulsif de vengeance, sans même qu'il s'en rende compte. Il n'était pas inquiet des mesures disciplinaires qui allaient lui tomber dessus, c'était plus l'idée de perdre la main sur la traque du meurtrier qui lui collait la nausée. De la même manière qu'il avait pris le contrôle de l'instruction, Dumas allait faire classer le dossier après le démantèlement du réseau tchétchène. Un service anti-terroriste « ami » reprendrait l'enquête sur le trafic d'armes tandis qu'une division de PJ serait chargée d'élucider le meurtre d'Agathe. Un éclatement de l'enquête qui l'enliserait à dessein et préserverait les secrets bien gardés du service de renseignements. Le visage de Sinead McKeown s'imposa à lui. Là aussi, il était sorti des clous, et la remettre aux autorités lui rapporterait un paquet d'emmerdes.

Le seul moyen de ne pas aggraver son cas était de lui rendre sa liberté, mais il savait qu'un tel acte scellerait la fin de l'enquête.

Au premier feu, il fouilla la poche de sa veste pour en sortir le feuillet subtilisé dans le bureau de Dumas. Il le posa sur le siège passager, le défroissa du bout des doigts. Un document qui ne lui servirait plus à grand-chose désormais… mais il ne s'était pas trompé, c'était bien une note de service sur Dieter Mulh. Étrangement, le marchand d'armes ne figurait pas dans les fichiers de police, mais il intéressait de près le renseignement. Ce vieillard était la clé de voûte qui permettait de comprendre l'affaire dont il allait être déchargé dans les prochaines heures. Raphaël en était certain.

Au pont d'Iéna, il obliqua vers la rive droite pour reprendre les quais en direction de l'île de la Cité. Plus il s'approchait du 36, plus il sentait que cette affaire n'était plus la sienne. Il avait le sentiment d'un immense gâchis, et l'idée d'avoir d'une certaine manière trahi la confiance de Deluca lui laissait un goût amer.

Regagner le service maintenant serait sans doute une erreur. Place de la Concorde, il jeta un nouveau coup d'œil à la note sur Mulh et songea qu'il lui restait moins de vingt-quatre heures avant d'être convoqué chez le juge. Un temps qu'il pouvait mettre à profit pour tenter de décrypter les informations contenues dans ce document. Il ne garderait pas l'enquête, mais un élément de pression supplémentaire sur Dumas pouvait leur éviter l'humiliation.

Il enclencha son clignotant et retraversa la Seine en direction du boulevard Saint-Germain. En cet instant précis, il avait le sentiment que seule l'Irlandaise pouvait l'aider à se sortir de cet enfer.

Quarante-huit heures que cet enfoiré de flic n'avait pas donné signe de vie, qu'il la laissait croupir dans cet appartement sinistre sans le moindre état d'âme. Sa propre enquête était à l'arrêt et elle avait le sentiment de tourner cinglée.

Lorsqu'elle entendit la clé de son geôlier glisser dans la serrure, Sinead se tenait dans le canapé, dans l'axe de la porte. Un instant plus tard, le flic apparaissait dans l'embrasure, elle remarqua ses traits défaits.

— Bonjour, Sinead.

Tout ce qu'elle voulait à ce moment, c'était hurler, se jeter à sa gorge et le frapper jusqu'à l'épuisement mais elle resta immobile, le menton sur les mains, à le dévisager.

— On a dû filer vers la frontière allemande en urgence. Je suis désolé…

L'Irlandaise se leva et fit quelques pas en direction de Raphaël, les bras repliés sur son ventre. Lorsqu'elle fut à sa portée, elle sentit sa main partir toute seule en direction du visage du flic qui esquiva… Elle essaya de cogner de nouveau. Raphaël lui bloqua le bras et la repoussa dans le canapé.

— SALE TYPE !

— Calme-toi… Je n'ai pas de bonnes nouvelles.

— COMMENT VEUX-TU QUE JE ME CALME ! TU ME LAISSES CROUPIR COMME UN ANIMAL DANS TON SANCTUAIRE MALSAIN, TES SOUVENIRS DANS LE FORMOL, ET MAINTENANT TU M'ANNONCES QUE TOUT A FOIRÉ. JE DEVIENS QUOI, MOI, DANS TOUT ÇA ? ! TU DOIS ME LAISSER PARTIR !

Tes souvenirs dans le formol ? Raphaël accusa le coup en comprenant que l'Irlandaise avait fouillé la maison et dévoilé ses secrets, mais il ne releva pas.

Les sanglots de rage de Sinead glissèrent sur le silence.

Raphaël parla doucement :

— Je ne peux pas te laisser sortir, pas encore. Dehors, c'est la guerre. On est en guerre avec la DST, s'ils te tombent dessus, pour toi c'est retour au bercail, pour moi c'est la garde à vue.

— J'en ai rien à foutre. Je veux continuer seule, de toute façon je me ferai de nouveau arrêter, c'est sûr. Ma seule chance, c'est d'avoir réussi à réunir assez d'éléments pour prouver mon innocence pour le moment où ça arrivera. À cause de notre foutu pacte, je n'ai même pas de preuves de mon enlèvement. Laisse-moi partir maintenant, je t'en prie.

Raphaël enleva sa veste et la jeta sur le canapé.

— Pas encore. Il faut que tu m'écoutes. Cette fois, j'ai vraiment besoin de toi.

Il lui raconta alors les derniers développements et fiascos de l'affaire. Sinead l'écouta puis se leva pour préparer un thé pendant qu'il lui faisait une synthèse de la note sur Mulh.

Lorsque l'Irlandaise vint le rejoindre dans le salon, il expliqua.

— La note est assez complète. Tu dois comprendre que notre dernière chance de nous sortir de ce bourbier se trouve dans ce document. J'aimerais que tu te concentres et que tu m'arrêtes au moindre détail qui retient ton attention.

Raphaël s'éclaircit la voix et attaqua :

— Dieter Mulh est né à Rostock en 1914. Il s'engage dans les jeunesses hitlériennes à dix-neuf ans. Il passe la guerre à Berlin et travaille à l'armurerie des commandos de la SS. Il est plutôt doué, ce qui lui vaut d'être vite repéré par ses supérieurs pour son ingéniosité dans la mise au point d'armes particulières. Il est alors recruté par les services secrets nazis de Gehlen et travaille à la création d'armes spéciales pour les opérations clandestines sur le front russe. Il a seulement vingt-six ans. À la Libération, légende ou réalité, il est protégé par les Alliés pour avoir sauvé plusieurs familles juives. Selon le rapport de la DST, c'est un mensonge monté de toutes pièces par les services de renseignements britanniques qui cherchent à le récupérer de la même manière que Gehlen a été récupéré par la CIA. Mulh refuse finalement de travailler pour les Anglais et rencontre à Bruxelles un certain Raymond Castelli, officier du BCRA, le service de renseignements de la France libre. Castelli est corse et influent, il ramène Mulh avec lui à Paris. C'est à cette époque qu'on perd la trace de l'Allemand. D'après la note, il aurait changé d'identité avant de réapparaître des années plus tard sous son nom d'origine. Donc, en avril 1958 – c'est la date du titre de séjour que j'ai trouvé dans les archives de la Préfecture –, il s'installe à Sarreguemines, dans l'est de la France, où il fonde son usine d'armement. Grâce à ses réseaux, il décroche même des contrats avec l'armée française. La question est : qu'a-t-il fait pendant les dix années où on a perdu sa trace ? Et de quelle manière est-il lié à Pierre Séror ?

Installée dans le canapé, Sinead avait écouté attentivement le récit de Raphaël. Elle ramena ses jambes contre elle comme pour se protéger de ce qu'elle allait dire.

— D'après les éléments que tu as réunis sur Séror, tout les oppose. L'un est un ancien nazi, l'autre est communiste et juif, l'un fabrique des armes, l'autre est un militant antinucléaire… Si on part du principe que les deux sont liés et que la DST cherche à t'empêcher d'enquêter, ça peut signifier que la biographie de Séror dont nous disposons aujourd'hui est une légende… Penses-tu que ce type pourrait être en fait une taupe qui travaille pour le renseignement français ?

— C'est une possibilité, mais quel secret lierait les deux hommes ?

Raphaël s'accorda un temps de réflexion et demanda encore :

— Toi, tu ne vois aucun lien possible avec la mort de Gari ?

— Si, il y a peut-être quelque chose… Quelque

chose qui permettrait également de comprendre ce qu'a fait Mulh pendant les dix années où il a disparu.

— Tu parles d'une enquête qu'a réalisée Gari ?

Sinead acquiesça, Raphaël inspira profondément et incita l'Irlandaise à continuer.

— Je t'écoute.

— Gari a écrit un très bon papier en 1990. Je me souviens des grandes lignes de l'affaire… Pour comprendre, il faut remonter au début des années 1970. Une Fiat 500 piégée a explosé dans un petit village d'Italie. Bilan : un mort et plusieurs blessés parmi les carabiniers qui avaient déclenché la bombe en essayant d'ouvrir la voiture abandonnée dans les bois. Un coup de fil anonyme avait revendiqué l'attentat au nom des Brigades rouges. Les flics s'étaient aussi sec tournés vers les milieux d'extrême gauche et avaient raflé plusieurs centaines de communistes. Au début des années 1980, un jeune juge du nom de Casson avait rouvert le dossier et s'était aperçu que l'enquête sur l'attentat était truffée d'irrégularités. Gari racontait dans son papier que le juge avait alors porté son attention vers l'expert en explosifs de la police et découvert que le type était lié à l'organisation d'extrême droite italienne Ordine Nuovo[1] et qu'il avait délibérément falsifié les conclusions de l'enquête en faisant croire que l'explosif utilisé était celui habituellement employé par les Brigades rouges. En réalité, c'était du C4, un des plus puissants sur le marché à cette époque, qui figurait sur la liste de l'arsenal des forces de l'OTAN. Casson avait alors été mettre son nez dans les archives de la police et découvert que quelques

1. « Ordre nouveau ».

mois avant l'explosion de la Fiat 500, des carabiniers avaient découvert près de Trieste une cache d'armes qui contenait, entre autres, une grande quantité de plastic C4, identique à celui qui avait tué les flics. Après plusieurs mois d'une enquête minutieuse, Casson avait établi la responsabilité des fascistes d'Ordine Nuovo et les liens étroits qui les unissaient aux services secrets et au gouvernement de l'époque qui, de leur côté, se donnaient beaucoup de mal pour protéger ce secret. Le but de la manœuvre était une campagne de terreur destinée à discréditer l'extrême gauche italienne. Si je me souviens bien, c'est un faux passeport avec la photo d'un officier du SID, les services de renseignements italiens, qui avait permis à Casson d'établir le rapprochement. Cette histoire a été le point de départ d'une série de révélations plus hallucinantes les unes que les autres qui en 1990 ont poussé Andreotti, le président du Conseil italien, à avouer l'existence d'un réseau d'État clandestin baptisé Gladio…

— Qui signifie le « Glaive »…, intervint Raphaël. Je me souviens de cette histoire. Ce réseau datait de la fin de la guerre et était présent dans la quasi-totalité des pays européens sous des noms différents. Le but initial était un réseau dit « *stay-behind* », composé d'agents dormants qui seraient activés en cas d'invasion de l'Europe de l'Ouest par les armées soviétiques. Tout avait été prévu : l'exécutif des États concernés serait exfiltré vers l'Afrique du Nord, tandis que des civils formés par les Services action de la CIA et du MI-6 resteraient sur place et organiseraient la résistance… Mais quel rapport avec notre affaire ?

Sinead but une gorgée de thé et reposa sa tasse.

— Je vais y venir. Le but de l'enquête de Gari

n'était pas de démontrer l'existence déjà établie de ces réseaux mais leur dérive. Au fil des années, Gladio et ses ersatz se sont pour la plupart transformés en organisations fascistes et mafieuses soutenues et armées par l'OTAN. Gari avait révélé des infos fracassantes, d'attentats à l'explosif en plein cœur de Rome faisant des dizaines de victimes civiles à la formation d'éléments suisses que les commandos britanniques entraînaient sur de véritables théâtres d'opérations, à Belfast où ils allaient shooter des républicains. J'en viens à présent à ce qui nous intéresse directement. Dans les semaines qui ont suivi les révélations d'Andreotti, d'autres infos ont filtré par le biais du gouvernement et les journalistes se sont lancés dans un véritable jeu de piste qui les a menés vers des dizaines de caches d'armes réparties sur tout le territoire italien. Ils ont même découvert sous les dalles d'une église des armes lourdes, plusieurs lance-roquettes et assez d'explosifs pour faire sauter la basilique Saint-Pierre. Dès lors qu'on sait que ces mêmes réseaux existaient en France, on peut imaginer qu'ils disposaient du même arsenal.

Raphaël hocha la tête et poursuivit le raisonnement.

— Donc, si on part de l'hypothèse que Mulh a passé les dix années où il a disparu à organiser le Gladio français, et que les armes qu'a vendues Séror aux Tchétchènes étaient anciennes, on peut imaginer que ces deux-là ont trouvé le moyen de transformer ces stocks en espèces sonnantes et trébuchantes.

— Étant donné que de nombreux éléments des réseaux appartenaient à la police et aux services de renseignements, ça expliquerait pourquoi Dumas te met des bâtons dans les roues depuis le départ. Il est le gardien d'un bien sale secret, conclut l'Irlandaise.

— Oui, tout ça se tient…, acquiesça Raphaël, et d'une manière ou d'une autre, ça colle aussi avec le meurtre de Gari. On n'a pas encore le mobile, mais ça résonne avec les attentats à l'explosif en Italie.

— On n'a aucune preuve.

— On va en avoir. Il faut que je trouve un moyen d'auditionner Verhoeven ! Il est forcément au courant.

— Tu comptes t'y prendre comment ?

— Je ne sais pas encore, mais je n'ai pas le choix. Je le dois à Agathe autant qu'à toi.

Raphaël se leva et marcha jusqu'à la fenêtre du salon puis finit par glisser la main dans sa poche. Il en sortit un jeu de clés, se retourna et vint le poser sur la table devant Sinead.

— Je ne peux pas te retenir plus longtemps prisonnière. Tu es libre d'aller et venir, je te demande juste de prendre un maximum de précautions et de limiter tes sorties au strict minimum.

Sinead garda le silence.

Raphaël plongea son regard dans celui de l'Irlandaise. Peut-être venait-il de commettre une nouvelle erreur. Ses certitudes vacillaient, pourtant, plus que jamais il était intimement convaincu que la jeune femme était sa planche de salut.

34.

Raphaël gagna le Palais de justice par la cour de Mai. Le rendez-vous chez le juge avait été fixé à 9 h 30 précises. Il existait un passage direct entre le 36 et le parquet antiterroriste, mais le flic ne souhaitait pas rencontrer Deluca. Il ne voulait recevoir aucune consigne de sa part avant la convocation chez le magistrat sous peine d'anéantir ses dernières chances.

Autour de lui, la cour majestueuse déployait les ors de la République, une étoffe noble dont la justice aimait se revêtir, mais ici Raphaël se sentait plus comme un Robespierre enchaîné dans la charrette des condamnés cahotant sur le pavé vers une exécution certaine. Il grimpa quatre à quatre les marches de l'escalier d'honneur et rejoignit la galerie Saint-Éloi, au dernier étage du Palais.

En pénétrant dans le bureau n° 4, Raphaël visa les carnets de notes ouverts et les gobelets de café vides, et comprit que la réunion avait commencé sans lui. Les mesures avaient été prises sans même qu'on prenne la peine de l'entendre. Le flic dissimula le flot de colère qui le submergeait, salua le juge et s'installa à côté de Deluca qui ne se donna même pas la peine de croiser son regard.

Le magistrat, cheveux courts bruns, moustache et pomme d'Adam saillante, arborait un costume vert-de-gris des régimes totalitaires. Il toisa le flic à travers de fines lunettes de métal couleur or, referma un épais dossier et attaqua d'une voix sans appel :

— Bien, Zeck, je ne vais pas y aller par quatre chemins. Ce n'est pas mon rôle de vous sanctionner, mais laissez-moi quand même vous signifier que vos méthodes d'investigation sont pour le moins hasardeuses, et le compte rendu que m'a fait le commissaire divisionnaire Dumas de ces dernières quarante-huit heures…

— Ce bon Dumas, il ne s'est pas déplacé ? coupa Raphaël.

— Il a déjà perdu assez de temps comme ça… Merci de ne pas m'interrompre. Votre attitude ne me laisse pas d'autre choix que de dessaisir la Section antiterroriste de ce dossier. Vous n'êtes donc plus en charge de cette affaire à partir de ce matin. Je vous laisse tout le soin de mesurer le tort que vous avez causé à cette affaire ainsi qu'à la Brigade criminelle.

Raphaël se redressa dans son siège et rétorqua sèchement :

— Ne me parlez pas de mon groupe et encore moins de mes méthodes de travail. Pour un juge censé être indépendant, vous semblez plus soucieux de préserver les intérêts de la DST que de faire éclater la vérité.

Raphaël sentit la main de Deluca se crisper sur son bras.

— Taisez-vous, Zeck, vous aggravez votre cas.

— Désolé, Patron, mais de nouveaux éléments font surface d'heure en heure et la décision de nous retirer ce dossier est injustifiée. Dumas nous manipule et j'entends le prouver.

— Vous êtes parano et dangereux, Zeck. Je ne peux pas tolérer de pareilles accusations ! intervint Aubert.

Raphaël ne releva pas et poursuivit :

— Dès que la commission rogatoire sera retournée, cette affaire va s'orienter vers la piste tchétchène et le meurtrier d'Agathe ne sera jamais retrouvé.

— ZECK, ÇA SUFFIT ! s'emporta le magistrat.

— La contre-filature, c'est de la parano aussi ? Mais Dumas ne vous en a peut-être pas parlé ?

— Il n'a jamais organisé une quelconque filature.

— Qui d'autre, alors ? Vous pensez que je délire, que tout mon groupe a menti pour se dédouaner de la responsabilité de la mort d'Agathe ?

Le magistrat se leva et pointa le doigt sur Raphaël.

— Zeck, vous dépassez les bornes ! Soit vous disposez de preuves et vous les présentez, soit vous la bouclez !

— C'est bien, dans ce bureau on protège les assassins et les sombres causes.

— On ne protège personne, et je vous rappelle que votre job c'est d'enquêter, pas de diriger l'instruction. C'est moi qui décide si certains éléments doivent être divulgués ou non. Il y a des enjeux qui vous dépassent…

— Ce qui me dépasse, c'est que la SAT soit saisie, pour ensuite lui retirer le droit d'enquêter…

— Vous fantasmez, Zeck, arrêtez avec votre théorie complotiste.

— Mes fantasmes, comme vous dites, m'ont mené jusqu'à Sarreguemines où je suis tombé sur Dumas. Que faisait-il là ? Pourquoi a-t-il embarqué Verhoeven si ce n'est pour l'empêcher de parler ? Et vous, pourquoi ne nous avez-vous jamais informés de la mort de Mulh ?

Raphaël vit alors Deluca tourner son regard vers lui. Elle comprenait à présent qu'il avait du lourd. D'un battement de paupières, elle l'incita à continuer.

— Je vais vous le dire… parce que les armes que refourguait Séror aux Tchétchènes provenaient de caches d'un réseau baptisé Rose des vents, le petit frère du Gladio italien. Un réseau clandestin anticommuniste financé par l'OTAN et soutenu par les services de renseignements français et britanniques ainsi que par la CIA. D'une manière ou d'une autre, Séror était lié à Mulh, lui-même personnage clé de ce réseau. C'est pour cette raison que Dumas défait tout pour nous enfumer depuis le départ, qu'il ne veut pas que la SAT ni personne vienne fourrer son nez dans le linge sale de la République. Trop de flics et sans doute d'agents de son propre service appartenaient à Rose des vents et sont même peut-être liés à cette affaire.

Le magistrat éclata de rire.

— On nage en plein délire, vous vous croyez dans un roman d'espionnage, Zeck ? Rose des vents et Gladio ont été dissous alors qu'ils étaient déjà presque morts, voilà des années…

— Très bien, dans ce cas ordonnez à Dumas de me laisser auditionner Verhoeven ! Mais je ne crois pas que vous le ferez, car il vous tient !

— Vous perdez la raison, ma parole…

Raphaël sentit l'adrénaline monter en lui. Jusque-là, son raisonnement n'était que pure supposition ; à voir la gêne manifeste du magistrat, il comprenait qu'il approchait de la vérité.

— Vous restez flou, vous ne répondez pas… qu'est-ce que vous cachez ? Pourquoi Mulh a-t-il été assassiné, d'après vous ?

— Qu'est-ce qui vous fait penser qu'il l'a été ?

— Dumas n'aurait pas fait le déplacement jusque-là si ce n'était pas le cas.

Silence.

Le magistrat échangea un bref regard avec Deluca, qui restait interdite. Raphaël pouvait lire dans ses yeux, qui avaient pris une teinte de fer, qu'elle était revenue dans son camp.

— Séror faisait partie du réseau lui aussi, n'est-ce pas ? reprit le flic. Depuis le départ on nous a laissé faire fausse route. Une note des RG le décrit comme un coco mais vous et Dumas saviez très bien qu'il travaillait pour les services de renseignements français, son engagement prosoviétique et autres activités subversives n'étaient qu'une couverture pour mieux s'infiltrer.

Le visage du juge se décomposait de minute en minute. Le raisonnement de Sinead tenait la route. Raphaël la bénit intérieurement.

Aubert finit par céder.

— Cette affaire touche effectivement à un autre dossier sensible dont je ne connais pas la teneur précise, mais je me dois, en tant que magistrat, de tenir compte de ces intérêts qui relèvent de la sécurité nationale.

Deluca sortit de sa réserve.

— Je ne comprends pas bien, Aubert… vous êtes en train de nous dire que vous allez orienter cette instruction pour arranger la DST alors qu'un de nos flics s'est fait abattre ?

— Ce n'est pas ce que j'ai dit…

— C'est pourtant ce que j'ai entendu, répliqua Deluca, cinglante. Maintenant, Aubert, je vous somme de me répondre.

Le juge se redressa sur son siège et joignit les mains comme pour tenter de reprendre le dessus sur ses interlocuteurs. Sans succès.

— Je ne souhaite ni arranger la DST, ni enterrer le meurtre de votre flic. Nous allons devoir nous adapter à la situation.

— Et comment ? voulut savoir Deluca.

— En ordonnant une disjonction des affaires. Le meurtre d'Agathe Perriand sera repris par une division de PJ et le dossier tchétchène confié à la DNAT[1].

— C'est ce que je viens de dire, on éclate l'enquête pour mieux l'enterrer, siffla Raphaël en se tournant vers Deluca qui affichait un sourire glacial.

En voyant Aubert se renfrogner et desserrer sa cravate, Raphaël comprit que la donne avait changé. Un pacte avait été scellé avec Dumas, le magistrat n'était plus seul maître de ses gestes, Deluca allait le lui faire payer.

Les chiens étaient lâchés.

La flic regarda fixement Aubert.

— Vous comprenez bien que nous ne lâcherons pas cette affaire tant que nous n'aurons pas mis la main sur Séror.

Silence.

La patronne de la PJ adoucit le ton pour mieux cogner derrière.

— Je connais votre penchant pour les services de

1. Division nationale antiterroriste.

renseignements et le secret, Aubert. Vous avez choisi votre camp, vous vous êtes planté et à présent la situation vous échappe. Techniquement, vous dirigez toujours cette instruction. Vous allez gracieusement nous accorder soixante-douze heures, le temps de rassembler les preuves qui rendront Zeck indéboulonnable.

— Et si je refuse ? tenta le magistrat.

— Je vire Zeck, mais pour laver son honneur il balance toute l'histoire à la presse. Vous et Dumas vous plongez. Et je réintègre Zeck dans nos effectifs.

L'heure de la curée avait sonné. Le juge fixait les deux flics. Il savait qu'il avait perdu cette partie. Il prit un air détaché et demanda :

— Autre chose ?

— J'ai besoin d'auditionner Verhoeven, répéta Raphaël.

— Et comment voulez-vous que je justifie ça auprès de Dumas ?

— Vous vous êtes collé seul dans ce pétrin, cingla Deluca. À vous de vous en sortir.

Le flic ajouta :

— J'ai également besoin de consulter le rapport d'autopsie effectuée sur le corps de Dieter Mulh.

Aubert afficha un air gêné.

— Le rapport d'autopsie n'est pas encore rendu mais le légiste m'a livré ses premières conclusions. Je vous confirme que le marchand d'armes a bien été assassiné… une vraie boucherie. Tenez, ce sont mes notes, vous pouvez les garder. Pour le reste, vous avez quarante-huit heures. Je vous souhaite de réussir, parce que dans le cas contraire, je me ferai un plaisir de creuser moi-même votre tombe.

35.

Des piles de dossiers, une statuette japonaise polychrome, une munition de calibre 7,62 offerte par les hommes du commando Hubert à son départ de la Marine et l'éternelle lucarne vers laquelle il levait les yeux lorsqu'il voulait entrevoir un fragment de ciel bleu. Raphaël contemplait son bureau du 36, l'Univers dans lequel il passait la plupart de ses jours et de ses nuits depuis bientôt deux ans. Il n'avait pas quitté la violence et la mort, mais il ne la délivrait plus, il la combattait. Il n'avait nulle part ailleurs où aller. Quitter cette vie le rapprocherait un peu plus de sa propre fin. Il voulait encore se battre. Sauver sa peau.

Il s'installa dans son fauteuil et posa ses boots en cuir sur la table. Son regard croisa celui du Serbe.

— Alors, on est dégagés ?

— Deluca t'a parlé ?

— Tu rigoles, je me suis fait cuisiner sur notre expédition de Forbach, elle était furieuse. Elle m'a aussi dit que t'es allé secouer cette salope de Dumas.

— Ouais, ça a été chaud. Au final, on a quarante-huit heures. Si on se plante, je suis viré. J'ai été trop loin, Deluca ne pourra rien faire pour moi, et je ne donne pas cher de ta peau non plus.

— Dumas a convaincu le juge ?

— Aubert l'a tellement sucé qu'il est pieds et poings liés, mais j'ai levé de nouveaux éléments et je le tiens, il m'a balancé ce dont on a besoin : les premières conclusions du légiste qui s'est occupé de l'autopsie de Mulh. Et on devrait aussi pouvoir entendre Verhoeven rapidement.

— C'est l'Irlandaise qui t'a aidé ?

— Elle m'a sauvé, tu veux dire…

— Raconte, qu'est-ce que t'as déterré pour retourner le juge ?

Raphaël fit un compte rendu des dernières heures, de sa discussion avec Sinead jusqu'au rendez-vous avec Aubert. Après avoir écouté le récit en détail, Drago s'étira.

— En bref, on a deux jours pour prouver que Séror est le lien entre les Tchétchènes et le meurtre de Mulh.

— Si on a ça, on prouve que Dumas entrave l'enquête et on le met hors course.

— Quarante-huit heures, c'est peu.

— Aubert devrait se tenir tranquille mais à l'heure qu'il est, Dumas doit avoir réuni sa cellule de crise.

Raphaël alluma une cigarette.

— Du neuf concernant Séror ?

— Nada… on attend sous peu l'analyse des docs scientifiques perquisitionnés dans son labo du Collège de France. L'autopsie de Mulh, ça raconte quoi ?

Raphaël sortit la liasse de sa poche et la déplia.

— Doigts brisés, dents cassées et plaies à la jugulaire. Le vieux a été saigné comme un cochon, lentement vidé de son sang après avoir subi des tortures multiples.

— Quoi d'autre ? demanda le Serbe.

— Pas grand-chose. J'ai lu vite fait. Le légiste a trouvé des traces d'acide mais en très faible quantité. Ça prend une tout autre tournure. On est passés du règlement de compte au meurtre tordu.

— C'est qui… la DPJ de Nancy, qui s'occupe du dossier ?

— Oui, de ce côté-là on est peinards, sans infos de notre part, ils n'avanceront pas. Et ni Aubert ni Dumas ne leur lâcheront quoi que ce soit.

Ils se turent un moment comme pour affranchir leurs pensées des conflits qui pourrissaient l'enquête depuis le départ. Ils laissaient leur instinct de chasseurs reprendre le dessus.

— Bon, on commence par quoi ? finit par dire Drago.

— Par le début : Séror est un barbouze à la solde du réseau clandestin Rose des vents, tombé en 1990 à la suite des révélations d'Andreotti sur Gladio. Il fourgue des armes aux Tchétchènes qui préparent des attentats contre les Russes en Europe. Séror pioche dans les caches d'armes de Rose des vents. Pour une raison qu'on ignore, ça se passe mal avec les Tchétchènes. Séror décide de les mettre hors d'état de nuire. Ce sont des commandos, il ne peut pas les abattre, il leur offre donc des chapelets. Le cobalt 60 fait le boulot à sa place.

— Ça tient.

— Islamov, chef de l'équipe de Tchétchènes n° 2, pète les plombs et cherche à mettre la main sur Séror qui panique et disparaît dans la nature. Il a quitté sa crèche de Lozère mais malheureusement pour lui, il est repéré à Barbès et se fait arracher au bar de l'Olympic. Plus malin qu'Islamov, il prend le dessus dans la voiture. On est derrière eux pendant la filoche, Agathe est abattue par Séror. Pourquoi ?

— Parce que, s'il se fait coincer, il risque de tomber pour le meurtre des Tchétchènes et *bye-bye* le Collège de France, les lauriers et les honneurs. Personne ne serait venu le chercher dans cette merde. Pas même Dumas. Une descente aux enfers, surtout quand on est membre actif d'un ancien réseau clandestin tout-puissant.

— OK… Parallèlement, on a Dumas, divisionnaire à la DST, qui cherche à nous éloigner de l'enquête. Pourquoi ?

— Parce que Rose des vents recrutait chez les flics et les services de rens' ?

Raphaël se passa un doigt sur les lèvres.

— Je n'arrive pas à capter à quel degré il est impliqué dans ce dossier. Est-ce qu'il est lié lui-même au réseau ? Est-ce qu'il a reçu des ordres ? Il faut aussi qu'on arrive à prouver qu'il est à l'origine de la filature qui a tué Agathe…

— On est à poil là-dessus. Tu dois arrêter de t'acharner, ça nous a coûté assez cher comme ça.

— T'as raison, de toute façon on a d'autres moyens de prouver qu'il nous met des bâtons dans les roues. Sa visite à Mulh et Verhoeven, notamment.

— OK. Donc concentrons-nous sur l'affaire. Si on considère que Mulh était un ancien cadre de Rose des vents, on peut affirmer que Séror était de mèche avec lui pour la revente des stocks d'armes.

— Tu ne trouves pas ça foireux, que Mulh essaye de se remplir les poches à quatre-vingts piges ?

— Ça pourrait être un règlement de comptes entre Séror et Mulh…

— Ça cadre pas… pourquoi le saigner et utiliser de l'acide ?

— Substance radiologique d'un côté, acide et torture de l'autre ? T'as raison… il nous manque le mobile… Et qui était le tueur qui a essayé d'abattre Verhoeven… ?

— Un complice. Séror ne travaille pas seul.

— C'est Verhoeven qui pourra nous éclairer là-dessus, en espérant qu'il n'a pas trop été briefé par Dumas.

— Et Sinead, tu en penses quoi ? La mort de son mari est liée à tout cela ?

— Forcément, puisqu'elle a été enlevée à Amsterdam et qu'on l'a retrouvée chez Séror, mais sur ce dossier-là, je sèche, concéda Raphaël.

— Faut qu'on se réveille, là, sinon on est baisés, lâcha Drago.

Raphaël se leva et se servit un café.

Quarante-huit heures… c'était trop peu, le Serbe avait raison. Leur raisonnement tenait la route mais n'était que pure théorie, ils n'avaient toujours pas la moindre preuve matérielle de ce qu'ils avançaient. Raphaël se retourna.

— Comment Séror a-t-il pu disparaître comme ça ?

— Avec son business, il dispose forcément d'une réserve de cash. Il a passé des années en sous-marin chez les Soviets sans se faire serrer. C'est un pro.

— Je sais, mais c'est impossible, ça n'existe pas

de ne pas laisser de traces. Quelque chose nous a forcément échappé.

Raphaël se posa sur un angle du bureau et se frotta les tempes.

— Il a été retrouvé où, le cadavre de Mulh ? questionna Drago.

Relevant la tête, Raphaël attrapa les notes que lui avait remises le magistrat.

— Dans la cave…

— On a retrouvé Sinead emmurée dans le mur de Séror à Lozère. C'est un lien, ça, non ? Il cache ses victimes.

— Et si le type disposait d'une planque ailleurs… ?

— Non, s'il en avait une, pourquoi est-ce qu'il aurait emmuré l'Irlandaise chez lui ?

— Tu as raison. Il enterre, il cache tout comme un putain d'animal. Vous êtes sûrs d'avoir bien fouillé sa crèche ?

— On a sondé les murs, décollé les moquettes, les papiers peints, on a retourné le garage… je t'assure, il n'y avait rien.

Silence.

— Moi, je pense qu'il faut y retourner, rétorqua Raphaël. Je m'occupe d'auditionner Verhoeven, pendant ce temps tu montes une équipe SAT et Identité judiciaire et tu me passes la turne au peigne fin jusqu'à ce que vous dénichiez quelque chose ; des armes, par exemple, ça nous permettrait de démontrer qu'il était vendeur et si on arrive à tracer leur origine on pourrait même établir qu'elles proviennent du réseau. Te loupe pas, le Serbe, c'est notre dernière chance.

36.

Sinead tourna d'un quart de tour la clé dans la serrure et laissa la porte s'entrouvrir sur l'obscurité. Elle hésita à presser l'interrupteur avant de se raviser. Elle descendrait l'escalier dans le noir.

Son cœur battait à l'idée de retrouver l'air libre. Dans cet appartement étrange peuplé des secrets bien gardés de Raphaël, elle s'était sentie protégée du monde extérieur, de la violence, de l'injustice des derniers jours. Dès le moment où le flic lui avait laissé la clé, elle était restée longtemps devant la porte sans pouvoir se résoudre à franchir le pas.

Dans la rue Froidevaux, le bruit de la circulation fit voler sa bulle en éclats. Elle eut l'impression de perdre l'équilibre, avant de se ressaisir. Elle boutonna son manteau, enroula son écharpe autour de son cou comme pour se façonner une carapace et remonta jusqu'à la place Denfert-Rochereau.

Sa priorité était de reprendre contact avec Mia Lindstat à Dublin, pour savoir si elle avait pu avancer dans l'analyse des paupières exhumées des ruines du cottage.

Au bureau de tabac de l'avenue du Général-Leclerc,

elle fouilla sa poche à la recherche de l'argent que Raphaël lui avait laissé et acheta une carte de téléphone et une barre de chocolat, puis elle descendit le boulevard Raspail jusqu'au carrefour Vavin. Là, elle pénétra dans la première cabine et composa le numéro de Mia.

Ça sonnait.

Réponds, je t'en prie. Un répondeur décrocha. Sinead ne laissa pas de message. Elle ressortit de la cabine, hésita à regagner l'appartement avant de décider qu'elle préférait marcher. Elle descendit la rue Bréa et gagna le jardin du Luxembourg.

En franchissant les grilles noires, elle leva les yeux et contempla les arbres, immenses, leurs feuillages rouges bruissaient sous le ciel lourd de novembre. Elle déambula, vide de toute pensée, dans le jardin anglais avant de passer devant le petit théâtre de marionnettes où son père l'avait emmenée, petite fille, lors d'un voyage à Paris. GUI-GNOL, GUI-GNOL... Elle n'avait pas plus de cinq ans mais elle se souvenait très distinctement des cris perçants des enfants lorsque le gendarme apparaissait avec son grand bâton prêt à frapper le minuscule héros de chiffon. Elle contourna le manège et s'arrêta devant la grande aire de jeu en forme de carré blanc. Les anciens chevaux de bois et les balançoires avaient été remplacés par des jeux modernes, mais les rires, les visages étaient toujours les mêmes.

Elle se posa sur une chaise et laissa son regard courir sur ses mains. Les hématomes avaient disparu, mais elle pouvait toujours distinguer les éclats que l'explosion avait laissés dans sa peau. Cette vision mêlée aux cris des enfants convoqua l'image de sa petite Saoirse, qui n'avait jamais vu la lumière. Fermant les yeux,

Sinead l'imagina, joues rosies par le froid et crinière blonde ébouriffée, glissant sur les toboggans, l'appelant « *Mummy !* » pour qu'elle la regarde s'élancer sur le tourniquet, essayant d'attraper les nuages du haut de la balançoire.

Les yeux de Sinead étaient aussi secs que de la rocaille, mais son cœur saignait. Elle imagina Gari assis à ses côtés en se demandant quel père il aurait été. Lui, qui par longues périodes ne vivait que pour lui-même, enfermé dans ses enquêtes, aurait-il su aimer cette enfant, autant qu'elle l'aurait aimée ? Sinead l'ignorait, mais ce sentiment singulier et dérangeant ne changeait rien à l'amour qu'elle avait porté à cet homme, qu'elle lui portait toujours. Elle déplia le papier argenté qu'elle tenait entre ses mains et croqua le chocolat froid et cassant.

Place Saint-Sulpice, elle évita le commissariat et prit la rue du Vieux-Colombier jusqu'au carrefour de la Croix-Rouge où elle repéra une cabine téléphonique. Elle composa de nouveau le numéro de son amie. Cette fois fut la bonne.

— Mia ?

— Sinead, c'est toi ?

— Oui.

— Où es-tu ? Mon Dieu, je me suis tellement inquiétée…

— Ça peut aller. Je suis à Paris.

— Qu'est-ce qui s'est passé ?

Au son de la voix de Mia, l'Irlandaise senti son cœur se serrer. Elle aurait voulu être près d'elle, sentir son parfum, qu'elle la serre dans ses bras.

— C'est un peu compliqué et je n'ai pas beaucoup de temps, je suis désolée…

— Ne t'inquiète pas, je comprends très bien. Tu veux savoir si j'ai du nouveau avec les paupières ?

— Les paupières, oui, fit Sinead en serrant le combiné dans sa main.

— Écoute, j'ai transmis les éléments à un collègue en microbiologie, mais je n'ai pas encore eu de réponse. En revanche, je peux te dire que ce sont des reliques très anciennes. Mon contact au labo m'a affirmé que, vu l'état de la peau, ça remonte à plusieurs siècles.

— Plusieurs siècles… tu es certaine ?

— Catégorique. On aura également une datation au carbone 14, qui nous permettra de déterminer très exactement la période à laquelle a vécu l'homme à qui on a volé ces organes.

— Comment on fait… Je te rappelle ?

— Le mieux, c'est que je te les apporte à Paris, tu ne crois pas ?

Sinead hésita un instant, ce n'était pas la meilleure idée, mais elle ne résista pas.

— Tu récupères quand les résultats ?

— Jeudi, dans trois jours.

— Très bien, alors je t'attendrai vendredi, dans le café qui se trouve à l'angle de la rue de Fleurus et de la rue Guynemer, près du jardin du Luxembourg. 16 heures, ça te laisse assez de temps ?

— C'est parfait. Je suis ravie de te voir, ma chérie. Je t'embrasse fort.

— Moi aussi.

Sinead reprit le boulevard Raspail en direction de l'appartement.

Des reliques… vieilles de plusieurs siècles… Elle

revit la boîte marquée de symboles cyrilliques. D'où Gari avait-il rapporté ça ? Quels secrets pouvaient receler ces paupières pour motiver un meurtre ? Elle essaya de réfléchir aux liens possibles avec l'affaire de Raphaël sans parvenir à établir le moindre pont.

Au moment où elle s'engageait dans la rue du Cherche-Midi, une berline grise ralentit à sa hauteur. La vitre du passager s'ouvrit dans un feulement électrique. La jeune femme jeta un coup d'œil en arrière pour détailler le visage sombre qui la scrutait en silence. Un teint pâle, des cheveux poivre et sel très courts, et des traits émaciés qui laissaient apparaître une mâchoire proéminente. Elle sentit la peur gonfler en elle.

La voix du type la glaça :

— Sinead McKeown…

Il connaissait son identité.

Son cœur se mit à battre à tout rompre. Elle accéléra le pas. La berline adapta son allure.

La voix résonna de nouveau :

— Je peux vous déposer… rue Froidevaux. C'est là que vous vous terrez, n'est-ce pas ?

Elle suffoquait.

— Un mandat d'arrêt international a été délivré contre vous. Courez tant que vous voulez, vous ne nous échapperez pas.

Sinead se retourna vers la voiture.

— Qui êtes-vous ?

— Un ami.

— J'en doute… Qu'est-ce que vous me voulez ?

— Simplement discuter.

Sinead s'arrêta sur le trottoir, fuir ne lui servirait à rien, elle le savait.

— Je monte.

Le type avait la soixantaine. Un visage quelconque, mais il faisait partie de ceux à qui l'âge ou la maladie donne un air plus grave, plus noble. Il était vêtu d'un costume bleu sombre et portait une rosette à la boutonnière.

— Mon nom est Joffre, je travaille pour la Direction générale de la sécurité extérieure.

Le type passa instinctivement la langue sur ses lèvres, à la manière d'un prédateur qui vient de dominer sa proie.

— Mon approche est un peu particulière, je vous l'accorde…

— Je me moque de vos états d'âme. Abrégez et venons-en aux faits.

Joffre joignit les mains devant sa bouche et inclina légèrement la tête sur le côté, feignant la souffrance.

— Bien, bien… La DGSE s'intéresse de près à l'affaire sur laquelle Zeck travaille. Nous savons que des Tchétchènes se sont installés à Paris, qu'ils préparaient des attentats, et qu'ils étaient fournis en armes par un réseau opérant sur le territoire français.

— Depuis quand la DGSE a-t-elle vocation à enquêter en France ?

— Pour comprendre certains enjeux dans leur globalité, il est parfois nécessaire d'en connaître les moindres détails. Malheureusement, la DST et les services de police ne partagent pas facilement leurs informations. Nous pensons que vous pourriez nous aider sur ce dossier.

— Qu'est-ce qui vous intéresse ? demanda Sinead.

— Tout. Absolument tout.

— Qui vous dit que je dispose d'informations ?

Le visage de Joffre s'assombrit brusquement.

— Ne me prenez pas pour un con, McKeown, dit-il avec brutalité. Si Zeck vous a évité la prison, dans un premier temps tout au moins, c'est qu'il y trouve son intérêt et que vous êtes liée d'une manière ou d'une autre à son affaire.

— Ce n'est pas parce que j'y suis mêlée que j'en connais les détails.

— Ne jouez pas ce petit jeu avec moi, voulez-vous ?

Sinead tourna son visage vers la fenêtre pour dissimuler son malaise, puis elle demanda :

— De quelle manière souhaiteriez-vous que je vous aide ?

— En livrant des comptes rendus détaillés des avancées de l'enquête.

— Vous me demandez de faire la taupe ?

— Dans l'intérêt de la justice…

— Laquelle ? Celle qui a fait de moi une fugitive ? Allez vous faire foutre, laissez-moi descendre.

— Comme vous voudrez, mais avant que vous ne preniez une décision irréversible, laissez-moi vous montrer ceci.

Joffre saisit une enveloppe en kraft, l'ouvrit délicatement et en sortit une dizaine de clichés noir et blanc à gros grain.

Sinead saisit d'une main tremblante les tirages et les regarda l'un après l'autre. Elle les reposa sur le siège en cuir sans pouvoir prononcer la moindre parole.

— Sortez de cette voiture et je transmets ce dossier accompagné d'une note vous concernant à la Direction générale de la police et à l'Inspection générale. Je vous garantis que ces clichés vous montrant avec Zeck chez un ancien de l'IRA vous feront plonger tous les deux.

Elle eut d'abord une sensation de vertige suivie d'une impression de faiblesse intense. Ce corbeau la tenait comme une petite boule de terre au creux de sa main et pouvait la broyer à tout moment.

Joffre remballa les clichés et parla d'une voix plus douce.

— Je n'apprécie guère ces méthodes, mais ce sont celles du renseignement, il nous faut du résultat, de l'efficacité. Vous savez comme moi que sans cette épée de Damoclès, vous ne m'aideriez pas.

— Allez vous faire foutre, espèce d'ordure.

Joffre ne put réprimer un sourire, comme s'il jouissait de l'insulte qu'elle venait de lui jeter au visage.

— Ne vous fiez pas aux apparences, je ne vous veux pas de mal, je ne suis pas plus votre ennemi que ce flic. S'il vous a cachée, c'est uniquement parce qu'il y trouve un intérêt, autrement il y a longtemps qu'il vous aurait remise aux autorités. Il vous baise aussi, n'est-ce pas ? Ou bien êtes-vous atteinte du syndrome de Stockholm ? Vous savez l'amour que portent les otages à leur geôlier…

Sinead ne réagit pas à cette dernière provocation et ferma les paupières pour se concentrer sur la décision à prendre.

Sans comprendre pourquoi et sans qu'elle souhaite le comprendre, elle avait développé une relation particulière avec Raphaël et elle le percevait aujourd'hui de manière différente. Une confiance réciproque s'était instaurée entre eux, mais Joffre avait raison, le flic l'utilisait.

Elle rouvrit les yeux et demanda :

— Que ferez-vous de ces informations ?

— Je ne peux hélas pas aborder cette question avec vous.

L'Irlandaise tenta une manœuvre.

— Et si j'accepte, que me donnez-vous en échange ?

— Considérez mon silence sur votre situation actuelle comme une faveur de ma part.

— Ce ne sera, hélas, pas suffisant.

Une étincelle dans les yeux de Joffre prouva à Sinead qu'il se considérait sur le point de remporter la partie. Elle devait négocier avec lui, après ce serait trop tard.

— Que voulez-vous ? demanda le militaire.

— Vous savez que je suis recherchée, vous devez donc connaître la version officielle de mon histoire. Mais la réalité est que je n'ai pas commis ce crime. J'ai fui pour retrouver les assassins de mon mari et prouver mon innocence. Gari Weiss était journaliste d'investigation. Je sais que ce type de profil intéresse les services comme le vôtre. Je vous demande de regarder si votre service ou un service ami disposerait d'un dossier le concernant qui pourrait m'aider à comprendre certains détails de sa vie qui m'échappent.

— Lesquels ?

— Ces informations ne concernent que moi.

— Je comprends… mais je crains de ne pas pouvoir faire grand-chose pour vous.

Sinead joua son va-tout.

— C'est à prendre ou à laisser. Soit vous m'aidez et je marche avec vous, soit je sors de cette voiture et vous n'aurez rien de moi.

Joffre s'accorda un moment de réflexion puis sortit un petit boîtier métallique de sa poche.

— J'ignore si la DGSE dispose d'un dossier sur votre mari mais je vous promets de creuser. Maintenant, je vais vous donner ce magnétophone et par son intermédiaire vous me livrerez les informations dont vous disposez. Si à un moment je me rends compte que vous m'endormez, ou que vous parlez de notre marché à Zeck, notre contrat sera rompu et je balancerai aussitôt votre petite combine à qui de droit. Est-ce bien clair ?

— Ça l'est.

— Bien, je souhaite également ajouter une clause à ce contrat.

— Laquelle ?

— Vous allez me fournir les clés de l'appartement de Zeck, rue Froidevaux, afin qu'une équipe technique puisse venir le sonoriser. Une petite heure suffira. Ainsi je serai certain que rien ne m'échappera.

En capitulant, Sinead ressentit une profonde détresse à l'idée de trahir Raphaël. Elle savait pourtant que c'était la seule issue possible. L'acte, à ses yeux abject, qu'elle allait commettre, était le seul moyen de les protéger d'une descente au cœur l'abîme. Elle prit une inspiration et d'une pression du pouce enclencha le petit enregistreur qu'elle tenait serré entre ses doigts pâles.

37.

— Asseyez-vous, Verhoeven, lança Raphaël.

Silencieux, le vieillard enleva son imperméable Macintosh qu'il posa soigneusement sur le dossier de la chaise, et s'installa face au flic. En pleine lumière, son visage apparaissait plus gris, plus creusé, mais il avait toujours le même regard de fouine.

Raphaël leva les yeux vers le flic de la DST qui l'accompagnait.

— Vous pouvez disposer.

— Il est prévu que j'assiste à l'audition, rétorqua le sbire de Dumas.

Raphaël s'attendait à cette ultime manœuvre destinée à museler un peu plus le témoin.

— C'est exclu et vous le savez très bien. Je vous fais signe dès que j'ai terminé.

Dès qu'ils furent seuls, Raphaël se leva et vint se poser sur le coin de la table métallique tout près de Verhoeven.

Il prit le ton de la confidence.

— Bien, je désespérais de pouvoir vous parler. Qu'est-ce qu'il s'est passé à Forbach pour que vous terminiez entre les pattes de Dumas ? Pourquoi ne nous avez-vous pas attendus ?

— Écoute, flicard, j'ai rien à te dire.

— T'es vieux, Verhoeven, mais t'as la peau dure ! Ça te dérange pas si je fume ? T'as pas de problèmes cardiaques, t'es pas malade ?

— Ta gueule, cracha Verhoeven.

Raphaël alluma une cigarette et reposa sa question autrement.

— Pourquoi t'es revenu avec Dumas à Paris ?

— Je vais te dire pourquoi… J'ai appelé les poulets de Forbach qui m'ont dit que vous aviez rien à foutre là. Et j'ai immédiatement été mis en contact avec la DST, qui m'a proposé de me protéger…

— En échange de quoi ?

— Écoute-moi bien, gamin, je suis là parce que je n'ai pas le choix, mais t'attends pas à ce que je te dise quoi que ce soit sur Mulh.

Raphaël tira une nouvelle bouffée sur sa cigarette.

— Verhoeven…

— T'as essayé de me faire baver en me parlant de la mort de Dieter Mulh… T'as jamais foutu les pieds sur la scène de crime. Vous m'avez endormi avec ton pote.

Raphaël rapprocha son visage de celui du vieillard jusqu'à sentir son haleine fétide. Il décida de changer de ton.

— Écoute-moi bien, papy, tu vas changer de ton parce que sans moi et mon pote, comme tu dis, à l'heure qu'il est tu serais l'heureux locataire d'un compartiment du frigo de la morgue de Nancy. Dumas est venu te récupérer uniquement pour que tu fermes ta gueule. Il savait parfaitement que tu existais. S'il avait voulu te protéger, il aurait envoyé quelqu'un *illico*. Il n'en a rien fait. Moi, je pense que ça l'arrange bien que Mulh se soit fait fumer, et ça ne l'aurait pas dérangé que tu y passes aussi. Tu captes ?

Verhoeven accusa le coup et mit un moment avant de réagir.

— J'en ai rien à branler de vos guerres internes. Je veux rentrer chez moi.

— Tu peux pas rentrer, parce qu'ils vont revenir et que, la prochaine fois, ils ne te louperont pas. Je sais que Dumas t'a bourré le mou pour que tu la boucles parce qu'il ne veut pas que cette affaire sorte… Aujourd'hui, le seul moyen que tu as de te protéger, c'est de me raconter tout ce que tu sais et fissa.

Le vieillard plissa les yeux. Sa peau et son corps étaient usés mais son esprit fonctionnait à plein régime. Il demanda :

— C'était qui, le type qui voulait ma peau ?

— On n'en sait rien, il nous a trimballés jusqu'à un camp de manouches avant la frontière, et il s'est fait la malle. T'as pas d'idée de qui pouvait t'en vouloir ?

— Non. Je suis vieux, ça fait longtemps que je suis sorti du circuit.

— Et Mulh, il était sorti du circuit lui aussi ?

— Mulh, c'est différent, il a toujours gardé la main sur son domaine.

— Les armes ?

— Mmm…

— Qui pouvait lui en vouloir au point de le torturer ?

— J'en sais rien.

— Allez, souviens-toi, Dobrzyń, la grande époque,

quand vous refourguiez des armes à la pelle… Vous deviez bien avoir quelques ennemis ?

— Je ne vois pas, je te dis.

— Ça veut dire quoi, Dobrzyń ?

— C'était une lubie de Dieter, une référence aux chevaliers teutoniques…

— Une petite nostalgie de la SS ?

— Ouais, un truc dans le genre… mais Mulh n'était pas un nazi, il aimait juste la grandeur et les organisations bien huilées.

— Et si je te dis « Rose des vents », ça te parle ?

Silence.

— Vous faisiez partie du réseau, n'est-ce pas ?

— Oui.

— Mulh a disparu de la circulation une douzaine d'années après 1945, tu sais ce qu'il a fait pendant tout ce temps ?

Verhoeven releva la tête et sonda le flic :

— D'où tu sors ça ?

— Allez, vas-y, accouche, j'ai pas que ça à faire.

— Mulh a été recruté par les services secrets alliés après la guerre. Ils lui ont fabriqué une légende comme quoi il avait évité les camps de concentration à des familles juives. C'est faux. Ensuite, il a fait sa vie avec des anciens du BCRA. Ils avaient besoin de ses compétences pour l'approvisionnement en armes de Rose des vents. Il se chargeait des achats, il en fabriquait aussi et les répartissait dans des caches sur le territoire. En cas d'invasion des rouges, les gladiateurs pouvaient se fournir directement et organiser la résistance.

— Les gladiateurs ?

— C'est comme ça qu'on appelait les clandestins formés au combat.

— Bien, c'est bien. Toi aussi tu étais un… gladiateur ? C'est comme ça que tu as connu Mulh ?

— Ouais. Mais je suis arrivé plus tard.

— Quand ça ?

— Après, la guerre d'Algérie et les coups de force de l'OAS. En fait, Rose des vents s'était scindé en deux, ceux de l'OAS et les pro-de Gaulle. Mulh avait choisi son camp. Il croyait à la lutte contre les cocos et vouait une admiration sans bornes au vieux Général. Après l'attentat du Petit-Clamart, de Gaulle a pris les choses en main, les anciens de l'OAS ont été liquidés, et Foccart, l'éminence grise de l'Élysée, a créé le Service d'action civique, le SAC, tu connais ?

— Oui, je connais, continue…

— Moi j'étais membre du SAC, carte tricolore, on faisait ce qu'on voulait, on se faisait même pas emmerder par les flics. On était nombreux, une sorte de garde prétorienne du vieux Général, on avait aussi pour mission de reprendre la lutte contre le communisme.

— Qui composait les effectifs de Rose des vents et du SAC ?

— Des flics, d'anciens résistants, des hommes du 11e Choc : le Service action du SDECE, l'ancêtre de la DGSE, et même des civils. Tout le monde pouvait en être.

— À condition d'être un peu facho et un peu truand. Et vous avez continué avec les caches d'armes ?

— On actualisait. Il y avait un peu de tout, armes de poing, armes lourdes, munitions, explosifs, radios, même des bicyclettes.

— Ces caches, elles existent encore aujourd'hui ?

— Bien sûr. Il y en a partout. Mais peu de monde en connaît l'existence. Comment tu nous as identifiés ?

— Grâce aux détonateurs MST-9. On en a retrouvé dans une planque de terroristes tchétchènes dans le bois de Vincennes. Gross, à Zurich, nous a dit que vous produisiez ces détos pour eux.

— Crevards de Suisses.

— Mais vous gardiez une partie de votre production pour la revendre vous-mêmes. À l'IRA, par exemple…

— Qui t'a dit ça ?

Raphaël ne répondit pas et ouvrit le dossier qui contenait les photographies des armes découvertes dans la tente du bois de Vincennes. Il les présenta au vieil homme.

— Ces armes, elles pourraient venir des caches ?

Verhoeven enfila une paire de demi-lunes et se concentra.

— Numéros de série limés ?

— Affirmatif.

— Alors oui, c'est le type d'armes qu'on peut y trouver.

Raphaël entrait à présent dans le vif du sujet.

— Bien, revenons à nos moutons. Mulh, tu le voyais toujours ?

— Oui, régulièrement.

— Il ne t'a pas semblé, disons…, contrarié ces derniers temps ?

— Mulh n'a jamais accepté les dérives mafieuses du réseau. Il a toujours été contre le recrutement de truands, dès le début. Mais il ne pouvait rien y faire. Il essayait donc de contrôler les chefs d'unité à qui il communiquait les emplacements des caches d'armes, mais les enjeux étaient trop importants, et pas mal de types qui se retrouvaient avec ce niveau de responsabilités et cette forme d'impunité se laissaient facilement corrompre. Ils ont commencé à dériver vers le banditisme. Il y a eu pas mal de braquages, trafics de drogue, sans parler des exécutions. Le réseau a pris un sale tour, de la même manière que le Gladio des Ritals était devenu une officine fasciste et terroriste.

— Il ne t'aurait pas parlé de quelqu'un, un gladiateur qui revendait les armes des caches à son propre compte, par exemple ?

Verhoeven prit le temps de réfléchir, puis il déclara :

— Il y a un mois, il m'a dit qu'il avait des problèmes avec un certain Saïph.

— Saïph, tu dis ? C'est son vrai nom ?

— On n'utilise jamais les vrais noms dans un réseau clandestin, siffla Verhoeven avec tout le mépris dont il était capable.

— Il lui reprochait quoi ?

— Il m'a pas dit, mais il envisageait de le faire éliminer.

— Il en avait le pouvoir ?

— Affirmatif.

— Pourquoi ? voulut savoir Raphaël.

— J'ai eu l'impression qu'il voulait le tuer parce que ce type lui faisait plus peur qu'autre chose.

— Tu sais quoi d'autre sur ce Saïph ?

— Je sais qu'il foutait les jetons à tout le monde.

— Il était quoi, chef d'unité ?

— Je ne crois pas, je sais juste qu'il avait de bons contacts de l'autre côté du mur. En RDA et en URSS.

Raphaël se leva.

— Le nom de Pierre Séror, ça te dit quelque chose ?

— Séror… non, comme ça… ça ne me dit rien. T'as une photo ?

Raphaël sortit un portrait du scientifique et le présenta à Verhoeven. Le vieil homme le saisit entre ses doigts noueux.

— C'est lui, tu le reconnais ?

— J'ai déjà vu ce type, oui.

— C'est Saïph ?

— Ça, je peux pas te dire. Parce que je ne sais pas.

Le flic leva la tête vers sa lucarne de ciel bleu. Les heures passaient et il ne parvenait pas à établir le lien direct entre le meurtre de Mulh, Séror et les ventes d'armes aux Tchétchènes. Il se sentait plus que jamais proche du but, mais il piétinait. Quelque chose ne cadrait pas.

— Il en est où, le réseau, aujourd'hui ? demanda-t-il.

— Le SAC a officiellement disparu il y a des années à cause de ses dérives mafieuses, mais le combat anticommuniste a continué jusqu'à la fin de l'année 1990, financé par les services secrets britanniques et américains. Des réunions secrètes avaient lieu à Bruxelles au siège de l'OTAN. Il a été dissous au moment des révélations du gouvernement italien.

— Pourquoi est-ce que Dumas me pourrit la vie comme ça, selon toi ?

Le visage de Verhoeven se fendit d'un large sourire.

— Une bonne partie des anciens membres du SAC et de Rose de vents sont encore en vie, ils occupent des fonctions officielles, parfois au plus haut niveau de l'État, et ils n'ont aucune envie que leur nom soit exposé d'une manière ou d'une autre sur la place publique.

La sonnerie du téléphone les interrompit. Le flic décrocha le combiné.

— Zeck.

— C’est Drago. On est chez Séror.

— Alors ?

— On a du lourd. Je suis passé à la mairie de Palaiseau ce matin. Un employé municipal m’a expliqué qu’il y avait, dans le quartier de Lozère, d’anciennes carrières de calcaire qui avaient été utilisées par les Résistants en 39-45. J’ai consulté le cadastre. Un de ces souterrains commence dans le jardin de Séror. On a trouvé une trappe, les gars sont descendus.

— Vas-y, Drago, dis-moi que vous avez trouvé des armes !

— Non, pas d’armes pour le moment… mais on est tombés sur des inscriptions chelou.

— Quoi, comme inscriptions ?

— Des chiffres, des putains de suites de chiffres… Elle nous avait pas dit qu’elle était forte en maths, l’Irlandaise ?

— Si.

— Alors amène-là, y en a plein les murs. On va avoir besoin d’elle.

38.

La rue Théodore-de-Banville avait été barrée.

Raphaël dépassa la foule des badauds qui s'amassait devant les rubalises, présenta sa carte à l'entrée du périmètre de sécurité et roula au pas jusqu'à la sombre villa de Séror.

Sous le ciel invariablement gris, alors qu'ils approchaient des « Dahlias », Sinead sentait son cœur accélérer sa course. Elle ignorait si son angoisse était liée au fait de retourner sur le lieu où elle avait été découverte emmurée ou à sa trahison.

Le flic se tourna vers elle.

— Officiellement, tu t'appelles Mathilde Bader, tu es chargée de TD en maths appliquées à la fac de Tolbiac.

— Tu aurais pu choisir autre chose, ça fait un peu… terroriste, Bader, non ? tenta de plaisanter Sinead pour dissimuler son malaise.

— J'y peux rien, sourit Raphaël, j'ai pris le premier nom sur la liste des enseignants.

— Ça fait longtemps que je n'ai pas ouvert un bouquin de maths. Tu es certain que je ne risque rien ?

— T'inquiète, on n'est pas des prix Nobel à la

SAT. Faudra faire un peu plus gaffe avec l'Identité judiciaire.

Drago apparut à la vitre de la Laguna.

Il était vêtu d'une combinaison de papier blanc, d'une charlotte et de gants de protection. Il salua Sinead d'un signe de tête.

— Alors ? demanda Raphaël.

— L'entrée du puits était dissimulée sous un carré d'herbe, caché sous des vieilles bâches dans le jardin. On a exploré la galerie, c'est là qu'est le mur recouvert de suites de nombres.

— Ils sont gravés ?

— Non, d'après Fresnay, ils ont été inscrits avec du sang.

— Du sang ? Putain de cinglé de Séror. Vous n'avez pas trouvé d'armes ?

— *Nada*, mais on sonde aussi les parois du souterrain pour voir si ça donne pas sur une autre galerie. Venez, je vous emmène.

Ils contournèrent la maison et gagnèrent le jardin.

À mesure qu'elle approchait, Sinead sentait ses jambes la lâcher. Elle prit le bras de Raphaël.

Entre les herbes folles et les arbres décharnés, ils découvrirent deux personnels de l'IJ en tenue de protection au-dessus d'un puits qui s'ouvrait dans la terre. Raphaël salua Fresnay.

— Salut, Manon.

— Bonjour, Raphaël.

— Je te présente Mathilde, elle va jeter un œil aux inscriptions.

La chef de l'IJ dévisagea l'Irlandaise et demanda :

— C'est une amie à toi ?

— Elle bosse à la fac, elle enseigne les maths.

— C’est dangereux là-dedans, il y a des risques d’éboulement, ce serait mieux qu’elle travaille sur documents.

— Désolé mais on n’a pas le temps. Il nous reste moins de vingt-quatre heures avant que le juge ne retourne la commission rogatoire.

— Il veut vraiment t’exclure de l’enquête ?

— Si on n’apporte rien de solide demain, c’est ce qui va se passer.

— OK. Allez enfiler vos tenues, je vous attends en bas.

Sinead se tenait au bord du puits. Les fleurs fanées dans l’herbe sale lui firent songer au petit cimetière à flanc de falaise où avait été enterré Gari. Elle enfila sa capuche de papier, jeta un dernier regard au ciel morne, puis descendit un à un les barreaux de l’échelle de fortune qui disparaissait dans l’obscurité. Elle attendit que Raphaël et Drago la rejoignent, puis le Serbe les escorta à travers les méandres souterrains.

C’était un tunnel creusé à même le calcaire, les parois avaient été renforcées à l’aide de planches mal équarries, entre lesquelles suintait une terre pâle et humide qui réfléchissait la lueur des torches. Leurs pieds s’enfonçaient dans une boue compacte et des racines comme des doigts noueux surgissaient de l’obscurité, les frôlant à leur passage. Ils avancèrent en file indienne dans la galerie étroite jusqu’à une salle plus large dans laquelle on avait installé un projecteur enveloppé d’une poche diffusante. Il fallut un instant à Sinead avant que ses yeux ne s’habituent à la puissance de la lumière, puis elle découvrit les équipes de l’IJ au travail.

Plusieurs silhouettes étaient agenouillées devant une batterie de valises d'épais plastique noir desquelles émergeaient des moniteurs vidéo et des entrelacs de câbles. Un homme en blanc était en train de percer la paroi à l'aide d'une longue chignole électrique.

Fresnay leur fit signe d'approcher.

— On est dans un cul-de-sac, on a sondé les murs est et ouest… rien trouvé ! Il nous reste un espoir dans le mur nord. D'après les plans que Drago a récupérés au cadastre, ce sont d'anciennes carrières, un vrai gruyère, les galeries communiquent les unes avec les autres.

— Et si on ne trouve rien ?

— On refera une fouille dans le jardin pour chercher une autre entrée. Mais on sait que Séror utilisait ce puits. Il y a forcément une cache, on finira bien par la trouver.

L'homme en blanc venait de finir de percer la paroi nord au ras du sol. Il se retourna vers Fresnay.

— Le mur fait une vingtaine de centimètres d'épaisseur, après c'est du vide.

— OK, on inspecte.

Un des flics s'approcha, posa prudemment un genou à terre et introduisit dans le trou un serpent métallique annelé et articulé.

— Avec cette fibre optique, on va être fixés sur ce qu'il y a de l'autre côté.

Raphaël, Sinead et Drago s'accroupirent auprès du moniteur et regardèrent l'écran crépiter puis une image verte, type vision nocturne, leur apparut.

Le technicien commenta :

— Ce qu'on voit là, c'est le mur opposé d'une

autre galerie, elle est séparée d'à peu près un mètre de celle qu'on vient de percer.

— Tu peux explorer plus loin ? demanda Raphaël.

— Ouais, j'ai trois mètres de réserve. On envoie.

La fibre optique progressait dans les ténèbres blanches. L'Irlandaise et les flics distinguaient un tunnel à peu près identique à celui qu'ils venaient de traverser, à la différence que celui-ci n'était pas étayé de planches et de madriers. La caméra stoppa à bout de course sur l'obscurité.

— Cette galerie se termine par une salle au moins aussi vaste que celle dans laquelle nous nous trouvons.

— Elle semble plus humide, intervint Fresnay. Le sol est plein de flotte.

Raphaël se leva et inspecta la paroi.

— Virez-moi toutes ces planches. Vérifiez s'il n'y a pas une trappe quelque part dans ce mur. Faites gaffe aux éboulements.

Instantanément, les hommes se levèrent et commencèrent à s'attaquer aux consolidations à l'aide de pieds-de-biche. Sinead planta son regard dans celui de Raphaël qui se retourna vers le Serbe.

— Où sont les nombres ? interrogea le flic.

— Venez, je vous emmène.

Ils rebroussèrent chemin et durent se courber pour pénétrer dans une chatière qui s'ouvrait sur une nouvelle salle plus étroite et basse de plafond. Les deux techniciennes de l'IJ qui photographiaient méthodiquement chaque parcelle de la salle interrompirent leur travail pour les saluer.

— Voici Mathilde, elle est mathématicienne. Elle est ici pour essayer de décrypter les inscriptions.

— Où se trouvent-elles ? demanda immédiatement l'Irlandaise pour couper court à toute question gênante.

— Il y en a partout, répondit la plus jeune des deux femmes. On était en train de les photographier… on les voit mieux au Luma-lite.

Sa collègue attrapa un néon à poignée bleu fluorescent et l'approcha du mur, dévoilant des marques brunes sur les parois claires.

— La longueur d'ondes et le spectre du Luma-lite permettent de repérer des traces difficilement repérables à l'œil nu, expliqua la technicienne. Elles permettent de mettre en évidence des empreintes comme des traces de sperme, de la drogue, des empreintes digitales… Pour le moment, on n'a repéré que du sang. Ce sont les marques sombres que vous voyez un peu partout. En regardant bien, vous verrez qu'il s'agit de chiffres.

— De nombres, rectifia Sinead en s'approchant.

200 8669	929 0538	4 8079	929 0413
1050 6551	730 8405	5 1676	730 8223
694 2891	600 6441	5 4431	600 6195
1516 6019	512 8237	5 6891	512 7921
668 6091	451 3475	5 9263	451 3086
1375 1285	407 2187	6 1658	407 1720
615 1197	374 5215	6 4099	374 4666
671 8557	349 5210	6 6573	349 4576
741 5825	330 1375	6 9098	330 0652

…

Les inscriptions se déployaient à l'infini sous ses yeux comme autant de signes kabbalistiques dans un brun aux nuances carmin. Elles avaient été inscrites avec tant de nervosité, d'acharnement que les murs semblaient avoir été lacérés par des griffes sanglantes.

Raphaël s'approcha de Sinead et murmura :

— Ça te parle ?

Elle hocha la tête et ne répondit pas tout de suite.

— Comme ça, c'est difficile. Il faut relever ces nombres dans l'ordre et les étudier… Une logique se dessine dans ces suites. L'écriture semble tourmentée, dictée par la folie, mais si tu regardes bien, tout est soigneusement aligné. Séror a inscrit ça de manière précise. Il devait les connaître par cœur.

Elle réprima un tremblement avant de conclure :

— C'est un nouveau mystère à percer mais ces nombres ont un sens et on va le trouver.

À ce moment, ils entendirent la voix de Manon Fresnay résonner de l'autre côté de la chatière.

— Zeck, Drago, amenez-vous, on a trouvé la trappe !

Les flics glissèrent les uns après les autres dans l'orifice qui s'ouvrait dans la terre meuble. Ils progressaient désormais le long des murs de la nouvelle galerie en file indienne à la lueur des torches halogènes pour ne pas brouiller les empreintes et les éventuels indices. Le sol était une boue argileuse, ponctué de flaques glacées dans lesquelles ils s'enfonçaient jusqu'aux chevilles. Après quelques mètres, la galerie commença à s'élargir.

Raphaël lui avait proposé de les attendre, Sinead avait décliné, par chance elle se retrouvait au cœur de l'enquête qui la concernait, elle devait être présente à chaque instant, afin de pouvoir interpréter elle-même les indices qui croiseraient sa route. En découvrant les nouvelles parois griffées d'inscriptions numériques, elle sentit son sang battre ses tempes, mais elle continua d'avancer.

Lorsqu'ils débouchèrent dans une nouvelle salle, elle distingua d'abord des miroitements liquides entre les silhouettes blanches des flics maculées de boue. Les voix montèrent soudainement en puissance, mais tous ses sens étaient à présent concentrés vers le centre de la pièce. Comme s'ils ne pouvaient plus passer la barrière de ses tympans, les sons s'estompèrent pour laisser place à un bourdonnement assourdissant. Raphaël tenta brusquement d'entraver sa marche mais d'un mouvement, elle s'esquiva et approcha. Plus rien ne pouvait l'atteindre, à part peut-être l'odeur de mort qui la stoppa net au bord du vaste bassin creusé dans l'argile. Une odeur insoutenable de putréfaction. Sa vue se brouillait mais elle put apercevoir les visages gonflés, les troncs démembrés, les lambeaux de chair rongés par la vermine grouillante qui flottaient comme de gros bouchons à la surface d'une eau épaisse aux éclats sanglants.

Personne ne prononça un mot.

Depuis le départ, ils faisaient fausse route. Cet antre était celui de la folie d'un monstre.

39.

— On est morts ! On s'est plantés depuis le départ ! Séror est un putain de tueur malade. On sort complètement de l'affaire de terrorisme.

— Putain, on gardera jamais la main sur l'enquête, jura Drago en ôtant sa combinaison de papier.

Les deux flics et l'Irlandaise avaient laissé l'IJ continuer les investigations souterraines et regagné le salon des « Dahlias ». Ils réfléchissaient à un moyen de se sortir des sables mouvants dans lesquels ils s'enfonçaient un peu plus à chaque pas qu'ils faisaient.

Assise dans un des canapés, Sinead s'invita dans la conversation.

— Il reste quelques heures pour comprendre le mobile de Séror.

— Cette affaire dévoile des arcanes de plus en plus sombres. Séror est introuvable. Dumas va nous poignarder.

Drago la regardait. Ses yeux comme deux pierres noires semblaient près de se fissurer. Pour la première fois, l'Irlandaise sentait une faille s'ouvrir chez les flics. Ce n'était pas bon signe. Mais elle devait sauver sa peau et, pour ça, les convaincre que tout était encore possible. Elle poursuivit :

— OK… mais on progresse : on sait désormais que le trafic d'armes n'est qu'un détail du dossier. J'ignore ce que signifient les nombres, c'est sans doute de la pure folie, mais ce type vit dans un Univers régi par une loi, celle du chiffre. Il y a forcément une logique dans tout ça. Je pense que le tueur poursuit une quête bien précise…

Drago la fixait toujours en silence. Raphaël vint s'asseoir en face d'elle.

— Continue, dit-il, va au bout de ton raisonnement.

— J'ignore son secret, mais je pense que sa folie lui coûte de l'argent, beaucoup d'argent. Ses salaires de chercheur et de barbouze cumulés ne lui suffisent pas. C'est sans doute pour ça qu'il a monté son business de vente d'armes.

— Intéressant, l'encouragea Raphaël.

— Oui, c'est très bon ça…, sourit le Serbe. Ça implique qu'en voulant protéger son réseau Dumas protège un tueur en série.

— Doublé d'un tueur de flic, et m'est avis qu'il n'a pas la moindre idée de tout ça, ajouta Raphaël.

— On va leur mettre bien profond aux barbouzes. Ils vont rien comprendre.

Raphaël se frotta vigoureusement le visage.

— Calme-toi, le Serbe, on n'est pas encore ressuscités. Il faut que d'ici demain midi on ait réuni un max d'infos pour avancer sur le mobile des meurtres. On va mettre toutes les chances de notre côté. Drago, tu prends ta bécane et tu dégotes quelqu'un du labo de Séror pour savoir si les chiffres ont une signification en termes de nucléaire ou de radioactivité. Toi,

Sinead, tu avances aussi sur les nombres, si Drago revient bredouille, on n'aura pas perdu de temps. On va établir notre QG ici jusqu'à la visite du juge demain et limiter nos déplacements au strict nécessaire. J'ai apporté les cartons de la perquisition au Collège de France ; on va se replonger dedans et comparer avec ce qu'on a trouvé ici. Allez, on perd pas de temps !

Raphaël revint dans la maison, posa la caisse de documents dans le couloir et rejoignit Sinead dans la cuisine. Elle s'était installée avec un bloc de papier et un crayon sur la table en formica face à la fenêtre. La lumière du nord révélait sa beauté sans âge. Son teint de craie, l'ombre sur le mur et le clair-obscur qui l'enveloppait lui évoquaient un tableau de Vermeer, il n'arrivait pas à se souvenir de son nom. L'Irlandaise lui avait tout de suite plu, mais pour la première fois depuis des années, il parvenait à regarder une femme sans éprouver de désir à son égard. Curieusement, sa simple présence à ses côtés le rassurait, il comprenait que c'était sans doute ce sentiment qu'avait éprouvé Gari pour elle. Quel regard pouvait-elle porter sur lui et sur sa vie de flic, elle qui les haïssait tant ? Sans doute rien, songea-t-il. La dernière chose dont il était capable, c'était bien de déchiffrer les pensées de cette femme singulière.

— Tu penses pouvoir en tirer quelque chose ? demanda-t-il en s'approchant.

Sinead releva le visage.

— Pour l'instant, je n'en sais rien. J'ai relevé les valeurs de la première colonne pour créer une courbe sur un axe X et voir à quoi ça ressemble.

Elle tourna le cahier vers le flic et lui montra le graphique en forme de vague inégale.

— Regarde… Selon les premiers points, ces valeurs pourraient correspondre à des fluctuations. Si on avait l'unité de mesure, on pourrait savoir s'il s'agit de radioactivité ou de quelque chose d'autre. Là, on est dans l'inconnu. Ce qui est certain, c'est que ces nombres ont un sens. Ils sont le fruit de calculs ou de relevés précis.

Raphaël se tut quelques instants, puis lui demanda :

— Tu penses qu'on peut y arriver ?

— À quoi ?

— Donner du sens à tout ça d'ici demain…

— Franchement… en si peu de temps, ça me paraît difficile. Ces cartons, là, c'est la perquisition du labo de Séror ?

— Oui.

— Il n'y avait rien dans la maison ?

— Rien, tout ce qui est lié à son job est dans ces cartons.

— Vous les avez depuis plusieurs jours, vous n'en avez rien tiré ?

— On les a fait examiner par le même collègue de Séror qu'est parti voir Drago, pour lui il n'y a que de la doc sur la sûreté nucléaire, rien de plus.

— On regarde ça ?

— J'aimerais, oui.

Raphaël s'accroupit et commença à sortir les piles de dossiers pour les étaler sur le lino.

Un enfer de papiers : rapports, dossiers, thèses, classeurs, ouvrages scientifiques, se déployaient devant les yeux fatigués de Sinead depuis bientôt deux heures, et il n'y avait là rien qu'elle se sente capable d'interpréter. Les océans de chiffres se mêlaient aux images violentes du charnier et au visage de ce salopard de Joffre. Le flic lui avait offert toute sa confiance, et elle se sentait lasse et sale à l'intérieur.

Elle jeta un regard perplexe à Raphaël.

— Tu n'y comprends rien, c'est ça ? dit-il en souriant.

— Rien ! Les docs scientifiques, c'est mort : il faudrait des semaines pour venir à bout des milliers de pages de texte, et ce n'est même pas garanti qu'on y trouverait quelque chose ni même qu'on arriverait à relier ce résultat à la salle des nombres. Je ne peux pas m'empêcher de penser que ce type était trop malin pour laisser traîner quoi que ce soit à son labo.

On frappa à la porte.

C'était Manon Fresnay, visage livide et combinaison de protection maculée de boue et de liquides organiques.

Raphaël se leva.

— Ça va ?

— Non.

Elle ôta un gant de latex et essuya d'un geste sec les larmes qui lui montaient aux yeux.

— C'est une vraie boucherie, là-dedans. Il y a trois corps en état de décomposition avancé. Ce type est un grand malade… Le légiste est là, je voulais juste te dire qu'il va procéder à la levée des corps, il voulait savoir quel OPJ[1] sera présent pour les autopsies.

— On va envoyer quelqu'un du groupe. Avec Drago, on risque de passer la nuit ici.

1. Officier de police judiciaire.

— Vous en êtes où ?

— Nulle part, répondit Sinead.

— Vous avez trouvé quelque chose autour des corps ? voulut savoir Raphaël.

— Du matériel médical, des scalpels, des bidons en plastique remplis de sang pourri, du matos de perfusion. Il y avait ça, aussi, je me disais que ça pouvait sans doute t'intéresser.

— Fais voir…

Fresnay s'approcha et lui tendit un sachet transparent au fond duquel gisaient des fragments de papier photo.

— Il va falloir de la patience. Il l'a déchiqueté et partiellement brûlé.

Raphaël ouvrit le sachet, le renversa sur la table et retourna un à un les fragments côté image.

— C'est incomplet, mais il y a certainement moyen d'en faire quelque chose.

— Je dois y retourner, on en reparle plus tard.

— Merci, Manon.

Le papier était cloqué par l'humidité mais le flic compta une quarantaine de fragments d'un centimètre sur deux. Sinead s'installa à côté de lui, ils enfilèrent des gants de latex et commencèrent à trier les morceaux.

En moins d'une demi-heure, ils avaient assemblé le puzzle et ce qui restait de l'image leur apparut.

Trois photographies en couleurs, en forme de planisphères, incrustées sur fond noir. Malgré l'altération du papier, ils pouvaient distinguer au cœur de chacune des sphères une sorte de feu incandescent. Comme un horizon de lumière qui prenait la forme de flammes dévorant l'oxygène à l'intérieur des sphères. La première semblait voilée d'un nuage bleuté, la deuxième était plus précise, la troisième, en revanche, était une sphère identique aux autres mais les flammes avaient été remplacées par une masse de pixels et l'horizon s'était mué en une ligne noire.

— Qu'est-ce que c'est que ça ? demanda Raphaël.

Au premier regard, l'image n'évoqua rien à Sinead, mais à mesure qu'elle la contemplait, elle sentait une impression de déjà-vu s'insinuer en elle sans pourtant parvenir à l'identifier.

Ils se turent quelques minutes, puis Sinead souffla :

— Cet horizon incandescent dans une sphère comme ça…

— Quoi ?

— Ça me rappelle des images que j'ai vues gamine. J'avais un livre de physique illustré de photos, l'une des plus jolies ressemblait à celle-ci. Il y avait une sphère identique, sans les flammes mais avec cette même ligne de feu. Ça représentait… notre Voie lactée.

— La Voie lactée ?

— Oui… j'ignore ce que ça signifie, et ce que ça fabrique au milieu de ce charnier, mais je pense que cette image est une photographie de l'Univers.

40.

Institut d'astrophysique
Boulevard Arago, Paris XIVe

Le campus scientifique des années 30 apparut à Sinead et Raphaël comme un mausolée. Ici, où les hommes exploraient le cosmos pour percer les secrets de la vie et du temps, eux venaient décrypter la mort.

L'Irlandaise pénétra la première dans l'enceinte. Il était 17 heures, des voitures étaient garées entre les constructions de brique et le crépuscule donnait aux sobres bâtiments néoclassiques la même allure glacée d'architecture soviétique que les bâtiments modernes du Trinity College. Sinead aimait ce visage suranné de la science qui grandissait sans changer son bon vieux squelette.

Dans le hall, ils demandèrent la direction du bureau de Stéphane Fauconnier, du groupe de cosmologie théorique qui avait accepté de les recevoir au pied levé.

Mince, vêtu d'une veste chinoise noire à col Mao, d'un jean trop grand et d'une paire de santiags, Fauconnier avait la quarantaine. Sa pomme d'Adam proéminente, ses yeux ourlés de longs cils et son visage lisse encadré par des cheveux auburn mi-longs lui donnaient un air d'adolescent.

— Vous êtes les policiers de la Criminelle ? lança Fauconnier, visiblement curieux de la situation, en les invitant à entrer.

— Raphaël Zeck, Section antiterroriste, mademoiselle intervient en tant que conseil sur ce dossier.

— C'est une première, dit le physicien en souriant. On est rarement amenés à fréquenter la police.

Pendant que Fauconnier débarrassait deux chaises, le flic détailla rapidement le bureau aux tons pastel qui n'avait rien à voir avec l'aspect extérieur de l'Institut. Ici, tout avait été réhabilité et ressemblait à n'importe quel service administratif français, au détail près que le physicien avait accroché entre ses étagères et au-dessus de son ordinateur des photos des constellations. Punaisées sur le mur du fond, il y avait une carte IGN de la forêt de Fontainebleau et une gigantesque photo d'un pic rocheux surgissant de la mer. En s'approchant, le flic remarqua de petites taches de couleur sur le granit, une cordée de grimpeurs.

— Vous pratiquez l'escalade ?

— Je passe mon temps libre à Fontainebleau… un Bleausard, comme on dit, et je m'accorde quelques virées… Ça, c'est l'Old Man of Hoy, un rocher mythique dans les Orcades en Écosse, je l'ai fait l'année dernière. Vous connaissez ?

— Non, mais j'ai pas mal grimpé dans une autre vie.

— Qu'est-ce que je peux faire pour vous ? demanda le physicien.

Raphaël s'installa et plongea la main dans l'épaisse enveloppe en papier qu'il avait apportée avec lui.

— Nous travaillons sur une affaire criminelle dont je ne peux pas vous révéler les détails, mais sur la scène de crime nous avons trouvé ceci.

Il sortit la photo rapiécée et la fit glisser sur le bureau.

— Nous aimerions pouvoir en identifier l'origine.

Sans quitter son sourire, Fauconnier saisit délicatement l'image entre ses doigts puissants et la regarda longuement.

— Il m'a semblé que c'était une vue de l'Univers…, intervint Sinead.

— C'est beaucoup mieux que ça, souffla le physicien. En fait ce cliché est très célèbre, il est sorti des laboratoires de la NASA il y a un peu plus de deux ans. C'est ce qu'on appelle le rayonnement fossile. Cette image a été réalisée par le satellite COBE, Cosmic Background Explorer, qui en quelque sorte scanne l'Univers à 360 degrés, depuis son orbite située à 900 kilomètres de la Terre. Cette photo nous montre l'Univers observable tel qu'il était 10^{-35} seconde après sa naissance, c'est-à-dire 380 000 ans après le Big Bang, il y a près de 13,7 milliards d'années. Cette image est celle de la lumière primordiale, la lumière la plus ancienne qui nous parvient toujours des confins de l'Univers.

Raphaël encaissa l'explication hallucinante du physicien et demanda :

— Vous voulez dire qu'aujourd'hui, dans le cosmos, on peut toujours voir cette lumière ?

— Pas sous sa forme originelle. Ce rayonnement est issu d'une période très chaude, depuis il a été refroidi par l'expansion de l'Univers et actuellement sa température est de 2,726 degrés Kelvin, ce qui équivaut très précisément à – 270,424 degrés Celsius. Cette lumière est toujours composée de photons, de véritables grains de lumière, mais invisibles à l'œil nu, ce sont des micro-ondes qui se situent entre l'infrarouge et les ondes radio. Pour être plus clair, si l'on considère que cette lumière était un nouveau-né lorsqu'elle a commencé à voyager, on peut dire que cette photographie est le portrait du vieillard qu'il est devenu.

— Bien… et quelles informations cette image vous apporte-t-elle aujourd'hui ? Que vont y décrypter les astrophysiciens ? demanda encore Raphaël.

— C'est une source d'informations inouïe. L'homme est allé sur la Lune, mais comprenez qu'aujourd'hui les origines de l'Univers restent un mystère… la recherche n'en est qu'à ses balbutiements. Cette image, une fois qu'elle sera exploitée, car il s'agit de données brutes, pourra nous permettre en quelque sorte de remonter le temps et de poser un modèle cosmologique, c'est-à-dire de décrire de la façon la plus satisfaisante les grandes étapes de l'histoire de l'Univers observable. Si nous y parvenons, nous entrerons dans une ère de précision, ce qui n'est pas encore le cas aujourd'hui. Vous me suivez ?

— On vous suit…, acquiesça Raphaël qui se sentait pourtant au bord du vide.

Il accrocha le regard de Sinead comme pour s'ancrer dans la réalité. L'Irlandaise avait évoqué l'esprit cartésien de Séror, sa certitude qu'il suivait un but précis, et ils étaient là à écouter des histoires remontant à treize milliards d'années. L'homme évoquait le néant dans lequel le flic basculerait le jour de sa mort. L'histoire que racontait Fauconnier était son pire cauchemar et il voyait encore moins comment il pouvait lier cette histoire de rayonnement fossile au dossier sur lequel ils enquêtaient.

Sinead vola à son secours.

— La police a retrouvé sous terre plusieurs corps mutilés. Les murs de la galerie menant à ce charnier étaient gravés d'inscriptions réalisées avec du sang probablement d'origine humaine.

Fauconnier fronça les sourcils comme si, pour la première fois, la vie n'était plus un jeu. Il prenait peu à peu conscience de la gravité des faits qu'on lui exposait.

— Quel genre d'inscriptions ? questionna-t-il.

— Ce genre-là, fit Sinead en sortant la feuille de calculs qu'elle avait arrachée à son bloc-notes.

Fauconnier se concentra quelques minutes sur les séries de nombres puis demanda :

— C'est vous qui avez réalisé cette courbe ?

— Oui, et je me suis dit qu'il s'agissait peut-être de fluctuations…

Le physicien se passa les mains dans les cheveux puis se leva et consulta un ouvrage qu'il attrapa sur une étagère. Il compara un moment les données et se tourna vers Sinead.

— Je pense que vous avez raison. Les valeurs sont en microkelvins carrés. C'est l'unité utilisée pour mesurer les fluctuations de température.

— D'après vous, il y a une relation entre l'image du rayonnement fossile et ces nombres ?

Fauconnier émit un petit rire incrédule.

— Oui… c'est de cette manière qu'on mesurerait

les fluctuations de température du rayonnement fossile… mais ce n'est pas réaliste.

— Que voulez-vous dire ?

— Que ce que vous sous-entendez est tout simplement impensable, que la ou les personnes responsables des meurtres que vous avez évoqués puissent avoir réalisé un travail de recherche digne de ce nom sur le rayonnement fossile.

— Je comprends, concéda Raphaël. Mais il se trouve que notre suspect est un scientifique de haut vol, spécialiste du nucléaire…

— Écoutez-moi… Smoot et Mather, les pères de ces images, sont des ténors de l'astrophysique et ils n'en sont qu'au début de l'analyse des données. Il est donc peu probable que votre tueur, si brillant soit-il, puisse avoir effectué un calcul de cette envergure, à moins qu'il ne fasse lui-même partie de l'équipe, ce dont vous me permettrez de douter.

Silence.

— Je vais formuler ma question différemment… Qu'est-ce qu'un meurtrier doué d'un raisonnement scientifique pourrait chercher dans ces images ?

— C'est difficile à dire… Elles contiennent des milliers d'informations susceptibles d'intéresser autant de chercheurs qui explorent des domaines extrêmement variés, et si l'on part du principe que nous n'en sommes qu'au début de l'analyse des observations de COBE, c'est-à-dire qu'il n'existe presque aucune publication à ce jour, alors ça rend votre problème quasiment insoluble…

Raphaël interrompit la conversation :

— OK, on arrête là. Toutes ces théories ne nous

mèneront nulle part. On a un tueur qui se balade dans la nature, il nous faut du concret.

— Mais ces nombres correspondent à quelque chose, j'en ai la conviction, insista Sinead.

Fauconnier se leva, vint s'asseoir sur le bord du bureau et joignit les mains.

— Si vous voulez mon avis, Zeck a raison. Se fonder sur ces nombres serait une erreur. Même s'ils reposent sur une base juste, rien ne nous dit qu'ils sont directement liés au rayonnement fossile. Le tueur a pu amalgamer plusieurs notions pour satisfaire son délire. Je pense qu'il serait plus intéressant de s'attacher à la personnalité proprement dite du suspect. Il existe de nombreux cas d'esprits brillants qui ont dérapé à un moment donné de leur parcours en perdant de vue la réalité. Le mythe du nombre d'or, la divine proportion, l'ADN de Dieu… est sans doute un des exemples les plus frappants. Des scientifiques remarquables se sont perdus dans les limbes de la folie simplement parce qu'ils étaient au départ séduits par l'idée que leur domaine puisse toucher au surnaturel. Certains y ont consacré leur existence et le voient partout, des pyramides de l'Égypte ancienne aux tableaux de la Renaissance en passant par la coquille du nautile ou encore les brins de l'ADN humain. À votre place je chercherais dans cette direction.

— Certains grands chercheurs ne se tournent-ils pas vers la religion lorsqu'ils ne trouvent plus de réponses aux questions qu'ils se posent ? demanda Sinead.

— Vous vous aventurez en terrain miné, mademoiselle.

— Vous êtes athée ? demanda encore Sinead.

— Je ne crois qu'en ce qui est démontrable scientifiquement, Dieu n'est pas démontrable et ne le sera jamais, donc il n'existe pas. À mes yeux, les chercheurs qui pensent une telle chose, et l'expriment publiquement, sont de stupides créationnistes pour qui je ne peux éprouver que du mépris.

— Bien, conclut Raphaël en quittant sa chaise. Nous ne voulons pas abuser plus de votre temps. Merci pour toutes ces explications.

Fauconnier afficha de nouveau son sourire juvénile et déclara :

— Je ne vous cache pas que toute cette histoire a excité ma curiosité. Laissez-moi le relevé de nombres, je voudrais quand même voir ce que ça donne… Quand pouvons-nous nous revoir ?

— On a un tueur dans la nature, Dieu seul sait ce qu'il est en train de faire en ce moment. Le plus rapidement sera le mieux.

Fauconnier bloqua son regard sur les nombres afin d'évaluer le temps qu'il lui faudrait pour analyser ces données puis il déclara :

— Je pars dans deux jours pour le Canada, la seule solution c'est qu'on se revoie demain soir. Il y a un café, le Bouquet, à l'angle des rues Boulard et Daguerre… vers 19 heures, ça vous irait ?

41.

La première vision de Raphaël lorsqu'il ouvrit les yeux fut le cendrier plein de mégots posé sur la table du salon de Séror. Instinctivement, il chercha Sinead avant de se souvenir qu'il l'avait déposée rue Froidevaux en sortant de l'Institut d'astrophysique. Il alluma une nouvelle cigarette, consulta sa montre – 7 heures – puis se leva pour réveiller le Serbe, profondément endormi sur le canapé opposé. Leurs quelques heures de sommeil avaient été réparatrices, mais il leur restait moins de quarante-cinq minutes pour avoir l'air présentables avant l'arrivée du juge d'instruction.

La veille au soir, ils avaient réuni toutes les preuves à charge dont ils disposaient contre Séror, travaillé la chronologie et étayé le mobile. Leur dossier tenait, pour la simple raison que le chercheur en sûreté nucléaire était un tueur et que le juge ne pouvait plus suivre Dumas et la DST sans risquer de plonger à son tour dans la tourmente. Une seule ligne dans la presse et ces deux connards sauteraient sur-le-champ.

Drago ouvrit les yeux.

— Il y a un troquet au coin, juste à côté de la gare de RER. On va s'en jeter un ? proposa Raphaël.

Sans répondre, le Serbe, qui avait dormi dans sa veste en cuir, se redressa, coiffa ses longs cheveux gras avec ses doigts, puis marcha jusqu'à la cuisine pour se passer de l'eau sur le visage. Après ça seulement il lâcha :

— J'aimerais que ce fils de pute de Dumas soit là tout à l'heure, que je puisse lui cracher à la gueule.

Raphaël enfila sa veste, puis les flics sortirent en saluant le policier en faction devant la porte.

Installé entre la vitrine et le flipper à côté du radiateur, Raphaël regardait Drago engouffrer de gros morceaux de croissant dégoulinants de café crème.

— C'est le grand oral ce matin donc, consigne numéro un, Drago : c'est moi qui parle.

— Tu crois pas que t'as déjà dit assez de conneries comme ça ?

— Je plaisante pas, on a réussi à récupérer le dossier par la peau des fesses. À présent, on s'en tient aux faits, pas de bavure, promis ?

— T'inquiète, je dirai rien. Tu sais que mon truc à moi, c'est l'enquête et rien d'autre.

Raphaël mordit dans sa tartine avant de continuer :

— On va le laisser venir. Ce type fonctionne comme une girouette, à mon avis il va suivre sans faire de vagues. Cas numéro un : il file doux, je ne dis rien. Cas numéro deux : il fait son malin en jouant le jeu de la DST et là, on l'allume.

— Comment ?

— Aubert est au courant qu'il y a du nouveau ici, mais il ne sait pas l'ampleur de notre découverte, le charnier, les nombres… Par pitié, Drago, essuie-toi la bouche, tu bouffes comme un porc.

Le Serbe essuya son menton mal rasé et demanda, la bouche pleine :

— T'as eu le légiste, à ce sujet ?

— Il m'a promis la primeur du rapport. Il devrait arriver dans la matinée, mais je sais déjà qu'ils ont trouvé des traces d'acide nitrique, comme sur le corps de Mulh. On aura tout le temps de bosser là-dessus une fois nos problèmes réglés.

— Parfait.

Raphaël consulta l'horloge qui trônait au-dessus du bar.

— Il est moins le quart, on va se mettre en place.

Ils réglèrent l'addition. Lorsqu'ils regagnèrent les « Dahlias », le juge les attendait devant la porte.

Aubert les salua et pénétra dans la villa à la suite du Serbe. À l'intérieur, il ôta son pardessus en poil de chameau, dévoilant son éternel costume vert-de-gris. D'un regard, Raphaël essaya de sonder les yeux sombres derrière les lunettes à monture métallique. Le magistrat semblait détendu.

— Bien, il paraît que vous avez du nouveau ?

— Oui, monsieur le juge, affirma Raphaël.

— Ça va dans le sens de ce que vous espériez ?

— Précisément.

— Ça tombe bien, Dumas est furieux. Je vous préviens qu'il faut vraiment que ce soit béton ou je ne donne pas cher de votre peau.

Le juge avait proprement retourné sa veste, il avait compris où se trouvait son intérêt. Raphaël savait qu'en jouant le jeu, il obtiendrait le sursis qui lui permettrait de poursuivre l'enquête.

— Où est-ce que ça s'est passé ?

— Dans le jardin. On a mis au jour l'entrée d'anciennes galeries qui datent de l'époque des carrières de Lozère. Elles ont été utilisées par la Résistance pendant la Seconde Guerre mondiale. Trois corps ont été retrouvés dans un bassin. Ça fait un bout de temps qu'ils sont là.

— Vous avez des renseignements sur leur identité ?

— Pas pour le moment, ils sont à l'Institut médico-légal pour identification. On devrait recevoir les premiers résultats dans les heures qui viennent.

— Bien, fit le juge. Donc, vos thèses concernant Séror se précisent.

— Oui, de manière très nette. Asseyez-vous, je vous en prie, fit Raphaël en indiquant la table du salon au magistrat.

L'homme s'installa face aux deux flics et ouvrit un carnet de notes. Raphaël remarqua qu'il ne portait pas d'alliance. Ce type sentait le célibataire endurci, sa gueule et son costume collaient parfaitement avec le décor décrépit et l'odeur rance qui flottait dans l'air. Le flic attaqua :

— Nous pensons avoir établi un portrait assez clair du tueur, et les éléments récents viennent confirmer nos soupçons sur le chercheur du Collège de France. Selon ce que nous a affirmé le Tchétchène Islamov lors de son audition, témoignage qu'il a confirmé lorsqu'il vous a été présenté, c'est bien Séror qui s'est chargé de négocier et livrer les armes aux irradiés du bois de Vincennes. C'est lui que les Tchétchènes ont alpagué sous nos yeux dans le bar l'Olympic à Barbès, lors de la filature qui a coûté la vie à notre équipière. Les calibres retrouvés dans la tente à Vincennes, ainsi qu'un fragment de détonateur que nous avons identifié comme un MST-9 fabriqué par la société de Dieter Mulh, Dobrzyń, confirment que les armes vendues par Séror provenaient de caches d'armes du réseau anticommuniste Rose des vents ensuite remplacé par le Service d'action civique. Selon toute vraisemblance, Séror n'était pas un communiste, il s'est servi de son histoire personnelle et de celle de son père, ancien pied-rouge, pour se forger une couverture afin de leurrer les Soviétiques. Il était en fait un agent des services français et collectait du renseignement stratégique lors de ses séjours répétés en URSS. Nous pensons que cet homme, même s'il ne présentait aucun signe extérieur de richesse, comme en témoigne cette maison, avait l'habitude de toucher de fortes sommes d'argent pour ses missions. Argent qu'il utilisait pour financer un projet personnel sur lequel je reviendrai plus tard. Lorsque le mur de Berlin est tombé, Séror a sans doute eu du mal à négocier le virage de la fin de la Guerre froide. Nous pensons qu'il était depuis quelques années en manque de cash et qu'il a commencé à revendre les armes de Rose des vents. C'est à cette époque que le fabricant d'armes, Dieter Mulh, entre en scène. Malgré son grand âge, le vieux loup de la SS a toujours le contrôle sur les caches d'armes de Rose des vents. Il découvre la combine de Séror, qu'il connaît bien, et le menace de le balancer, voire de le faire abattre par des hommes du SAC. Séror lui aussi a ses hommes, il devance Mulh et l'exécute dans les circonstances que vous savez. C'est aussi son équipe qui a tenté de tuer Verhoeven.

Le juge observait Raphaël tout en prenant des notes.

Il remonta ses lunettes sur sa longue arête nasale et demanda :

— Très bien, Zeck… tout cela fait sens. Parlez-moi des motivations personnelles de Séror, c'est nouveau, ça.

Raphaël s'éclaircit la voix avant de se lancer :

— Dès le départ, un point ne cadrait pas. Nous ne comprenions pas pourquoi les Tchétchènes de Vincennes avaient été tués à l'aide des chapelets radioactifs. Bien que nous n'ayons pas encore totalement levé le voile sur le mobile, les découvertes d'hier en disent long sur Séror lui-même. Hormis les corps retrouvés dans le charnier, nous avons relevé ceci sur les parois de la galerie.

Raphaël sortit d'une enveloppe un paquet de tirages photo en noir et blanc. Il présenta la première image au magistrat.

— Ces suites de nombres inscrits avec le sang des victimes traduisent une pathologie d'ordre psychiatrique.

Raphaël lui tendit alors le reste des clichés qui représentaient plusieurs vues du charnier et des corps gonflés flottant à la surface de l'eau noire. Familier des scènes sanglantes d'attentats, le juge les passa en revue les unes après les autres sans trahir la moindre émotion.

— Ces images laissent peu de doutes sur les motivations du scientifique.

— Et ces nombres, alors, que signifient-ils ?

— Selon le spécialiste en astrophysique que j'ai interrogé hier, ils semblent liés à une image, une photographie de l'Univers retrouvée dans la galerie à proximité des victimes. Pour lui, ils sont le résultat de calculs savants mais ne peuvent en aucun cas être liés à l'image qui est toujours en train d'être étudiée par les spécialistes de la NASA. À première vue, Séror est un chercheur brillant mais ces suites de nombres ne correspondent qu'à sa folie.

Il y eut un silence que le juge employa à étudier une nouvelle fois les images puis Raphaël demanda :

— D'après vous, monsieur le juge, Dumas protège-t-il le réseau ou Séror lui-même ?

Aubert releva le visage vers Raphaël.

— Vous voulez savoir si je pense que Dumas était au courant des meurtres de Séror… Non, je ne le crois pas… Je pense même qu'il risque d'être surpris par vos nouvelles élucubrations sur le dossier.

Drago, qui n'avait pas ouvert la bouche depuis le début de l'entretien, aboya presque :

— Nos élucubrations, mais qu'est-ce qui vous prend ?

— Il me prend, messieurs, que je suis passé à la morgue ce matin, le médecin-chef Schrameck m'a remis les rapport d'autopsie des cadavres retrouvés dans votre foutu charnier. Il se trouve que l'un d'eux a formellement été identifié comme étant Pierre Séror lui-même. Sa mort remonte à plusieurs semaines, il ne pouvait donc pas tuer les Tchétchènes du bois de Vincennes et encore moins exécuter Dieter Mulh, comme vous l'affirmez. La commission rogatoire est retournée. Vous êtes dessaisis de ce dossier. Autant dire que vous êtes morts.

42.

Il était presque 16 heures lorsque Sinead sortit du métro Saint-Sulpice. Paris chavirait sous des torrents de pluie. Le ciel et les façades des immeubles étaient d'un gris si dense qu'il sembla à l'Irlandaise que la nuit enveloppait déjà la capitale. À moins que ce ne fût son âme qui se fût définitivement assombrie.

Emmitouflée dans son écharpe, elle baissa la tête pour affronter les bourrasques de la rue du Vieux-Colombier et bifurqua à droite dans la rue Madame. Plus que quelques minutes et elle retrouverait Mia, en espérant que son amie lui apportait les clés permettant de relier la mort de Gari au dossier Séror.

La veille au soir, peu après que Raphaël l'eut déposée en bas de l'immeuble de la rue Froidevaux, elle s'était installée dans le canapé et avait accompli sa tâche de traîtresse en livrant à haute voix un compte rendu détaillé des dernières découvertes de Lozère jusqu'à la rencontre avec Fauconnier. Les micros qu'était venue placer l'équipe de la DGSE s'étaient chargés d'acheminer l'information jusqu'à Joffre.

Ne pas se rencontrer.

C'était la règle d'or qu'avait imposée l'officier de

renseignements. Il avait fait stationner à proximité de l'immeuble un « sous-marin », un fourgon banalisé, qui enregistrait tout ce qui se passait à l'intérieur de l'appartement de Raphaël. À son bord, deux hommes transmettaient les enregistrements à leur supérieur hiérarchique.

Sinead arriva la première dans le café de la rue de Fleurus.

Elle ôta son manteau pour se débarrasser de l'odeur de laine mouillée, secoua les perles d'eau de ses cheveux et se dirigea vers le fond de la salle.

C'était un café parisien typique des années 50, à deux pas de l'appartement où Gertrude Stein recevait Picasso, Hemingway, Picabia et la jeune avant-garde parisienne. Elle avait choisi ce lieu parce qu'elle savait qu'il plairait à son amie, qu'elle s'y sentirait bien. Le Fleurus lui ressemblait.

Sinead commanda un thé et laissa son regard traîner sur la salle.

Deux clients sirotaient leur demi au bar et une femme seule sur une banquette contemplait les lourdes gouttes de pluie s'écraser sur la vitrine.

Quand Mia poussa la porte en verre, Sinead sentit son cœur s'accélérer. Elle était vêtue d'un manteau de tweed, d'un jean et d'une paire de Converse. Elle enleva son béret, dévoilant sa coupe à la Louise Brooks, et plissa ses yeux de myope pour repérer son amie. Sinead lui fit un petit signe de la main.

Mia posa son sac qu'elle tenait serré contre elle

sur la table, puis s'installa face à elle. Elle l'embrassa tendrement sur la joue et lui prit les mains.

— Dieu que je suis heureuse de te revoir ! Tu m'as vraiment foutu les jetons en ne donnant pas de nouvelles. Que s'est-il passé ?

Sinead contempla le visage fin et les yeux bleu ciel. Elle pouvait à peine parler tant la présence de Mia lui semblait irréelle. Ces semaines de cavale l'avaient rendue semblable à un animal cerné par un feu de brousse dont l'existence est suspendue à la puissance des vents, à la volonté des éléments.

— Hé, je suis là, cocotte... parle-moi !

Sinead esquissa un sourire et murmura :

— Il s'est passé tellement de choses...

— Ne te sens pas forcée de me raconter...

— Si, si, j'en ai besoin.

Mia écouta Sinead sans l'interrompre. Quand celle-ci se tut, la jeune femme, visiblement secouée par ces révélations, resta interdite un long moment. Puis finit par demander :

— Ces flics-là, tu leur fais confiance ?

— C'est plutôt à eux de se poser la question, je te rappelle que je balance aux services de renseignements...

— Il n'y a aucune chance qu'ils comprennent ton manège ?

— Joffre est prudent.

Les jeunes femmes se turent quand le serveur vint prendre la commande de Mia. Un chocolat chaud.

— Mais il va se passer quoi, pour toi, quand l'enquête sera terminée, qu'ils auront mis la main sur le tueur ?

— Je ne sais pas, Mia, ce que j'essaie de faire aujourd'hui, c'est de comprendre. Si je me retrouve devant un juge en Irlande, j'aurai autre chose à lui dire que « je suis innocente ».

— Je serai à tes côtés aussi, ne t'en fais pas. Lewis, le père de mes enfants, est un excellent pénaliste.

Mia marqua une pause, puis ouvrit son sac pour y prendre un dossier aux armes du Trinity College. Elle en sortit plusieurs documents et les tendit à Sinead. Juste à côté, elle posa la boîte contenant les paupières.

Le premier était un dessin en noir et blanc reproduisant des motifs difficilement identifiables.

Les paupières.

— On sait si ce sont des tatouages ? demanda l'Irlandaise.

— Ce sont bien des tatouages, oui, mais laisse-moi t'expliquer… J'ai confié les échantillons à Matthew Osborne, c'est un technicien de mon labo, un type brillant, il a travaillé pour le grand laboratoire d'archéo-anthropologie moléculaire de Camerino, en Italie. Ce qu'il m'a raconté est tout simplement hallucinant.

— Je t'écoute.

— Osborne est un des premiers à avoir travaillé sur le corps d'Ötzi, un homme préhistorique parfaitement conservé dans les glaces et découvert dans les Alpes en 1991. Pour lui, les fragments de peau que je lui ai remis sont bien des paupières humaines mais, après datation au carbone 14, elles remonteraient à une période très ancienne, entre quatre mille et cinq mille ans avant notre ère… Plus ou moins le même âge qu'Ötzi. La différence, c'est qu'elles proviendraient d'un corps embaumé, des traces de couture sans doute réalisées pour sceller les yeux ont été relevées sur l'ourlet de l'épiderme. Il pourrait s'agir d'une sorte de momie conservée depuis des millénaires.

Sinead frissonna.

— Cinq mille ans, tu dis… Il a une idée d'où elles peuvent venir ?

— Non, pas la moindre, mais il a tout de même quelques éléments. Tout d'abord, les tatouages. Ils ont été réalisés de manière assez sommaire à l'aide de charbon. Leur forme simple comme leur localisation ne plaident pas pour une pratique esthétique mais plutôt pour une pratique magique, voire thérapeutique.

— Les hommes se tatouaient déjà à cette époque ?

Mia fouilla le dossier et montra un nouveau document à Sinead.

— Oui, regarde. Ça, ce sont les images du corps d'Ötzi. Lui-même portait plusieurs tatouages, les représentations n'ont rien à voir avec ce qui nous intéresse, mais les techniques rudimentaires semblent identiques.

— On a une idée de ce qui est représenté ? demanda Sinead.

— Non, même sur Ötzi, qui a pourtant été pas mal étudié, les spécialistes n'ont émis que des hypothèses, pour certains ce seraient des points d'acupuncture, mais Osborne pense que, dans le cas des paupières, il doit s'agir d'autre chose. Il a relevé d'autres tatouages qu'on ne distinguait pas à l'œil nu. Regarde.

Sinead inspecta les motifs ; en plus des points, une sorte de croissant et des lignes fines et courbées ornaient l'épiderme desséché.

— Il n'a vraiment aucune idée ? Il n'a jamais vu ça ailleurs ?

— Jamais… Je suis désolée.

— Bien…, soupira l'Irlandaise.

Mia reprit son explication :

— En revanche, il a procédé à une analyse chimique de la surface de la peau et des cils.

Sinead feuilleta les résultats.

— Des nitrates ?

— Oui, et du chlorure de sodium aussi, du sel, dans des teneurs dix fois plus élevées que la normale.

— Et ça pourrait nous renseigner sur quoi ? La provenance de cette momie ?

— Sans doute. Osborne ne peut pas encore se prononcer sur ce sujet… mais il cherche. Voilà…

— Maintenant, il faut trouver un lien avec le dossier Séror…

— Tu as une idée ?

— Pas vraiment…

Sinead but une gorgée de thé et reprit :

— Mais je me dis qu'il y a peut-être quelque chose à creuser dans le côté mystique de Séror.

— Tu parles des suites de nombres ?

— Oui, et aussi de l'image du rayonnement fossile, même si je ne vois franchement pas ce que ça vient faire avec cette momie…

À l'aide de sa cuillère, Mia collectait la mousse onctueuse à la surface de sa tasse à la manière d'une enfant. Elle leva les yeux vers son amie.

— Tu as parlé des paupières aux flics et à ce Joffre ?

— Non. Seulement de la boîte et de ses inscriptions. Ça non plus, on ne sait toujours pas ce que ça signifie. Les paupières, c'est mon assurance-vie, mon seul moyen de m'assurer qu'ils aient toujours besoin de moi. Maintenant, je suppose que je ne vais plus pouvoir garder ça pour moi…

— Aux flics, oui, à la DGSE, je ne crois pas. C'est qui, ce Joffre, d'après toi ? Qu'est-ce qu'il cherche ?

Sinead se laissa aller contre la banquette.

— Un drôle de type, mais je n'ai pas la moindre idée de ses motivations. Il est ambivalent, il se comporte comme un salaud et ensuite me caresse dans le sens du poil. Il n'hésiterait pas non plus à me sauter s'il en avait l'occasion. De toute façon, je n'ai pas le choix, il me tient.

— Tu n'as pas intérêt à tout raconter à Zeck ?

— Si je fais ça, Joffre me balance à la justice irlandaise. Je sais qu'il le fera et je ne suis pas prête à affronter ça, pas après tout ce que je viens de vivre.

— Tu as raison de rester prudente.

— Je lui ai aussi demandé de voir s'il n'avait pas moyen de dénicher des informations sur mon mari. La découverte des paupières prouve que Gari me cachait des choses. Il avait des contacts de l'autre côté du mur de Berlin, il y a une chance que des services de renseignements se soient intéressés à lui.

— Toute cette histoire me fait froid dans le dos, ma chérie. Je suis désolée de ne pas pouvoir t'aider plus.

— Tu as déjà fait beaucoup, Mia, tu ne te rends pas compte. Si je suis encore libre aujourd'hui, c'est aussi grâce à ton aide.

Mia ne put réprimer un sourire.

— On les a bien bernés, ces connards de la Garda !

— Je ne pensais pas que nos explorations clandestines des souterrains du College me serviraient un jour à leur échapper ! dit Sinead en riant à son tour.

Elle glissa ses doigts froids dans les paumes tièdes

de Mia et elles restèrent comme ça un moment, silencieuses et complices. Cela faisait si longtemps que Sinead ne s'était pas sentie sur le qui-vive avec un autre être humain… elle essuya furtivement ses yeux qui s'embuaient.

L'heure de la séparation avait sonné.

— On garde le contact cette fois, déclara Mia en lui caressant la joue. Appelle-moi régulièrement que je puisse t'informer si Osborne a du nouveau.

43.

Sinead poussa la porte et se glissa sans bruit dans l'appartement totalement noir. Avant même d'allumer la lumière, elle se dirigea vers la salle de bains, glissa l'enveloppe kraft dans un sac plastique et dissimula le tout dans le couvercle du bac de chasse d'eau.

En se redressant, elle perçut d'abord l'odeur de cigarette, puis un souffle.

Elle n'était pas seule.

L'Irlandaise se dirigea lentement vers le salon où elle distingua la silhouette allongée dans le canapé sous d'épaisses nappes de fumée.

— C'est toi…, Raphaël ? Tu m'as fait peur, merde !

Silence.

— Qui d'autre est-ce que ça pourrait être ? rétorqua froidement le flic.

Sinead songea à Joffre. Raphaël avait-il découvert les micros ? Elle décida de ne pas répondre.

— Qu'est-ce qui se passe ? demanda-t-elle en s'approchant.

— C'est terminé, lâcha le flic sans quitter sa position allongée.

— Qu'est-ce qui est terminé ?

— Notre enquête. Le juge a retourné la commission rogatoire. Séror est innocent et je vais être mis à pied.

Sinead sentit son cœur se décrocher dans sa poitrine.

— QUOI ?

Raphaël souffla une longue bouffée.

— Le corps du scientifique est un de ceux retrouvés dans le charnier. On s'est plantés, Dumas va nous achever.

Sinead s'écroula dans un fauteuil.

— C'est pas possible, c'est un CAUCHEMAR.

— C'est la réalité. Je suis désolé de t'avoir embarquée dans cette galère.

— Qu'est-ce que je deviens, moi, dans tout ça ?

— Tu es libre de partir quand tu veux.

— Partir où ?

— En Irlande. Rends-toi aux autorités et raconte-leur ce qu'il s'est passé depuis le début de ta cavale. J'ai rédigé un rapport d'enquête que tu peux utiliser à ta guise. Tout y est consigné.

— Tu crois sincèrement qu'un juge va prendre au sérieux un compte rendu d'enquête foireuse rédigé par un flic qui vient de se faire virer ?

— C'est mieux que rien.

Sinead se pencha sur Raphaël.

— Qu'est-ce qui va se passer quand ta hiérarchie va comprendre que tu m'as planquée ?

Raphaël se redressa et alluma une nouvelle cigarette.

— Plus grand-chose à perdre. Tu veux boire quelque chose, un scotch ?

— Tu empestes l'alcool, ma parole.

Sinead attrapa la bouteille de whisky posée sur la table et comprit que le flic en avait déjà sifflé un tiers.

— T’as pas mieux à faire que te saouler ? ! M’aider à trouver une solution, par exemple !

— Il n’y a pas de solution. Terminus !

Raphaël se ressservit un verre qu’il but à petites lampées.

Sinead se leva brusquement.

— C’est quoi, cette attitude de petit flic de merde ?

— Joli, mademoiselle McKeown, on dirait du Dumas, du Dumas de la DST bien sûr ! ricana le flic.

— Où est Drago ?

— Il est parti se saouler tout seul. Quand on arrête le méchant, on se bourre la gueule ensemble.

— Vous êtes pathétiques. J’arrive pas à croire que j’ai survécu à tout ça pour me retrouver face à un ivrogne infoutu de se prendre en main. Tu ne peux pas me laisser tomber, Zeck. Je t’ai aidé, tu me dois ça.

Raphaël se leva mais ne répondit pas.

Sinead l’observa se déplacer. L’alcool l’avait ralenti mais il tenait le coup. Encore deux verres et elle le perdait. Il fallait le tenir en éveil, le provoquer.

— C’est pour ça que ta femme est partie ? Parce que tu picolais ?

Le flic se retourna pour regarder Sinead un bref instant, puis, feignant de ne pas avoir entendu, il alla ouvrir la fenêtre.

— Ça te dérange, ce que je te dis ?

Raphaël s’appuya au balcon, emplit ses poumons de l’air nocturne et contempla le cimetière Montparnasse et les centaines de tombes qui se déployaient sous ses yeux.

Sinead revint à la charge.

— Ou alors c’est parce que tu la trompais… avec la fille de l’Identité judiciaire qui a tiré une gueule d'enterrement quand elle m'a vue débarquer avec toi chez Séror. Manon, c'est ça ?

Raphaël ne bougea pas, ne répondit pas mais même à plusieurs mètres de lui elle pouvait sentir ses bras et tout son corps se crisper sur la rambarde du balcon.

— Elle est partie et tu ne t'en es pas remis, c'est pour ça que tu gardes ce triste message que j'ai écouté sur ton répondeur, et toutes ces photos, ces objets… Comme ça, t'as l'impression qu'elle est toujours là. Il est pourtant clair, son message : elle ne reviendra pas ! Et toi, tu continues d'espérer, comme tu espères qu'on arrêtera le meurtrier d'Agathe, ton équipière…

Raphaël se retourna calmement vers Sinead.

— Oui, je la trompais à la rendre folle, j'ai gardé ce dernier message pour pouvoir entendre le son de sa voix et je l'écoute souvent.

Silence.

— Elle est rentrée ce soir-là, pour chercher ses affaires. Je lui ai demandé de rester, elle a refusé. J'ai couru après elle dans l'escalier, jusque dans la rue où sous mes yeux elle s'est fait renverser par un camion lancé à pleine vitesse qui l'a traînée sur plus de cinquante mètres. Elle avait les jambes broyées, la boîte crânienne défoncée, sa mâchoire inférieure avait raclé le bitume, elle était presque arrachée. Quand je l'ai récupérée, ses membres frêles et désarticulés étaient secoués de tremblements et lui donnaient l'air d'un pantin macabre, j'ai cru que c'était son système nerveux, mais non, elle vivait encore. Elle est morte dans mes bras quelques minutes plus tard. Elle a essayé de me parler mais seuls de petits jets de sang sortaient de sa gorge. Je sais ce que tu penses, j'aurais dû y songer avant, et tu as sans doute raison, je suis un être plutôt pathétique avec mon sanctuaire malsain, comme tu dis. Mais c'est comme ça, c'est ma réalité à moi. Je ne touche à rien dans cette maison, je ne bouge pas d'ici parce que sa dépouille repose parmi des milliers d'autres dans ce cimetière, et chaque fois que je m'approche de la fenêtre, je pense à elle. Et chaque fois que je baise une fille j'ai le sentiment de faire l'amour avec elle. C'est ma manière de l'aimer.

Sinead s'effondra dans le canapé, le visage caché dans ses mains. Elle avait franchi la ligne rouge, elle était allée trop loin et le flic l'avait remise à sa place avec une brutalité méritée. Elle songea aux micros de Joffre qui avaient capté cette conversation dans ses moindres détails… cette idée l'écœurait… Elle voulait disparaître. Elle allait partir, regagner l'Irlande, se rendre à la justice, elle n'avait plus la force de mener seule ce combat.

Raphaël s'approcha, ramassa la bouteille de whisky et la rangea dans la cuisine. Puis il vint s'asseoir près de la jeune Irlandaise.

— Ne te cache pas. C'est moi qui suis responsable de ce qui est arrivé à Jeanne, je n'ai pas à te le faire payer. Trop facile. Quand je t'ai rencontrée, j'ai pensé que nous étions du même sang, celui des maudits, mais je me suis trompé. Je suis un faible qui craint le néant sans doute par peur d'y croiser mes fantômes, tu es une reine qui a choisi la souffrance plutôt que la paix de la mort. Je te demande pardon pour ces mots.

Sinead releva le visage.

— Je…

— Laisse tomber.

Sinead se recroquevilla sur elle-même.

— Qu'est-ce qu'on va faire ?

— Il faut réfléchir… mais tu dois comprendre que si jusqu'ici ma protection était une chance, aujourd'hui elle devient un obstacle. Je suis tricard, Sinead. Je n'ai plus le droit d'enquêter et il y a de grandes chances que je me fasse virer de la police. Tout ce que tu risques de gagner avec moi, c'est de te faire coffrer.

— J'ai peur, Raphaël. Pas de mourir, mais du mal qu'on pourrait à nouveau me faire. J'ai trop souffert, de plus en plus souvent j'ai l'impression d'être devenue folle. Je ne sais même plus après quoi je cours. J'ai tout perdu, je vis comme une bête traquée. Et même si je parviens à m'en sortir, il y aura quoi, après ?

Raphaël la prit par les épaules.

— Tu sauras qui a tué Gari et tu prouveras que tu es innocente, c'est ça qui te permettra de te reconstruire.

— Arrête avec ta psycho de flic à deux balles.

Raphaël sourit.

— Ton cerveau dispose de son propre système immunitaire qui corrige les traumatismes comme celui que tu as vécu. Tu as voulu te flinguer parce que ton esprit n'a pas encaissé le choc de la mort de Gari et la perte de cet enfant. Ça va prendre du temps, mais tu peux encore renaître de tes cendres, tu l'as déjà fait.

— Tu ne comprends pas, je t'ai raconté les circonstances dans lesquelles j'ai perdu mes parents, j'ai coupé les ponts avec Belfast, mon frère et sa saloperie de guerre, mais ça a recommencé, comme une malédiction. Quoi que je fasse, où que j'aille, ça se reproduira. Je suis marquée… marquée au fer, Raphaël !

Le flic hésita puis lui passa lentement, très lentement, une main dans les cheveux ; elle posa la tête sur son épaule.

Ils restèrent un moment sans bouger dans l'obscurité. Raphaël pouvait sentir son souffle glisser sur sa peau, la chaleur de son corps contre lui. Il aurait voulu prendre son visage entre ses mains et déposer un baiser de vie sur ses lèvres framboise, mais il savait qu'une barrière, un mur invisible se dressait entre eux, interdisant toute autre relation que celle qu'ils vivaient en ce moment, et qu'il aurait été bien incapable de définir.

— Tu sais, gamin, j'étais largué, timide..., commença-t-il. J'avais une vie normale, des potes, pas trop de petites amies... j'ai toujours eu une attitude un peu rêveuse qui me donnait l'impression d'être spectateur de mon existence. Lorsque j'y pense aujourd'hui, avec le recul, c'est con, mais j'ai un peu l'impression d'être passé à côté de mon enfance. Je ne sais pas pourquoi je te raconte tout ça...

— Continue s'il te plaît..., murmura Sinead blottie contre lui.

— Je me souviens... l'été de mes dix-sept ans, j'ai rejoint mes parents en vacances. Ils avaient loué une petite maison dans la forêt de Brocéliande, en Bretagne. Avec mon frère, nous passions nos journées à pêcher et à essayer de jeter des cailloux plus haut que les cimes des arbres centenaires. La nuit nous partions marcher dans la forêt pendant des kilomètres sans lampe, sans boussole, puis en rentrant je m'allongeais dans l'herbe fraîche et je contemplais les étoiles, en pensant aux autres hommes qui s'étaient allongés, comme moi, pour admirer le même spectacle, et qui étaient morts depuis. Je passais alors de la fascination à la peur, une peur suffocante du néant vers lequel la mort allait m'expédier moi aussi. J'ai décidé que je ne passerais pas à côté de ma vie d'homme.

En rentrant à Paris, j'ai établi une liste de ce que j'aimais : la nuit, la mer et la baston. Un mois plus tard, je m'engageais dans l'armée dans le seul but d'intégrer les commandos marine. Ils ont fait de moi un loup et j'ai vite rejoint la base du commando Hubert, les nageurs de combat, sur la presqu'île de Saint-Mandrier.

Sinead se redressa pour voir ses yeux.

— C'est là que ta vie a commencé ?

— Oui, ma première opération a été un peu particulière, il s'agissait d'une action de représailles contre un camp des Gardiens de la révolution islamique et du Hezbollah dans la Bekaa, ces types en guerre contre les phalangistes venaient de faire sauter le poste Drakkar de la coalition internationale et avaient tué plus de cinquante militaires français. Nous avons débarqué la nuit dans la caserne Cheikh-Abdallah et exécuté des ombres, sans certitude de leur culpabilité, personne n'avait revendiqué l'attentat. C'est cette nuit-là que j'ai tué, pour la première fois. En revenant à la base, j'ai rencontré Jeanne, qui travaillait comme analyste pour la Direction du renseignement militaire. Je rentrais de ma première opération et j'étais en miettes. J'avais tranché la gorge d'une sentinelle, assassiné d'autres hommes dans leur sommeil. Sans un mot, elle a compris ma détresse. Nous nous sommes retrouvés en France quelques semaines plus tard et j'ai su que je ne pourrais plus la quitter. Elle était différente des quelques filles qui avaient croisé mon chemin. Jeanne était très belle, parlait peu et m'aimait d'une manière singulière que je ne parvenais pas à identifier. J'avais vingt-six ans et je me disais que c'était ça, l'amour fou, vertigineux, originel. Nous ne vivions pas ensemble.

Je passais la plupart de mon temps dans le Sud ou en opération et je venais de temps en temps la voir à Paris. Chaque fois que nous faisions l'amour, c'était une expérience mystique puissante, une incursion au cœur de la nuit des temps, je touchais du doigt ce néant qui me faisait si peur. J'ai continué les opérations militaires, pendant de longs mois parfois, et à chaque retour elle était là, à m'attendre avec son amour indéfectible. Moi, je grandissais et, peu à peu, je parvenais à déchiffrer les signes… dans ses yeux et son corps qui s'asséchaient, dans notre sexualité qui devenait de plus en plus intense et violente… Un soir, j'ai compris… compris que Jeanne était une âme morte, qu'elle m'avait choisi parmi les autres, ce soir-là, à notre retour de la Bekaa, parce qu'elle savait qu'elle pourrait nourrir son existence de mon innocence et de mes failles, elle avait compris que chaque fois que je reviendrais de la guerre elle pourrait s'insinuer dans mes fêlures, s'imprégner de ma souffrance. Ce jour-là, je suis devenu un autre.

Sinead écoutait Raphaël sans le lâcher du regard… Cet amour singulier ramenait à la vie sa propre histoire qu'elle avait pourtant ensevelie avec Gari et Saoirse dans la tourbe du cimetière de Fahan. Sans qu'elle puisse se l'expliquer, elle sentit à cet instant précis que tout était encore possible.

— Je savais qu'en la quittant ce qui restait de vie en elle s'assécherait jusqu'à la détruire. Elle-même a compris que j'avais dévoilé son secret. Pourtant, nous n'en avons jamais parlé. Je l'aimais, nous nous sommes mariés, mais je me confiais de moins en moins à elle. Je ne lui parlais plus de mes fantômes, ni de mes angoisses. Elle s'est durcie comme si, sans cette violence, elle ne pouvait plus survivre. J'ai commencé à aller voir ailleurs sans qu'elle s'en aperçoive. C'était le seul moyen de tenir. Puis, après une opération de renseignement en Bosnie tout début 1991, elle a compris et l'a très mal pris. J'avais rompu le pacte, elle a décidé de me quitter. C'est à ce moment que l'accident est arrivé. C'était le début de la guerre des Balkans, il fallait que je quitte l'armée, cette vie-là était trop liée à Jeanne. Je suis rentré dans la police. Fin de l'histoire.

— Non, pas fin de l'histoire, Raphaël, tu la traînes comme une vieille plaie gangrenée. Tu me dis que je peux renaître, alors que toi, tu es presque mort.

Raphaël alluma une nouvelle cigarette et lui sourit.

— Tu as été très bonne sur cette enquête, mais tu te trompes, McKeown.

— Comment est-ce que tu peux vivre comme ça, à côté de son fantôme ?

— Ma vie avec Jeanne était un pacte scellé. Je l'ai brisé une fois, je ne recommencerai pas.

— Et celles que tu fais souffrir avec tes fantasmes malsains, tu y penses ?

— Le moins possible.

— Tu es un grand malade, mais ça te regarde. Fais quand même gaffe de ne pas passer à côté de ta vie.

Ils se turent.

Raphaël retourna près de la fenêtre et contempla de nouveau le cimetière. De sa position il pouvait voir la tombe de Jeanne, même dans la nuit.

Personne, pas même Drago, n'était au courant de son secret. Raphaël se demanda un instant les raisons qui l'avaient poussé à tout balancer à l'Irlandaise. Il préférait ne pas le savoir, mais pour la première fois il prenait conscience que cette fidélité qu'il considérait comme une force n'était qu'une faille profonde dans sa cuirasse.

Sinead traversa l'appartement, pénétra dans la salle de bains.

Le temps était venu de parler à Raphaël des paupières, mais Joffre ne devait pas entendre les informations qu'elle allait lui livrer.

Elle ouvrit en grand les robinets de la baignoire.

Le bruit de l'eau couvrirait leur conversation.

Il fallait à présent l'attirer dans la salle de bains en espérant que cela n'éveillerait pas ses soupçons sur la présence des micros.

— Raphaël ?

La voix de Sinead le tira de ses pensées. Le flic se retourna et gagna la pénombre du couloir. Il fit quelques pas et vit la lumière allumée dans la salle de bains. Il poussa la porte entrouverte.

L'Irlandaise était assise sur le bord de la baignoire, l'eau brûlante coulait à flots.

— Qu'est-ce qui se passe ?

— Il faut que je te parle de quelque chose.

Raphaël dévisagea Sinead qu'il devinait entre les nuages de vapeur.

— Ici ?

— Oui… c'est là que j'ai caché mon secret.

Le flic fronça les sourcils.

— OK, je t'écoute.

Elle souleva le couvercle du bac de la chasse d'eau et en ressortit une enveloppe en plastique dégoulinante.

— Il y a une chose que je ne t'ai pas révélée.

Raphaël avisa l'enveloppe de papier brun que Sinead serrait entre ses mains.

— Quoi ?

— La boîte dont je t'ai parlé… avec les inscriptions en cyrillique, tu te souviens ?

— Bien sûr.

— Son contenu n'avait pas brûlé dans l'explosion du cottage. Une amie qui m'a aidée l'a fait analyser, elle m'a remis les résultats aujourd'hui.

— Qu'est-ce que c'est ?

— Quelque chose d'étrange… Des paupières… les paupières tatouées d'une momie vieille de cinq mille ans.

L'annonce de Sinead résonna comme un gong dans le crâne du flic. Il comprit instantanément qu'elle avait gardé cette information afin de pouvoir le manipuler le moment venu. Sa stratégie fonctionnait.

Il sut au même instant qu'elle avait remporté la partie. Il irait jusqu'au bout de cette enquête, quitte à basculer dans la plus parfaite illégalité.

44.

Techniquement, il restait deux heures à Raphaël avant que la commission rogatoire ne soit légalement retournée.

Passé ce délai, il n'aurait plus accès au dossier.

Cent vingt minutes, qu'il devait mettre à profit pour lancer les dernières recherches officielles nécessaires à la poursuite de son enquête clandestine.

À l'aube, il avait laissé Sinead pour rejoindre les bureaux déserts de la Crim'.

Le flic but une gorgée de café et ouvrit le dossier Séror à la première page. Les conclusions des investigations menées par son groupe avaient été balayées par la découverte de ses restes dans le charnier de sa maison de Lozère. Le flic ne comprenait pas comment il avait pu se planter à ce point. Il lui fallait repartir de zéro, remonter chaque fil de l'enquête pour y déceler les détails qui lui auraient échappé.

Seule certitude, le suspect principal répondait au nom de Saïph, comme l'avait indiqué Verhoeven lors de son audition. Avec l'aide d'éventuels complices, il avait assassiné le physicien nucléaire afin de pouvoir tuer en toute impunité en usurpant son identité. Les révélations s'arrêtaient là. Raphaël n'avait pas l'ombre d'une piste pour remonter jusqu'à lui et malgré la découverte d'un possible lien avec le rayonnement fossile, le mobile restait totalement opaque.

Tout en réfléchissant, il passa rapidement en revue la pile de documents. Il s'attarda sur le rapport d'audition de Sultan Islamov et la note rédigée par les RG au sujet de Séror sans y trouver un seul élément intéressant. Le Tchétchène s'était fait doubler et la biographie de Séror était trop générale pour y repérer un éventuel suspect. L'enquête de voisinage à Lozère et l'analyse des fadettes de téléphone de Séror réalisée par les enquêteurs n'avaient rien révélé non plus. Le flic songea alors aux résultats d'analyse des paupières ainsi qu'aux suites de nombres relevées dans la galerie. Il était furieux de s'être fait doubler par le juge avant même d'avoir accès aux conclusions du légiste sur les corps de Lozère… En balayant du regard la mer de papiers qui jonchait son bureau, il remarqua une lettre encore scellée. Il la saisit et examina l'adresse de l'expéditeur. L'Institut médico-légal de Nancy. Depuis quand était-elle là ? Il n'en avait pas la moindre idée. Il déchira l'enveloppe et sortit le document. C'était le rapport d'autopsie de Dieter Mulh. Il y avait de grandes chances pour que le contenu de cette lettre soit différent de la version qu'il avait obtenue du juge lui-même. Le flic attaqua la lecture, cette fois rien ne devait lui échapper.

AUTOPSIE
Cas n° 1876576
Nom : Dieter Mulh
Âge : 79/Race : blanche
Corps identifié par : Séverine Michel

Le 17 novembre 1994, vers 16 h 30, le cadavre de Dieter Mulh, né le 28 décembre 1914 à Dresde (Allemagne), était retrouvé par son employée de maison dans la cave de son domicile de Sarreguemines. Le corps était entièrement dénudé, sur le dos, avec diverses traces d'ecchymoses. Les traces de sang relevées dans le séjour et l'escalier de la cave ont permis de déterminer que le corps avait été traîné au sol. Les vêtements de la victime ont été retrouvés à proximité dans la cave, tandis que des boutons du gilet de la victime, ainsi qu'une chaussure droite jalonnaient les traces de sang. Sur ces traces ont également été retrouvés des pièces de monnaie, des clés ainsi qu'un emballage stérile de cathéter.

Examen externe

L'autopsie a commencé à 8 heures, ce 18 novembre 1994. Sont présents : Jean-Paul Gignac, identificateur de l'IML, Christian Lécuyer, OPJ du SRPJ de Nancy. Le corps est celui d'un homme normalement développé, mesurant

1,75 mètre et pesant 65 kilos. Le corps est froid au toucher suite à réfrigération. La lividité est réduite au dos. Les cheveux gris, givrés vers l'extrémité, d'une longueur maximale de 2 centimètres. Un faciès hippocratique est présent. Les yeux sont ouverts, et sont en partie rongés et vitreux. Il existe une coloration bilatérale d'intensité moyenne d'une couleur violacée. Des sillons profonds causés par des liens sont visibles sur les poignets et les chevilles. Des matières fécales sont présentes au toucher rectal. De multiples clichés sont pris et seront considérés comme partie du protocole.

Évidence des blessures

Les experts constatent de multiples lésions ecchymotiques et griffures pouvant provenir de lésions de traînage et de lutte ainsi que des lésions aux deux rotules. La victime était de telle corpulence qu'un homme seul a pu le traîner du séjour jusque dans la cave. La cavité buccale était en partie obstruée par un chiffon en boule imbibé d'essence.

Tête/extrémités/tronc

Il existe des abrasions cutanées sèches à l'extrémité du nez, et de la matière croûteuse brunâtre dans la zone du cou et sur les lèvres. Congestion en casque sur la partie gauche du visage.

Les globes oculaires laissent apparaître des restes de tissus de l'iris et de cornée. Les yeux sont brûlés en profondeur par une solution d'acide nitrique.

Des sites multiples de piqûres intraveineuses sont présents dans la fosse antécubitale droite. Un cathéter est en place dans l'artère fémorale et présente un fondement d'hémorragie ayant entraîné la mort.

L'aspect du visage et du tronc, des membres inférieurs et supérieurs est remarquable du fait qu'ils présentent, et ce sur l'ensemble de l'épiderme, une zone de brûlure homogène consécutive à l'application d'une solution d'acide nitrique.

Des hématomes, variant de 6 à 62 millimètres, sont présents sur la partie droite du flanc, sur l'aspect latéral de la jambe intérieure gauche et sur la crête iliaque postérieure droite.

Raphaël interrompit sa lecture pour faire le point sur les premiers éléments de l'autopsie.

Après avoir été battu dans son salon, Mulh avait été traîné par son ou ses tortionnaires jusque dans la cave où il avait été solidement ligoté vivant. On lui avait brûlé les yeux et uniformément couvert le corps et le visage d'une solution d'acide nitrique avant de lui administrer dans le creux du bras de puissantes injections de la même substance corrosive. Une canule de cathéter avait été introduite dans son aine pour le vider de son sang au fur et à mesure de ces injections.

Voilà comment Dieter Mulh avait quitté le monde des vivants : dans d'atroces souffrances.

Il n'y avait aucune trace biologique humaine, type cheveux ou fragment de peau sous les ongles, pour permettre de tracer le meurtrier.

Reprenant sa lecture, Raphaël survola les premiers paragraphes des examens du système nerveux central, du système urinaire et génital, ainsi que l'appareil gastro-intestinal, puis s'arrêta sur le paragraphe intitulé « Système cardiovasculaire ».

Le flic apprit que le cœur de l'ancien nazi pesait 245 grammes et qu'il portait des zones de nécrose. Le texte décrivant l'état des artères et la présence d'acide nitrique mêlé de sang dans le feuillet viscéral de la plèvre et à l'intérieur des poumons confirmait que l'acide avait circulé dans une grande partie du système sanguin. D'après le légiste de Nancy, Mulh était mort pendant cette opération et on lui avait administré un massage cardiaque afin que l'acide circule dans toutes les veines et les vaisseaux de son corps.

De la même manière que le tueur avait inscrit les suites de chiffres sur les murs de la galerie de Lozère à l'aide du sang des victimes, il avait procédé à ce rituel dans un but bien particulier. Les deux avaient un lien. Restait à comprendre lequel.

Cette version du rapport était sensiblement différente de celle, expurgée, que lui avait livrée le magistrat. Raphaël disposait cette fois d'informations assez précises pour pouvoir les exploiter.

Il referma le dossier et rédigea une demande prioritaire de recherches de cas similaire à transmettre au siège d'Interpol à Lyon.

Les services allaient devoir recenser les cas d'homicides non résolus dont les autopsies auraient mis en évidence la présence d'acide. Il savait qu'une telle demande provoquerait une avalanche de dossiers, mais en resserrant plus sa requête, cela impliquerait un examen approfondi des affaires et il ne pouvait pas se permettre d'attendre. Il ferait le tri lui-même. Sa note terminée, Raphaël la glissa dans le fax et l'expédia vers les services concernés, avant de se rasseoir à son bureau.

Sa priorité était maintenant de récupérer le rapport d'autopsie et d'identification des corps retrouvés dans le charnier de Lozère.

9 h 15.

Il décrocha son téléphone et composa la ligne directe de Thierry Beauchène, du service de chimie analytique de l'Institut médico-légal. Trois sonneries, puis une voix familière résonna dans le combiné.

— Allô ?

— Thierry, c'est toi ?

— Oui.

— C'est Zeck, de la SAT. Tu vas bien ?

— On a de l'arrivage en ce moment. Le labo est saturé, je suis plutôt claqué. Chez vous, comment ça se passe ?

— Tendu, j'ai besoin d'un coup de main.

— Quel genre ?

— Je voudrais que tu consultes un dossier pour moi.

— T'es dessus ou bien… ?

Raphaël hésita un instant puis décida de dire la vérité.

— Si j'étais dessus, je n'aurais pas besoin de t'appeler. En réalité, je suis dessaisi dans… un quart d'heure.

C'est en rapport avec les irradiés de Vincennes et le meurtre d'Agathe Perriand, mon équipière. Le dossier est suivi par Schrameck, ton boss.

— Tu serais pas en train de me parler des tas de viande pourrie qui ont débarqué il y a deux jours ?

— Tout juste. Schrameck m'avait promis de me transmettre le rapport d'autopsie dès la première heure mais il me l'a fait à l'envers et a tout remis en direct au juge. Ça commence à me coûter cher.

Beauchène s'accorda un temps de réflexion puis déclara :

— C'est moi qui m'en occupe, j'ai le dossier devant les yeux. Qu'est-ce que tu veux savoir ?

— Tu as terminé le travail ?

— Oui.

— C'est intéressant ?

— Plutôt, oui.

Raphaël sentit son pouls s'emballer.

— T'aurais pas relevé des traces d'acide sur les corps, par hasard ?

Raphaël l'entendit tourner les pages du rapport.

— Laisse-moi reprendre le dossier… Pas d'acide tel quel, non…, fit le chimiste.

— Qu'est-ce que tu as ?

— Dans l'air, les tests gazeux ont relevé une quantité anormale de monoxyde d'azote et dans la flotte, donc sur les corps, on a trouvé des traces d'ion nitrate et de chlore.

Le flic ferma les yeux. Ça ne cadrait pas avec l'assassinat de Mulh. À moins que l'IML de Nancy n'ait commis une erreur, ce qui était peu probable.

— Tu es sûr de ton coup ?

— Oui, mon vieux. Tu espérais quelque chose en particulier ?

— De l'acide nitrique.

— Attends, on n'est pas loin, ça m'intéresse, ça. Le monoxyde d'azote et les nitrates sont le résultat de la dismutation du chlorure de nitrosyle, l'acide nitreux, qui est particulièrement instable. Tu es certain que c'est de l'acide nitrique que tu cherches ? Tu as la formule brute ?

Raphaël reprit le rapport d'autopsie de Mulh et le parcourut jusqu'à trouver ce que Beauchène lui demandait.

— HNO_3.

— Oui, c'est ça, c'est bien de l'acide nitrique.

Raphaël jura intérieurement et demanda :

— Tu as une idée de la raison pour laquelle on utilise ce genre d'acide sur un corps ?

— Certainement pas pour le dissoudre. Le mélange a été utilisé en faible quantité…

— Assez tout de même pour lui cramer les yeux, la peau et les veines.

— Affirmatif, mais si tu veux mon avis, je pense que c'est l'acte d'un dingue.

— Tu pourrais creuser un peu pour moi ? Je cherche mon mobile et là, ça coince.

— OK, je vais y jeter un œil…

— Quand ?

— Rapidement. Passe me voir un peu plus tard dans la journée. Je vais voir ce que je peux chiner.

Raphaël remercia Beauchène, puis il raccrocha.

Il ferma les yeux, laissa ses pensés dériver jusqu'à distinguer sous ses paupières closes les yeux de Sinead qui le scrutaient, le visage défiguré d'Agathe et les corps décomposés de Lozère…

L'alarme de sa montre sonna.

Le flic jeta un coup d'œil, 9 h 30.

Il venait de basculer dans l'illégalité.

45.

— Très touchant votre petite soirée, vraiment… j'ai même cru à un moment que nous aurions droit à une deuxième mi-temps.

— Taisez-vous, Joffre. Vous êtes un porc !

Sans trahir la moindre émotion, le militaire but une gorgée de café et croisa ses maigres jambes d'échassier.

Ils étaient installés dans l'arrière-salle déserte d'un café d'Alésia. Sinead scrutait le sexagénaire, à l'aise dans son costume bleu nuit impeccablement taillé et ses chaussures sur mesure. Elle se demandait si son âme était aussi sale qu'il le laissait paraître ou si c'était un rôle qu'il endossait pour l'occasion.

À 7 h 30 précises, Raphaël avait quitté l'appartement, moins de dix minutes plus tard, un barbouze était monté l'avertir que Joffre voulait la voir sur-le-champ. Visiblement, il n'avait pas apprécié la fin de soirée dans la salle de bains qui l'avait privé de la suite de la conversation.

Le militaire lui parla d'une voix tranchante.

— Vous avez conscience que vous risquez gros à vouloir jouer avec moi ?

Sinead feignit de ne pas comprendre.

— De quel jeu voulez-vous parler ?

— Ne recommencez pas. Vous savez parfaitement de quoi je parle. C'est vraiment dommage, j'avais réussi à trouver quelque chose sur votre mari, Gari Weiss. C'est bien comme ça qu'il s'appelait ?

Sinead sentit son sang se glacer dans ses veines.

— Qu'est-ce que vous avez trouvé ?

— Vous êtes punie.

— Arrêtez ça, Joffre ! J'ai respecté scrupuleusement les termes de notre contrat, à vous d'en faire autant !

Le militaire aux mille visages devint blême. Il l'attrapa par le poignet et lui tordit le bras.

— Écoute-moi bien, petite salope… Personne ne me parle de cette manière.

— Lâchez-moi ! cria presque Sinead en essayant de se dégager, mais le militaire resserra son étreinte.

— Les ordres, ici, c'est moi qui les donne. Tu t'es enfermée avec Zeck dans la salle de bains pour ne pas que j'entende la fin de la conversation, passe encore, c'est vrai que tu m'as balancé des rapports intéressants. Mais tu sembles oublier un détail : ta petite escapade d'hier après-midi où tu as baladé mes hommes pour finalement les semer dans le métro. Je veux savoir ce que tu as été faire et QUI tu as vu.

Il lâcha l'Irlandaise.

Sinead se frotta le poignet en détournant le regard. Ce type était un cinglé prêt à tout pour obtenir les informations qui l'intéressaient. Elle ne pouvait pas lui révéler la vérité, elle essaya de l'endormir.

— J'ai agi par instinct. Je vous rappelle que je suis recherchée par la police et que j'ai failli laisser ma peau à deux reprises dans cette affaire.

— Qui as-tu rencontré ?

— Une amie de Dublin. Elle m'a aidée à m'en sortir lorsque je me suis fait arrêter par la police irlandaise. Elle m'a apporté de l'argent. L'enquête est terminée pour Zeck, je vais devoir me débrouiller seule à présent.

Joffre dévisagea Sinead, ajustant son regard métallique comme un détecteur de mensonges. L'instant dura une éternité puis il demanda :

— Tu vas continuer seule ?

Sinead fut surprise de sa réponse. Mais au fond elle savait qu'il n'était pas dupe et qu'il chercherait à la coincer plus tard.

— Je n'ai pas le choix, répondit-elle.

— Je pense que Zeck a raison, tu devrais te rendre à la justice irlandaise.

— Je n'ai aucune preuve matérielle.

— Ça te regarde… Quoi qu'il en soit, tu vas me manquer, conclut-il avec un sourire qui lui glaça le sang.

— Les infos sur Gari… vous m'avez promis.

— Les infos sur Gari ?

— Vous m'avez dit que vous aviez trouvé quelque chose sur lui !

— De quoi avez-vous parlé dans la salle de bains ?

— De rien qui vous concerne. Je n'arrivais pas à régler le thermostat. Vous avez tout écouté, non ? Vous avez bien entendu qu'on ne parlait plus de l'affaire !

— Ou bien tu voulais qu'il te baise ?

Sinead posa son front dans la paume de sa main en contemplant sa tasse de thé froid.

— Qu'est-ce que tu as fait hier après-midi ?

— Je vous l'ai dit…

— Réponds.

— J'ai été chercher du fric. Je n'ai rien, pas un centime.

— Comment s'appelle ton amie ?

Sinead fut prise de panique à l'idée que cette ordure puisse s'intéresser à Mia.

— Je ne vous le dirai pas !

— Et pourquoi donc ?

— Parce que je ne souhaite pas mettre cette personne en danger. Une fois, vous me faites votre numéro de charme, l'instant d'après vous êtes prêt à me casser le bras parce que je vous ai mal parlé. Vous êtes malade, Joffre, vous le savez ?

— Vous l'avez mal pris on dirait. Désolé, je suis un peu nerveux en ce moment.

Sinead ne releva pas.

— Maintenant, donnez-moi le dossier de Gari.

— Je n'ai pas de « dossier » comme vous l'entendez, mais je peux vous en parler.

— Je vous écoute.

— Il venait d'où, déjà, votre mari… de Pologne ?

— Oui, il a émigré avec sa famille en Israël…

— Ça commence mal.

— Comment ça ?

— J'ai récupéré des renseignements auprès de deux sources. La première vient de chez nous… Le Gari Weiss grand reporter que j'ai trouvé n'est ni polonais ni israélien mais ukrainien. Son véritable nom est Tarass Chevtchenko, du moins c'est ainsi qu'il s'était présenté car la note précisait que Chevtchenko était aussi le nom d'un grand poète romantique ukrainien. Il a rencontré un agent de la DGSE en poste à Bucarest en Roumanie en 1976 dans l'espoir de passer à l'Ouest. Selon la note, il était journaliste, régulièrement envoyé à l'étranger pour l'agence de presse TASS. Entre les lignes, cela signifie qu'il travaillait pour le KGB. TASS étant, comme Novosti, un organe du Parti communiste qui diffusait habilement de la désinformation vers les médias étrangers. Plusieurs rencontres avec des intellectuels de l'Ouest ont peu à peu changé sa façon de penser et il a commencé à nourrir un ressentiment de plus en plus vif à l'égard du pouvoir qui oppressait scientifiques, journalistes et écrivains qui s'opposaient à la politique de Moscou. Il aurait exprimé un peu trop clairement ses opinions, notamment sur les internements de dissidents dans des prisons-asiles psychiatriques et il aurait été muté à Bucarest. C'est là qu'il a rencontré un officier de chez nous par le biais d'une association de défense des droits de l'homme. Il avait écrit une centaine de pages sur l'emprisonnement psychiatrique de dissidents sains d'esprit et proposait de fournir davantage d'informations encore si on l'aidait à passer le Mur, mais la France a décliné.

— Vous voulez dire que la France l'a refusé comme transfuge ?

— Oui, la direction a dû juger que le jeu n'en valait pas la chandelle. Peu de temps après, il a tenté de faire passer son texte à l'Ouest et s'est fait prendre. Il a été arrêté et, ironie du sort, il a été envoyé à la section psychiatrique de Perm-36, le célèbre goulag de l'Oural abritant les prisonniers politiques. Il y a passé deux années.

Sans plus pouvoir prononcer une seule parole, Sinead écoutait Joffre débiter la vie de Gari Weiss-Tarass Chevtchenko comme celle d'un parfait étranger.

Son mari lui avait menti en tout point sur son passé… Une affreuse nausée l'envahit, qu'elle ne parvint pas à masquer.

Joffre reprit son récit comme s'il n'avait rien remarqué.

— J'ai retrouvé sa trace grâce à un collègue du MI-6, les services de renseignements britanniques, qui semblent avoir été plus cléments, puisqu'ils ont accepté de le recevoir grâce à l'intervention de la même association humanitaire qui avait réussi à faire passer son texte sur l'emprisonnent politique. Il serait finalement sorti du pays par la Finlande au printemps 1985, dans les cales bourrées de morue d'un bateau de pêche au départ de Mourmansk. Voilà, je pense que je vous ai tout dit.

Sinead serrait de toutes ses forces la tasse de thé à laquelle elle n'avait pas touché. Joffre avait disparu de son champ de vision et elle tentait de recoller les morceaux, de faire correspondre certaines dates de la légende de Gari avec celles de la vie de Tarass. Le passage à l'Ouest de Tarass coïncidait avec la date d'arrivée de Gari sur le sol anglais en provenance d'Israël… Le sujet et l'approche de son texte correspondaient également aux thèmes dont traitaient ses articles plus récents. Elle songea à Perm-36, le goulag de l'Oural, et au code « C.A. Section 4 » imprimé sur la boîte contenant les paupières… Elle faillit demander à Joffre si une telle inscription signifiait quelque chose pour lui. Elle se retint à temps, elle ne devait jamais lui faire confiance.

— Vous n'étiez pas au courant… il ne vous avait rien dit ? demanda le militaire d'une voix douce qui ne lui ressemblait pas.

Un bref instant de compassion dans son existence de salopard, pensa Sinead.

Elle haussa les épaules sans répondre.

— Je comprends votre désarroi. Mais…

— Laissez tomber, je n'ai pas besoin de votre pitié.

Si Gari ne lui avait rien dit, c'était sans doute pour la protéger, c'était un transfuge et les Anglais lui avaient attribué une nouvelle identité parce qu'il était en danger de mort. En la mettant au courant, il aurait multiplié les risques que les tueurs de l'Est retrouvent sa trace, et c'était sans doute ce qui était arrivé. Mais quel secret détenait-il pour que soit mise en place une telle traque ?

Elle aurait voulu être avec Raphaël, mais elle se rendait compte qu'en lui révélant ces nouveaux éléments, elle éveillerait ses soupçons sur sa trahison. Elle s'enfonçait dans un cauchemar sans fin, elle n'avait aucune idée de ce qui liait les crimes au Cosmos, Gari aux paupières tatouées, mais elle sentait s'esquisser en elle la conviction que toutes ces pièces s'imbriquaient peu à peu et formeraient bientôt une fresque qui la mènerait droit vers la vérité.

Jamais elle ne s'était sentie aussi seule.

46.

Il était 17 heures lorsque Raphaël se gara sur le parking de l'IML, place Mazas. Il verrouilla l'antivol de sa TR6 et gagna le bâtiment de brique qui surplombait le quai de la Rapée et la Seine. En traversant le parking, Raphaël vérifia que personne ne le suivait. Pendant le trajet depuis le 36, il avait également surveillé ses arrières et appliqué la procédure de contre-filature. La donne avait changé et il n'aurait pas été surpris que Dumas lui colle une équipe aux basques afin de s'assurer qu'il ne mettait plus le nez dans ses affaires.

Le flic avait attendu une bonne partie de la journée la réponse à sa requête auprès d'Interpol. Il avait finalement reçu le fax dans son bureau une heure et demie plus tôt. Trente-deux pages qui recensaient quarante-trois cas d'homicides. Malgré une sévère gueule de bois, Drago était venu le rejoindre et ensemble ils avaient épluché chaque cas. Sa prédiction s'était révélée juste, la plupart des dossiers, de la France aux Pays-Bas en passant par le Royaume-Uni, concernaient des femmes défigurées au vitriol par un conjoint, un frère ou un père à la suite de drames familiaux et pour la plupart dans la communauté pakistanaise musulmane ; les autres étaient liés à la prostitution. Ils avaient ensuite étudié plusieurs cas de meurtres qui mentionnaient l'utilisation d'acide. En Suisse, un homme qu'on n'avait jamais réussi à identifier avait été dissous dans un bain de cinquante litres d'acide fluorhydrique. En Hongrie, un médecin de campagne avait tenté de faire disparaître sa femme et ses deux enfants en utilisant du Destop à base de soude ; le père de famille était toujours en fuite. Enfin, les restes d'une repentie de la N'drangheta, la mafia calabraise, avaient été découverts brûlés à l'acide sulfurique dans la baignoire d'une pension de famille de Catanzaro, en Italie.

Un seul dossier avait retenu l'attention des flics. La victime, de sexe masculin et originaire d'ex-RDA, avait été retrouvée nue dans la forêt du Roi à l'est de Cologne en 1988. L'homme s'appelait Werner Stangl, il exerçait la profession d'anthropologue et avait traversé clandestinement le rideau de fer pour s'installer en République fédérale d'Allemagne en 1986. Les enquêteurs de la BDK, la police criminelle fédérale, qui n'avaient jamais résolu cette affaire, avaient finalement conclu que Stangl avait été assassiné par la Stasi en représailles de sa défection. Drago avait immédiatement tilté en remarquant que des traces de substances chimiques identiques à celles retrouvées dans la maison de Lozère avaient été relevées sur le corps de l'anthropologue.

Les deux flics n'avaient bien évidemment aucune preuve de l'implication de Saïph dans cette affaire mais les substances utilisées, le lien avec l'ex-république communiste et la communauté scientifique éveillaient sérieusement les soupçons. En partant du principe que Stangl avait été tué par le même meurtrier que Séror, restait à comprendre pourquoi de l'acide nitrique avait été retrouvé sur la dépouille de Mulh.

Une fois dans la morgue, Raphaël suivit d'un pas rapide l'odeur d'éther jusqu'aux services médicaux et monta quatre à quatre les marches qui menaient au département de microanalyses judiciaire, le laboratoire de Beauchène.

Le chimiste avait la petite quarantaine. Visage fin et quelconque, cheveux bruns ras et lunettes de vue à monture rectangulaire légèrement fumées. Dans sa blouse blanche, il avait l'air d'un premier de la classe, coincé et conformiste. Raphaël l'avait rencontré à plusieurs reprises, il avait très vite compris que l'homme était aux antipodes de cette image qu'il utilisait pour dissimuler à son entourage ses penchants pour les produits stupéfiants. Beauchène était un toxicomane de longue date qui malgré son métier n'avait jamais réussi à décrocher. C'était sans doute sa capacité à changer de personnalité selon l'heure de la journée, ainsi qu'une virtuosité professionnelle forçant le respect qui le maintenaient dans les bonnes grâces de sa hiérarchie.

Raphaël serra la main moite aux ongles bombés qui se tendait vers lui et lança :

— T'as les yeux éclatés… tu fumes au boulot, maintenant ?

Beauchène fit la grimace.

— C'est dur en ce moment, juste le petit stick de fin de journée. Ça me permet de tenir jusqu'au soir.

— Tu fais ce que tu veux, mais gaffe quand même à pas te faire serrer…

Raphaël déambula dans le bureau parfaitement rangé du chimiste et demanda :

— Alors, tu as quelque chose pour moi ?

— Comme je te disais, les frigos sont pleins et certains résultats des analyses du charnier de Lozère sont toujours en cours… Je n'avais pas encore pris le temps de me pencher plus que ça sur le dossier. Après notre petite conversation de ce matin, j'ai mis le nez dedans… sans mauvais jeu de mots ! Bref, j'ai eu une idée qui risque de te paraître un peu loufoque mais je voulais quand même t'en parler…

— Tout m'intéresse, Beauchène, surtout si ça vient de toi.

Le chimiste sourit à ce compliment, puis il attrapa un livre ouvert sur son bureau et s'approcha de Raphaël.

— Voilà, je me suis intéressé aux traces de monoxyde d'azote retrouvées en quantités anormales dans le souterrain et aux ions nitrates sur les corps et dans l'eau, qui sont probablement tous deux issus de la dismutation de l'acide nitreux comme je te l'ai dit ce matin. J'ai regardé à nouveau les analyses, et là c'est devenu intéressant quand je me suis rendu compte qu'il y avait également des traces significatives de chlore… Tu me suis ?

— Pas vraiment.

— Tu vas comprendre. La dismutation est un phénomène qui intervient lorsqu'un produit chimique est instable, incapable de conserver son intégrité chimique, c'est souvent le cas de composés produits en laboratoire. Donc, comme je te l'ai expliqué, à température ambiante, l'acide nitreux se transforme très vite en monoxyde d'azote et en ion nitrate, mais la présence de chlore en quantité m'a interpellé car si on l'associe au monoxyde d'azote et à l'ion nitrate, alors on peut imaginer que la substance de départ n'était pas de l'acide nitreux mais de l'eau régale, soit un mélange d'acide chlorhydrique et d'acide nitrique.

Raphaël respira un grand coup. Beauchène était génial mais ça ne cadrait toujours pas avec l'autopsie de Mulh. Il demanda :

— C'est quoi l'« eau régale » ?

— Une solution inventée par un alchimiste, un Arabo-Yéménite du nom de Jâbir Ibn Hayyân au VIIIe siècle de notre ère, il vivait en Irak. C'est resté pendant longtemps le seul réactif chimique capable de dissoudre les métaux nobles comme le platine, le tantale ou l'or. Si tu verses cette solution sur une pièce du métal jaune, il ne restera que du chlorure aurique, un sel d'or.

— L'eau régale, tu dis…

— Oui, ou l'eau royale telle qu'elle était appelée par les alchimistes dans le passé. Elle est toujours utilisée pour la purification de l'or. Il y a même une anecdote incroyable. Pendant la Seconde Guerre mondiale, lorsque les armées d'Hitler ont envahi le Danemark, George de Hevesy, un chimiste hongrois qui voulait éviter le pillage par les nazis des médailles en or massif du prix Nobel de physique de 1914, a réalisé leur dissolution dans de l'eau régale. Il a gardé l'or au nez et à la barbe des Allemands sous forme d'une solution de chlorure aurique dans un bocal jusqu'à la fin de la guerre, date à laquelle il a reconstitué le métal par précipitation et les médailles ont été refondues par la société Nobel… J'ai jeté un œil au dossier, j'ignore le mobile du tueur mais toutes les inscriptions trouvées sur les murs indiquent qu'il doit suivre un rituel bien précis pour mettre à mort ses victimes. Il faudrait sans doute creuser mais il pourrait bien y avoir un lien avec l'eau régale et sa dimension mystique.

— Mais pourquoi est-ce que le tueur utilisait une telle substance, à ton avis ?

— Je ne sais pas… les corps étaient dans un sale état en arrivant, ça faisait des semaines, voire des mois, qu'ils baignaient dans la flotte, il y a certainement des choses qui nous ont échappé. Elle dit quoi, l'autopsie de ta victime, hormis la mise en évidence d'acide nitrique ?

— Le cadavre présentait des brûlures uniformes sur le corps et le visage. Selon le légiste, Mulh serait mort alors qu'on lui injectait l'acide nitrique en intraveineuse.

— Putain, c'est trash, ton truc.

— On dirait une sorte de technique d'embaumement mais opérée par un dingue.

Beauchène s'accorda un temps de réflexion puis déclara :

— On va vérifier quelque chose immédiatement. Suis-moi.

Raphaël emboîta le pas du chimiste dans un long couloir qui s'ouvrait sur plusieurs salles. Ils s'arrêtèrent devant une porte où était inscrit « MEB » en lettres blanches sur une plaque noire.

— C'est la salle de microscopie à balayage.

Beauchène composa un code et les fit entrer dans la pièce. Il enfila une paire de gants en latex, ouvrit une boîte dans laquelle se trouvaient des petits plots portant chacun un numéro. Il se référa à un document imprimé avant de demander :

— Tu dis que le corps retrouvé dans l'Est a subi des injections… Tu te souviens dans quelle partie du corps elles ont été pratiquées ?

— Oui… bras droit.

— OK, ce sont différents prélèvements effectués sur le cadavre de Pierre Séror. On en a analysé une partie, mais il en reste plus de quatre-vingts, ceux-ci, on n'y a pas encore touché.

Il saisit un prélèvement.

— Là, on va analyser un curetage de sang réalisé dans le bras et on saura si les victimes de Lozère ont subi le même traitement que ton cadavre.

Beauchène alluma le microscope à balayage, déclenchant un puissant bruit de soufflerie, puis plaça le prélèvement dans le compartiment prévu à cet effet.

Raphaël vit une image en noir et blanc apparaître sur un écran, puis le chimiste tapota sur un clavier d'ordinateur et alluma un second écran sur lequel s'affichèrent des données numériques totalement sibyllines pour le flic.

— Cet appareil est couplé avec un spectromètre à dispersion d'énergie qui va nous permettre de déterminer la composition chimique élémentaire de l'élément qu'on observe. Là, on veut savoir si le système vasculaire a reçu des injections d'acide, en l'occurrence d'eau régale.

Ils attendirent quelques minutes, puis des suites de données défilèrent sur l'écran relié au spectromètre.

— Alors ?

— On attend encore un peu, la machine est en

train de comparer ce qu'elle a trouvé avec la banque de données.

Les deux hommes attendirent le verdict en silence.

Puis le résultat s'afficha en lettres vertes.

Beauchène fit rouler son tabouret jusqu'à l'écran et prit quelques minutes pour le déchiffrer avant de se retourner vers le flic.

— Bien, je pense pouvoir t'affirmer que Pierre Séror a reçu une injection massive d'eau régale, mais le plus dingue, c'est que le sang qu'on vient d'analyser contient également des particules de chlorure aurique. Mec, ça veut dire que ton tueur est un putain de taré : il injecte de l'or liquide dans le corps de ses victimes.

47.

En sortant de l'immeuble, Sinead gagna d'un pas rapide la rue Lalande. Au premier carrefour, elle bifurqua à gauche et s'engagea dans la rue Daguerre. La nuit était tombée, le bitume humide scintillait des lumières irisées du marché et un vent frais s'enroulait autour de l'Irlandaise. Elle aimait l'atmosphère de ce quartier, les rues étroites, l'école maternelle, les cours pavées où on pouvait apercevoir des maisons anciennes et leurs façades couvertes de lierre. Elle s'attarda sur l'étalage aux éclats d'argent du poissonnier, le regard d'un père de famille qui rentrait les bras chargés de courses, une adolescente un violon à la main… ces images simples de vie, comme des instantanés, décuplaient son sentiment de solitude, estompaient chaque jour un peu plus les contours de sa propre existence.

Le Bouquet.

C'était le nom du café que Fauconnier, de l'Institut d'astrophysique, avait choisi pour leur rendez-vous. Sinead poussa la porte et aperçut dans un recoin un Raphaël livide aux joues creusées. Elle ne l'avait pas vu depuis le matin et se demanda ce qui était arrivé pour qu'il affiche une telle mine de déterré.

Le scientifique arriva tout de suite derrière elle.

— Bonsoir, vous voulez boire quelque chose ? fit le flic en se levant pour les accueillir.

Fauconnier avait l'air agité, il commanda un demi, Sinead déclina.

Ils prirent place autour de la table puis le physicien attaqua sans préambule :

— Bien, je suis resté tard à l'Institut hier soir pour réfléchir à votre enquête et j'y ai consacré une bonne partie de la journée. J'ai pris contact avec David Mathis, un mathématicien de l'université de Princeton, aux États-Unis. C'est un ami proche et il se trouve qu'il collabore avec l'équipe de Smoot, à l'origine du projet COBE. Je lui ai transmis les suites numériques que vous avez retrouvées sur la scène de crime…

— Quelle a été sa réaction ? demanda Raphaël.

— La surprise. Pour Mathis, ces nombres sont cohérents, ils représentent bien des fluctuations de température calculées à partir de données contenues dans le rayonnement fossile. Bien entendu, il n'est pas en mesure de confirmer l'exactitude de ces fluctuations, mais il est certain que ces nombres sont le produit de calculs complexes réalisés à partir d'un ordinateur puissant. Après cette conversation, j'ai passé la journée à y réfléchir, je pense avoir trouvé une base intéressante de réflexion qui pourrait vous permettre de comprendre ce qui se passe dans la tête de l'homme que vous recherchez.

— Attendez, vous voulez dire que le tueur arriverait à déchiffrer les informations contenues dans la lumière du rayonnement fossile ? demanda Sinead, incrédule.

Fauconnier frictionna ses puissantes mains d'alpiniste l'une contre l'autre comme s'il s'apprêtait à gravir une paroi.

— Ce n'est pas aussi simple. Comme en philosophie, en physique et en cosmologie, il y a plusieurs courants de pensée, il y a des centaines de théories avancées par autant de chercheurs qui s'opposent de manière parfois virulente sur des questions comme la forme de l'Univers, sa taille, son avenir ou son modèle dimensionnel, mais je pourrais passer des heures à vous en parler sans que cela ne nous mène nulle part. Pour comprendre votre meurtrier, nous devons rester concentrés sur ce travail et ce que nous avons trouvé. Mais avant de rentrer dans le détail, laissez-moi vous expliquer les lois qui régissent notre Univers.

— Allez-y, Stéphane, on se cramponne, plaisanta Raphaël.

Fauconnier lui rendit son sourire et expliqua :

— En bref, les interactions de la matière s'expliquent par quatre forces qui sont responsables de tous les phénomènes physiques dans l'Univers. La force gravitationnelle, qui cause l'attraction des corps massifs entre eux. Elle s'observe à travers l'attraction terrestre qui nous retient au sol ou par l'orbite des planètes autour du Soleil. Vient ensuite la force électromagnétique, qui fait que la matière qui compose ce verre ou cette table, par exemple, reste solide. C'est la plus puissante des forces, c'est aussi elle qui rend possibles la lumière, l'électricité ou le magnétisme. Viennent ensuite l'interaction forte et l'interaction faible, respectivement responsables de la cohésion des atomes et de la radioactivité. Aujourd'hui, on est capables d'expliquer chacune de ces forces individuellement grâce à différentes théories… la relativité d'Einstein pour la force gravitationnelle et la mécanique quantique pour les autres, c'est-à-dire les particules et l'infiniment petit.

— Mais ces théories ne s'accordent pas ! intervint Sinead.

— Exactement. À l'heure actuelle, nous sommes incapables d'unifier ces théories en une seule qui permettrait de percer les secrets de l'Univers. Et c'est en ça que l'analyse du rayonnement fossile est infiniment intéressante car elle promet de nous aider à comprendre ce qui nous échappe. Cette image du fond cosmique nous a déjà confirmé la validité du modèle du Big Bang, mais elle va continuer à être étudiée par des chercheurs pour déterminer avec précision l'âge de l'Univers et sa composition, c'est-à-dire le pourcentage de matière, si le noir que l'on observe est, comme on le pense, de la matière sombre, et quelle forme d'énergie est responsable de l'accélération de l'expansion de l'Univers. Tous ces éléments sont essentiels pour avancer dans la compréhension de la genèse de l'Univers et de son futur.

Raphaël suivait sans pour autant comprendre où Fauconnier voulait en venir. Il but une gorgée de café.

— Mais qu'est-ce que cherche le tueur ? demanda Sinead.

— Je pense que votre type, aussi brillant soit-il, est dans une forme de quête immatérielle, je n'ai pas la moindre idée de ses motivations, mais il semblerait qu'il soit à la recherche d'anomalies dans la température du rayonnement fossile. Au début, Mathis et moi avons cru que ces nombres pouvaient représenter une analyse homogène de l'ensemble du rayonnement.

Mais en créant une courbe, on se rend compte que les nombreux pics représentés ne collent pas avec l'image de COBE dans son ensemble. Ce serait plutôt l'analyse de zones très localisées où se seraient produits des phénomènes singuliers de haute énergie. En simplifiant à l'extrême, certains de ces nombres pourraient correspondre à des explosions qui se seraient produites en de multiples endroits de l'image du rayonnement fossile, c'est-à-dire en différents lieux de l'espace et du temps.

Le physicien était passionné et ses informations précieuses, mais pour Raphaël tout cela restait abstrait. Lui était un prédateur à qui il fallait du sang, une odeur lui indiquant une direction dans laquelle chercher. Il demanda :

— Concrètement, comment est-ce que moi, flic, je peux me servir de ce que vous expliquez pour mettre la main sur ce fumier ?

Fauconnier sourit.

— Je sais que tout cela est difficile à appréhender… Nous vivons dans un monde rationnel et ce dont je vous parle s'apparente plus à du surnaturel pour l'esprit humain. Nous sommes pourtant dans une réalité physique. Je pense que vous devriez utiliser les informations que je vous livre de la même manière qu'un « profiler » se servirait de l'analyse du comportement d'un psychopathe pour anticiper ses actions et le coincer. Ce sont les clés qui vont vous permettre d'explorer la conscience de votre tueur et de vous glisser dans sa folie pour comprendre d'où il vient et où il va ! Laissez-moi aller au bout de mon raisonnement.

Fauconnier but une gorgée de bière et reprit :

— J'ai donc rappelé Mathis cet après-midi et il nous est apparu que les modèles que le tueur utilise pour ses calculs sont très probablement issus de ce qu'on appelle la théorie des cordes, une branche bien particulière de la physique théorique.

— La fameuse théorie qui, si elle se vérifiait, permettrait d'unifier la relativité générale à la mécanique quantique. L'infiniment grand et l'infiniment petit, expliqua Sinead.

— Oui, mais son ambition ne s'arrête pas à cette seule réconciliation, la théorie des cordes prétend également unifier les quatre forces universelles. C'est la fameuse théorie du TOUT, qui permettrait de comprendre beaucoup de choses. Hélas pour l'heure, nous n'en sommes pas là. Cette théorie en est encore à ses balbutiements et personne ne peut garantir qu'elle se vérifiera un jour. Là aussi, plusieurs courants de pensée s'opposent… pas très convaincant pour une théorie qui se veut unificatrice. Ce qui est certain, c'est que votre tueur y croit, ses calculs l'attestent et aussi fou que cela puisse paraître, je pense avoir compris ce qu'il cherche dans le rayonnement fossile.

Raphaël et Sinead échangèrent un regard.

— Comme je vous l'ai dit, poursuivit Fauconnier, il est aujourd'hui impossible d'unifier mécanique quantique et relativité. Comme chacune de ces théories a conduit à des succès expérimentaux impressionnants, plutôt que de se poser des problèmes insolubles, une partie de la communauté scientifique a adopté une attitude pragmatique en décidant d'utiliser chaque outil dans son domaine de validité. Mais il reste que certains phénomènes comme les trous noirs, par exemple, nécessitent l'utilisation des deux théories, soit la relativité générale pour étudier son champ gravitationnel qui attire tout ce qui passe à sa portée, soit la mécanique quantique pour déterminer la matière dont il est constitué. Les premiers instants du Big Bang posent un problème analogue. La théorie des cordes, si elle s'avérait fondée, permettrait donc de décrire avec précision ces phénomènes, mais elle remettrait en cause bon nombre de certitudes sur l'Univers tel que nous le concevons aujourd'hui et c'est précisément ce qui intéresse votre tueur. Une des solutions envisagées par la théorie des cordes cherche à démontrer que notre Univers serait en fait ce qu'on appelle une « brane », c'est-à-dire un espace-temps comme une feuille de papier flottant dans un super-Univers constitué d'immenses ou de minuscules dimensions supplémentaires. Cela voudrait dire que nous serions partie d'un ensemble beaucoup plus vaste, que nous ne pouvons percevoir. Les galaxies que nous observons dans le cosmos seraient cantonnées à notre brane. Une brane peut-être vue comme une sorte de membrane qui oscille et qui est située à une distance infinitésimale de la brane voisine. Un modèle baptisé « ekpyrotique », sujet à de grandes controverses, proposerait un scénario du Big Bang différent de celui qu'on connaît aujourd'hui. Selon certains chercheurs, le Big Bang serait en fait un échange d'énergie monumental qui se produirait au contact de deux branes et se reproduirait régulièrement. D'autres hypothèses très complexes prédisent que ces collisions branaires pourraient créer ce qu'on appelle un trou de ver, à savoir un point de passage entre deux Univers, mais nous sommes ici dans de la pure science-fiction car en théorie aucun corps ne peut passer d'un Univers à l'autre, seules

les ondes gravitationnelles qu'on appelle « gravitons » seraient capables de franchir cette frontière. Je vous rappelle que tout cela est purement théorique et très controversé bien que des esprits brillants comme Einstein ou Hawking se soient penchés dessus. Les trous de ver sont aussi connus sous le nom de ponts d'Einstein-Rosen.

Raphaël fit la grimace, Sinead résuma :

— Donc selon vous, ce que le tueur recherche, ce sont des passages d'un Univers à l'autre. C'est délirant…

— Oui, plutôt… À ses yeux, les éventuelles anomalies détectées dans le rayonnement fossile pourraient révéler la présence de ces fameux trous de ver et, en calculant une périodicité, il pourrait éventuellement prédire où et quand se formera le prochain. En résumé, je pense que vous êtes face à un esprit remarquable, un physicien de haut vol qui a perdu pied dans sa recherche de la vérité et sombré dans la folie.

— Une folie meurtrière que nous devons arrêter, conclut Raphaël. Je vous propose de redescendre sur terre et d'établir une corrélation entre nos preuves matérielles et votre théorie.

Raphaël résuma alors son entretien avec le chimiste de l'Institut médico-légal et la présence de sel d'or sur le corps et dans les veines des victimes, puis ce fut au tour de Sinead d'évoquer les récentes découvertes réalisées sur les paupières tatouées.

Fauconnier les écouta avec attention. À chaque nouvelle information ses paupières tressautaient comme s'il était pris de tics. Il déclara finalement :

— Tout cela fait sens. L'or évoque le rêve d'éternité des civilisations anciennes qui se paraient du métal jaune pour ressembler aux astres, certaines avaient même compris de manière empirique l'existence de grains de lumière, les photons, puisqu'ils les représentaient sur des bas-reliefs. Au-delà du cliché de l'alchimie et de la transmutation des métaux, l'eau régale et le chlorure aurique font référence à la quête de l'immortalité, au rêve de divinisation, de fusion même avec le cosmos et le divin. Les paupières dont vous me parlez sont des pièces archéologiques rares, techniquement ce sont des opercules qui servent à obturer les yeux pour les protéger de la lumière. Je serais très intéressé de connaître leur provenance et la signification des tatouages…

Sinead conclut le raisonnement de l'astrophysicien.

— Donc on peut imaginer que si le tueur enveloppe ses victimes d'or et injecte dans leur système vasculaire l'eau régale chargée de chlorure aurique, c'est pour leur assurer une forme d'immortalité… Ce type baigne dans la symbolique de la lumière…

— C'est ça, reprit Fauconnier, et si on veut pousser plus loin le raisonnement, on peut considérer que l'utilisation de substances radiologiques pour tuer les Tchétchènes du bois de Vincennes fait appel à la force faible qui caractérise la radioactivité. Une des quatre forces qui régit l'Univers…

L'Irlandaise songea alors à la cause de la mort de Gari, une explosion, la thermite, le feu… ça aussi entrait dans la logique démente de Saïph.

— C'est très poétique tout ça…, coupa le flic. Mais ça ne nous dit pas POURQUOI il tue. C'est pourtant ça que nous devons découvrir, c'est cette information qui nous mènera jusqu'à lui.

— Tu as tort, Raphaël ! s'exclama Sinead. Nous

devons connaître toutes les facettes de sa personnalité, nous ne pouvons pas nous permettre la moindre inconnue dans cette affaire. Nous ne connaissons même pas son identité…

— Cette jeune femme a raison, Zeck. Vous faites certainement un excellent flic, mais vous feriez un piètre physicien. Vous êtes trop terre à terre, il faut savoir rêver, cette poésie que vous moquez pourrait vous emmener vers votre tueur plus vite que vous ne l'imaginez. Vous savez, si je fais ce métier ce n'est pas parce que j'étais bon en maths, mais parce que j'avais soif de découvrir, d'explorer. Depuis mon plus jeune âge, j'ai voulu savoir ce qui se passait là-haut, j'y ai consacré ma vie alors qu'au fond de moi je sais pertinemment que je ne découvrirai sans doute jamais ce qui s'y passe, pourtant je ne cesse d'y croire et c'est ce qui me fait avancer. Si je vous dis tout ça, ce n'est pas pour vous raconter ma vie mais pour que vous compreniez que ce monstre que vous traquez a sans doute été le même enfant que moi un jour. Un gamin qui regardait les étoiles et le noir du ciel avec des larmes plein les yeux, un môme avec les mêmes rêves que les miens, jusqu'à ce qu'un jour sa trajectoire dévie, et que, pour une raison X ou Y, il soit devenu un tueur… Vous devriez écouter cette jeune femme, sa sensibilité aux mystères du cosmos est votre meilleur atout.

Le physicien avait raison, Raphaël en avait conscience mais il était trop à cran pour le lui signifier. Il hocha la tête pour lui montrer qu'il avait reçu le message.

Ce fut Fauconnier qui mit fin à leur entretien.

— Bien, il faut que je vous laisse, je prends un

vol demain matin pour Vancouver. Je me rends à un colloque et je dois finir de préparer ma présentation. Et je suis désolé si je vous ai paru… brutal. C'est ma façon d'être. Si vous le pouvez, tenez-moi au courant, et à l'occasion, si vous voulez venir grimper, vous êtes le bienvenu.

Raphaël et Sinead lui serrèrent chaleureusement la main puis le regardèrent s'éloigner en direction de l'avenue du Général-Leclerc. Raphaël régla les consommations et ils quittèrent le café à leur tour.

Ils marchaient côte à côte rue Daguerre. Le temps était devenu plus doux et le vent courait comme une caresse sur leur peau. Le flic tourna son regard vers Sinead et regarda la lumière glisser sur son profil à contre-jour. Son nez aquilin, l'ourlet de ses lèvres et la petite fossette qui dessinait son menton, ses cheveux coupés à la garçonne. Même ici, dans cette rue, la lumière était au cœur de la vie, lui dévoilant en cet instant un visage de l'Irlandaise qu'il n'avait jamais remarqué.

Elle se tourna vers lui et glissa :

— J'aime bien ce type.

— Oui, j'ai bien vu… c'est réciproque d'ailleurs.

Raphaël regretta aussitôt cette pointe de jalousie qu'il avait eu du mal à réprimer pendant l'entrevue.

Sinead ne releva pas.

Il inspira profondément et passa à autre chose.

— Vous avez raison tous les deux pour le profil psy de Saïph, c'est essentiel… mais malgré tout quelque chose ne cadre pas.

— À quoi tu penses ?

— Au cadavre de Mulh. Le rapport d'autopsie

fait état d'acide nitrique. Ça ne colle pas avec les autres meurtres. Saïph est ultra-précis, ses meurtres sont signés comme si symboliquement il voulait offrir une vie éternelle à ses victimes. L'acide nitrique, ça ne rentre dans aucun modèle décrit par Fauconnier.

— Tu ne crois pas que Saïph ait pu commettre une erreur ou qu'il ait été pris par le temps…

— Non, ce type est dingue mais logique et méticuleux, tu me l'as dit toi-même. Le temps ne compte pas pour lui. Regarde, il a inscrit ces nombres de sang partout dans le charnier de Lozère. Il suit son rituel à la lettre. Non… je n'y crois pas.

— Je ne vois pas d'autre explication…, répondit l'Irlandaise.

Raphaël joignit les mains et les porta à ses lèvres lorsque soudain la vérité lui apparut.

— Putain, mais c'est évident !

Sinead sentit son cœur bondir dans sa poitrine.

— Quoi !

— Si Mulh a reçu des injections d'acide nitrique à la place de l'eau régale, c'est simplement parce que Saïph… n'est pas l'auteur de ce meurtre.

— Qu'est-ce que tu veux dire ?

— Que Mulh en savait trop… Quelqu'un l'a exécuté en imitant la signature de Saïph. Quelqu'un d'assez proche ou bien informé pour avoir connaissance des meurtres commis par Saïph mais sans connaître les véritables détails de son rituel. L'emploi d'acide nitrique au lieu d'eau régale est une erreur grossière… je te parie que le vieux SS n'a aucune trace d'or sur la peau ni dans le sang.

— Ça veut dire que celui qui a fait ça connaît

Saïph, qu'il était au courant de ses liens avec Mulh et du trafic d'armes, ça veut dire…

— Que ce fumier est dans l'environnement de l'enquête… D'un côté ou de l'autre, mais tout près de nous…

48.

— On a un problème…

En sortant la première de l'ascenseur, Sinead avait immédiatement remarqué la porte entrebâillée de l'appartement.

— Je suis certaine d'avoir verrouil…

Le flic posa son index sur sa bouche pour lui intimer de se taire. D'un geste sûr, il tira son .38 de son étui et avança vers l'entrée. Il poussa lentement la porte et glissa dans l'obscurité.

Bras tendu, la crosse de son revolver calée au creux de la paume, Raphaël sonda d'abord le couloir.

Il pivota à gauche, à droite… Personne.

La bibliothèque avait été fouillée, les livres jetés au sol.

Il enjamba la mer de papier puis progressa jusqu'à la chambre, attentif au moindre signe d'une présence étrangère.

Rien.

Il fit volte-face et prit la direction du salon.

La lumière était restée allumée et la pièce avait été mise à sac. Le canapé et les fauteuils éventrés, les étagères vidées de leur contenu, la grande malle en bois posée le long de la fenêtre renversée.

Personne non plus dans la seconde chambre.

Il rangea son arme à sa ceinture et fit entrer Sinead.

L'Irlandaise fonça jusqu'à la salle de bains, grimpa sur la cuvette des toilettes pour soulever le bac de la chasse d'eau. Elle inspecta le couvercle, plongea sa main dans l'eau froide.

Vide.

Elle s'accroupit dans le couloir et enfouit son visage dans ses mains.

— Ils les ont prises…

— Quoi ?

— Les paupières, ils ont volé les paupières…

Raphaël garda le silence un court instant puis demanda :

— À qui en as-tu parlé ?

— À part Mia, personne.

— Tu n'as pas été suivie ? Personne de suspect n'a pu entendre ce que tu disais quand vous étiez au café ?

— Non, non… j'en suis sûre. Et toi, à qui en as-tu parlé ?

Raphaël fit un rapide tour de piste des personnes au courant de l'existence des reliques.

— Fauconnier, Beauchène le chimiste de l'IML et Drago. Ce sont les seuls.

— Et tu penses que… ?

— Je ne pense rien mais ça me paraît impossible… Ça ne peut pas être eux.

Raphaël fit quelques pas et balaya l'espace du regard.

— Il y a peut-être une autre explication…

Le flic enleva sa veste et commença à inspecter

l'appartement en détail. Il commença par le téléphone puis retourna les cadres photo, les murs, le plancher, les plinthes…

— Personne ne savait que les paupières se trouvaient ici. Ça signifie que ce fils de pute de Dumas n'a pas lâché prise. Il est venu ici en notre absence pour placer des mouchards. On doit être sur écoute.

Sinead se recroquevilla dans le couloir, elle sentait son cœur ralentir comme s'il allait se figer dans sa poitrine.

Raphaël augmenta la cadence, puis comprit qu'il ne trouverait rien de cette manière. Les micros étaient sans doute cachés à l'intérieur des murs. Peut-être même dans un appartement voisin.

— J'appelle le Serbe, il doit encore être au service, avec un détecteur de fréquence ça va être réglé en cinq minutes. Après, on fera venir Deluca pour faire le point.

Raphaël attrapa le combiné et composa le numéro de Drago. Sinead se leva, elle se sentait si faible qu'elle dut s'appuyer sur le mur pour parvenir jusqu'à Raphaël. Elle s'approcha lentement dans son dos et d'une pression du doigt elle coupa la communication.

Raphaël la dévisagea.

— Qu'est-ce que… tu fais ?

L'Irlandaise était secouée de tremblements, le piège qui la menaçait depuis l'explosion du cottage s'était refermé sur elle.

— Pas toi, Sinead… Pas toi…

Elle détourna le regard et se laissa glisser le long du mur jusqu'à atteindre la position fœtale.

À hauteur de son visage, elle parvenait à distinguer la main enragée de Raphaël qui serrait le combiné de toutes ses forces. Un instant plus tard, il balança l'appareil qui vola en éclats en atteignant le mur de la chambre.

— Ils sont où, ces putains de micros ?!

Silence.

— RÉPONDS !

— Il y en a quatre.

Elle désigna la porte du salon.

— Dans cette poignée, côté intérieur. Un autre entre les lames du parquet de ta chambre. Les deux autres sont dans la cuisine et dans la chambre du fond.

Le flic démonta la poignée de porcelaine. Un trou avait été percé pour y glisser un mouchard pas plus gros qu'une tête d'allumette relié à un émetteur miniaturisé. Il délogea les trois autres micros de leur planque et les déconnecta l'un après l'autre.

— Parle-moi… parle-moi vite. Parce que, là, j'ai envie de te foutre dehors.

Sinead murmura :

— Il avait des photos de moi, de nous. Il savait où je me cachais. Je n'avais pas le choix…

— Tu m'écœures.

— Si je ne coopérais pas, il me balançait à la justice et toi avec…

— Il serait fier, ton frangin, de savoir que sa petite sœur est une balance !

Sinead sentit son cœur se soulever, cette fois elle riposta :

— De quoi tu me parles, t'as pas un peu oublié que toi aussi t'es un connard de flic ? Ce sont tes méthodes, non ? C'est pas comme ça que tu fonctionnes avec tes indics ? Tu ne m'as ni plus ni moins proposé le même deal que lui ? Toi aussi, tu m'as utilisée.

Raphaël inspira profondément pour évacuer sa colère et analysa la situation : d'un côté Sinead avait brisé sa confiance, de l'autre elle avait ouvert une nouvelle brèche. Il devait se calmer pour obtenir d'elle un maximum d'informations. Après, seulement, il déciderait de la suite à donner aux événements.

— C'est qui, le maître chanteur, Dumas et sa clique ?

— Ce n'est pas le nom qu'il m'a donné.

— Qui alors ?

— Il se fait appeler Joffre. Il dit travailler pour la DGSE.

— La DGSE ? ! Mais qu'est-ce qu'ils viennent foutre là-dedans ? Qu'est-ce qu'il voulait ?

— Que je l'informe des évolutions de l'enquête, en échange j'ai reçu des renseignements sur le passé de Gari… Ça, c'était seulement si je le laissais poser des micros chez toi.

— Pourquoi tu ne m'as rien dit ?

— Parce que je n'avais aucune idée de la réaction que tu aurais à ce moment-là. J'avais peur que tu mettes un terme à notre pacte. Et j'avais besoin des éléments qu'il me proposait sur mon mari.

— Quand tu m'as attiré dans la salle de bains, c'était pour qu'il n'entende pas notre conversation ?

L'Irlandaise hocha la tête.

— Tu lui a caché l'existence des reliques ?

— Oui, mais il a compris que je l'endormais. C'est pour ça qu'ils ont tout mis à sac. Il s'est comporté comme un porc avec moi. Il le fait parce qu'il sait qu'il me tient. Au moindre faux pas, je plongeais. J'ai même cru qu'il allait me frapper.

Raphaël s'accorda un temps de réflexion puis déclara :

— Bon, de toute façon on est cramés. Donc, maintenant, il y a deux solutions. La première, on part aux chèvres mais s'il nous balance ça risque de compliquer sérieusement notre enquête, la seconde, ton type se pointe ici et on discute pour comprendre ce qu'il veut.

— La deuxième solution me paraît la plus raisonnable.

Le flic et l'Irlandaise sursautèrent et se tournèrent en même temps vers la silhouette noueuse qui s'encadrait dans la porte d'entrée.

49.

— Je suis Joffre. La sombre ordure dont vous a parlé McKeown. Je peux me joindre à vous ?

Sourcils froncés, Raphaël dévisagea le type à la gueule de militaire et à la tenue d'énarque – costume sombre et manteau en cachemire bleu marine.

— Je vous en prie… Vous êtes un peu chez vous, ici.

— Je vois que vous savez garder le sens de l'humour en toutes circonstances.

— Appelez ça comme ça vous chante. Que voulez-vous, Joffre ?

— Rien de plus que ce que McKeown vous a très certainement expliqué.

— Quand je vois l'état dans lequel vous avez laissé mon appartement… je me dis que quelque chose a dû vous froisser.

Le militaire enleva son manteau, le posa sur son bras et pénétra dans le séjour.

— Au risque de vous décevoir, je ne suis pour rien dans ce qui s'est passé ici ce soir.

— Qui d'autre que vous serait venu ici ?

— La DST peut-être, ou bien le mystérieux Saïph.

Grâce aux deux micros supplémentaires dont la charmante Sinead n'avait pas connaissance, je comprends qu'on m'a fait des cachotteries. Enfin je vais y voir clair… Qu'est-ce que c'est que cette histoire de paupières ?

Il y eut un silence, puis Sinead répondit :

— J'ignore de quoi vous parlez.

— Allons, allons, vous savez bien que vous n'êtes pas en position de négocier. Vous n'êtes pas allée jusque-là dans la trahison pour baisser les bras si près du but… N'allez pas tout gâcher et aidez-moi à comprendre le lien entre le dossier parisien et la mort de Gari Weiss.

Le militaire avait clairement l'ascendant psychologique sur l'Irlandaise. Raphaël décida de s'en mêler :

— Arrêtez votre petit jeu, Joffre. Si vous voulez des infos, il va falloir que vous nous parliez plus franchement de vos intérêts dans cette affaire.

Le militaire posa soigneusement son manteau sur la table et s'installa dans un fauteuil éventré. Coudes sur les genoux, il joignit les mains, ses index sur ses lèvres serrées, comme s'il était en proie à une intense réflexion.

— Que vient faire la DGSE dans ce merdier ?

Joffre tourna lentement le visage vers Raphaël.

— Vous ne vous êtes jamais demandé pourquoi il vous a été si facile de récupérer la note de service sur le Tchétchène Islamov ? Ni pourquoi ma collaboratrice Naïma Sednaoui vous a informé de la présence de cet individu sur le territoire ?

Raphaël fixait Joffre en attendant la suite.

— C'est moi qui lui ai demandé de vous transmettre les informations nécessaires pour démarrer cette enquête. Sans la DGSE, vous seriez encore en train de bêcher dans le bois de Vincennes à la recherche du premier indice. Si vous avez avancé, c'est uniquement parce que JE pilote cette enquête depuis le départ.

Raphaël s'approcha du militaire et s'arrêta devant lui.

— Une jeune flic est morte le soir où nous avons interpellé Islamov. Étaient-ce vos hommes qui suivaient dans la Peugeot banalisée ?

— C'était mon équipe, mais ils ne sont pas responsables.

Avant que l'espion ait pu esquisser le moindre geste, Raphaël sortit son revolver et lui planta le canon chromé dans la gorge.

Il arma le chien.

— Je vais t'abattre.

Le militaire resta impassible.

— Les Tchétchènes vous avaient repérés. C'est votre filature qui était minable.

— Foutaises.

— Ils ont repéré votre dispositif, c'est pour cette raison qu'ils sont partis vers Aubervilliers.

— Faux, ils voulaient emmener Saïph vers les voies ferrées pour le dessouder.

— Je suis désolé, Zeck… nous avions sonorisé leur voiture. Je peux vous faire écouter les enregistrements. Je suis navré, mais vous êtes seul responsable de la mort de votre coéquipière.

La culpabilité balaya sa rage. Raphaël baissa son arme et se passa une main sur le visage.

— Vous voilà raisonnable. Nous allons peut-être pouvoir parler maintenant.

— Que voulez-vous de nous ?

— Nous nous intéressons de près aux anciens réseaux anticommunistes européens. Vous avez sans doute pu vous rendre compte au fil de votre enquête que ces organisations clandestines tentaculaires existent toujours malgré leur démantèlement décrété il y a de nombreuses années. Longtemps le SAC, la garde prétorienne du général de Gaulle, aujourd'hui remplacé par le MIL, tout comme le Gladio italien, se sont rendus coupables de crimes allant du trafic de drogue à l'organisation d'attentats terroristes et ce en toute impunité. En France, ces réseaux ont officiellement disparu mais quelques fantômes de la Guerre froide qui n'ont pas pu renoncer à leurs privilèges continuent d'exister grâce à leurs puissants soutiens. Notre souci est qu'une bonne partie de ses membres est composée entre autres de flics et d'hommes de la DST…

— Et la DGSE dans tout ça ? coupa Raphaël.

— Historiquement, « la Piscine » a toujours été plus proche des anticommunistes purs et durs, le réseau Rose des vents de François de Grossouvre, et de l'OAS, mais il est vrai que certains de nos personnels étaient impliqués dans des actions condamnables. Nous avons fait le ménage… Quoi qu'il en soit, ces hommes disposent de moyens, d'armes et nous pensons qu'ils représentent une menace pour la France. Leur appartenance aux forces de l'ordre les rend très difficiles à atteindre. À l'étranger, tout est plus facile pour nous, car nous agissons dans la clandestinité. Sur le territoire français, où la DGSE n'a pas vocation à intervenir, c'est un autre problème. C'est pour cette raison que je me suis invité dans votre enquête et que j'aimerais continuer avec vous puisque vous êtes les mieux placés pour démêler les fils de cette affaire.

— Dumas est impliqué dans ces réseaux ?

— Je l'ignore, mais il agit sur ordre. C'est pour cette raison qu'il s'acharne sur vous. Il a pour mission de vous empêcher de découvrir une vérité qui mettrait certains fonctionnaires de l'État en fâcheuse posture.

— Dumas et vous travaillez pour le même taulier, pourquoi votre position diffère-t-elle de la sienne ?

Joffre esquissa un sourire qui tendit la peau de son visage émacié.

— Nous ne travaillons pas pour le même taulier comme vous dites ; j'appartiens au ministère de la Défense, où nous avons des perceptions très différentes de ces réseaux. Ma hiérarchie souhaite vivement mettre un terme aux activités de ces hommes que nous considérons comme des ennemis de la République.

— Quelle noble cause..., railla le flic. Qu'est-ce que McKeown et moi venons faire dans tout ça ?

Joffre croisa les jambes et se frotta le bout des doigts comme s'il ne pouvait masquer une certaine forme d'excitation.

— Aujourd'hui, le réseau français n'a plus de nom et se résume à un noyau dur d'une dizaine d'hommes dirigé il y a peu encore par le regretté Dieter Mulh. Séror vous a induit en erreur mais il était bien membre du réseau. Nous avons œuvré pour semer la discorde au sein du groupe, ce qui a coûté la vie à ce vieux débris de Mulh. Les causes de la mort de Séror sont plus troubles.

Raphaël considéra Joffre, sa maigreur et ses petits tics nerveux en se disant que lui-même n'était pas loin d'avoir l'air d'un vieux débris.

— C'est donc vous qui avez fait assassiner Mulh ?

— Non, nous ne l'avons pas assassiné mais nous avons fait en sorte qu'il le soit.

— Comment ?

— Ne m'en demandez pas trop, rétorqua le militaire. En revanche, je pense pouvoir vous dire que le dénommé Saïph est entré en dissidence. En recoupant les informations de Sinead avec celles dont nous disposions déjà, il paraît évident que cet homme a besoin d'argent et qu'il est prêt à tout pour prendre le contrôle des caches d'armes. Dès que nous l'aurons rayé de la liste, il sera plus facile de classer ce dossier.

Ils se dévisagèrent tous les trois un moment en silence. C'est Sinead qui reprit la parole :

— Qu'attendez-vous de nous exactement ?

— Maintenant que Zeck est dégagé de toute obligation vis-à-vis de ce dossier, je pensais que nous pourrions passer un accord qui vous aiderait à retrouver Saïph et me permettrait de mettre un terme aux activités illicites du noyau dur des anciens clandestins du Service d'action civique. Vous deviendriez en quelque sorte ce qu'on appelle des « contractuels ». C'est-à-dire que vous travailleriez pour nous de manière totalement officieuse. Nous vous aiderons dans cette enquête avec d'autres éléments dont nous disposons mais bien entendu, en cas d'échec, nous ne vous avons jamais rencontrés.

— Comment vous croire, Joffre ? Vos méthodes sont tellement tordues.

Le militaire ricana.

— Vous pensez sans doute que les vôtres sont plus saines ? Pardonnez-moi mais nous sommes de la même espèce, Zeck, que vous l'assumiez ou non !

— Je ne pense pas. La légalité a l'avantage de vous empêcher de franchir certaines frontières.

Un rire cynique secoua la carcasse de Joffre.

— Parlez-moi de légalité alors que nous sommes assis là à discuter avec McKeown, une terroriste sous le coup d'un mandat d'arrêt international.

— Vous savez comme moi qu'elle est innocente.

Joffre ne releva pas et poursuivit :

— Ne me forcez pas à dresser une liste… Vous êtes un ancien commando, Zeck. Combien d'innocents avez-vous tués ?… Un enfant rencontré dans la forêt de Mala Dubrava en Croatie pendant la prise de Vukovar à l'automne 1991. Vous êtes en mission de renseignement… Vous savez que si vous l'emmenez il va vous retarder et que si vous le laissez partir il va aller vous vendre pour nourrir sa famille. Qui a été lui loger une balle dans la tête ? Vous… À moins que vous n'ayez envoyé un de vos hommes effectuer la sale besogne ? Je voulais mieux vous connaître… J'ai eu accès à certains de vos rapports d'opération, figurez-vous. Vous savez comme moi que seule la survie et la réussite de la mission comptent, alors épargnez-moi le chapitre sur la veuve et l'orphelin.

Raphaël sentit sur lui le regard de Sinead. Il n'avait pas besoin de le croiser pour éprouver le dégoût qu'il y verrait. Ce même dégoût qu'il ressentait lui-même et lui avait fait abandonner son béret vert. Mais il ne souhaitait pas rentrer dans ce débat avec Joffre.

Ils étaient coincés.

Soit ils coopéraient, soit Joffre les balançait.

Raphaël soupira.

— OK… par où on commence ?

Joffre quitta son siège et vint s'appuyer contre la fenêtre.

— Je vais vous livrer certaines informations qui devraient vous permettre de relancer votre enquête mais, avant cela, je souhaite que vous me parliez de ces paupières que vous avez retrouvées.

50.

14 décembre, Ville-d'Avray
9 heures du matin

Raphaël déverrouilla le cadenas et dégagea la chaîne rouillée qui retenait les battants du portail en fer forgé. Il jeta un regard à Drago puis les flics pénétrèrent dans la propriété.

C'était une demeure bourgeoise, collée au parc de Saint-Cloud. Au bout de l'allée bordée de chênes centenaires et envahie de brume et d'herbes folles, une bâtisse blanche du XIXe aux murs décrépis se détachait sous le ciel gris pâle.

— C'est quoi, cet endroit ? demanda le Serbe.

— Une maison stérile. Joffre l'utilise de temps à autre, il m'a passé les clés. On devrait y être en sécurité pour recevoir le contact bulgare.

Le Serbe fit glisser son casque de moto sur son bras.

— Tu as vraiment confiance en ce type ?

— Franchement non, mais je n'ai pas le choix.

Raphaël s'arrêta dans l'allée. Les yeux sur ses boots de cuir humides de rosée, il marmonna :

— Tu n'as pas à me suivre dans ce merdier, Drago.

Tu peux encore faire demi-tour et sauver ta peau à la section. Ça ne sert à rien qu'on plonge tous les deux dans cette affaire.

— N'y pense même pas ! D'ailleurs tout le groupe est avec nous. Raconte, c'est qui, le type qu'on va cuisiner ?

— Rumen Katincharov, conservateur du Kosmicheskiy Musei, le musée du Cosmos de Varna, une ville sur les rives de la mer Noire en Bulgarie.

— Qu'est-ce qu'il vient faire là-dedans, celui-là ?

— Je t'explique. On s'est pas totalement plantés sur Séror, il était bien de la partie avant de se faire dézinguer par Saïph. Joffre m'a expliqué que la DGSE surveillait le scientifique depuis de nombreuses années, chacun de ses déplacements à l'étranger faisait l'objet d'une note détaillée. D'après lui, Séror était une sorte d'agent double. Il fournissait du renseignement à la DST, mais bossait également pour les Soviétiques. Ses contacts étaient nombreux de l'autre côté du Mur – Académie des sciences, VNIIEF, l'Institut panrusse de recherche en physique expérimentale en passant par l'Institut Kourtchatov de l'énergie atomique, sans oublier le célèbre département T du KGB, spécialisé dans le recueil de renseignement scientifique –, mais toute cette facette de son existence ne nous concerne pas vraiment. Depuis l'éclatement de l'empire soviétique il y a trois ans, Séror semblait un peu perdu et il voyageait moins… Bref, il avait l'air rangé des voitures, jusqu'à un voyage qu'il a effectué en Bulgarie l'année dernière. Le bloc de l'Est est toujours en pleine transition et le responsable de l'antenne du renseignement extérieur à Sofia n'a eu aucun mal à soudoyer d'anciens membres de la DS, la police secrète bulgare, pour coller au train de Séror parti pour un mystérieux voyage à Varna avec comme point de chute le musée du Cosmos. C'est là qu'il y a rencontré Katincharov, mais on ignore en revanche ce qu'ils se sont dit.

Le Serbe remonta le col de sa veste et fit quelques pas en direction de la maison.

— D'après Joffre, cette rencontre pourrait avoir un lien avec notre dossier ? C'est spécial quand même, non ?

— Je sais, concéda Raphaël en allumant une cigarette. Mais on ne peut négliger aucune piste, si Joffre nous a mis dessus c'est qu'il doit y avoir un poisson au bout de la ligne ; il est pas du genre à perdre son temps.

— Il menace de vous balancer Sinead et toi… Qu'est-ce qu'il va se passer une fois l'enquête terminée ?

Raphaël souffla une bouffée de fumée qui se mêla au brouillard matinal.

— Je pense qu'il fermera sa gueule. De toute façon, il n'a pas le choix, il ne peut pas se permettre de fuites, même un simple témoignage concernant les activités de la DGSE sur le territoire serait compromettant, et il ne va pas se mettre à descendre des policiers.

— Il faut l'espérer !

Ils étaient arrivés devant la maison. Raphaël identifia une clé dans le trousseau que lui avait remis le militaire et ouvrit la porte d'entrée.

Le rez-de-chaussée humide et glacé était composé d'un couloir qui s'ouvrait sur quatre vastes salles de réception totalement vides, aux parquets poussiéreux. Les murs, blancs, étaient ornés de boiseries à la peinture écaillée. Dans la dernière des salles qui donnait par une porte vitrée sur le jardin, ils découvrirent une cheminée massive en marbre vert et deux canapés recouverts de draps blancs.

La visite des étages révéla huit autres pièces dont certaines étaient meublées de sommiers et de matelas. Dans un placard, ils découvrirent des draps et des couvertures. Le nécessaire pour camper quelques jours dans cette planque.

L'heure qui suivit, ils la passèrent à essayer de repérer d'éventuels mouchards à l'aide d'un détecteur de fréquence. Ils ne trouvèrent rien.

Isolée au fond de son parc, la demeure paraissait le lieu idéal pour l'utilisation qu'ils allaient en faire.

Ils regagnèrent le salon.

— Elle appartient à qui, cette baraque ? demanda le Serbe.

— J'en sais rien. À l'État, peut-être, ou à un « honorable correspondant » qui la met à disposition.

— Donc, tu vois les choses comment ? voulut savoir Drago.

— Katincharov a été approché par un contact de Joffre à Sofia. Il est OK pour nous rencontrer. Les formalités de visa sont réglées, il débarque dans deux jours à Roissy. L'aide de la DGSE s'arrête là. On est censés le prendre en charge à sa sortie de l'avion et l'amener directement ici, où nous l'interrogerons avant de le réexpédier vers son pays d'origine.

— Joffre participera à l'interrogatoire ?

— Non. On est seuls et sans filet sur le coup. On travaille en mode clandestin. Il faut monter une équipe de six gars pour assurer la sécurité pendant le déplacement et l'audition du Bulgare. On laisse Alex et Nico ou tout autre personnel du service en dehors du coup.

Personne à part nous ne doit être au courant. On n'a pas beaucoup de temps pour monter l'opération. Il nous faut des gars sûrs. J'ai deux anciens commandos qui sont partants, on doit trouver deux autres hommes. Tu as des idées ?

Drago réfléchit un instant.

— Tu es certain qu'on a besoin d'un tel dispositif ?

— Absolument. Trop de monde s'intéresse à nous, je n'ai confiance en personne sur ce coup, on doit assurer nos arrières, c'est la dernière source qui peut éventuellement nous donner des informations sur Saïph, je ne tiens pas à ce qu'il nous claque entre les doigts.

— On a un budget ?

— Joffre m'a remis une enveloppe, tu penses à quelqu'un ?

— J'ai deux types qui pourraient être intéressés, deux anciens commandos Scorpion, les unités d'élite de l'armée serbe. Ils ont déserté l'année dernière après les affrontements de Mostar, ils refusent de participer à la purification ethnique initiée par Karadžić et Milošević. Ils ont besoin de blé.

— Ils sont fiables ?

— Ce ne sont pas des enfants de chœur mais ils sont réglo.

— Ça me va. Il va aussi nous falloir des armes.

— Je pense qu'ils peuvent nous arranger ça.

— Prends contact. On aura besoin d'eux quarante-huit heures. Il faudra qu'on se retrouve un peu plus tard dans la journée pour préparer l'opération.

Les deux hommes restèrent debout en silence dans la pièce déserte. La perte de l'enquête les avait assommés, et comme un organisme relié par le même cœur, le même esprit, ils ressentaient ensemble le contrecoup de cet échec. La lumière du nord qui filtrait par les carreaux crasseux donnait à leur silhouette l'aspect vaporeux de corps célestes à cheval entre cauchemar et réalité. Ils échangèrent un regard lourd de sens. Drago demanda :

— Où est-ce que ça va nous mener, cette histoire, Raphaël ? J'ai l'impression qu'on perd totalement contact avec la réalité, que tout nous échappe. J'ai un sale pressentiment.

Le flic ferma les yeux, comme pour se faire pardonner par le Serbe de l'avoir embarqué dans cette affaire.

— Je ne sais pas où tout ça va nous mener…, murmura-t-il. Je ne suis certain que d'une chose, j'irai jusqu'au bout. Je veux connaître la vérité, quitte à y laisser ma peau.

51.

Aéroport Roissy-Charles-de-Gaulle
15 h 30

Raphaël attendait à bord de sa voiture, moteur allumé, en double file sous les structures de béton du terminal 1. Miloš et Goran, les deux soldats des commandos Scorpion, se tenaient sur les sièges arrière.

Drago était posté cinquante mètres plus loin avec sa moto, une Kawasaki Tomcat 1000. Une deuxième voiture pilotée par Marius, un ex-commando marine, assurait la surveillance de l'entrée de l'aérogare.

Dans le rétroviseur, le flic lorgnait les Serbes. Belles gueules, l'un crâne rasé, l'autre cheveux mi-longs avec de grands yeux noirs. Bien qu'athlétiques, ils n'avaient pas le physique de l'emploi. À aucun moment on n'aurait pu les soupçonner d'avoir participé un jour au conflit qui ensanglantait l'ex-Yougoslavie.

Contre une liasse de Pascal, ils avaient fourni différents types d'armes de fabrication russe. Fusil à pompe RMB-93 à crosse courte, kalachnikov compacte, pistolet Makarov et un fusil de précision Dragunov, ceux-là mêmes utilisés par les snipers serbes qui tenaient le siège de Sarajevo. Les mercenaires avaient également récupéré chez un ferrailleur les deux véhicules surpuissants : une Volvo 740 et une Saab 900 aux plaques maquillées ainsi que la grosse cylindrée pilotée par Drago. Le matin même ils s'étaient donné rendez-vous dans la propriété de Ville-d'Avray pour répéter en détail la procédure et avaient rejoint l'aéroport Charles-de-Gaulle en suivant les consignes de contre-filature pour s'assurer que personne ne les marquait.

15 h 40.

Le vol Malev 831 en provenance de Sofia venait de toucher le tarmac. Au signal de Raphaël, Miloš et Goran glissèrent chacun un Makarov dans leur ceinture puis sortirent de la voiture pour rejoindre le hall des arrivées.

Raphaël aurait préféré aller cueillir le client lui-même, mais les forces de sécurité étaient présentes dans tous les aéroports et il préférait éviter les problèmes.

Moins de vingt minutes plus tard, il vit apparaître Rumen Katincharov, un géant d'une soixantaine d'années aux cheveux bouclés poivre et sel. Un visage carré, des pommettes hautes et des yeux en amande sombres d'une douceur qui contrastait avec sa carrure de colosse. Mais le plus surprenant était sa tenue. Le flic s'attendait à voir débarquer un scientifique farfelu, or il avait devant lui un homme élégant, costume sombre, cravate et pochette en soie, une sorte d'Ernest Hemingway version bulgare.

Goran s'empara de son sac pour le ranger dans le coffre tandis que Miloš le faisait monter à l'arrière de la voiture.

Raphaël se retourna pour le saluer puis il enclencha la radio afin de prévenir Marius de les rejoindre. Il laissa passer la Volvo devant et accéléra lentement en direction de l'autoroute Al. Drago fermait la marche avec la Kawasaki.

Ils roulèrent en silence jusqu'à Ville-d'Avray. Katincharov avait capté l'ambiance, et n'avait pas ouvert la bouche du voyage. Dom, le deuxième commando marine resté pour veiller à ce que personne ne s'introduise dans la propriété en leur absence, leur ouvrit le portail, un fusil à pompe sous le bras.

En descendant de la Saab, ils découvrirent l'Irlandaise qui les attendait sur les marches du perron.

— Professeur Katincharov, merci d'avoir accepté cette invitation. Vous avez fait bon voyage ?

Le conservateur s'étira et plaisanta dans un français parfait.

— Excellent, enfin jusqu'à ce que je sois pris en charge par vos amis. J'ai cru revivre mes terreurs de jeunesse. Quand la police secrète venait nous arrêter en plein cours à l'université et nous emmenait faire un tour en Volga pour nous passer le goût de rejoindre la dissidence…

— Désolé, fit Raphaël, mais nous devions nous concentrer sur le trajet afin d'éviter les mauvaises rencontres. De nombreuses personnes seraient intéressées de vous rencontrer et nous ne tenons pas à ce que cela arrive. Avant de commencer votre audition, je dois vous remettre la somme d'argent dont vous étiez convenus avec notre contact à Sofia.

Le visage de Katincharov se fendit d'un large sourire.

— Je ne suis pas venu pour l'argent ; non, ce qui

m'intéressait, c'était de voir Paris, une fois au moins, avant de quitter ce monde. Voyez-vous, je parle le français depuis mon adolescence et je n'ai jamais mis les pieds dans votre merveilleux pays.

Raphaël s'alluma une cigarette avant de rétorquer :

— Je suis désolé mais je ne crois pas que visiter Paris soit au programme.

Le conservateur prit le flic par l'épaule avant de lui tapoter affectueusement le dos.

— Allons, allons, je suis certain que nous trouverons le temps d'aller marcher quelques heures dans l'île Saint-Louis, jusqu'au Louvre peut-être, avant que vous me remettiez dans l'avion.

Raphaël sourit au conservateur. Il ignorait son passé, mais il aimait déjà cet homme qui avait vécu la plus grande partie de sa vie derrière le rideau de fer sans avoir fermé la porte à ses rêves.

La nuit tombait peu à peu.

En pénétrant dans la maison, le flic jeta un coup d'œil en arrière et vit les Serbes armés de pistolets-mitrailleurs commencer leurs rondes dans le parc tandis que Marius partait rejoindre son poste de tireur, fusil Dragunov à la main et jumelles de vision nocturne sur les yeux. Dom et son calibre 12 assureraient la sécurité à l'entrée de la maison. Drago monterait la garde à l'intérieur.

— Nous vous avons préparé une chambre à l'étage. Souhaitez-vous manger quelque chose avant de commencer l'entretien ? proposa Sinead. Nous risquons d'en avoir pour plusieurs heures.

— Ne perdons pas de temps, je tiens à ma visite

de la Ville lumière ! Comment vous appelez-vous, mademoiselle ?

Raphaël coupa court au numéro de charme.

— Il n'est pas utile que vous sachiez nos noms. Par ici, s'il vous plaît.

Katincharov traversa le couloir en direction de la salle principale. Plusieurs lampes à gaz éclairaient les murs. Il s'arrêta au milieu de la pièce et pivota sur lui-même.

— Drôle d'endroit !

— Je vous l'accorde, mais cette propriété offre certains avantages dont celui de garantir votre sécurité.

— Qu'est-ce qui vous inquiète tant ? demanda le conservateur en fronçant les sourcils.

— Asseyez-vous, nous allons vous expliquer.

Raphaël et Sinead résumèrent le dossier dans ses grandes lignes, du trafic d'armes jusqu'au meurtre de Séror en passant par les réseaux anticommunistes et les liens avec l'astrophysique.

Assis dans un des canapés, Katincharov avait écouté attentivement.

— Pierre Séror est donc passé dans l'autre monde dans des circonstances atroces..., conclut-il.

— Oui, il y a plusieurs semaines maintenant. Vous l'aviez rencontré, je crois ? dit Raphaël.

L'obscurité gagnait l'intérieur de la maison. Katincharov se redressa dans le divan pour approcher son visage d'une des lampes comme s'il voulait que ses interlocuteurs puissent lire son regard.

— Il est venu me rendre visite à Varna au musée en juin l'année dernière.

— Nous avons cette information, ce que nous

aimerions savoir, c'est pourquoi il souhaitait vous rencontrer.

Le visage de Katincharov s'assombrit.

— Il souhaitait que je lui parle d'un de mes anciens élèves du temps où j'enseignais à l'université des Sciences de Sofia. Dimitar Markov.

— Pouvez-vous nous en dire plus ?

— Dimitar était un esprit brillant… Il venait d'un petit village des rives de la mer Noire, Michurin. C'était un élève exceptionnel, le plus doué de tous et promis à un grand avenir. Pierre Séror voulait connaître son parcours, il était curieux de chaque détail…

— Vous a-t-il dit pourquoi ? demanda Sinead.

— Il m'a expliqué qu'il était communiste et écrivait une monographie sur les scientifiques méconnus nés à l'est du pacte de Varsovie. Je ne l'ai pas cru parce que Dimitar n'a jamais rien fait de sa vie. Il est passé comme une étoile filante. Une grande lueur, puis plus rien.

— Vous lui avez parlé quand même ? insista Sinead.

— Oui, confessa Katincharov. C'était une période plutôt heureuse de mon existence. Le seul fait d'évoquer Dimitar me permettait de goûter de nouveau ces instants lointains.

— Pouvez-vous nous raconter la vie de Markov, de la même manière que vous l'avez fait avec Séror ? intervint Raphaël.

— Oui… L'histoire qui intéressait Séror commence au milieu des années 1970. J'étais professeur de physique théorique. Nous avons reçu une délégation, des membres du département des sciences de l'université Lomonosov de Moscou. Ces hommes cherchaient à recruter les dix meilleurs étudiants en sciences des républiques communistes. La Bulgarie ne faisait pas légalement partie de la fédération mais Todor Zivkov, notre Petit Père des peuples à nous, par son attitude de soumission envers le Kremlin en avait fait la petite sœur de l'URSS. Aussi, l'Académie des sciences, à l'origine de ce programme, avait décidé d'élargir ses recherches à notre république. Lors de mon entrevue avec la délégation, j'ai naturellement évoqué le cas de Dimitar qui paraissait remplir les critères d'admission à ce programme. Ils l'ont rencontré puis l'ont invité une semaine à Moscou où il a passé des batteries de tests physiques et intellectuels avant d'être renvoyé à Sofia. Après cela, plus de nouvelles jusqu'à ce qu'il reçoive un message quelques semaines plus tard lui annonçant qu'il avait été sélectionné. Plusieurs mois ont encore passé et, en septembre 1974, il a reçu sa convocation. Il est venu me l'annoncer puis il a disparu et n'a plus donné signe de vie. L'année suivante, Dimitar a réapparu. Il a débarqué chez moi, un soir de novembre. Il était étrange, très différent du jeune homme que j'avais connu, peu affable et réservé. Ce soir-là, il est arrivé très agité ; j'ai voulu l'inviter à dîner, il a accepté mais il était ailleurs, il n'a rien avalé…

— Quelle était l'origine de cette excitation ? demanda Raphaël.

— Il a évoqué les « Larmes d'Aral », mais il était confus, parlait trop vite, plus tard dans la soirée j'ai compris qu'il s'agissait du nom de code d'une mission scientifique secrète organisée par l'Académie des sciences soviétique. Dès que j'ai entendu le mot « secret », je lui ai intimé de se taire, je ne voulais rien savoir pour ne pas m'attirer d'ennuis, mais il a insisté en me disant que j'étais moi-même pressenti pour participer à cette mission…

Raphaël prenait des notes. Sinead demanda :

— Quel était le but de la mission ?

Katincharov écarquilla les yeux et montra ses paumes pour prouver sa bonne foi.

— Je n'en sais rien, je n'ai jamais su.

— N'étiez-vous pas censé y participer ?

— C'est une autre histoire. Je crains que nous ne nous éloignions du sujet.

— Racontez-nous, s'il vous plaît, chaque détail compte.

— Je n'aime pas parler de ça, c'est l'échec de ma vie… Mais si vous insistez… Mon épouse, Siana Jelyazova, une violoniste remarquable, soliste de l'Orchestre national, subissait comme nombre d'artistes dissidents de l'Est d'importantes pressions de la part du pouvoir. Nous étions constamment surveillés et menacés. Elle a été arrêtée à plusieurs reprises avant de partir en tournée puis son passeport lui a été définitivement confisqué. Ce harcèlement l'a lentement conduite vers de longues périodes de dépression au cours desquelles elle ne parvenait même plus à toucher à son instrument, mais surtout elle refusait d'avoir des enfants. Elle s'est fait avorter à deux reprises car il lui était impossible d'envisager leur avenir dans l'Univers carcéral communiste. Nous avons donc décidé de passer à l'Ouest mais nous n'en trouvions pas le moyen. Et puis, le Jour de l'an 75, à peine une année après le passage de Dimitar, une occasion s'est présentée. Nous préparions Siana et moi notre fuite, mais chaque soir en m'endormant je pensais aux Larmes d'Aral. J'ignorais tout de cette mission, mais je comprenais qu'il s'agissait d'un événement majeur, qui pouvait donner un sens à ma vie. Malgré ma haine des Soviétiques, les avortements à répétition de mon épouse avaient brisé quelque chose en moi. J'avais décliné l'offre de Dimitar mais le ver était dans le fruit. J'ai laissé le désir me ronger sans en parler à ma femme. Le 31 décembre, nous sommes descendus avec notre Jiguli vers Svilengrad, une ville du sud du pays. Siana avait accepté de donner un concert pour des membres du Parti, c'était une aubaine, car Svilengrad était situé à proximité de la rivière Maritza qui marquait la frontière avec la Turquie et la Grèce.

La Bulgarie n'avait pas banni les célébrations religieuses comme la Russie, nous en avons donc profité pour nous éclipser d'un *Kuker* qui avait lieu ce soir-là.

— Un *Kuker* ? demanda Sinead.

— C'est une fête païenne qui nous vient de nos ancêtres thraces, les hommes revêtent des masques de taureau. Ils se couvrent le corps de peaux de bêtes et attachent des cloches à leur ceinture… Lorsque la nuit tombe, ils sortent dans les rues en poussant des hurlements et frappent aux portes des maisons pour chasser les démons. Une sorte de Chaos amusant et terrifiant. Le tumulte des minotaures nous a permis de nous « perdre ». Nous avons marché dans la forêt enneigée jusqu'à la rivière, guidés par une boussole phosphorescente. Je n'arrêtais pas de penser aux Larmes d'Aral. Je n'avais aucune idée de ce qui m'attendait de l'autre côté. Qu'allions-nous devenir ? Siana était certaine de mener une carrière de grande concertiste, moi j'avais quinze ans de plus qu'elle, je doutais de tout. La rivière Martiza était aussi un point stratégique sous haute surveillance, de nombreux candidats à l'exil avaient essayé de traverser à cet endroit, la plupart avaient été retrouvés morts, exécutés d'une balle dans la tête. J'avais peur du vide, peur de mourir, peur de tout. Dans les sous-bois, j'ai saisi Siana par la main et je lui ai confié mes doutes. Elle est restée silencieuse, je ne voyais que l'éclat de ses larmes scintiller sur sa peau d'albâtre. Nous nous sommes arrêtés près de l'eau sans parler pour guetter les rondes des militaires, mais nous savions tous les deux que nos chemins allaient se séparer au bord de cette rivière, que nous partagions pour la dernière fois le parfum de la nuit, la froideur de l'hiver, c'était la dernière fois que je voyais le vent emmêler ses cheveux… Nous ne nous sommes pas touchés, nous n'avons même pas échangé un regard. Quand elle a senti que les soldats étaient loin, elle s'est relevée et à marché droit devant elle, sans se retourner, avec son violon pour seul bagage. Mon cœur battait en voyant son corps frêle, enveloppé dans un manteau trop léger, s'enfoncer dans l'eau noire. Le courant façonnait un petit ourlet lisse le long de sa jambe. Parfois une vague plus forte ou une pierre la déséquilibrait, mais elle tenait bon. Elle était plus belle que jamais, moi je n'étais qu'un lâche. Je voulais la rejoindre mais j'étais devenu froid comme le marbre, la flamme qui m'animait s'était éteinte et j'avais honte de vivre. Siana est rentrée dans l'eau jusqu'à la poitrine, les bras levés pour ne pas abîmer son violon. C'est la dernière image que j'ai d'elle. La plus belle sans doute. Fin de l'histoire.

Les traits las, Katincharov recula dans l'ombre pour ne pas montrer davantage le sentiment de défaite qui ne l'avait jamais quitté. Un long silence s'ensuivit. C'est lui qui finit par le briser :

— Je suis rentré à Sofia et la chasse aux sorcières a commencé. On a voulu me punir pour avoir laissé partir Siana. J'ai été mis en disponibilité avec interdiction d'enseigner. Comme je disposais de solides soutiens au sein de l'Université, on ne pouvait pas me briser totalement, j'ai d'abord été mis en résidence surveillée, six mois, puis les esprits se sont apaisés et pour me remercier de ne pas avoir déserté avec ma femme ce soir-là, on m'a offert le poste de conservateur du musée du Cosmos. Une mise au placard qui leur permettait de sauver la face sans me laisser mourir de faim.

— Et vous n'avez jamais rejoint Dimitar à Moscou. Ce tragique épisode vous a évincé de la mission « Larmes d'Aral » qui s'est faite sans vous…, conclut Raphaël.

— Sans moi.

— Et Dimitar ?

— Je ne l'ai jamais revu.

Sinead déplia le papier qu'elle gardait dans sa poche. Un fac-similé des paupières que lui avait remis Mia. Leur unique trace des reliques.

— Je voudrais vous montrer ceci, fit-elle en lui tendant le papier.

Katincharov plongea la main dans sa veste, il en sortit une paire de demi-lunes et se pencha sur le document.

— De quoi s'agit-il ?

— D'après les analyses qui ont été effectuées, il s'agirait des tatouages retrouvés sur les paupières d'une momie très ancienne. Avez-vous une idée de ce que cela peut représenter ?

— Attendez, pas si vite. Il va falloir m'en dire un peu plus. D'où viennent ces paupières ?

— Elles étaient en possession de mon mari, qui a été assassiné. Je les ai découvertes dans les ruines de ma maison, ravagée par l'explosion qui l'a tué. Il les cachait.

— Les analyses, qui les a effectuées et que disent-elles ?

— C'est un chimiste qui a déjà travaillé sur des corps embaumés. Il connaît son affaire. Les reliques ont été datées au carbone 14, elles remonteraient à plus ou moins cinq mille ans.

Katincharov arqua les sourcils.

— La datation au carbone 14 est très précise, pourquoi plus ou moins cinq mille ans ?

— Je ne m'y connais pas plus que ça, mais d'après ce que j'ai compris, les résultats pourraient être biaisés par la présence sur l'échantillon de particules de carbone d'une époque plus ancienne. Selon le lieu où les momies ont séjourné, à proximité d'une réserve d'eau par exemple, elles auraient pu être enrichies de particules de carbone provenant de la dissolution de minéraux plus anciens. Le chimiste a donc préféré rester prudent.

Katincharov hocha la tête.

— Et qu'est-ce qui vous fait croire que je pourrais vous aider à comprendre l'origine de ces tatouages ?

— Le mobile des crimes que nous avons découverts semble lié au cosmos. Les paupières protègent les yeux, je pense donc que ces tatouages ont un rapport avec la lumière. Un rapport que nous ne parvenons pas à identifier clairement. Nous espérons que vous pourrez nous aider à en comprendre le sens.

Le visage du conservateur se fendit d'un large sourire. Sinead comprit que l'idée d'être indispensable à l'enquête lui plaisait.

— Qui était votre mari ?

— Un journaliste de l'agence TASS, il était d'origine ukrainienne. Il a fui comme votre femme, mais son passé l'a rattrapé.

Katincharov examina attentivement la feuille de papier en hochant la tête.

— Mmmm… Ces petits points pourraient représenter des étoiles. Ce qui serait une découverte assez incroyable car les premières représentations astronomiques connues datent du VIe ou VIIe siècle avant Jésus-Christ… Un texte babylonien, le *Mul Apin*. Dans notre cas, nous parlons d'une époque beaucoup plus ancienne.

— Ça vous semble impossible ? demanda Sinead.

— Que savons-nous du passé lointain ? Pas grand-chose… non, pas grand-chose. À Varna, où je vis, en 1979, des archéologues ont mis au jour une nécropole datant, à mille années près, de la même époque. On a retrouvé dans les tombes des squelettes ornés du plus ancien or du monde. Cette civilisation, dite de Varna, est mystérieuse, on ne sait absolument rien d'elle si ce n'est qu'elle maîtrisait déjà les secrets de l'or à une période où le reste de l'Europe sortait péniblement de l'âge de pierre. Je pense que tout est possible. Il nous faudrait sans doute plus de temps pour étudier tout cela…

— Mais nous n'en avons pas…, dit Sinead.

Katincharov se replongea dans l'image des paupières.

— Pour s'assurer qu'il s'agit bien d'étoiles, il faudrait pouvoir y repérer… une constellation.

— D'après le compte rendu d'analyses, on trouve trente-deux points…, intervint l'Irlandaise.

— J'ignore si ça a une quelconque signification… en revanche, si on observe bien le dessin, on voit qu'il existe un point plus large qui pourrait représenter le soleil et juste à côté un morceau de croissant qui pourrait symboliser la lune.

— Ici, et là, on a également deux lignes fines et courbées qui n'apparaissaient pas à l'œil nu, fit Sinead en montrant les deux courbes qu'Osborne avait mises en évidence.

— C'est très intéressant… mais on y reviendra après si vous voulez bien. Regardez, là, ce groupe de points minuscules qui m'évoquent quelque chose d'assez extraordinaire.

— Pourquoi ?

— Parce que si c'est ce que je pense, nous avons devant nous la première cartographie du ciel de l'histoire de l'humanité. Les plus anciennes représentations connues de la voûte céleste remontent aux Égyptiens. Ça voudrait dire que cette image daterait de plusieurs millénaires avant les cartes des pharaons…

Sinead échangea un regard avec Raphaël qui demanda :

— Ce serait quoi… une constellation ?

— Oui, la plupart des étoiles, représentées ici, si ce sont bien des étoiles, semblent disposées de manière anarchique… en revanche, si vous regardez sur cette deuxième paupière, au-dessus à gauche de ce qui pourrait être la lune, ce petit amas de points, sept exactement… La disposition est très caractéristique, il ne peut s'agir que de la constellation que les Grecs on baptisée les Pléiades. Elle est connue depuis la préhistoire, par les chamans et les prêtres, on la retrouve sur des représentations de cette ère.

— Cela confirmerait donc le lien entre ces tatouages et le cosmos ?

— Certainement, oui.

— Pourquoi les Pléiades sont-elles représentées, d'après vous ?

— Cette constellation a toujours eu un sens religieux, et leur apparition dans le ciel automnal marquait aussi le temps des moissons pour les agriculteurs du Néolithique.

— Ces étoiles pourraient donc annoncer un événement particulier ?

— Certainement, oui.

L'Irlandaise examina à nouveau la reproduction des paupières.

— Et ceci… qu'est-ce que ça pourrait être ? demanda-t-elle en désignant de fines courbes sur le bord et le côté de la paupière gauche.

— Ces images évoquent sans doute des bateaux… mais pas n'importe lesquels. Ce ne sont pas des vaisseaux à voiles manœuvrés par des marins, mais des embarcations magiques comme celles qu'imaginaient les Égyptiens. Leur rôle était d'aider le soleil à traverser les ténèbres de la nuit pour réapparaître le matin suivant. Ils pouvaient également embarquer les morts dans l'au-delà. Ces bateaux ne voguent pas sur une mer mais dans un Univers mystique et religieux. Comme la constellation des Pléiades, ces croyances sont universelles. Elles existent depuis la préhistoire du Moyen-Orient au nord de l'Europe.

Katincharov décryptait peu à peu les secrets des paupières, mais ce n'était que théorie. Sinead posa ses mains sur ses cuisses pour masquer les frissons qui la parcouraient. Ces explications n'éclairaient en rien leur enquête. Elle demanda encore :

— D'après vous, ces paupières ne délivrent pas d'autre enseignement ? Pourquoi ces hommes se tatouaient-ils de la sorte ?

— Il peut y avoir plusieurs explications à cela. Ce pourrait être un rituel de passage… En se faisant tatouer ces constellations, le défunt était peut-être assuré de passer dans l'autre monde et de renaître comme le soleil. Il pourrait également s'agir d'un être élu. Un prêtre, un magicien gardien d'un secret.

Raphaël demanda à son tour :

— Gari Weiss cachait ces paupières et Saïph, le tueur, l'a traqué pendant des années pour les récupérer. Il y a forcément une raison à cela. Ces tatouages doivent receler une information.

Katincharov sembla prendre cette remarque comme un défi. Il fit craquer ses doigts et se replongea dans le croquis des paupières. Après l'avoir examiné pendant plusieurs minutes, il déclara :

— Il y a quand même quelque chose qui me chiffonne… c'est comme ça que vous dites en français ? Chiffonne…

— On dit ça, oui, sourit l'Irlandaise.

— Si cette première ligne courbe représente une embarcation solaire, la deuxième, celle qui se situe à droite de la lune sur le bord de la paupière, peut faire penser à autre chose. Depuis la nuit des temps, les peuples européens vouent un culte au soleil et à sa course dans le ciel. La dimension vitale et sacrée des solstices a toujours été essentielle. Pour preuve, les hommes ont élevé des alignements monumentaux marquant les deux points extrêmes de la trajectoire du soleil entre le solstice d'été et le solstice d'hiver. Cette courbe, qui doit présenter un angle formé de plus ou moins soixante-quinze degrés, pourrait nous aider à déterminer la provenance de ces paupières.

— Comment ça ? demanda Sinead.

— Cet écart d'angle varie selon la latitude. Au nord de l'Europe l'angle doit être d'à peu près quatre-vingt-dix degrés alors qu'au sud il n'est plus que de soixante-dix degrés. Si l'on estime que celui-ci est de plus ou moins soixante-treize degrés, alors on peut considérer que ces reliques proviennent d'une zone de l'ex-empire soviétique qui se situe dans une bande très mince.

— Mais cette bande s'étire sur des milliers de kilomètres.

— Certes, mais si vous saviez votre géographie, vous sauriez qu'elle ne traverse que peu de territoires de l'ancien empire. Elle passe dans le Caucase, traverse la mer Caspienne, le Kazakhstan et l'Ouzbékistan, elle fait une incursion en territoire chinois pour terminer dans le sud de la Mongolie. N'avez-vous aucun autre indice qui permettrait de localiser le point qui nous intéresse dans cette bande ?

Il y eut un silence, puis Sinead sentit son cœur accélérer sa course. Elle feuilleta le rapport d'analyse et énonça :

— Les échantillons présentent une concentration anormalement élevée en sel et en nitrates.

— Nous avons des nitrates. Leur présence peut être

assimilée à une pollution causée par une agriculture intensive. Du sel…

Drago fit brutalement irruption dans la pièce.

— Les gars ont repéré des mouvements suspects autour de la maison, je pense qu'il y a un dispositif de surveillance. On est tombés dans un traquenard.

52.

Le crâne de Katincharov explosa comme une pastèque à la première détonation.

Il y eut un silence, puis un, deux nouveaux projectiles traversèrent la fenêtre et vinrent se loger dans les boiseries. Un troisième fit voler le miroir de la cheminée en éclats. Raphaël se jeta sur Sinead pour la protéger tandis que Drago éteignait une à une les lampes pour qu'ils soient moins repérables.

— FENÊTRE NORD, lâcha le Serbe en dégainant son arme. Ils nous ciblent à distance à travers les rideaux. On reste couchés.

Raphaël installa l'oreillette de sa radio et tenta un contact avec ses hommes.

Pas de réponse.

Le conservateur gisait face contre sol, emporté par une munition de gros calibre, il ne restait de son visage qu'un cratère de fragments d'os et de chairs brûlées.

Raphaël essayait de calmer Sinead, secouée de tremblements.

La voix de Marius crépita dans l'oreillette :

— Raph… tu me reçois ?

— LE BULGARE EST AU TAPIS… QU'EST-CE QUE VOUS FOUTEZ, BORDEL !

— On a repéré du mouvement dans la rue, et ça s'est mis à cartonner immédiatement. Les Serbes sont partis au cul du tireur.

— Il est seul ?

— Négatif. Goran a abattu un deuxième homme dans le parc.

— Pas de casse chez nous ?

— Tout est OK, je suis toujours en place, Dom sécurise la maison.

— Dehors, ça donne quoi ?

— Ça bouge plus.

— OK, procédure d'urgence. Les flics vont pas tarder à se pointer. Vous dégagez avec l'Irlandaise et Drago. Je reste. On se retrouve au point de rendez-vous.

— Reçu.

Drago prit le relais avec Sinead, Raphaël attrapa un fusil à pompe, l'arma d'un claquement et sortit dans le jardin. Il allait rejoindre les Serbes.

Il enclencha sa radio et murmura :

— Goran, ta position ?

— Rue Jules-Poussin, on progresse vers le sud.

— Miloš, où il est ?

— Il patrouille en moto, on tente de prendre le tireur en tenaille.

— Le lâchez pas… J'arrive.

Emprunter la sortie principale était risqué. Raphaël gagna le fond du parc et escalada le mur d'enceinte.

Un unique lampadaire éclairait la rue déserte. Le flic démarra en petites foulées en réfléchissant au meilleur moyen de coincer l'assassin de Katincharov.

La voix de Goran résonna dans son oreille :

— T'es où ?

— Rue de Sèvres. Vous l'avez toujours ?

— Miloš a failli le coincer. Il est passé dans un jardin. Il va redescendre dans ta direction. On quadrille pour lui mettre la pression.

— Démmerdez-vous pour le rabattre vers moi.

Raphaël doubla la cadence entre les pavillons. En remontant vers le centre-ville, les habitations étaient plus récentes et les parcs avaient cédé la place à de modestes jardins sans murs d'enceinte. C'était idéal pour le repérer. Il fallait à tout prix empêcher le tueur de repartir vers le parc de Saint-Cloud où ils le perdraient à coup sûr.

Raphaël entendit d'abord le grondement de la Kawasaki qui descendait une rue adjacente, puis il vit une silhouette sauter le muret d'une villa et atterrir sur le trottoir. La moto déboula un instant plus tard et stoppa à l'intersection.

Raphaël parla dans sa radio :

— J'ai, j'ai. Goran, tu me couvres.

Le flic progressait, arme au poing, les jambes fléchies entre la ligne des arbres et les voitures stationnées.

Le tueur était là… planqué quelque part.

Ils allaient le coincer.

Mais quelque chose ne cadrait pas. Près de dix minutes s'étaient écoulées depuis la première fusillade et ils n'entendaient toujours aucune sirène de police. Il n'avait pas non plus de nouvelles des autres.

À ce moment, la voix de Goran déchira son oreille :

— DERRIÈRE TOI !

Raphaël eut à peine le temps de se jeter à terre pour esquiver le coup de feu tiré à bout pourtant.

Dos contre sol, il pivota pour ajuster son tir et pressa la détente du fusil à pompe. Le projectile manqua son but et vint s'écraser dans l'écorce d'un tilleul. Le tueur fila entre les voitures. Raphaël se redressa, réarma. Il visa les jambes et fit feu à deux reprises. Au deuxième coup, le genou du fuyard se disloqua sous l'impact du calibre 12.

Le type s'écroula.

Raphaël se dirigeait vers lui, canon braqué dans sa direction.

— JETTE TON ARME OU JE T'EXPLOSE LA TÊTE !

Le blessé se tordait de douleur, il balança son calibre sur l'asphalte et leva les bras en l'air. Les Serbes approchaient.

— Les gars, vous choufez la rue pendant que je m'occupe de faire parler ce fils de pute.

Il attrapa le type par le col et le traîna entre deux voitures.

— Qui es-tu ?

— Je t'emmerde.

Le flic balança un coup de crosse dans le genou du blessé, lui arrachant un nouveau hurlement.

— C'EST TOI, SAÏPH ?

— Non, non…

Au même instant, Goran s'écria :

— MERDE, ÇA DÉBARQUE DE PARTOUT !

Raphaël se retourna et vit cinq véhicules de police banalisés lancés à pleine vitesse piler simultanément de chaque côté de la rue. Les portières s'ouvrirent sur des flics cagoulés qui se déployèrent en cercle, la gueule noire de leur arme pointée dans leur direction.

Une voix résonna dans le portaphone… une voix que le flic connaissait bien :

— ZECK, ICI DUMAS. UN SEUL GESTE ET VOUS ÊTES MORT. LE RESTE DE VOTRE ÉQUIPE VIENT D'ÊTRE INTERPELLÉ. LÂCHEZ VOS ARMES ET TOUT SE PASSERA BIEN.

Tout s'éclairait.

Les flics locaux n'étaient pas intervenus parce qu'ils avaient été prévenus qu'une opération de la DST était en cours à Ville-d'Avray. Dumas était au courant de leur rencontre avec le Bulgare. Il fallait se rendre à l'évidence, cette fois ils avaient définitivement perdu la partie. Raphaël échangea un regard avec les Serbes, puis il sortit le Makarov glissé dans sa ceinture et le posa avec son fusil à pompe bien en évidence sur la chaussée. Goran et Miloš l'imitèrent et marchèrent, les mains en l'air, en direction du commissaire divisionnaire. Au même moment, six hommes se ruèrent sur eux et les plaquèrent au sol pour leur passer les menottes. Une autre équipe se dirigea vers le blessé pour le prendre en charge.

Enveloppé dans un imper mastic, Dumas apparut derrière un véhicule. Il s'approcha de Raphaël sans pouvoir réprimer un sourire victorieux.

— Je vous avais prévenu, Zeck, que je finirais par avoir votre peau. Une opération clandestine, des cadavres dans les placards… vous êtes vraiment dans la merde.

Raphaël préféra ne pas répondre.

— Montez dans ce véhicule.

Un des policiers cagoulés le poussa dans la Ford Mondeo. Dumas prit place à ses côtés et claqua la portière.

Il attaqua sans détour :

— Il y a une question qui me démange… Qui est cette jeune femme qui vous accompagne ?

Raphaël comprit à cette phrase que la DST ne l'avait jamais lâché, que depuis le début le divisionnaire le faisait suivre en permanence.

— Vous avez le béguin ?

— Allons, allons, n'aggravez pas votre cas, nous avons fini de jouer.

— Je ne joue pas, Dumas. Je cherche juste à arrêter l'assassin que vous protégez.

— Je ne protège personne, Zeck. Vous n'avez pas voulu m'écouter. Vous êtes un minable et vos conneries ont coûté la vie à un homme.

— Vous n'avez pas fait grand-chose pour le sauver.

— Je suis arrivé un peu tard. Qui était ce Katincharov ?

— Le conservateur du musée du Cosmos de Varna, en Bulgarie.

Dumas caressait sa barbe naissante du bout des doigts.

— Qu'est-ce qu'il vient faire là-dedans ?

— C'est une longue histoire mais je ne vous la raconterai pas avec des bracelets aux poignets. Où est le reste de mon équipe ?

— Ils sont toujours retranchés dans la maison.

— Vous ne les avez pas arrêtés ?

— Je me doutais que vous aviez tendance à croire au père Noël, Zeck, mais à ce point ! Demandez-leur de se rendre, si on entre il va y avoir de la casse.

— Des deux côtés.

— Je le sais bien, et je ne tiens pas à ce qu'il y ait plus de morts dans cette affaire.

— Je vais y réfléchir… Comment vous savez pour

Katincharov si vous n'êtes pas entré ? Vous avez capté nos fréquences radio ?

— Oui, et je les ai même brouillées, c'est pour ça que vous n'avez plus de contact avec le reste de votre groupe.

Silence.

— Une cigarette ? proposa Dumas.

Raphaël accepta.

Le divisionnaire alluma deux gauloises et en coinça une entre les lèvres du flic.

— Comment avez-vous su pour cette maison ? interrogea Raphaël.

— Certainement pas grâce à vous. Vous filocher devient compliqué depuis que vous ne dormez plus à la maison. Vous prenez trop de précautions, mes gars ont perdu votre trace avant-hier. Non, c'est Joffre qui m'a mené ici, ce soir même. Je l'avais vu pénétrer dans votre immeuble il y a quelques jours. Je me doutais bien qu'en le suivant je finirais par vous mettre la main dessus.

— Vous connaissez donc Joffre…

— Vous me prenez pour un salopard depuis le début, Zeck, mais je sais beaucoup de choses. Vous avez mené une enquête brillante mais vous vous êtes planté sur pas mal de points, sur le rôle de la DST dans cette affaire notamment. La seule enquête que je mène concerne les ventes d'armes des anciens réseaux *stay-behind* qui ont été le point de départ de la vôtre. J'étais proche du but, jusqu'à ce que vous débarquiez comme un chien dans un jeu de quilles.

— Pourquoi ne nous avez-vous rien dit ?

— C'est un dossier très sensible, Zeck. Trop de

fonctionnaires de l'État, flics ou politiques, ont trempé dans les sales combines du Service d'action civique. Nous sommes à six mois des présidentielles, j'ai reçu des ordres pour que ce trafic d'armes cesse sans faire de vague. Donc pour répondre à votre question, oui, je connaissais très bien cette vieille ordure de Joffre.

— Vous parlez de lui au passé ?

— Au passé, oui, mes hommes viennent de le retrouver égorgé au volant de son Audi, à moins de cent mètres d'ici.

Raphaël encaissa l'annonce qui ne le surprenait pas vraiment.

— À quel niveau était-il mêlé à cette affaire ?

— Vous posez beaucoup de questions pour quelqu'un qui refuse de répondre.

Le divisionnaire n'adoptait pas la même attitude que lors de leurs précédentes rencontres. D'un côté il cherchait à humilier Raphaël, de l'autre il restait ouvert à la discussion. Il était clair qu'ils enquêtaient sur le même dossier. Il manquait à la DST des éléments essentiels, et de toute évidence le divisionnaire était prêt à tout pour les obtenir.

Dumas souffla une bouffée dans l'habitacle et demanda à Raphaël :

— Dites-moi… je ne comprends pas bien la nature de votre collaboration avec Joffre. Vous travaillez avec lui, vous descendez ses hommes…

— Vous voulez dire que le type que je viens d'amocher accompagnait Joffre ?

— Oui, et nous avons aussi interpellé un deuxième homme, en parfaite santé celui-ci.

— À votre avis, qui l'a exécutée, cette « vieille ordure » ?

— Le même qui a descendu votre Bulgare… Saïph.

— Comment est-il arrivé jusqu'ici ?

— Il a sans doute suivi Joffre, comme nous.

— Vous savez qui il est ?

— Pas encore… Qu'est-ce qu'on fait, on dort ici, ou vous demandez à vos petits copains de sortir ?

— Garantissez-moi qu'ils seront libres de rentrer chez eux, et ils sortent dans la minute.

— OK pour Dragovic et vos porte-flingues. Mais la fille vient avec nous rue Nélaton. J'exige également votre pleine coopération sur le dossier.

— Si vous acceptez de la libérer au terme de l'audition, d'accord…

— Je vais y réfléchir.

— Alors, ôtez-moi ces putains de bracelets et passez-moi ma radio.

53.

Siège de la DST
7, rue Nélaton, Paris XVe
Deux heures plus tard

La salle de garde à vue installée dans les sous-sols de la DST n'avait rien à envier à celle du 36.

Murs crème crasseux maculés de graffitis et odeur d'urine persistante.

Raphaël et Sinead suivaient Dumas dans le couloir de béton en lorgnant à travers les vitres des cellules sordides.

Ils croisèrent trois hommes en attente d'être interrogés par des enquêteurs. Le locataire de la quatrième cellule était l'homme de main de Joffre interpellé à Ville-d'Avray.

Le policier qui les accompagnait frappa deux coups sur le bocal pour lui faire signe de se lever.

— Audition !

Le type avait une cinquantaine d'années, un visage quelconque et le crâne dégarni. Il était vêtu d'un blouson de cuir type aviateur, d'un jean et d'une paire de baskets dont on avait retiré les lacets. Insoupçonnable au premier abord, il révéla en se levant une démarche de militaire et une carrure qui ne trompaient pas. Le gardien ouvrit la porte, lui passa les menottes et le poussa au fond du couloir vers la salle d'interrogatoire.

Raphaël et l'Irlandaise y entrèrent à leur tour, derrière Dumas à l'intérieur, puis la porte se referma sur eux.

— Allez, assieds-toi, ordonna Dumas en déclenchant un enregistreur qu'il posa sur la table.

Sinead l'avait déjà rencontré… C'était un des barbouzes qui avaient sonorisé l'appartement de la rue Froidevaux. Un sentiment de rage la saisit en pensant à ce que Raphaël lui avait raconté sur son passé, sur Jeanne. À ses propres confidences… Ce type savait tout d'eux.

Ils restèrent debout dans un coin de la pièce éclairé par des néons qui donnaient aux visages le même teint glauque. Au milieu, il y avait une table rectangulaire métallique et quatre tabourets. Les murs avaient été peints en vert-de-gris, sans doute volontairement.

Dumas fit signe au type de s'installer à la table puis sortit une fiche de sa poche et lut à haute voix :

— Maxime Rocca, dit « Max ». Divorcé, deux enfants. Ancien du 13e régiment de dragons parachutistes, spécialiste en renseignement opérationnel… joli pedigree… Ah, là, sortie de route, tu as été mis à pied pour avoir roué de coup trois Algériens sur la voie publique à Dieuze, en Lorraine, mais finalement réintégré avant d'être recruté trois ans plus tard par la DGSE… que tu as quittée il y a quelques mois. Je suppose que tu continues à travailler en tant que contractuel…

Silence.

Dumas poursuivit :

— Dis-moi, l'opération de ce soir, c'était en dehors des heures du bureau ? La DGSE n'est quand même pas mêlée à tout ça ?

— Laisse tomber, siffla Rocca.

Dumas s'arrêta pour jauger son interlocuteur.

— On n'a pas gardé les vaches ensemble, Max. Il va falloir changer de ton, ou ça va mal se passer entre nous.

— Arrête ton cirque avec moi, Ducon. J'serais pas attaché à cette chaise…

— Tu es attaché à cette chaise… Fallait y penser avant et rester tranquille avec maman, au lieu de venir faire le coup de force à Ville-d'Avray.

Raphaël observait Dumas conduire son interrogatoire. Il essayait de se donner de l'assurance, mais face à un type comme Max, ça ne prendrait pas. Malgré une solide expérience de flic, le divisionnaire était plus doué pour la politique que pour le terrain. Un interrogatoire, c'était comme une bagarre de rue.

Il approcha.

— Enlevez-lui ses menottes, dit-il d'un ton autoritaire. Il se sentira plus à l'aise pour discuter. Pas vrai, Max ?

Dumas haussa un sourcil mais tendit les clés à Raphaël qui retira les bracelets.

— OK. T'as envie de parler maintenant ?

— Qu'est-ce que tu m'emmerdes, t'es viré de ton enquête.

Sans prévenir, Raphaël lui balança une baffe qui le fit valdinguer en arrière sur sa chaise et tomber sur le dos.

Dumas intervint :

— À partir de maintenant, Zeck travaille avec moi sur cette affaire. Ça te soulage ?

Le barbouze resta au sol, essayant de reprendre sa respiration.

— Ça y est, t'es plus attaché, t'attends quoi pour me casser la gueule ? Celle-là, c'était pour avoir fait foirer mon opération.

Rocca restait silencieux.

Raphaël reprit :

— Si on me laissait faire, je te collerais un chiffon sur la tête et je te plongerais dans l'eau pour te noyer à petit feu. Tu sais pourquoi ? Parce que personne n'en a rien à branler de ta gueule. Regarde-toi, t'es pathétique. Tu vis seul, comme un rat, de tes combines foireuses, Service action mon cul ! ALLEZ, RELÈVE-TOI !

Le type se remit debout avec une grimace.

— Assieds-toi.

— Casse-toi.

— ASSIEDS-TOI, JE TE DIS !

Dès qu'il eut obtempéré, Raphaël se pencha vers lui et lui expliqua sur le ton de la confidence :

— Maintenant, c'est simple. Soit tu nous racontes bien gentiment ce que vous foutiez avec Joffre ce soir à Ville-d'Avray, soit je colle tes empreintes sur le poignard qui a égorgé ton patron et sur le fusil qui a tué mon témoin. Après, j'appelle le juge et la DGSE, et je te lâche dans la nature. On verra qui te retrouvera le premier. J'espère pour toi que ce sera le juge.

Raphaël fit craquer ses doigts et se retourna vers Sinead qui évita son regard.

— Arrête ton baratin, Zeck. Jamais vous ne rendrez public ce qui s'est passé ce soir. Tu sais comme moi qu'officiellement il ne s'est rien passé, donc s'il ne s'est rien passé, je n'ai rien à te dire.

— T'as raison, Max, il ne s'est rien passé ce soir. Les corps de Joffre et de Katincharov ne seront jamais retrouvés. Ce sont mes deux potes yougo qui étaient là ce soir qui vont s'en occuper. Quand ils auront terminé, je leur demanderai d'aller rendre visite de la part de Papa à ton ex-femme et à tes mômes. Ils nous téléphoneront pour nous raconter.

Le visage de Rocca devint livide.

— Fils de pute, tu feras jamais ça.

— On sait d'où on vient mais rarement où on va. J'ai plus grand-chose à perdre, alors ne me force pas à être plus méchant que toi. T'as cinq minutes pour réfléchir, tu perds déjà du temps.

— Dumas, dis quelque chose ! cria Rocca.

Silence.

— OK… si je m'allonge… c'est quoi, le deal ?

Raphaël resta de dos pour lui signifier son mépris.

— Si ce que tu nous racontes est intéressant… on ne t'a jamais vu, tu n'étais pas là ce soir.

— Qu'est-ce qu'il en dit, le divisionnaire ? demanda Rocca.

— Il en dit que c'est envisageable, fit Dumas.

Rocca sembla se livrer à de savants calculs, puis déclara :

— Je marche…

— Alors raconte, depuis le début.

— J'ai rencontré Joffre il y a une dizaine d'années, je venais d'être recruté par le Service. Il était officier au département des Opérations extérieures. Il s'occupait des agents en poste à l'étranger en zone communiste. C'était en 1978. Il avait un gros job de commercial pour une filiale de Thomson en URSS, il était en fait officier traitant. Officiellement, il était chargé de fourguer des systèmes de défense. En sous-main, il s'occupait de recruter des sources à l'Est. Ce qui l'intéressait, c'était le renseignement scientifique et technologique. Moi, je travaillais comme chauffeur, en réalité j'étais affecté à sa sécurité. La même année, à Moscou, il a rencontré un scientifique bulgare qui proposait des tuyaux. Joffre a commencé à récupérer les premiers documents microfilmés, c'étaient des infos de premier ordre. Au début, le Bulgare se faisait payer, mais assez vite il a expliqué à mon patron que s'il voulait voir le reste, il faudrait le faire passer à l'Ouest. Joffre s'est opposé à ce marché, il voulait que sa source reste en place pour en tirer le maximum, mais le Bulgare lui a affirmé être en possession d'un paquet de documents qu'il avait déjà transféré à Berlin-Ouest. Il le lui remettrait une fois en France. Étant donné la valeur des premiers tuyaux, Joffre n'a pas vraiment eu le choix. Il lui a fait franchir le rideau de fer.

Dumas tapotait la table du bout des doigts en un petit cliquetis horripilant. Sinead passa une main sur sa nuque contractée. Sur le qui-vive, Raphaël se demandait si Rocca était en train de les endormir ou si ce qu'il racontait était vrai.

— Des détails concrets. Le nom de cet homme, sa fonction ?

— Je ne connais que son nom de code, celui que le service lui a attribué. Vous le connaissez aussi.

Raphaël confirma.

— Saïph ?

— Oui. Je sais pas quel était son job exact, c'était une grosse tête, un genre de scientifique. La hiérarchie ne rentre jamais dans les détails, tout est toujours compartimenté. Joffre et moi avons été rapatriés lorsque Saïph est venu s'installer en France. C'est à partir de ce moment que les ennuis ont commencé.

Sinead et Raphaël échangèrent un regard. Dumas lui fit signe de continuer.

— À l'automne 1978, Saïph a disparu de son appartement parisien pendant une dizaine de jours. Il a finalement été retrouvé errant sur une route de Bretagne, le corps souillé de sang. Ce sont les gendarmes locaux qui l'ont topé. Joffre l'a récupéré sans trop de problèmes, vu que c'était la même maison. Saïph était en état de choc, il n'a jamais donné d'explication sur ce qui lui était arrivé. Trois jours plus tard, un corps a été retrouvé près d'une maison à côté de Dinan. C'était un clochard, l'autopsie a établi qu'il avait été vidé de son sang et brûlé à l'acide. Lorsque les gendarmes ont tenté de remettre la main sur Saïph, Joffre, moi-même et un officier de la DGSE lui avons fourni un faux alibi prétendant qu'il était avec nous pour une réunion, au siège, boulevard Mortier.

— Les gendarmes et le procureur se sont couchés sans broncher ? demanda Raphaël.

— Qu'est-ce que tu voulais qu'ils fassent contre la toute-puissance des services de renseignements ? Saïph a été sorti d'affaire sur ce coup mais Joffre savait qu'il avait un tueur entre les pattes.

— Comment a-t-il réagi ? demanda Dumas.

— Saïph est tordu mais plutôt malin. Il ne livrait ses tuyaux qu'au compte-gouttes et chaque fois les informations se révélaient précieuses. Depuis le début de sa carrière, Joffre n'avait jamais levé de gros lièvre et au départ Saïph était pas loin du calibre de Farewell. Il lui a permis de devenir une huile du service. Si sa source disparaissait, pour Joffre c'était un aller simple pour les oubliettes.

— Il a donc choisi de couvrir les crimes en échange de renseignements ? fit Raphaël.

— Oui, il a fait disparaître des dossiers de victimes des archives de la police et nettoyé une scène de crime.

— On reparlera de ça plus tard. Qu'est-ce qui s'est passé ensuite ?

— Assez rapidement, Saïph a cessé de livrer ses renseignements. On a capté qu'il avait menti sur la quantité de microfilms, il s'agissait plutôt de deux douzaines que d'une centaine. Quand Joffre s'est rendu compte qu'il s'était fait baiser, il était trop tard. Le tueur le tenait par les couilles. Si Saïph se faisait arrêter, il plongeait avec lui pour complicité de meurtre…

— Et toi aussi par la même occasion.

— Ouais. Moi, j'étais chaud pour le liquider, Joffre se tâtait de peur que le tueur ait planqué des dossiers compromettants pour nous. Et puis, du jour au lendemain, Saïph a disparu, il s'est volatilisé… On a longtemps cru qu'il était mort, qu'il s'était fait rattraper par le KGB et puis on l'a oublié… Les années ont passé et puis, il y a un an de ça, il a fini par repointer sa gueule.

Rocca fit une pause en fixant d'un regard inquiet la diode rouge de l'enregistreur.

— Elle est comment, sa gueule ?

— Difficile à dire, il changeait souvent d'aspect et de couleur de cheveux. Je ne l'ai croisé que deux fois.

Sinead s'invita dans la conversation.

— Comment Joffre a-t-il pris son premier contact avec Saïph ?

— C'est Séror qui le lui a présenté, ça je m'en souviens. Lorsqu'il a refait surface, il y a près d'un an, c'est avec Séror qu'il a repris contact. Il avait roulé sa bosse, mais il était à sec et avait sérieusement besoin de pognon, de beaucoup de pognon.

— Du pognon, pour quoi faire ?

— J'en sais rien.

— Il a fait quoi pendant tout ce temps ? demanda Dumas.

— J'en sais foutre rien.

— Et Séror, il savait pour la face sombre de Saïph ?

— Bien sûr, il était un des rares dans le secret. Il a immédiatement informé Joffre du retour du tueur. Joffre lui a donc demandé de l'héberger et de le faire entrer dans le business de trafic des stocks d'armes de Rose des vents, le temps de trouver une solution. Ils avaient peur du Bulgare.

— Séror trempait dans ce business aussi ?

— Il était bien mouillé, ouais, tout comme Joffre d'ailleurs.

L'officier de la DGSE les avait dupés sur toute la ligne.

Rocca levait les zones d'ombre une à une. Restait quelques points à clarifier.

Raphaël décida d'accélérer l'interrogatoire.

— Mulh, c'est vous qui l'avez exécuté, n'est-ce pas ? Pour quelles raisons ?

— Nous n'avons pas touché à Mulh.

— Écoute, Max, j'ai eu accès au rapport d'autopsie, et ce rapport, il cadre pas. L'acide retrouvé dans et sur son corps était différent de celui utilisé sur les autres victimes, Séror notamment. Moi, je pense que vous avez tout fait pour qu'on croie que Mulh a été exécuté par Saïph, mais vous avez été maladroits. Et c'est même peut-être toi qui t'es occupé de cette sale besogne.

Rocca sourit.

— Qu'est-ce qu'on en aurait eu à foutre de faire endosser le crime à Saïph ? Tu crois qu'on prend ce genre de précautions quand on fait le ménage ?

— J'en doute, intervint Sinead en se rapprochant de Rocca. Mais ce n'est pas pour cette raison que vous avez tué Mulh en imitant Saïph.

— Pourquoi alors ? demanda Dumas.

— Joffre nous a avoué avoir manipulé l'enquête de la PJ. Il a voulu nous faire croire qu'il cherchait du renseignement sur Saïph pour démanteler le réseau de vente d'armes, mais en réalité vous le cherchiez, lui, pour une seule raison, l'exécuter. Vous aviez manqué l'occasion des années plus tôt, cette fois vous ne deviez pas vous louper. Je ne me trompe pas, Max ?

Le silence du barbouze indiqua à Sinead qu'elle était sur la bonne piste. Elle sentit un goût de sang envahir sa gorge et son palais. Ce qu'elle était en train de comprendre était simplement monstrueux. Elle continua :

— Vous ne pouviez pas utiliser les moyens de la DGSE sans vous faire repérer, vous vous êtes donc servis de Zeck pour le retrouver. C'est pour cette unique raison que vous avez voulu faire croire que Saïph était le meurtrier de Mulh. Pour nous mettre sur sa trace. Et c'est encore pour cette raison que vous avez voulu faire venir Rumen Katincharov à Paris. Le soir où l'appartement de Zeck a été cambriolé, vous avez compris que Saïph rôdait autour de l'enquête, autour de nous, qu'il nous suivait parce qu'il voulait récupérer quelque chose que j'avais en ma possession et qu'il m'a volé. Ce soir-là encore, malgré votre surveillance, il vous a échappé. Vous connaissiez des détails de son passé, notamment son lien avec Katincharov, vous avez donc utilisé son professeur comme appât, vous saviez que Saïph tenterait de l'abattre pour l'empêcher de révéler un passé qui pouvait nous permettre de retrouver sa trace et comprendre son secret. Vous en saviez long sur Saïph. Vous… vous êtes des assassins…

Sinead se tut. La pièce tanguait autour d'elle, les visages lui paraissaient des masques de cire, mais elle ne devait pas s'arrêter, pas maintenant qu'elle était sur le point de comprendre les raisons qui l'avaient exilée d'Irlande et menée jusque dans cette salle d'interrogatoire. Rocca savait forcément quelque chose. Joffre et lui étaient le dénominateur commun de toute cette affaire. Elle s'appuya des deux mains sur la table pour se lever et pointa son doigt en direction du barbouze.

— Maintenant, espèce d'ordure, tu vas me dire qui a tué Gari Weiss et qui a plastiqué ma maison.

Rocca soutint le regard de Sinead sans broncher.

Raphaël hésita un instant à intervenir pour lui faire cracher les dernières infos mais il savait que c'était à l'Irlandaise, et à elle seule, de lui arracher la vérité.

— QUI A BOUSILLÉ MA VIE, POURQUOI ?

Lorsque le barbouze baissa les yeux, les flics comprirent qu'il allait parler.

— Joffre avait des liens assez étroits avec Saïph. Ils ont passé beaucoup de temps ensemble. À plusieurs reprises, le Bulgare a été victime de crises de schizophrénie pendant lesquelles il délirait et dégueulait des phrases incohérentes. Joffre a scrupuleusement noté tout ce qui sortait de sa bouche. Je n'ai jamais eu accès à la totalité des informations, seulement à un nom qui semblait obséder Saïph. Ce nom c'était… Tarass Chevtchenko. Saïph aimait la lecture, Joffre a d'abord cru que ce nom faisait référence à un poète, puis en faisant des recherches auprès des services de renseignements amis, on a découvert le passé de votre mari et son nouveau nom. J'ai été chargé d'organiser la surveillance de Gari Weiss afin de comprendre pourquoi il obsédait Saïph à ce point. Le nom de Chevtchenko revenait si souvent dans ses délires que Joffre était persuadé qu'il était passé à l'Ouest pour le retrouver. Mais nous ignorions tout des raisons de cette traque, et c'est ce que Joffre m'a demandé de découvrir. Nous avons surveillé votre propriété en Irlande… J'ai moi-même monté cette opération. Nous vous avons suivis pour connaître vos habitudes, puis nous sommes entrés chez vous, avons fouillé vos affaires personnelles, pris des photos et placé des micros pour connaître chaque détail de votre intimité. Peu de temps après cela, à notre retour en France, nous avons été mis au courant du plastiquage, de la mort de Weiss et des accusations portées contre vous. Je vous promets que j'ignore les raisons pour lesquelles cet attentat a eu lieu, mais nous sommes presque certains que c'est là l'œuvre de Saïph quand il a retrouvé Chevtchenko. Certaines questions restent sans réponse, notamment pourquoi il a détruit la maison s'il y cherchait ce qu'il vous a volé… Bref. Dès que Joffre a été informé que vous aviez survécu et surtout dès que vous avez échappé aux flics de la Garda, le patron a compris que vous alliez essayer de retrouver l'assassin. C'est à ce moment qu'il a décidé qu'il pouvait vous utiliser. À la fois comme enquêtrice mais également comme appât pour attirer Saïph. Vous suivre en cavale relevait de l'impossible, il fallait donc vous coller dans les pattes de la SAT ou de la DST. Comme les flics irlandais, nous avons perdu votre trace à Dublin, nous avons donc tout mis en œuvre pour vous retrouver…

Rocca fit une pause. Le visage à moitié caché derrière sa main, Sinead demanda d'une voix cinglante :

— C'est vous qui m'avez attirée à Amsterdam ?

— Nous avons réfléchi au cheminement logique que vous alliez suivre pour remonter jusqu'au responsable de la mort de votre mari. Les écoutes nous ont permis d'apprendre que Gari Weiss parlait souvent avec Nigel Bardsley, le rédacteur en chef de *l'Independent*, qu'ils étaient très bons amis. Nous avons donc pensé que vous le contacteriez. Il ne nous restait plus qu'à pénétrer sur le serveur du journal pour y ajouter ce rendez-vous avec Finkel à Amsterdam. Un homme à nous vous attendait là-bas. La suite, vous la connaissez.

Livide, esquivant la main de Raphaël qui se tendait pour la soutenir, Sinead recula jusqu'à un angle de la salle d'interrogatoire. Il fallait qu'elle sorte, elle étouffait, là… Comme une poupée de chiffon, elle se laissa glisser le long du mur et recroquevilla ses bras autour de son corps dans une vaine tentative de s'extraire de l'effroyable vérité qu'elle venait d'encaisser. Raphaël prit immédiatement le relais. Il s'occuperait d'elle plus tard, la priorité était de tirer tout ce qu'ils pouvaient de l'homme de main de Joffre.

— Vous l'avez donc enlevée et planquée dans la

villa de Séror en sachant que nous allions la trouver… Et si je l'avais livrée à la justice ?

— Parfois il faut savoir compter sur sa bonne étoile, mais entre nous, quel flic se serait privé d'un témoin de cette importance ?

— Vous êtes des putains de cinglés, assena Raphaël en abattant son poing sur la table, lui aussi abasourdi par les révélations de Rocca. L'idée d'avoir été manipulé dès le départ par une bande de barbouzes le mettait dans une colère d'autant plus noire, mais il ne pouvait que s'incliner devant l'efficacité de la stratégie de Joffre : à aucun moment il ne l'avait vue venir.

Rocca demanda :

— Je suis libre de partir ?

— Pas encore, rétorqua le divisionnaire, nous allons faire une descente chez Joffre et tu viens avec nous.

54.

Il était 4 heures du matin quand le véhicule de service de la DST se gara devant le numéro 6 de l'avenue du Docteur-Brouardel.

Philippe Joffre vivait seul dans un immeuble bourgeois à l'angle de l'avenue de Suffren et du Champ-de-Mars. Sa femme était décédée d'un cancer quatre années plus tôt.

La voie était donc libre.

Menottes aux poignets, Rocca dicta le code à Raphaël qui composa les cinq chiffres d'un geste rapide avant de pousser la lourde porte de l'immeuble.

Le divisionnaire et Sinead pénétrèrent à leur suite dans le hall à l'odeur de parquet ciré. Ils passèrent devant la loge de la concierge et l'ascenseur en bois d'un autre temps, puis gagnèrent à pied le deuxième étage.

Ce fut Dumas qui ouvrit l'appartement à l'aide du jeu de clés récupéré sur le corps du militaire. Raphaël distribua à chacun une paire de gants en latex puis ils franchirent la porte d'entrée.

C'était un vaste appartement aux murs blancs ornés de moulures et au parquet clair en point de Hongrie.

Commodes, secrétaires, bureau en marqueterie meublaient chacune des six pièces du domicile. Selon les infos de Rocca, Joffre avait épousé la fille d'un industriel du sucre et n'avait jamais eu véritablement besoin de gagner sa vie. Il avait choisi la voie militaire par tradition familiale. Un chemin qui l'a mené tout droit en enfer, songea Raphaël.

— Le coffre est dans le bureau…, déclara Rocca.

— Tu penses qu'on va y trouver les notes sur Saïph ? fit Dumas.

— C'est probable. Suivez-moi.

Au fond du couloir, ils poussèrent une porte et découvrirent une pièce circulaire tout en boiseries de chêne, les murs couverts de grandes bibliothèques aux rangées serrées de livres anciens et modernes. Sinead remarqua entre autres plusieurs œuvres de Shakespeare, *La République* de Cicéron, ainsi qu'un ouvrage sur l'art de la guerre au Moyen Âge.

Un nouveau visage de Joffre qu'elle n'aurait jamais pu soupçonner ; la preuve qu'on pouvait être cultivé et pervers.

Rocca leur désigna un cabinet chinois de laque noire qui recelait un petit coffre.

— Vous allez pas me retirer ces menottes ? demanda-t-il.

— Ferme ta gueule et assieds-toi au sol, tu l'accouches, cette combinaison ?

— Tu m'as donné ta parole, Dumas.

— Patience, Max, patience. Allez, dépêche, on va pas passer la nuit ici.

— 4253776.

— T'étais vraiment dans les petits papiers, lâcha

le divisionnaire. Avec un peu de chance, Papa t'aura mis sur son testament…

Il fit tourner la molette, puis, la porte pivotant, s'approcha de la boîte d'acier blindé pour en inspecter l'intérieur.

Raphaël gardait un œil sur Rocca. Même entravé, il n'avait aucune confiance en ce type.

Le divisionnaire se retourna et déposa le contenu du coffre sur le bureau. Deux armes de poing calibre 9 mm de marque Glock et Beretta, plusieurs liasses épaisses de billets, en francs, en dollars et en livres sterling ainsi que trois passeports français vierges. Il y avait également une pile de dossiers.

Sinead s'approcha en silence et commença à inspecter avec Dumas les documents contenus dans des chemises cartonnées.

— C'est pas très prudent de garder tout ça à la maison, commenta le divisionnaire.

— Joffre est un ancien. Il pensait que sa fonction lui assurait une forme d'impunité.

— Il s'est quand même donné bien du mal pour cacher les crimes de Saïph, tu ne trouves pas ? fit Raphaël.

— Il faisait le minimum, en réalité il était convaincu de sa supériorité et qu'il ne se ferait jamais prendre. C'est pour ça qu'il garde ces documents chez lui.

— Gardait, rectifia Raphaël. Je te rappelle qu'il est mort.

L'Irlandaise feuilletait un petit carnet de notes à la couverture de cuir patiné. Elle le tendit à Dumas.

— Je pense qu'on a trouvé ce qu'on cherchait.

— Lisez, ça vous parlera sans doute plus qu'à moi.

Raphaël alluma la lampe de bureau tandis que Sinead posait le carnet à plat sur le bois marqueté.

Elle feuilleta les pages à la recherche d'un extrait qui les intéressait et attaqua à haute voix la lecture du texte griffonné en pattes de mouche.

— « 13 janvier 1978. Première crise de délire. S. semble touché d'un désordre mental sévère. Dîner à la brasserie Lipp. Passons une soirée agréable, conversation sur la littérature. S. vient de terminer le second tome du *Journal parisien* de Jünger, il note que Sacha Guitry habitait à deux pas de mon domicile, de l'autre côté du Champ-de-Mars. Je raccompagne S. chez lui dans le XIe arrondissement. En regagnant l'auto, il change d'attitude. Il semble ne plus me reconnaître quoiqu'il accepte que je le ramène. Sur le boulevard Saint-Michel, son visage se mue en un masque livide. Il n'a pas bu outre mesure. Il parle comme s'il était seul, plutôt comme s'il était ailleurs. Je lui demande s'il va bien, il répond : "Je n'ai pas fait ce que je dois faire, ça recommence." Je lui demande de quoi il parle. Réponse en russe ou en bulgare. Je comprends le mot "*Sles*". Je n'en comprends pas le sens, puis il épelle une suite de chiffres et de lettres, il répète chaque chiffre et chaque lettre en russe puis en français et marque de larges pauses, qui ne me laissent cependant pas le temps de noter. Je lui demande à nouveau de quoi il parle, il me répond qu'il n'a pas trouvé. Trouvé qui ? Il répond "Chevtchenko". Je demande s'il parle du poète ukrainien, il ne répond pas. Il frotte fort sa tempe gauche avec la base de son poignet. Je lui propose de l'emmener à l'hôpital. Il panique et redescend. Tout est redevenu normal, il me sourit. Je lui raconte la scène qu'il vient de me jouer, il se moque de moi et me dit que ce n'est rien, mais il ne semble pas vraiment convaincu. Je le soupçonne de me mentir à ce moment… »

Sinead tourna les pages suivantes. Le militaire semblait avoir méticuleusement noté chaque détail de ses rencontres avec sa recrue. Il y avait là une cinquantaine de pages relatant le détail de leurs rencontres, les documents que Saïph lui fournissait, mais leur contenu n'était pas noté, ils étaient répertoriés par des numéros, sans doute attribués, par le service. Les dernières pages faisaient référence à la trahison de Saïph mais rien de plus que ce que Rocca leur avait révélé.

— Ce qui nous intéresse, ce sont les crises.

L'Irlandaise expliqua :

— Joffre fait référence à deux crises auxquelles il a assisté. Cela semble se calmer après l'épisode où Saïph est récupéré par les gendarmes en Bretagne. Il a noté les paroles prononcées par son transfuge lors de ses accès de folie, ce sont chaque fois les mêmes mots qui reviennent, « Chevtchenko », la syllabe *« Sles »* qu'il a relevée la première fois était en fait du russe, *Slesy Arala*, ce qui signifie « Larmes d'Aral ». Le nom de la mission scientifique que Katincharov a évoqué avec nous cette nuit. Et puis il y a la suite de chiffres et de lettres qui se révèle être UYa 64/71. À ce moment, Joffre en ignore la signification. Il faudrait lire en détail le carnet pour voir s'il a réussi à en identifier le sens.

— Ça ne te dit rien à toi, Max ? demanda Raphaël.

— Rien, non.

Sinead abandonna le carnet pour s'asseoir sur le bord du bureau. Elle ferma les yeux. En passant les paumes de ses mains sur ses avant-bras nus, elle pouvait sentir les reliefs des corps étrangers que sa chair rejetait un à un. Immédiatement, le souvenir de Gari s'insinua dans son esprit. Tarass Chevtchenko. Elle ne reniait pas son amour, mais depuis qu'elle avait appris sa véritable identité, elle ressentait le goût à jamais amer des mensonges et sans qu'elle puisse la contrôler, l'image de son visage, qui s'était déjà estompée avec la mort, avait désormais presque entièrement disparu de sa mémoire. Ne restait qu'un masque terrifiant, vide, sans contours et sans traits.

À cet instant, elle ignorait si elle désirait vivre ou mourir mais elle était certaine d'une chose. Elle devait savoir… Savoir qui était Saïph et pourquoi il avait assassiné Gari Weiss-Tarass Chevtchenko. Après elle déciderait.

Elle s'adressa à Rocca :

— *Slesy Arala*... On sait que c'est le nom d'une mission scientifique mais savez-vous si Joffre avait la moindre idée de la signification de ces Larmes d'Aral ?

Le type leva le visage vers elle. Elle lut à son regard qu'il ne la considérait pas comme les deux flics. Il l'avait blessée, salie en violant son intimité et en la manipulant, pourtant depuis qu'elle avait découvert la vérité, elle pouvait sentir comme une forme de respect émanant de lui. C'était peut-être sa manière de témoigner des regrets, bien qu'elle doutât que ce genre de type puisse en éprouver.

— Joffre pensait que ça pouvait avoir un lien avec la mer d'Aral, répondit-il.

— La mer qui disparaît ? demanda Sinead.

— Oui, elle est située à cheval entre les anciennes

républiques communistes du Kazakhstan et de l'Ouzbékistan… mais il n'en a jamais su plus que ça.

Sinead se tourna vers Raphaël.

— L'Ouzbékistan, ça correspond à ce que nous a dit Katincharov sur la latitude… Qu'est-ce que tu en penses ?

— J'en pense que nous avons besoin d'aide, et que j'ai la personne qu'il nous faut.

55.

La porte de l'appartement du Champ-de-Mars s'ouvrit sur une Naïma Sednaoui glaciale.

— Il est 5 heures du matin. J'espère que tu as une très bonne raison de nous avoir fait venir ici en pleine nuit. Je n'aime pas du tout ça, attaqua l'officier de la DGSE. Ma hiérarchie n'est même pas informée.

— Tu pourras toujours leur en parler demain, mais avec ce que je vais te raconter, je doute que tu le fasses, rétorqua calmement Raphaël en serrant la main, sèche comme du parchemin, de Ruslan Bayamarov, l'ancien gardien de prison turkmène devenu spécialiste des mafias russes.

— Désolé, Ruslan, mais c'est une situation d'urgence.

— Tu veux bien arrêter tes mystères et nous dire ce qu'il se passe. On est où, là ? s'énerva Sednaoui.

— Chez Joffre, il s'est fait assassiner hier soir.

— QUOI ?

— Je ne suis pas seul ici. Entrez, on va vous expliquer.

Sednaoui eut un moment d'hésitation puis elle franchit le seuil de la porte. Raphaël leur indiqua le bureau et les suivit vers le fond du couloir. Bayamarov avait revêtu un costume brun élimé, une chemise bleu ciel et portait un petit chapeau de feutre noir. Sednaoui avait enfilé un jean, un manteau sombre et une paire de tennis. Les yeux encore gonflés de sommeil, elle se retourna vers le flic.

— Qu'est-ce que vous foutez ici ? Qu'est-ce qui s'est passé ? Parle !

Raphaël garda le silence et poussa la porte du bureau.

— Entrez… le commissaire divisionnaire Dumas, que tu connais, je crois. Et voici la journaliste de l'*Irish Times*, Sinead McKeown, qui est touchée de près par cette affaire.

Sednaoui se contenta de hocher la tête en signe de salut, avant de lâcher :

— La DST, la PJ, une journaliste, c'est quoi, une réunion du Club des Cinq ?

Elle laissa alors son regard glisser vers un angle de la pièce où Rocca se tenait assis en tailleur, toujours menotté. Visiblement, ces deux-là se connaissaient déjà.

Sednaoui s'adressa directement à lui :

— Qu'est-ce que c'est que ce boxon, Max ?

Le barbouze ne répondit pas.

— Joffre a déconné, expliqua Raphaël. Il s'est passé des choses très graves. Vous feriez mieux de vous asseoir, on risque d'en avoir pour un moment.

Près de deux heures furent nécessaires aux deux flics pour exposer les détails de l'affaire à Sednaoui, de la mort de Gari Weiss à la cavale de Sinead en passant par les Tchétchènes de Vincennes, Dieter Mulh et le charnier découvert chez Séror. Abasourdie par le récit qu'elle venait d'entendre et l'ampleur de la manipulation de Joffre, elle prit le temps d'interroger longuement l'Irlandaise puis Max afin de connaître leur version du dossier. Interdit, Bayamarov restait aussi immobile qu'une statue dans un fauteuil de velours trop grand pour lui. Raphaël songea que le Turkmène en avait sans doute vu d'autres.

Il y eut un silence long et pesant puis Sednaoui prit la parole.

— Bien, fit-elle sur un ton solennel, comme si elle suspectait la présence de micros. Dans une bien moindre mesure, Joffre m'a utilisée en me demandant de vous transmettre le tuyau sur les Tchétchènes et en vous autorisant à rencontrer Ruslan. Nous ne sommes ni l'un ni l'autre impliqués à aucun niveau dans cette affaire dont nous ignorions tout avant de venir ici.

Elle marqua une pause qu'elle utilisa à scruter les flics et l'Irlandaise. Le visage ridé de Bayamarov ne montrait pas la moindre émotion, en revanche Raphaël pouvait lire une peur grandissante dans le regard de Sednaoui.

— Pourquoi nous avez-vous fait venir ? demanda-t-elle.

Raphaël se leva.

— Détends-toi. On ne vous veut pas de mal. Ni à toi ni à Ruslan. L'idée que vous soyez l'un ou l'autre impliqués n'a même jamais été évoquée. La première raison pour laquelle nous vous avons demandé de venir, c'est parce que nous avons récupéré dans les carnets de notes de Joffre un certain nombre d'éléments d'enquête qui indiquent de manière claire la piste de l'ex-Union soviétique, mais nous ne parvenons pas à leur donner du sens. Étant donné l'analyse remarquable que Ruslan a faite du tatouage du Tchétchène, j'ai pensé qu'il pourrait sans doute nous venir en aide sur ce coup-là aussi.

— Bien entendu, ricana Sednaoui. Et comme tu nous tiens à la gorge, tu en as déduit que nous ne pourrions rien te refuser. Tout est illégal ici, personne n'a rien à faire dans cet appartement, on va tous finir au trou avec vos conneries. Je n'ai aucune intention de tremper dans vos combines.

Raphaël hocha la tête. Le temps était compté. Ils avaient besoin de l'aide de Sednaoui et de Bayamarov, sans coopération de leur part, Saïph risquait de leur échapper définitivement.

Dumas avança le premier pion de la partie d'échecs qui s'engageait.

— Nos professions nous confrontent un jour ou l'autre à l'illégalité et nous devons malheureusement composer avec cette réalité. Ce dossier a été très mal géré par le procureur dès le départ. Des erreurs ont été commises, elles doivent aujourd'hui être réparées de manière à ce que chacun puisse y trouver son compte. Je pense d'abord à Zeck et McKeown qui sont dans une situation extrêmement délicate, mais aussi à la DST et à vous, Sednaoui, ainsi qu'à Bayamarov.

Le divisionnaire marqua une respiration avant de rentrer dans le vif du sujet :

— En attendant votre arrivée, nous avons imaginé un scénario à présenter à la justice qui tient la route et qui pourrait à la fois satisfaire la DST et permettre à d'autres d'éviter de payer pour des fautes qu'ils n'ont pas commises. Souhaitez-vous l'entendre ?

Sednaoui hocha la tête.

— Bien. Mon service enquête depuis plusieurs mois sur un trafic de stock d'armes des anciens réseaux *stay-behind* auxquels Joffre, Dieter Mulh ainsi qu'un certain nombre d'intermédiaires participaient activement.

« J'ai conduit hier soir une filature de notre ami Joffre, qui nous a menés jusqu'à une propriété de Ville-d'Avray où Zeck était retenu séquestré.

« Explication : la Section antiterroriste a été dessaisie de l'enquête. Dès lors que le Parquet a pris cette décision, Zeck risquait d'être lourdement sanctionné par sa hiérarchie sur une demande émanant de mes services. En représailles, Zeck a décidé d'informer la presse de l'existence de ce trafic d'armes protégé par la DST dans le but de protéger des membres des forces de l'ordre et des politiques de premier plan ayant appartenu à Rose des vents et au Service d'action civique. Zeck a même proféré cette menace de divulgation devant le juge Aubert. En première ligne dans cette affaire, Joffre a donc séquestré Zeck, dans le but de négocier ou de l'éliminer.

« Au moment même où nous sommes arrivés sur les lieux, une fusillade a éclaté, un tireur a tenté d'abattre Zeck, sans y parvenir. Nous ignorons l'identité du tueur. Il semblerait que ce soit cet individu qui ait également exécuté Joffre qui planquait à moins d'une centaine de mètres de la propriété. Ce sont nos hommes et non Zeck qui ont riposté aux tirs du lieutenant de Joffre qui cherchait à s'enfuir. C'est de cette manière qu'il a été blessé.

Sednaoui écoutait attentivement. Elle demanda :

— C'est très beau tout ça, mais comment contrez-vous les accusations de Zeck contre la DST ?

Raphaël prit la parole :

— L'enquête en cours menée par Dumas était très sensible. Étant donné l'implication possible de fonctionnaires de police et d'anciens militaires, il était impératif pour le divisionnaire de verrouiller tout risque de fuite qui aurait pu faire foirer toute l'opération. Impossible donc pour Dumas d'informer la PJ des détails de ce dossier. Je ferai mon *mea culpa* et la DST n'engagera aucune poursuite contre moi car les résultats des investigations de la SAT transmises au juge d'instruction auront directement permis à la DST de boucler le dossier. Nous avons retrouvé dans le coffre-fort de Joffre les noms des derniers individus impliqués dans le trafic.

— Et Katincharov… il a disparu ?

— Oui, son cadavre risquerait d'éveiller les soupçons sur l'affaire Saïph.

— De quel rôle hérite Joffre dans votre vaudeville ?

— Il est dans le collimateur de la DST depuis longtemps. Il est l'un des instigateurs du trafic d'armes. En revanche, nous n'évoquerons pas l'affaire Saïph pour éviter de mouiller la DGSE dans des affaires criminelles.

— Comment expliquerez-vous qu'un homme fortuné comme il l'était soit mouillé dans des ventes d'armes de petite envergure ? objecta encore Naïma Sednaoui.

Dumas expliqua :

— Le « chiffre d'affaires » d'un tel réseau est beaucoup plus important que vous ne l'imaginez. Grâce à cet argent fantôme, Joffre a été en mesure de monter des opérations clandestines, notamment celle qui a permis à Max de surveiller Sinead McKeown et Gari Weiss. Être à la tête d'un tel réseau lui conférait également respect et pouvoir dans un Univers où se côtoyaient flics et voyous et c'était sans doute cela le plus important à ses yeux.

Sednaoui se frotta les yeux comme pour s'assurer qu'elle ne rêvait pas tout éveillée.

— Et McKeown, vous en faites quoi ? finit-elle par demander. Comment prouve-t-elle son innocence si vous effacez toutes les preuves ?

— Max s'est engagé à nous fournir une copie des photographies, enregistrements illégaux et autres éléments prouvant que Gari Weiss était surveillé. Une des enquêtes du journaliste publiée dans l'*Independent* s'intéressait de près aux réseaux anticommunistes. Cela n'aidera pas à retrouver l'assassin, mais un bon avocat devrait sans trop de problèmes réussir à la faire disculper des charges qui pèsent contre elle.

— Et Max ? Et le lieutenant de Joffre qui a été blessé par Zeck ?

— Max a collaboré en nous livrant des informations précises, il sera libre dans quelques heures. Pour ce qui est de l'autre, nous allons le convaincre qu'il est préférable pour lui d'assumer les charges de complicité dans l'affaire de ventes d'armes. Étant donné son implication dans le nettoyage des crimes de Saïph, je pense qu'il acceptera. Vous ne serez vous-même jamais citée dans cette affaire.

— Vous vous portez garants du silence de vos hommes présents lors de l'opération de Ville-d'Avray ?

— À cent pour cent.

— Bon… Très bien, je marche, sous réserve de savoir ce que vous attendez de moi, bien entendu. Ruslan, qu'en pensez-vous ?

Le petit homme, qui n'avait toujours pas bougé

de son fauteuil, se passa la langue sur les lèvres et déclara :

— Je vous suis, Naïma. J'aimerais à présent voir les documents en question.

Sinead s'installa face au Turkmène et posa les dossiers extraits du coffre de Joffre sur un petit guéridon en bois rouge.

Bayamarov ôta son chapeau, dévoilant sa chevelure poivre et sel, puis plongea la main dans la poche intérieure de son veston pour en sortir son épaisse paire de lunettes à monture plastique carrée, dont il essuya soigneusement les verres avec un mouchoir avant de la chausser.

— Nous ne sommes pas rentrés dans le détail sur ce sujet, mais Joffre avait pour habitude de tout noter. Il a soigneusement répertorié les mots que Saïph prononçait lors de ses accès de schizophrénie. J'ai passé les carnets au peigne fin, vous trouverez un relevé sur cette page. Tenez.

Bayamarov saisit le document et l'étudia pendant que Sinead commentait :

— Les Larmes d'Aral... Nous savons qu'il s'agit du nom d'une mission scientifique secrète menée par un département de l'Institut Lebedev de l'Académie des sciences soviétique, mais nous ignorons tout de la nature des recherches qui ont été menées. Un autre élément qui nous intéresse est un code : UYa 64/71... la date que vous voyez ici est postérieure aux carnets de Joffre, nous l'avons relevée nous-mêmes dans le charnier découvert chez Pierre Séror.

L'Irlandaise replaça ensuite les informations dans le contexte de l'histoire que leur avait livrée Katincharov concernant Dimitar Markov et celle de Gari Weiss-Tarass Chevtchenko, sans oublier les paupières tatouées.

Bayamarov écouta la jeune femme sans l'interrompre. Ses yeux bridés presque fermés traduisaient une activité cérébrale intense ; dans le même temps, il notait chaque détail en alphabet cyrillique sur un papier comme s'il ne souhaitait pas qu'on puisse lire ses pensées. Il demanda quelques minutes de réflexion, qu'il utilisa à continuer de griffonner sa feuille, puis retira ses lunettes et prit la parole :

— Vous connaissez l'histoire de la mer d'Aral ?

— Nous vous serions reconnaissants de bien vouloir nous rafraîchir la mémoire, Ruslan, dit Sednaoui.

— Cette mer est en fait un lac immense qui se trouve dans une zone de steppe, un désert, le Karakalpakstan, à cheval entre l'Ouzbékistan et le Kazakhstan, deux anciennes républiques soviétiques. C'était un lieu magnifique que j'ai connu dans ma jeunesse, les eaux regorgeaient de poissons et on pouvait y voir voguer des navires apportés de Russie par convois. Sa lumière a inspiré certains grands artistes de la période communiste. Ce qu'on pourrait appeler son histoire moderne a commencé à changer dans les années 1960, lorsque le Plan soviétique a décidé d'utiliser l'Amou-Daria et le Syr-Daria, les deux fleuves qui alimentent l'Aral, pour l'irrigation intensive de cultures de coton pharaoniques. En près de trente-cinq ans, des millions de mètres cubes d'eau ont été pompés et la mer a peu à peu disparu, laissant place au désert et à la désolation. De ce lac gigantesque ne reste qu'une triste flaque, à l'image du mépris des dirigeants russes pour leurs anciennes républiques d'Asie centrale. C'est aussi là que Staline a installé des années plus tôt, sur l'île de Vozrozhdeniya, des installations secrètes de recherche en armes chimiques et biologiques qui ont été abandonnées en 1992, sans être sécurisées. Cette catastrophe, comparable en un sens à celle de Tchernobyl, a été découverte par la communauté internationale à la désintégration de l'URSS. Elle a condamné l'économie, les populations locales livrées à elles-mêmes au milieu de cette steppe du diable.

Bayamarov venait de confirmer ce que leur avait dit Katincharov : les rives de la mer d'Aral avaient été utilisées pour des cultures intensives de coton, ce qui expliquait la présence des nitrates déposés sur les paupières. Sinead jeta un regard à Raphaël, qui lui confirma qu'il avait compris, puis elle demanda :

— D'après vous, la mission Larmes d'Aral serait liée à la mer ?

— Aral signifie « île » dans les dialectes de la région, j'aurais donc pu en douter si vous ne m'aviez pas évoqué UYa 64/71, mais ce nom de code je le connais bien car il s'agit d'un ancien goulag, une prison soviétique qui se trouvait près d'un petit village sur les anciennes rives de la mer. C'était un lieu de mort parmi les pires que la terre ait jamais portés. Il était situé à proximité de Vozrozhdeniya. Dans l'Univers carcéral, il se murmurait que les détenus politiques étaient utilisés comme cobayes pour tester armes chimiques et bactériologiques. Cela faisait partie des prisons où aucun gardien, même le plus pervers, ne souhaitait être muté.

Bayamarov marqua une pause, rajusta ses lunettes. Puis reprit :

— Comme je l'ai expliqué il y a quelque temps à

Zeck, j'ai passé la plus grande partie de mon existence dans les prisons soviétiques, je connais sur le bout des doigts ce monde sordide et les êtres qui le peuplent. Si dans ses crises Saïph parlait de ce goulag, s'il connaissait ce nom de code, cela signifie qu'il y a très probablement été enfermé.

Pour la première fois le profil de Saïph s'esquissa dans la conscience de Raphaël.

Un homme d'une intelligence remarquable, destiné à rejoindre l'élite des chercheurs de l'Union soviétique, mais quelque chose s'était passé, un événement grave qui l'avait conduit dans les geôles de l'Aral.

Il passa mentalement en revue les grandes lignes du dossier, les meurtres, les paupières, le cosmos, la symbolique de la lumière, le rêve d'éternité, la folie, l'emprisonnement…

Restait un mystère verrouillé.

Les Larmes d'Aral.

Qu'allaient chercher les scientifiques dans la steppe ouzbek, qu'était-il arrivé ? Qu'avait révélé cette mission pour faire sombrer un homme dans la folie, était-ce arrivé lors de son internement ou bien cette démence était-elle déjà en lui ?

— Savez-vous ce qu'est devenue la prison ? demanda Sinead au Turkmène comme si son esprit communiquait avec celui de Raphaël.

— Certains goulags ont été abandonnés en 1992, d'autres sont toujours utilisés car les nouvelles autorités n'envisagent pas de lâcher les grands criminels dans la nature. C'est le cas de celui-ci. À l'indépendance de l'Ouzbékistan, il a été rebaptisé « prison de Zhaslyk ». Depuis, le président Karimov y enferme ses opposants. Des rumeurs parlent de torture, certains murmurent qu'on y a fait bouillir des hommes dans des chaudrons…

Paradoxalement, vu ce qu'elles décrivaient, les dernières phrases de Ruslan dessinaient un nouvel espoir. Au fil des années, Saïph était passé maître dans l'art de brouiller les pistes, jusqu'à présent aucune des maigres traces qu'il avait laissées ne permettait de prévoir ses faits et gestes ni de remonter jusqu'à lui. Aucune, sauf ses crises de schizophrénie au cours desquelles il avait, malgré lui, révélé son probable internement dans l'ancien goulag soviétique.

À présent tout se recoupait, la mission, le goulag, les paupières et la constellation des Pléiades qui annonçait un événement dans le ciel d'automne. Chacun de ces éléments paraissait aussi insaisissable que la nuit, ça semblait insensé, pourtant Raphaël était désormais certain que la piste vers la vérité était enfouie au cœur du désert ouzbek. C'était sur les rives de la mer asséchée, derrière les murs d'enceinte de Zhaslyk que se trouvait leur ultime chance de percer le secret des Larmes d'Aral, de remonter jusqu'au tueur.

Le flic se tourna vers Sednaoui et Bayamarov et déclara :

— Maintenant, je vais vous expliquer ce que nous attendons de vous.

III

56.

Roissy
13 novembre 1994
18 heures

L'Ilyuchin Il-62 s'arracha au tarmac de l'aéroport Charles-de-Gaulle dans un rugissement assourdissant.

Sinead et Raphaël regardaient Paris s'éloigner dans la brume. Moins d'une heure plus tôt, ils avaient franchi la douane sans encombre et pris place à bord du vol HZ 3003 à destination de Tachkent, capitale de la république d'Ouzbékistan, cœur de l'Asie centrale. À peine l'altitude de croisière de l'avion atteinte, ils sombrèrent ensemble dans un sommeil sans rêves.

La négociation avec Sednaoui avait été âpre mais l'officier de renseignements avait finalement accepté de mettre en place l'opération, en échange du silence sur l'implication de la DGSE dans l'affaire Joffre-Saïph.

L'objectif était de faire pénétrer le flic et l'Irlandaise en territoire ouzbek puis de les acheminer jusqu'à Moynaq, l'ancien port de la mer d'Aral qui serait leur dernière étape avant la prison de Zhaslyk. Mais se déplacer librement dans l'ex-république socialiste était exclu. Même si le Karakalpakstan était devenu une zone de non-droit et si la corruption vérolait le pays à tous les niveaux de l'administration, les services de sécurité, toujours organisés selon le modèle soviétique, restaient redoutables.

Dumas avait proposé d'utiliser le chef d'antenne des renseignements extérieurs de l'ambassade de France pour les faire entrer dans le pays. Sednaoui avait balayé cette option beaucoup trop risquée à son goût, tous les membres d'ambassades étaient soumis à une surveillance policière stricte, le moindre contact menacerait de les faire repérer. Pour elle, le seul moyen d'acheminer Zeck et McKeown derrière les murs de l'ancien goulag était de les intégrer aux effectifs d'une organisation humanitaire. La DGSE entretenait des relations privilégiées avec les instances dirigeantes de la Croix-Rouge, qui aidait ponctuellement le service de renseignements en échange d'informations et d'un soutien lors de prises d'otages de ses équipes présentes dans les zones de conflits. Islam Karimov, président de la jeune république, était un tyran soucieux de faire croire à la transparence de son gouvernement sur la scène internationale. Il avait accepté l'intervention de certaines ONG sur son territoire. La Croix-Rouge était l'une d'entre elles. Ses équipes avaient mis en place un programme d'aide alimentaire et médicale, et obtenu la permission de soigner les détenus de certaines prisons qui ne bénéficiaient d'aucune infrastructure de santé. La région du Karakalpakstan durement touchée par la disparition de la mer d'Aral et la prison de Zhaslyk faisaient partie des zones d'action de l'ONG. Le contact de Sednaoui avait émis quelques réticences face au caractère totalement secret et clandestin de l'opération avant d'accepter. Deux cartes de logisticiens du CICR avaient été délivrées à leur nom. Un représentant local s'était occupé des visas et les attendait sur place.

L'un des passeports vierges retrouvés chez Joffre avait été établi au nom de Raphaël Mercier pour le flic. Le patronyme de Louise Conrad avait été réutilisé pour le document d'identité de Sinead. Ils avaient également récupéré l'argent trouvé dans le coffre de Joffre. 15 000 dollars qui serviraient à couvrir les dépenses sur place.

En compagnie de Sednaoui et de Ruslan, le flic et l'Irlandaise avaient longuement étudié la carte du Karakalpakstan afin de prévoir les zones à éviter. Le Turkmène, véritable mine d'or d'informations, leur avait également procuré un plan précis de la prison telle qu'elle était configurée sous le régime communiste et fait un topo sur l'organisation de l'administration et la répartition des détenus selon la catégorie des crimes pour lesquels ils avaient été condamnés. Il leur avait ensuite expliqué les codes qui régissaient la vie des prisonniers.

La dernière journée à Paris avait été mise à profit pour se procurer des vêtements pour le froid, et réfléchir à la question des armes sur place. Raphaël souhaitait emporter un Glock compact, une arme de poing en polymère, démontable et indétectable aux contrôles de sécurité. Sinead avait refusé, à aucun moment ils ne devaient prendre le risque de se faire repérer par les autorités ouzbeks. Enfin, Drago les avait conduits à l'aéroport et leur avait fait promettre de revenir à bon port.

Sinead et Raphaël se réveillèrent à l'approche de l'aéroport de Tachkent International. Le jour se levait et, à travers les plaques de nuages, ils pouvaient distinguer les contours fantomatiques d'une cité grise, immense et enneigée. Au loin, le ciel mauve révélait la couronne de montagnes qui entourait la plus vaste ville d'Asie centrale.

À 6 heures, ils débarquèrent et gagnèrent à pied l'unique terminal de l'aéroport, un bâtiment administratif modeste et délabré aux murs jaunes et au sol en vieux parquet couvert de multiples couches de peinture.

Oktiabr Lezemov, le responsable de l'antenne locale de la Croix-Rouge, avait franchi les contrôles de l'aéroport et les attendait dans la salle de débarquement. L'homme, trapu, cheveux en brosse, arborait une épaisse moustache qui lui donnait l'air d'un Afghan. Il était vêtu d'un pantalon en viscose noire, de chaussures de ville bon marché et d'un épais blouson de cuir. Peu amène, il les salua succinctement et leur demanda passeports et cartes du CICR dans un anglais médiocre avant d'aller parlementer avec le bonze en uniforme et chapka qui s'occupait de tamponner les visas d'entrée derrière un pupitre en bois.

Dix minutes plus tard, il les rejoignit.

— C'est bon. Suivez-moi.

Sinead et Raphaël passèrent le contrôle, puis marchèrent jusqu'à une nouvelle salle vétuste où ils récupérèrent chacun leur sac sur un tapis roulant au bord de rendre l'âme.

Le passage en douane prit une éternité, seuls deux fonctionnaires assuraient le service en fouillant méticuleusement tous les bagages de chaque passager. Son indépendance fraîchement acquise, l'Ouzbékistan était en quête de son identité mais les rouages du système restaient figés à l'ère communiste. Consciente que le peuple ouzbek souffrait de la dictature et de la pauvreté, Sinead aimait pourtant ce premier contact un peu rugueux avec une terre, un peuple en pleine renaissance. Ce lieu possédait une âme brute qui lui rappelait le Belfast de son enfance.

Le flic et l'Irlandaise suivirent Oktiabr sur le parking, une vaste esplanade de goudron plantée d'arbres nus. Le long des plaques de verglas et des congères s'alignaient plusieurs anciens modèles de voitures, de la Jiguli à la Lada en passant par des 4x4 flambant neufs. Oktiabr les fit embarquer à l'arrière d'un Combi VAZ gris des années 1970, puis ils démarrèrent en direction du centre-ville.

— À quelle heure est notre prochain vol ? cria presque Sinead pour couvrir le bruit du moteur.

— Cet après-midi. Je vous emmène au ministère de l'Intérieur pour obtenir vos cartes de circulation.

— Le visa n'est pas suffisant ?

— Non, le visa vous sert à récupérer ces cartes. Les militaires qui vous contrôleront dans le Karakalpakstan ne regardent pas les passeports. Ils veulent un document qu'ils savent lire. C'est ce qu'on va chercher. Il vaut mieux que tout soit en règle. C'est le chaos ici, la mer d'Aral est interdite aux journalistes, le gouvernement a aussi peur des espions, là-bas c'est plein d'anciennes saloperies des Soviétiques, ça fait tellement peur que même les Ouzbeks ne veulent pas le montrer. Compris ?

— Compris, acquiesça Sinead.

Le reste du trajet se fit en silence.

Ils roulaient le long de larges avenues éclaboussées de neige sale, vestiges d'une époque où les chars défilaient pour imposer le pouvoir de Moscou. La ville, gigantesque, déployait une architecture verticale. Monuments, tours, barres d'immeubles directement inspirés du monumentalisme stalinien. Il ne restait rien ou presque du flamboyant patrimoine architectural musulman, ni du passage de la route de la soie dans la capitale ouzbek dévastée par un tremblement de terre dans les années 1960. Quelques passants au visage brûlé par le froid glissaient entre les silhouettes des arbres à l'écorce noire.

Au ministère, ils patientèrent près d'une heure dans une salle d'attente déserte avant d'être reçus par un fonctionnaire qui leur tira le portrait à l'aide d'un Polaroid avant d'établir les fameux sésames qui leur permettraient de circuler librement sur les terres oubliées de l'Ouest. Ils furent ensuite invités à pénétrer dans une grande salle meublée d'un unique bureau contre lequel une petite table avait été placée perpendiculairement. Face à face, Sinead et Raphaël devaient tourner la tête pour pouvoir écouter l'officier de sécurité qui les interrogea sans ménagement sur les raisons de leur présence dans le pays. Les ONG, connues pour cacher des agents de renseignements, étaient particulièrement surveillées par les autorités, mais la direction de la Croix-Rouge avait effectué le nécessaire en fournissant pour chacun d'eux un CV de leurs actions au sein de l'organisation. La DGSE avait fabriqué de faux tampons et visas sur les pages des passeports afin d'accréditer leur légendes respectives. Sinead et Raphaël s'étaient soigneusement préparés à cet interrogatoire et l'entretien se déroula sans problèmes.

Une fois ces formalités accomplies, Oktiabr les ramena à l'aéroport où ils prirent place aux côtés de quatre autres passagers à bord d'un petit bimoteur Yakovlev hors d'âge.

Après que les employés de l'aéroport eurent dégivré l'appareil à grand renfort de seaux d'eau brûlante et savonneuse, ils purent enfin boucler leurs ceintures et Tachkent ne fut bientôt plus qu'un souvenir. La nuit tombait sur cette partie du monde et, par les hublots, ils pouvaient voir les lumières des villages s'allumer comme des lucioles serrées les unes contre les autres pour se protéger du froid.

Laissant courir nerveusement ses doigts le long de sa cuisse, Sinead sentit une petite boule dure qu'elle n'avait encore jamais détectée. Un nouveau corps étranger remontait vers la surface de sa peau comme pour lui rappeler que malgré ses doutes, elle ne devait pas capituler. Elle dirigea son regard vers Raphaël qui n'avait quasiment pas ouvert la bouche depuis leur départ de Paris. Une lumière bleu sombre éclairait le visage du flic à travers le hublot givré. L'Irlandaise voyait les couleurs du Liban ou de l'ex-Yougoslavie se refléter dans ses yeux, comme si Raphaël recevait la visite des fantômes de son passé. Son esprit, son corps, semblaient tout entiers tendus vers le but et les dangers de ce périple vers la vérité. Dans un geste irrépressible, elle lui attrapa la main et la serra comme un talisman capable de la protéger. Car à cet instant elle avait peur, une peur suffocante.

57.

Ils atteignirent Moynaq après trois heures de vol. À la sortie du Yakovlev, ils longèrent la piste craquante de givre vers la queue de l'avion et récupérèrent leurs bagages directement dans la soute.

Le flic et l'Irlandaise reconnurent facilement parmi les véhicules venus chercher les autres passagers le taxi Volga noir qui les attendait de l'autre côté du tarmac fouetté par la neige. Le chauffeur passa péniblement la première et les emmena en direction de l'hôtel où ils passeraient la nuit avant de partir vers la prison de Zhaslyk.

Les phares avaient peine à éclairer le ruban de goudron verglacé qui faisait office de route. Emmitouflée dans sa parka, Sinead gardait les yeux rivés sur la nuit glacée qui défilait à travers la vitre. Dans un éclat de lumière, elle aperçut un panneau de bienvenue en cyrillique décoré d'un poisson surgissant des flots, vestige de l'époque bien révolue où Moynaq était un port de pêche.

Dix minutes plus tard, la Volga entrait dans la ville morte. De chaque côté des avenues désertes éclairées par la lueur falote des lampadaires, des petites maisons en ciment, d'autres en torchis jouxtaient les ruines éventrées d'anciens bâtiments administratifs de l'ère communiste. Deux chiens faméliques aboyèrent à leur passage. Le seul signe de présence humaine était la silhouette d'un homme titubant dans la tourmente.

Le chauffeur bifurqua devant une carcasse de voiture renversée puis s'enfonça dans une ruelle de terre avant de stopper devant un bloc de béton peint en rose et isolé au milieu d'une place déserte.

Il lâcha en russe :

— C'est le Nukkus Hotel.

Raphaël le remercia et lui glissa une liasse de soums, la monnaie locale, avant de gravir les marches qui menaient à la réception. À l'intérieur, une dizaine de minutes s'écoulèrent avant qu'une jeune femme au teint mat, robe fleurie et foulard dans les cheveux, ne vienne les enregistrer. Ils remplirent les fiches de police puis laissèrent un des employés monter les bagages dans les chambres.

Le restaurant était encore ouvert et ils avaient faim.

En entrant dans la salle, Sinead et Raphaël comprirent que l'unique hôtel de la ville faisait également office de bar et de maison de passe. Sur la dizaine de tables, trois étaient occupées par des hommes en compagnie de filles en minijupes et talons aiguilles. Le rythme sourd d'un rap ouzbek faisait vibrer les murs et l'éclairage rouge laissait à peine deviner les traits des clients.

Le flic choisit la table la plus éloignée de la chaîne stéréo, et on leur apporta presque aussitôt le plat unique, des *mati*, sorte de gros raviolis fourrés au mouton et luisants de graisse. Raphaël prit une bière locale, Sinead un thé brûlant qu'elle commença à boire à petites gorgées en regardant le flic engloutir sa pitance.

— C'est bon ? Ça te rappelle l'armée ?

— Tu ferais mieux de manger au lieu de me balancer tes vannes foireuses, dit Raphaël en souriant.

— Désolée, c'est au-dessus de mes forces.

Elle tourna la tête vers une table voisine. Un grand type aux yeux bridés, complètement défoncé, tenait une fille par les cheveux et approchait son visage du sien pour lui lécher la bouche. Les autres clients semblaient amusés par la scène.

— On lui dit rien, à ce porc ? demanda l'Irlandaise.

Le flic attrapa une serviette en papier et s'essuya la bouche.

— Non, on ne lui dit rien. Mange, il fait froid, tu as besoin de prendre des forces…

— Je ne peux rien avaler…

Sinead se prit le visage dans les mains, luttant contre les larmes qu'elle sentait monter.

— Mais qu'est-ce qu'on fout là ? Pourquoi on est venus ici… ?

Le flic reposa sa cuillère dans son assiette et l'attrapa par le menton pour l'obliger à le regarder.

— On n'a rien d'autre, Sinead… c'est la seule faille de Saïph et on doit l'exploiter pour le coincer et sauver ta… notre peau.

— On est censés être là pour le CICR… Le toubib qui nous prend en charge n'est même pas au courant de la raison pour laquelle on vient… Et comment tu comptes t'y prendre une fois qu'on sera dans cette saloperie de goulag ? Si jamais on parvient à y entrer…

— On paiera les témoignages. On a de l'argent pour ça.

— Tu crois que le fric règle tout, toi ?

— Vu l'état de ce pays, c'est probable que ça aide, oui. Le toubib, je m'en chargerai.

— Et si ça foire, s'ils nous arrêtent ?… Je suis pas arrivée jusque-là pour terminer dans une geôle ouzbek…

— Ne t'inquiète pas… ça va bien se passer… La seule chose qui compte, c'est qu'on puisse obtenir ces informations. Après on avisera.

Silence.

Raphaël regardait Sinead remuer ses pâtes d'une main tremblante.

— Tu sais, je suis certain qu'il est ici, tout près…, murmura-t-il.

— Saïph ?

— Oui.

— Près comment ?

— C'est encore confus, mais dans l'avion j'ai repensé à tout ce que Katincharov nous a expliqué sur les paupières. J'ai donc examiné de nouveau les tatouages et j'ai le sentiment que tout est inscrit là, sur ces quelques centimètres carrés de peau… Ces motifs recèlent chacune des clés qui nous permettront de remonter jusqu'à ce salopard.

— Explique-toi.

— Nous sommes d'accord que la ligne symbolisant les solstices nous a permis de déterminer, de manière presque certaine, le lieu géographique d'où proviennent les paupières…

— Oui.

— Je pense que ce n'est là qu'une information parmi d'autres. Les reliques sont porteuses d'autres symboles qui selon toute vraisemblance apportent de nouvelles réponses. La constellation des Pléiades, par exemple. Si elle apparaît sur le tatouage, ça ne peut pas être par hasard. Pour les peuples de la préhistoire comme pour les Babyloniens, elle constituait un repère chronologique essentiel, dans le cas présent l'amas d'étoiles est représenté à proximité de la courbe des solstices… Si on fait correspondre ces deux symboles, on peut imaginer qu'ils désignent le solstice qui suit l'apparition des Pléiades. C'est-à-dire le solstice d'hiver…

— Qui a lieu le 21 décembre, soit dans deux jours, termina Sinead. Il reste à décrypter le symbole de la barque solaire…

— Katincharov nous l'a dit, ce vaisseau mystique symbolise la résurrection du soleil, donc l'immortalité. Ça colle parfaitement avec le rituel aux relents d'alchimie des meurtres et ses recherches sur la lumière, ces paupières sont la pierre angulaire de la folie de Saïph, elles représentent pour lui une sorte de graal. Elles régissent sa vie depuis le jour où il a quitté la prison de Zhaslyk parce qu'elles détiennent des informations dont il a besoin pour atteindre son but. C'est la seule raison pour laquelle il a décidé de traverser le rideau de fer.

— Ça signifierait que les informations révélées par les reliques viendraient en quelque sorte recouper ses recherches sur la lumière. Fauconnier a vu juste lorsqu'il nous a expliqué que le tueur était à la recherche d'anomalies dans le rayonnement fossile… Saïph pense vraiment que quelque chose va se produire dans le ciel, un phénomène d'énergie qui s'est déjà manifesté il y a cinq mille ans, que cette civilisation ancienne a vécu. Les paupières en seraient le témoignage, l'unique trace. Il est certain d'avoir repéré un trou de ver dans le passé et il pense connaître la date du prochain, jusqu'à ces dernières semaines il ne lui manquait que le lieu précis, la mer d'Aral et une date : le solstice d'hiver, le 21 décembre.

— Il croit être l'Élu. Les cadavres qu'il a laissés sur son chemin étaient au départ un moyen de récupérer des informations, mais petit à petit il a pris goût à la mort et à ses rituels de cinglé. Sa démence s'est aggravée au fil de ses recherches. Tuer lui permettait d'attendre plus sereinement le grand jour…

— C'est dément… Passe-moi une cigarette.

Raphaël lui tendit son paquet. L'Irlandaise en alluma une et inspira profondément la première bouffée comme si elle tirait sur un joint. L'effet de la nicotine l'aiderait à s'absenter quelques instants. Autour d'eux, les clients du bar continuaient à s'amuser avec les filles. Un couple se leva pour rejoindre une chambre de l'hôtel, tandis qu'un autre revenait s'asseoir pour continuer à boire. Ils poursuivirent leur conversation au milieu de cet étrange ballet.

— Quelque chose ne cadre pas ; d'après Katincharov, Saïph-Markov faisait partie de la mission à la fin des années 1970. Il connaissait ces paupières, il devait donc être capable de localiser le lieu et de fixer la date…

— Qui te dit que les Soviétiques ont révélé aux scientifiques le lieu des recherches, peut-être même qu'il n'a jamais quitté son labo. On doit à tout prix comprendre quel était le but de cette mission…

— Je n'ai pas d'idée… D'après les éléments qu'on a aujourd'hui, je me dis que les Soviétiques ont probablement découvert une nécropole où ils ont exhumé le corps embaumé du propriétaire de ces paupières.

— Mais quel aurait été le rôle d'un astrophysicien dans une pareille mission ?…

— Katincharov nous a expliqué qu'il s'agissait d'une des plus importantes missions jamais menées par l'Académie des sciences soviétiques. Peut-être que les recherches allaient dans le sens de celles que poursuit Saïph aujourd'hui et que l'équipe de chercheurs d'élite au sein de laquelle il a été recruté a été créée spécialement pour cette occasion ?

— Peut-être… mais que s'est-il passé au terme de cette mission ? Pourquoi Saïph a-t-il été emprisonné ? Et que faisait Gari dans tout ça ? Comment s'est-il retrouvé en possession des paupières ?

— Je n'en sais rien, tout cela est dément… il y a encore trop de zones d'ombre. On navigue à la frontière de la science et de la folie. Ce type me répugne et me fascine à la fois… Qu'est-ce que tu penses de tout ça, toi ?

— Pas grand-chose. Ces histoires d'univers, de lumière et de néant me terrifient. Si Saïph était un chercheur classique je pourrais presque y croire, mais les cadavres et le sang qui jalonnent sa route le discréditent à mes yeux. C'est peut-être un scientifique brillant, mais pour moi c'est avant tout un tueur, et il doit payer pour ses crimes.

58.

Le toubib les attendait à l'intérieur d'un ancien 4x4 Mercedes G-Wagen, couleur sable, stationné moteur tournant devant le Nukkus Hotel. Il était 8 heures et le soleil se levait à peine. Le ciel mauve se déployait à l'infini au-dessus d'une ville qui semblait aussi déserte que la veille. Raphaël tapota le petit thermomètre au mercure vissé sur la façade du bâtiment. Moins sept degrés. Il ferma le zip de sa parka et descendit la volée de marches verglacées à la suite de Sinead.

La portière s'ouvrit sur un homme massif d'un mètre quatre-vingt-dix, aux poings comme des enclumes. Raphaël détailla son visage. Yeux verts en amande, pommettes saillantes, nez cassé et une peau tannée comme du vieux cuir. Le colosse, engoncé dans un manteau de peau de mouton couvert de taches et coiffé d'une chapka en renard, ressemblait plus à un trappeur tout droit sorti de la taïga qu'à un généraliste ouzbek. Il leur serra vigoureusement la main et se présenta dans un anglais semblable à celui qu'aurait parlé un étudiant d'Oxford au XIXe siècle.

— Arkadi Klimov. Bienvenue au Karakalpakstan.

Sinead se présenta sous le nom de Louise Conrad et Raphaël sous le patronyme de Mercier que lui avait attribué Naïma Sednaoui.

Klimov ouvrit le coffre arrière du 4x4 et cala les sacs au milieu des caisses de médicaments et de matériel médical. Il demanda :

— Vos papiers sont en règle ?

— Nous sommes passés au ministère de l'Intérieur.

— Avec ce merdeux d'Oktiabr ?

— Avec lui, oui, rétorqua Sinead.

— C'est un planqué, il fait le strict minimum, dit-il avec mépris. Vous avez des provisions de nourriture ?

— On a quelques rations apportées de France mais pas de quoi tenir un siège, expliqua le flic.

— Alors on va passer à l'épicerie, parce qu'une fois sur la route on ne trouvera pas grand-chose, à moins que vous ne soyez amateurs de graisse de chameau, ce dont je doute.

Ils roulèrent moins d'un kilomètre et s'arrêtèrent devant une bâtisse carrelée surmontée d'une enseigne à néon électrique, où était inscrit en cyrillique « Chez BAD BOY ».

Klimov poussa la porte à battants, précédant Sinead et Raphaël. À l'intérieur, deux femmes et un homme, de type asiatique, faisaient la queue devant un comptoir à moitié vide où pendaient des guirlandes de produits ménagers vendus à la dose et des savonnettes rose bonbon. Raphaël repéra aussi un unique gâteau roulé à la fraise et un mystérieux flacon de parfum portant le nom de « Paris ».

— Bienvenue dans l'empire de la conserve, plaisanta le toubib. Il n'y a pas grand-chose, je vous conseille celles de poisson, sans risques d'empoisonnement, la pêche ne vient pas de la mer d'Aral.

Le flic et l'Irlandaise sourirent à l'humour cynique de Klimov et commencèrent à remplir le carton qui leur servait de caddie.

— Vous trouverez également des betteraves et des *malossol*, des concombres sucrés. Évitez le saucisson, il est tout juste bon pour les chiens. Le pain noir n'est pas mauvais. N'hésitez pas à prendre de la vodka. Nous allons à Zhaslyk, ça nous servira de sauf-conduit.

À la caisse, un homme gras dont le sourire dévoila une rangée de dents en or massif s'occupa d'encaisser l'argent. Sans doute le fameux Bad Boy, songea Raphaël en réglant la note qu'il laissa sur le comptoir.

Une fois dehors, ils chargèrent les courses sur la banquette arrière du 4x4 et traversèrent Moynaq en direction de la steppe. À mesure que le jour se levait, les rues semblaient s'animer et ils découvraient les habitants de la ville oubliée. Loin de Tachkent, les visages étaient ici majoritairement de type asiatique. Bien que la religion soit réprimée par le tout-puissant président Karimov, on pouvait sentir l'influence de l'islam à travers les foulards dont les femmes couvraient leurs cheveux. Les hommes jeunes étaient vêtus à l'occidentale tandis que les anciens portaient le *khalat*, sorte de manteau traditionnel matelassé, et se couvraient le crâne de calottes ou de petits chapeaux triangulaires brodés. La population n'avait pas totalement déserté Moynaq, mais l'aspect délabré de la cité donnait l'impression d'un lieu où le temps s'était arrêté.

Pour rejoindre la sortie de la ville, le toubib emprunta une avenue qui longeait l'ancien port. Les quais avaient cédé la place aux dunes, et les grues des docks, immenses structures métalliques qui autrefois déchargeaient les bateaux en provenance du Kazakhstan, évoquaient de grands squelettes d'échassiers à jamais immobiles.

À mesure qu'ils s'éloignaient du centre, les maisons en dur étaient peu à peu remplacées par des yourtes et quelques mouettes voletaient pareilles à des flocons dans le ciel glacé, comme si elles n'avaient pas compris que la mer ne reviendrait plus.

Klimov quitta bientôt la route et s'engagea sur une piste qui menait vers le nord. Au bout de vingt minutes, ils virent surgir des silhouettes sombres et massives posées au milieu de la steppe glacée.

Des navires… Des navires gigantesques aux flancs éventrés gisaient échoués, évoquant des léviathans assoupis dans le silence.

Un cimetière marin irréel perdu au large de l'ancien lit de la mer d'Aral.

Un vent puissant des hauts plateaux s'engouffrait dans les coursives rouillées, s'enroulait autour des passerelles décapitées, faisant mugir les carcasses de ces fantômes postapocalyptiques. Sur les étraves rongées par le sel, on pouvait distinguer les noms à demi effacés des anciens cargos et le long des coques des chameaux laineux aux naseaux fumants s'abritaient des bourrasques de neige que rien ne semblait pouvoir stopper.

Ces images de mort étaient connues, mais le papier glacé des magazines avait le pouvoir de les maintenir à distance. Y être physiquement confronté était une tout autre affaire. Aucun des passagers de la voiture ne prononça le moindre mot, comme si devant un tel spectacle de fin du monde le langage n'avait plus cours.

Ils roulaient depuis plus d'une heure lorsque Raphaël brisa la glace en s'adressant à Arkadi Klimov.

— Vous êtes ouzbek ?

— Oui… et non.

— Que voulez-vous dire ?

— Je suis d'ici et pas d'ici. Comme une grande partie de ce peuple. Ce pays est une pure invention des Soviétiques. Il existe sans exister. Nomades ou sédentaires, les peuples d'Asie centrale ne connaissaient pas les frontières, leur identité a toujours été centrée autour du clan, de la famille.

Le flic jeta un œil dans le rétroviseur central. Sinead avait glissé ses mains dans ses poches pour se protéger du froid qui s'insinuait jusqu'à l'intérieur de l'habitacle. Elle écoutait leur conversation, les yeux rivés sur la neige qui continuait à tomber sur la steppe.

Klimov reprit :

— Vous venez travailler dans un pays sans en connaître l'histoire ? C'est spécial, non ?

— Sans doute… Les dernières semaines ont été un peu chargées, je n'ai pas vraiment eu le temps de m'y intéresser. Mais j'y travaille.

— C'est vrai… Vous avez l'air de bonne volonté, fit le toubib avec un sourire. La catégorie d'Ouzbeks à laquelle j'appartiens, on l'appelle les « déplacés ». Nous sommes nombreux à être nés ici par hasard. Une horde de déracinés composée de près de soixante nationalités différentes. Il y a des Grecs venus se réfugier à la fin de leur guerre civile en 1949, des Biélorusses, des Ukrainiens envoyés pour travailler dans l'industrie, et puis des Allemands de l'Est, des Juifs, des Polonais, des Tchétchènes, des Ingouches… les déportés de Staline, catégorie à laquelle j'appartiens. Aujourd'hui nous sommes toujours là, mais Karimov nous considère comme des parias, nous n'avons aucun avenir dans cette société dont nous sommes exclus. Moi, j'ai eu ce job à la Croix-Rouge, mais la pression des autorités est si forte que je n'ai le droit d'exercer qu'ici, dans cette région livrée à elle-même, là où plus personne ne veut venir.

Raphaël esquissa un sourire et demanda :

— D'où êtes-vous, alors ?

— Mon père était russe, descendant des Pomors, un peuple de colons navigateurs, ma mère était tatare. Ils ont été déportés par Staline dans le centre du pays, à Boukhara, à cause des origines de ma mère. Les Tatars de Crimée on été accusés de collaboration avec les nazis. Je me sens plus russe qu'ouzbek et je voudrais retourner là-bas.

— Pourquoi ne le faites-vous pas ?

— Je suis parti pour Moscou en 1991. J'ai pratiqué un temps comme chirurgien dans un service d'oncologie avant d'être remercié… Réduction de budget. Je n'ai pas retrouvé de poste ailleurs.

Le regard vert du toubib se perdait dans le lointain.

— Même dans notre pays d'origine nous sommes stigmatisés. Nous portons l'exil de nos parents comme une marque au fer rouge.

— Vous êtes donc revenu ?

— Oui, et depuis je traîne mes guêtres dans cette région maudite rongée par la mort. Il y a le spectre de Vozrozhdeniya, où étaient menés les essais d'armes chimiques et bactériologiques. Les Soviétiques ont abandonné les lieux sans rien sécuriser. On y testait l'anthrax, les virus sur des singes, et des déportés aussi dit-on. L'autre source de pollution vient de l'assèchement de la mer. Les kolkhozes ont utilisé des engrais chargés de nitrates pour la culture intensive du coton. Comme si ça ne suffisait pas d'avoir pompé toute l'eau et asséché la mer, aujourd'hui la terre est gorgée de ces saloperies qui remontent peu à peu à la surface avec le sel. Le vent les balaye et la population locale les respire. Les conséquences sont catastrophiques. Chaque année, des centaines de personnes sont atteintes de cancers. Mais le pire, ce sont les enfants, beaucoup naissent avec des malformations ou handicapés mentaux.

Il marqua une pause et d'un geste retira sa chapka, dévoilant une chevelure trempée de sueur, du même roux que les poils de renard.

— La présence d'un médecin est essentielle, je fais le maximum mais je me sens impuissant face à cette fatalité. La mer venait jusqu'ici, aujourd'hui elle est à plus de cent kilomètres de la côte. La vie est si difficile que toute la région est devenue un véritable far west, on est dans une zone frontalière et beaucoup vivent du trafic d'armes et de drogue, une poignée d'hommes sèment la haine et la violence et terrorisent les habitants qui sont souvent de simples éleveurs de chameaux et de moutons. Ici, on vit dans la peur permanente. Plus la mer s'assèche, plus la misère grandit.

Le toubib tourna son visage vers Raphaël.

— Pourquoi vous ont-ils envoyés ici ? Pourquoi à Zhaslyk ?

Le flic échangea un regard avec Sinead à travers le

rétroviseur. L'Irlandaise paraissait subitement inquiète. Il dévisagea ensuite Klimov en se demandant s'il fallait lui faire confiance ou se méfier de lui. Vu l'histoire personnelle du bonhomme, il y avait peu à craindre de sa fibre patriotique, il opta pour la première option.

— J'ai appris sur le bout des doigts une histoire assez crédible qui expose très clairement les raisons de notre venue, mais nous roulons depuis bientôt deux heures côte à côte, et je vous respecte trop pour vous mentir, Arkadi.

Klimov le considéra d'un air amusé.

— J'apprécie votre franchise… Je sais depuis le départ que vous ne travaillez pas pour la Croix-Rouge.

— Comment l'avez-vous compris ?

— Vous avez commis une erreur idiote… chez Bad Boy, vous avez payé cash et vous avez volontairement laissé la facture sur le comptoir. Chez nous, tout le monde fait des notes de frais quand c'est possible, en particulier les logisticiens. Ça n'a donc pas été très compliqué de vous démasquer. Vous venez pour quoi, alors ?

— Nous vous le dirons en temps voulu lorsque nous arriverons.

— Nous y sommes ! Regardez cette forteresse, droit devant, c'est Zhaslyk !

Alors que le 4x4 progressait à travers les bourrasques d'une neige ocre, Sinead vit apparaître un bâtiment colossal en béton, encerclé de hauts murs d'enceinte hérissés de barbelés, qui semblait s'élever vers le ciel à mesure qu'ils approchaient.

Aucune route, aucun chemin ne menait à l'ancien goulag, seule une voie ferrée reliait la prison au reste du monde. Autour, il n'y avait rien, que le vent et le froid. Ici, ce n'était pas la rigueur du climat qui décourageait les candidats à l'évasion, mais le vide, omniprésent, minéral, sans le moindre arbuste ou accident de terrain pour se cacher. Au milieu de ce désert, un fugitif était visible à des lieues à la ronde et vite repris.

Au cœur du vide, les grilles, les serrures et les barbelés paraissaient presque un décor, un moyen de se protéger de l'extérieur. La véritable prison était la steppe elle-même.

— Parlez-nous de Zhaslyk, demanda Raphaël.

— C'est un lieu étrange, on n'est ici ni dans le monde des vivants ni dans celui des morts, expliqua Klimov. Zhaslyk était l'enfer, aujourd'hui elle correspond un peu à la vision que je me fais des limbes. Un lieu à l'image de cette terre où les hommes sont en état de perpétuelle errance, de souffrance aussi, et qui les maintient en équilibre sur le fil, au bord de la folie. Je dirais que les gardiens subissent le même sort que les détenus, au détail près qu'ils n'ont sans doute pas connu la torture qui est utilisée de manière courante pour obtenir les aveux d'innocents.

— Qui est enfermé ici ? demanda Sinead.

— Ils ne sont qu'une trentaine de détenus. Pour la plupart des opposants politiques, des membres d'organisations de défense des droits de l'homme, des journalistes et des religieux que Karimov ne peut éliminer physiquement sous peine de ternir un peu plus sa réputation sur la scène internationale. Personne ne vient les voir, alors on les oublie peu à peu. Le climat ne fait qu'ajourner la sentence de mort à laquelle ils ont échappé au cours de leur procès.

— Le personnel… combien sont-ils ?

— Huit matons et un directeur, la plupart ravagés par l'alcool.

— Ils travaillent ici depuis longtemps ?

— Ça suffit ! Si vous voulez que je vous aide, il va falloir me dire ce que vous êtes venus chercher, tonna Klimov en donnant un coup de volant pour éviter un obstacle sur la piste. Vous êtes des espions ?

Le terme employé par le toubib déconcerta Raphaël, même si le ballet des services secrets n'avait jamais cessé depuis la chute du Mur, ce mot faisait référence à une image surannée, presque nostalgique, d'un ancien ordre du monde.

— Nous ne travaillons par pour un gouvernement, nous sommes ici à titre privé, expliqua-t-il.

Sinead se passa les mains sur le visage et prit la parole quasiment pour la première fois depuis qu'ils avaient retrouvé le médecin.

— Nous enquêtons sur une série de meurtres en France et nous pensons que l'auteur de ces crimes a été enfermé ici, après une mission scientifique qui s'est déroulée près de la mer d'Aral.

— Du temps des Soviétiques ?

— Oui.

— Nous devons trouver un moyen d'interroger le personnel qui travaillait là avant les années 1980, précisa Raphaël. Quelqu'un qui pourrait nous renseigner sur cet ancien détenu.

Arkadi Klimov stoppa net le 4x4 et dévisagea le flic et l'Irlandaise.

— Zhaslyk est une prison politique. Nous venons

ici soigner des malades, pas mener des interrogatoires. Il est hors de question que je marche dans votre embrouille !

— Nous sommes ici grâce à votre hiérarchie…

— Je l'emmerde, ma hiérarchie, je ne tiens pas à finir ma vie derrière des barreaux.

— Nous avons de quoi vous payer ainsi que tous ceux qui pourront nous aider.

— L'argent n'est pas la question, je vous parle des conséquences. Au-delà des risques personnels, les détenus ont besoin de soins, de médicaments. Si ça tourne mal, l'accès à Zhaslyk sera définitivement fermé à la Croix-Rouge. Je ne suis pas sûr de vouloir porter cette responsabilité. Non, il est exclu que je vous aide. Vous ne mettrez pas les pieds dans cette enceinte.

Raphaël n'avait pas prévu ça. Il tenta une manœuvre.

— Arkadi, nous devons entrer dans cette prison coûte que coûte. Vous pensez qu'on risque d'être arrêtés, je suis persuadé du contraire. La présence de la Croix-Rouge au sein de cette prison est une faille dans le système et nous devons l'utiliser. Vous l'avez dit vous-même, les gardiens vivent loin de tout, ils dorment dans des lits crasseux et mangent la même merde que les détenus. Je suis certain que l'argent peut aider. Nous traquons un meurtrier !

Silence.

— L'affaire qui nous intéresse est enfouie dans un passé lointain, poursuivit le flic. Les types vont se faire un billet, il n'y aura pas de conséquences… Nous venons de loin et les enjeux sont immenses. Zhaslyk est notre dernière chance. On ne peut pas reculer maintenant. Vous devez nous aider.

Klimov changea de ton.

— Au nom de quoi ? Donnez-moi une bonne raison de vous croire, une seule raison de prendre des risques pour vous ! Vous devez comprendre que les hommes qui vivent derrière ces murs sont dangereux, ils ont traversé des décennies de communisme, ils vivent désormais dans une région sans foi ni loi, ils ont droit de vie et de mort sur les prisonniers pour ne pas dire sur nous.

Sur ce point, Klimov avait raison, cette visite était un piège qui pouvait se refermer sur eux à tout moment.

Raphaël regarda l'Irlandaise, ses yeux cernés s'étaient assombris et sa peau était si pâle qu'elle laissait apparaître de fines veines bleues le long de son cou et sur ses joues.

Elle comprit que c'était à elle de jouer.

— Celui que nous recherchons a assassiné mon mari, expliqua-t-elle calmement. Il a également tué et torturé. Nous ne sommes même pas certains que ces informations nous permettront de l'arrêter, mais c'est notre dernière chance de comprendre.

Elle releva ses manches jusqu'aux coudes.

— Voyez mes bras, mes mains… Ces éclats se sont logés dans ma chair lorsque la bombe qui a tué mon mari a explosé. C'est un miracle si j'ai survécu. Nous ne vous mentons pas. Vous pouvez choisir de nous débarquer… Alors plus rien ne pourra l'arrêter et il y aura d'autres victimes, tout aussi innocentes que celles qui se trouvent derrière ces murs.

Arkadi Klimov échangea un long regard avec Sinead, puis dévisagea Raphaël.

— Très bien, je prends le risque de vous faire confiance. Mais une fois à l'intérieur, c'est moi qui parle, moi qui décide. Vous me laissez prendre la température. Si je sens que ça coince, j'abandonne et vous ne tentez rien qui puisse nous mettre en péril. Au moindre coup fourré, je vous dénonce. C'est compris ?

— Compris, souffla Sinead.

Raphaël acquiesça en silence.

— Alors, on y va.

Le toubib passa la première et reprit la route de la forteresse.

59.

Le dernier kilomètre, ils le parcoururent le long de la voie de chemin de fer qui disparaissait sous le portail blindé pour achever sa course à l'intérieur même de l'enceinte. Un dispositif qui évoquait l'entrée macabre des convois de la mort vers le camp d'Auschwitz.

Du complexe de Zhaslyk ne restaient pratiquement que des ruines. Sur une gigantesque dalle de béton gisaient des structures métalliques, des fragments de tôle, des monceaux de gravats transpercés de tiges de fer rouillé… Les Ouzbeks avaient détruit la majeure partie des installations pour ne garder que le bâtiment principal de l'ancien goulag.

Klimov stoppa devant le portail qui s'ouvrit un instant plus tard dans une plainte métallique. Le gardien au faciès asiatique, chemise blanche tachée et képi bleu clair, lui fit signe d'avancer.

Ils s'engouffrèrent dans l'obscurité d'un tunnel de béton pareil à celui d'un bunker. Une fois le 4x4 stoppé, ils déchargèrent deux cantines contenant médicaments et matériel médical avant de rejoindre à pied une lourde grille où un deuxième gardien les attendait.

Klimov le salua et demanda en russe :

— On en est où avec Norov, il est sur pied ?

— Oui, il a regagné sa cellule dix jours après ta dernière visite.

— Bien, on passera le voir plus tard. Il y a d'autres clients ?

— Il y en a un…

— Vous l'avez isolé ?

— Il est à l'infirmerie. On t'attendait il y a une semaine.

— J'ai eu du retard, il a fallu que je récupère ces deux-là à Moynaq.

— C'est qui ?

— Ils travaillent avec moi.

— Ils ont une autorisation pour venir ici ?

Le toubib se tourna vers Sinead et dit :

— Vos papiers du ministère. Il veut les voir.

L'Irlandaise lui remit les deux laissez-passer plastifiés, puis ils subirent une palpation dans les règles de l'art. Le maton fouilla ensuite les caisses dans lesquelles il collecta les quatre bouteilles de vodka achetées chez Bad Boy puis il déverrouilla la serrure de la grille.

— Allez-y !

Klimov s'empara seul de la première cantine, tandis que Raphaël et le gardien prenaient la seconde. Ainsi chargés, ils empruntèrent une coursive, seul passage où la neige avait été dégagée, qui permettait d'accéder aux niveaux supérieurs.

La cour à ciel ouvert d'une cinquantaine de mètres de longueur était encastrée entre quatre corps de bâtiment de cinq étages le long desquels s'alignaient les fenêtres minuscules des cellules. Les parois crasseuses étaient couvertes d'épaisses traînées blanchâtres d'excréments d'oiseaux qui paraissaient presque cristallisées et donnaient à l'ensemble l'allure baroque d'une cathédrale fossile.

En avançant, ils effrayèrent un groupe de gros corbeaux noirs qui prit son envol vers les cieux blancs.

— Il y a cinq cents cellules. À la grande époque, Zhaslyk abritait plus de trois mille détenus, expliqua Klimov en anglais. Les portes sont de simples grillages calfeutrés avec du carton et il n'y a pas de centrale de chauffage…

— Qu'est-ce que tu racontes ? coupa le maton en russe.

— Je leur explique l'organisation de la prison.

— Mmm.

Le toubib se tourna vers Sinead et continua :

— Les prisonniers ont un poêle qui fonctionne tant qu'il y a du bois. Je soigne principalement des pneumonies et des intoxications alimentaires, mais j'ai réussi à transférer un prisonnier atteint d'un cancer à Tachkent l'année dernière. Je fournis également des antidépresseurs qui sont administrés au compte-gouttes. Je ne suis pas venu depuis deux mois, ici je m'attends toujours au pire.

Ils gravirent les marches jusqu'au premier niveau. Aucun son, pas un seul signe de vie ne parvenait jusqu'à eux. Seuls leurs pas sur le béton renvoyaient un écho feutré. Au fond d'un couloir obscur où s'engouffrait un vent polaire, le gardien déverrouilla une nouvelle porte d'acier qu'il fit coulisser et leur fit signe d'entrer.

Installée dans une salle aux murs de béton brut, l'infirmerie était équipée d'une vingtaine de lits en ferraille disposés en deux rangées qui se faisaient face.

Le malade gisait sur le premier, à proximité d'un poêle presque éteint.

— C'est Kamenev. Tu l'as vu l'année dernière, aboya le gardien.

Klimov se dirigea vers son patient endormi. L'homme, un sang-mêlé aux traits bridés, était pelotonné sous plusieurs épaisseurs de couvertures. Le toubib se pencha vers lui, dégagea légèrement les draps sales qui le couvraient puis passa une main sur la peau marbrée de son visage. Pas de réaction. Il se retourna brusquement et dévisagea le gardien.

— Mais… il est mort !

— Je te l'ai dit, on t'attend depuis une semaine. C'est arrivé il y a trois jours.

Klimov ferma les yeux. Sinead et Raphaël regardèrent sa puissante carcasse se contracter comme s'il s'apprêtait à tout casser. Puis il souffla lentement et demanda :

— Quel traitement lui as-tu administré ?

— Aucun, je n'arrivais pas bien à comprendre ce qu'il avait…

— Ou tu n'en avais juste rien à foutre. Tu es un minable… Je t'ai pas formé pour laisser les détenus crever comme ça !

Le toubib se dirigea vers l'armoire à pharmacie et essaya de l'ouvrir. Verrouillée.

— Ouvre. Dépêche-toi.

Sans se presser plus que ça, le maton sortit un trousseau de clés et fit ce qu'on lui demandait.

Klimov se mit à crier en découvrant les étagères vides.

— Où sont les médicaments ? Qu'est-ce que vous en avez fait ? Vous les avez vendus pour de la gnôle…

Vous préférez vous saouler que de soigner des hommes malades. (Il se tut brusquement.) Je veux voir le chef. Va chercher Usubov. Immédiatement.

Le gardien fit demi-tour et s'exécuta avec nonchalance.

Klimov craignait cette antichambre de l'enfer mais pas les fantômes pathétiques qui le gardaient. Il couvrit le visage de Kamenev avec les couvertures et s'assit sur le bord du lit. Ses traits étaient défaits, mais il était impossible de dire si c'était la rage ou le désespoir qui l'accablait.

— Ces types appartiennent à la pire espèce… La misère n'explique pas pourquoi on choisit de devenir geôlier, comment on peut prendre part à une telle entreprise de mort. C'est leur destin à tous, tous les prisonniers qui sont ici vont crever un jour à cause de leurs conditions d'enfermement. Je ne l'accepte pas, je ne l'accepterai jamais. Ce pays me répugne.

Tous trois attendirent à côté du défunt en silence.

Des centaines d'hommes avaient péri au cœur de ce goulag endormi dans le froid de la steppe. Raphaël pouvait presque déceler l'empreinte de leur existence dans le souffle de vent qui circulait dans la pièce et leur brûlait doucement la peau.

Il sentait qu'à présent Klimov ferait son possible pour les aider.

Dix minutes plus tard, la porte s'ouvrit sur le maton, qui laissa la place à un individu plus âgé. Le flic s'était attendu à voir débarquer un directeur adipeux et grossier, il découvrit un type sec dont le physique évoquait celui d'autres bourreaux, les tortionnaires des prisons khmères cambodgiennes. L'homme était vêtu d'une épaisse veste noire matelassée et d'une chapka usée en fourrure que Raphaël identifia comme du loup. Une toison qui allait parfaitement avec le regard du directeur de Zhaslyk. Youri Usubov se planta au milieu de l'infirmerie et, sans prononcer le moindre mot, il inspecta en détail chacune des personnes présentes. Son visage ridé comme un fruit sec était parcouru de tics nerveux quasi imperceptibles qui laissaient deviner les contours de son esprit, celui d'un chcf froid et calculateur qui avait dirigé le goulag à l'époque où il était aussi peuplé qu'une ville.

Les premiers mots qu'il prononça révélèrent un taux d'alcoolémie élevé. Le type était ralenti mais il lui restait assez de bon sens pour percevoir le danger émanant de la présence du flic et de l'Irlandaise.

— Vous n'êtes pas autorisé à pénétrer dans cette enceinte avec des étrangers, lâcha-t-il en anglais pour se faire comprendre des visiteurs indésirables.

— Ils sont autorisés par votre administration, rétorqua Klimov en russe.

— Les laissez-passer ?

— Votre gardien les a vérifiés à notre arrivée.

— C'est un bon à rien. Je veux les contrôler moi-même.

Klimov tendit les documents. Le directeur les inspecta dans les moindres détails avant de demander :

— Qu'est-ce que des logisticiens viennent faire dans ma prison ? Ce n'est pas la Croix-Rouge qui va venir m'expliquer comment administrer cet établissement.

— Votre établissement, comme vous dites, est un mouroir. Vous avez vendu les médicaments et laissé mourir cet homme sans le moindre état d'âme.

— Ne faites pas l'innocent, rétorqua froidement

Usubov. C'est précisément pour les tuer que le gouvernement envoie ses prisonniers purger leur peine ici.

— C'est pour ça que vous êtes resté après l'indépendance ? Ça vous fait bander de regarder des hommes crever lentement ? Je souhaite pour vous que les communistes aient raison quand ils affirment que Dieu n'existe pas, sans quoi l'enfer dans lequel vous vivez aujourd'hui n'est rien comparé à celui qui vous attend.

Usubov répondit d'un ton sarcastique :

— Le diable, je l'ai assez côtoyé pour ne plus en avoir peur. Maintenant, au lieu de me manquer de respect, essayez de réfléchir à la raison pour laquelle j'ai vendu les médicaments. Il n'y a plus de bois, et la seule nourriture qui nous reste est un stock de bœuf en boîte périmé et des conserves de viande pour chien. J'ai sacrifié un homme, certes, mais dans le but de nourrir et sauver les autres. Nous n'avons pas reçu de solde depuis plus d'un an. Deux gardiens sont déjà partis. Nous sommes tous des survivants ici.

Sinead et Raphaël regardaient Klimov et Usubov s'affronter sans se mêler de la conversation. Le toubib attirait habilement le directeur sur le terrain de la négociation. Il leur lança un coup d'œil, signe que c'était à eux de jouer.

L'Irlandaise s'approcha du petit homme et, d'une voix calme, attaqua par les questions essentielles :

— Depuis quand dirigez-vous Zhaslyk ?

— 1989.

— Et avant ?

— Avant, j'étais adjoint, je suis ici depuis 1976.

— L'ancien directeur… a donc quitté son poste ?

— Oui, ce traître a amassé assez d'argent avec ses combines.

— Pourquoi êtes-vous resté ?

Le visage d'Usubov se ferma brusquement.

— Que signifient ces questions ?

Sinead jeta un regard à l'arme que l'homme portait à la ceinture ainsi qu'à celle du maton. S'il réagissait mal à son offre, ils basculeraient dans un cauchemar.

Elle prit une inspiration et se lança :

— Nous comprenons que vous êtes abandonnés par votre administration... Nous souhaitons pouvoir vous aider à vivre dans des conditions plus dignes.

Aussitôt Raphaël enchaîna :

— Nous avons de l'argent qui pourrait vous aider à améliorer votre quotidien.

— Continuez, dit le directeur.

— Dans le cas où vous accepteriez notre proposition, nous devrons vous poser quelques questions sur un détenu qui a été enfermé ici.

Il y eut un silence, qu'Usubov utilisa à scruter le regard de ses interlocuteurs. Son visage délivrait toujours le même message de froideur implacable, mais l'offre des étrangers l'avait surpris.

— Vous ne travaillez donc pas pour la Croix-Rouge ?

Raphaël s'approcha.

— Nous sommes ici pour éclaircir le passé d'un homme qui a commis des crimes en France.

— De quel détenu s'agit-il ?

— Un Bulgare. Nous savons qu'il participait à une mission scientifique en mer d'Aral. Son nom est Markov... Il se fait également appeler Saïph.

— Markov… Vous me proposez de l'argent contre des informations, c'est bien ça ?

— C'est ça, oui.

Raphaël observait Sinead qui se tenait près du directeur de la prison.

Trop près, songea le flic.

Avant même qu'il ait eu le temps de bouger, Usubov dégaina l'arme qu'il portait à la ceinture, empoigna l'Irlandaise par les cheveux et lui planta le canon de son calibre dans la gorge.

— Vous cherchez à me corrompre ? Vous savez le sort qu'on réserve aux chiens de votre espèce dans ce pays ?

— Usubov, arrêtez, lâchez-la ! hurla le toubib.

— Calme…, souffla le flic.

— C'est moi qui donne les ordres, docteur. J'ai bien envie de vous abattre, et de profiter de votre pute avec mes hommes.

Le maton avait dégainé son arme et la tenait braquée vers les deux hommes. Sinead fermait les yeux et serrait la mâchoire, résignée à recevoir le coup de grâce. Raphaël évalua la situation. Tenter quoi que ce soit déclencherait un bain de sang. Seul le dialogue pouvait les tirer de cette situation qui venait de basculer. Klimov revint à la charge.

— Nous tuer signerait votre propre arrêt de mort. Votre administration n'a pas plus de considération pour vous que pour vos détenus. Vous serez désavoué et subirez la torture et l'enfermement.

Le directeur offrit son premier sourire et resserra son étreinte.

— Je vois, au contraire, le moyen tant attendu de quitter Zhaslyk.

— Vous faites fausse route. La Croix-Rouge ne prendra jamais le risque d'entacher sa réputation. L'organisation paiera qui il faut et vous subirez le même sort que si vous nous assassinez.

— Vous avez tort, vociféra Usubov.

— Pesez les risques, insista le flic d'une voix assurée. En prenant l'argent, vous garantissez la survie de vos hommes et éventuellement celle des prisonniers. Les informations ne compromettent en rien la sûreté de l'État, personne ne sera au courant de notre conversation.

Usubov scruta Raphaël. Ses tics nerveux de plus en plus marqués parcouraient son visage à la même vitesse que l'espoir de quitter Zhaslyk s'évanouissait.

— Très bien, on va discuter, finit-il par cracher en relâchant Sinead qui tituba jusqu'à Raphaël.

Il fit signe au maton de ranger son arme.

— Combien ? demanda-t-il enfin.

— 5 000 dollars. Mais ne vous avisez pas de recommencer à jouer avec votre arme.

— 10 000, rétorqua le directeur en ignorant la menace de Raphaël.

— 6, c'est tout ce que j'ai.

— L'argent, conclut le directeur en tendant la main.

Raphaël sortit une enveloppe de sa parka et compta trente billets qu'il lui remit.

— Le reste quand nous aurons terminé.

Le vieil homme recompta soigneusement la liasse avant de la glisser dans un repli de sa chapka.

— C'est donc de Markov qu'il s'agit… Je me souviens de lui. Vous dites qu'il a commis des crimes en France ?

— Oui. Il semblerait que les vertus du goulag n'ont pas eu l'effet escompté sur ses instincts criminels.

Usubov avança jusqu'à la fenêtre grillagée et arracha un morceau de carton moisi pour faire pénétrer la lumière.

— Il a été incarcéré à la fin des années 1970 en même temps qu'un groupe d'hommes. Tous étaient des scientifiques. Certains d'entre eux, des étrangers, ont été rapidement transférés à Moscou pour être libérés. Markov et plusieurs autres sont restés.

— Vous étiez en poste quand il est arrivé ? demanda Raphaël.

Usubov répondit sans se retourner, comme si le simple fait de voir la steppe avait le pouvoir de le replonger dans le passé.

— J'étais beaucoup plus jeune à cette époque, je commençais ma carrière dans les « colonies de redressement par le travail », comme on avait rebaptisé les anciennes prisons staliniennes. Je me souviens bien, très bien, de cet homme et des autres qui l'accompagnaient. Ils étaient tous étranges, on disait qu'ils étaient à la fois remarquablement intelligents et déments.

— Pourquoi « on disait » ? voulut savoir Raphaël.

— Ils étaient à l'isolement, nous n'avions aucun contact avec eux. Ce groupe de prisonniers disposait de ses propres gardiens et d'un médecin. Seul Lobodev, mon prédécesseur, était autorisé à les approcher. Ces hommes souffraient. Ils étaient détenus dans le quartier 21. Parfois, on les entendait hurler comme s'ils étaient en train de se faire dévorer par des bêtes. Toutes sortes de rumeurs circulaient à leur sujet.

— Que disaient-elles ? demanda Sinead d'une voix

enrouée tout en massant son cou meurtri par l'acier de l'arme d'Usubov.

— Qu'on leur administrait des substances chimiques, des drogues, qu'ils étaient les cobayes d'expériences scientifiques. C'était facile à croire avec tout ce qui se passait par ici, sur l'île de Vozrozhdeniya notamment.

— Vous pensez que cela peut avoir un rapport avec les essais d'armes chimiques et biologiques qui se déroulaient sur cette île ?

— Je ne crois pas, non. En général, s'ils avaient besoin d'hommes, c'est ici qu'ils venaient s'approvisionner.

Raphaël se retourna vers Klimov. Le toubib s'était éloigné du groupe. Il avait repoussé les draps autour du cadavre à la peau presque bleue et, avec l'aide du maton, avait commencé sa toilette mortuaire.

— Pourquoi ont-ils été enfermés ici ? Que s'est-il passé ? demanda encore Sinead.

— Je n'ai jamais cherché à le savoir, mais il devait y avoir une bonne raison parce que Moscou a longtemps payé pour que ces détenus soient gardés au secret. Zhaslyk recevait de l'argent pour les détruire.

— Qui payait ? demanda Raphaël.

— Je l'ignore.

— Que sont devenus ces hommes ?

— Ils étaient six, sans compter les étrangers. La plupart étaient fous à lier et sont morts. Leurs corps ont été incinérés. Markov a eu plus de chance. Il résistait mieux que les autres, il a donc été transféré vers un *psikhouchka*, un hôpital où l'on appliquait la psychiatrie punitive. De retour d'un déplacement à Moscou, Lobodev m'a raconté qu'il s'en était évadé. Je ne sais rien de plus à son sujet.

Raphaël insista :

— Les étrangers, qui étaient-ils ?

— Je ne sais pas. Je vous l'ai dit, nous étions tenus à l'écart de ces hommes.

Sinead se rapprocha.

— Tout à l'heure vous nous avez dit… la plupart sont morts… Est-ce que cela signifie que d'autres que Markov ont survécu ?

— Oui, un autre homme a survécu.

— Vous connaissez son nom ?

— Il s'appelle Grigoriev.

— Où est-il aujourd'hui ?

Usubov planta son regard comme un poignard dans celui de l'Irlandaise et déclara :

— Ici même, à Zhaslyk. Il n'a jamais quitté le quartier 21.

60.

De sa main droite amputée de deux doigts, Usubov enroula un tissu imbibé d'essence autour d'un manche de torche avant d'y mettre le feu à l'aide de son briquet tempête. Il laissa le chiffon crépitant s'enflammer puis fit signe à Raphaël et Sinead de lui emboîter le pas dans l'escalier qui menait vers les soubassements de la prison. Le quartier 21 avait été aménagé dans les entrailles mêmes de Zhaslyk.

Klimov et le maton étaient restés à la surface pour poursuivre les visites des détenus. Le flic et l'Irlandaise avançaient désormais seuls derrière le directeur, à la lueur de l'unique torche dont les reflets animaient les parois de silhouettes pareilles à celles de petits démons au regard d'ambre.

Bâti sur le modèle des bunkers, le souterrain ne disposait que de rares voies d'aération, ce qui empêchait le vent de pénétrer dans les cellules et maintenait une température positive. Ils enjambèrent une plaque de gravats écroulée du plafond pour atteindre un ancien sas de sécurité. Une fois la grille franchie, ils débouchèrent dans une vaste salle éclairée par un soupirail unique. Il y avait là plusieurs tables couvertes de sable, quelques chaises brisées ou renversées, sans doute l'ancien réfectoire. Le directeur les entraîna vers une nouvelle galerie qui s'ouvrait sur les cellules du quartier 21.

— À l'origine, c'était une unité disciplinaire, expliqua-t-il. Jusqu'à ce qu'elle soit réquisitionnée pour les détenus spéciaux. Grigoriev y vit seul depuis près de quinze ans.

— Il n'a jamais voulu quitter sa cellule ? demanda Sinead.

— Non, il refuse de bouger d'ici. On lui apporte de la nourriture et du bois. Je vous préviens, c'est un pauvre fou, pour ne pas dire un animal. Je ne sais même pas s'il se souvient de son nom. C'est ici, lâcha-t-il, en s'arrêtant devant une porte que les gardiens n'avaient même pas pris la peine de fermer.

Usubov cogna deux coups lourds sur l'acier rouillé.

— Grigoriev, tu as de la visite !

Aucun son ne sortait de la cellule, pourtant Sinead et Raphaël pouvaient sentir une présence bien réelle comme un cœur qui palpitait de l'autre côté des murs. Ils ignoraient si c'était la vision de cet homme ou le chemin vers la vérité qu'ils appréhendaient, mais aucun des deux ne pouvait se résoudre à franchir le seuil de cette geôle. Ce fut Sinead qui finit par pousser la porte du bout des doigts. Raphaël et Usubov avancèrent derrière elle.

La torche du directeur déchira l'obscurité, dévoilant un réduit immonde et puant de deux mètres sur trois. Sur la gauche se dressait un lit semblable à ceux de l'infirmerie, sur lequel gisait un tas de couvertures et de peaux de mouton crasseuses roulées en boule. Un peu plus loin sur le sol, ils remarquèrent une cuillère reliée par un fil à une gamelle en fer-blanc. La vision des sanitaires qui se résumait à un trou percé dans le sol révéla la puissante odeur d'urine et d'excréments jusque-là masquée par le froid. D'une main, le flic se protégea le nez et la bouche, puis il balaya la pièce du regard jusqu'à ce que Grigoriev lui apparaisse dans un angle, recroquevillé sur lui-même, le corps enveloppé dans une peau de bête.

Le flic prit la torche des mains d'Usubov et l'approcha du prisonnier, éclairant une masse de cheveux gris et crasseux ainsi qu'un bras nu et noueux orné d'un tatouage représentant une tête de mort coiffée d'une couronne de roi. Les effluves nauséabonds qui s'échappaient de ce corps presque nu le prirent à la gorge.

Sinead s'approcha et murmura :

— Grigoriev ?

Silence.

Usubov l'interpella en russe, sans obtenir plus de réaction.

Raphaël tendit la main et effleura le bras nu, déclenchant un cri aigu suivi d'une série de tremblements musculaires, mais le type gardait le visage caché dans ses oripeaux.

— Je vous ai dit qu'il était fou, ricana Usubov, totalement insensible à l'horreur de cette situation. Vous ne tirerez rien de ce bonhomme !

— On fait quoi ? demanda Raphaël.

— Ça fait quinze ans qu'il est cloîtré dans la fange, loin de la lumière, sans le moindre contact humain.

— Donc quoi ?

— Donc on attend qu'il s'habitue à notre présence.

Raphaël soupira.

— Tu as entendu ce qu'a dit Usubov.

— Ne me parle plus de ce type, il est monstrueux, chuchota Sinead.

La carcasse de Grigoriev sembla tout à coup s'animer.

L'homme se redressa lentement, révélant un visage ravagé par le temps et la solitude. Sa peau, d'une pâleur extrême, était épaisse et creusée de profondes crevasses grisâtres. D'une main aux longs ongles courbés et noirs, il écarta ses mèches emmêlées. Sinead et Raphaël purent alors distinguer ses yeux, deux globes émergeant à peine de leurs orbites et recouverts d'un voile blanchâtre.

— Il est aveugle, murmura Raphaël.

L'homme ouvrit alors la bouche, laissant échapper une plainte rauque.

— On dirait qu'il réagit à ce qu'on dit.

Sinead approcha encore de lui et demanda :

— Vous nous comprenez, Grigoriev ?

Le prisonnier émit un nouveau râle, il tentait de s'exprimer mais les mots refusaient de sortir de sa gorge.

Sinead s'adressa à lui d'une voix rassurante :

— Nous ne vous voulons pas de mal… Nous sommes simplement venus parler avec vous.

Un sourire mécanique s'imprima sur son visage comme si un marionnettiste invisible tirait des fils dans son dos.

— Je… parle.

— Vous parlez le français ?

— Ou… Oui, il… y… a longtemps. J'ai appris.

Usubov ricanait derrière eux, amusé par la scène.

Grigoriev se racla la gorge et cracha dans la direction du directeur sans parvenir à l'atteindre.

— Ne faites pas attention à lui. Nous ne croyons pas que vous soyez fou, dit encore l'Irlandaise.

— Il... a raison. Mon esprit est malade, par leur faute.

— De qui est-ce la faute ?

— Des trois K, c'est ce qu'il va vous répondre, c'est ce qu'il dit parfois aux matons, intervint à nouveau Usubov.

Raphaël se retourna vers le directeur.

— C'est bon, Usubov, vous pouvez sortir, laissez-nous travailler maintenant.

Sinead demanda alors :

— Les trois K, est-ce qu'ils ont un rapport avec les Larmes d'Aral ?

— *Slesy Arale... Da...* Larmes d'Aral.

— C'est pour cela que vous êtes enfermé ici, n'est-ce pas ?

— Vous... vous êtes... une femme ? demanda Grigoriev.

— Oui.

— De quelle couleur... sont cheveux de vous, je peux toucher ?

Après un temps d'hésitation, Sinead prit la main noire et griffue dans la sienne et la posa sur sa tête. Elle la laissa courir sur sa chevelure.

— D'habitude, ils sont blonds et longs mais je les ai coupés et teints en brun, murmura-t-elle.

Il caressait à présent son visage.

— Votre peau est soyeuse... Vos yeux, de quelle couleur sont-ils ?

— Bleus, très clairs.

— Vous êtes douce…

— Douce ? Ce n'est pas vraiment comme ça que je me définirais…, plaisanta l'Irlandaise.

Elle laissa encore un instant les doigts la toucher puis tenta une question :

— Quel est votre prénom ?

— On m'appelait Volodia.

Sinead essayait d'imaginer cet homme dans sa précédente vie, sans y parvenir. Grigoriev avait remplacé les cheveux de Sinead par une de ses mèches grises qu'il lissait entre ses ongles, sans doute sa façon à lui d'égrener le temps.

— Volodia…

— Vous savez, je ne suis pas un fou, je joue depuis longtemps pour que les matons laissent moi en paix, qu'ils me laissent vivre ici. Il faut me croire.

— Je vous crois, Volodia. Est-ce que vous vous souvenez des événements qui vous ont conduit ici ?

Il dodelina de la tête pendant de longues minutes avant de répondre.

Raphaël et Sinead retenaient leur souffle.

— Les Larmes d'Aral… c'est très vieille histoire… dit-il enfin. Je ne sais pas qu'on viendrait un jour voir Volodia, vous comprenez ?

— Nous comprenons, murmura Raphaël. Nous sommes venus de France pour entendre votre histoire.

— De France… Je peux raconter, je peux… Le début c'est en l'an 1975. C'est loin. Il y a le projet de l'Académie des sciences de Moscou pour former… nouvelle élite scientifique communiste… J'ai compris que ce serait… un programme particulier, ordonné par Politburo et Commissariat du peuple. Il s'inscrivait dans un nouveau processus de renforcement de la Guerre froide.

Gregoriev reprit sa respiration un instant et continua.

— Dans ce temps, Brejnev était vieux, malade, vous comprenez ? Le peuple le raillait, l'empire était en déclin. Ce n'était pas la bonne situation envisageable. Alors pour reconquérir la puissance il n'y avait pas de limites d'argent, alors on était libres d'imaginer. Les Russes ont toujours été plus libres que vous dans la recherche scientifique. Vos chercheurs doivent suivre les courants de pensée décidés par les prédécesseurs, les Russes explorent dans toutes les directions, même les plus mystiques. L'Académie des sciences a beaucoup étudié les phénomènes paranormaux, vous le savez ?

Sinead et Raphaël écoutaient Grigoriev sans l'interrompre. Cet homme tout droit surgi de l'enfer et parlant un français presque parfait était simplement hallucinant.

— Le programme le plus fantastique était celui auquel j'ai participé. Il a été pensé par trois membres de l'Académie des sciences nostalgiques du stalinisme. Ils s'appelaient Krasnov, Kniasev et Kusntov…

— Les trois K, le coupa Sinead. Vous, quel était votre rôle ?

Grigoriev continua sans même répondre à l'Irlandaise.

— Ils ont lancé le programme Section 4… pour permettre à Union soviétique d'affirmer la suprématie. La conquête spatiale était perdue depuis longtemps, vous comprenez ? Alors les K voulaient créer une équipe de génies de physique capable d'imposer la révolutionnaire « théorie des cordes », la théorie du TOUT qui était juste un bourgeon dans l'esprit des scientifiques brillants. Démontrer qu'il y avait existence d'Univers parallèles, c'était la volonté des Soviétiques pour devenir symboliquement les maîtres du cosmos, ceux qui décrypteraient les secrets de la création. Les K ont créé une commission pour recruter les jeunes scientifiques surdoués dans toutes les républiques de l'Union. Ils ont choisi dix « vierges intellectuellement », vous comprenez ? Ils les ont sortis de l'université et les ont installés dans le centre de recherches très moderne de la campagne de Leningrad. Les jeunes… ils ont vécu reclus pendant de longs mois. Mais les K savaient bien que ces recherches… ça pouvait prendre des décennies, des siècles avant d'aboutir, ou même jamais aboutir.

— Que s'est-il passé ensuite ? demanda Sinead.

— L'idée des trois K, c'était accélérer le processus pour obtenir rapidement les résultats. L'équipe médicale que je dirigeais avec le camarade Felix Neumann, un psychiatre est-allemand qui avait travaillé avec Stasi, avait la mission d'augmenter la conviction des chercheurs en faisant subir à eux des traitements expérimentaux. Il y a eu la phase I, un protocole a été appliqué et comportait des séances de suggestions de solutions par projections forcées d'images et aussi privations sensorielles qui produisent beaucoup d'hallucinations. Ça peut mener à la folie et parfois à la mort. Nous avons tué le mathématicien pendant cette première période qui a duré quatre mois. Nous avons alerté du danger, mais les K ont voulu passer à la phase II. Ils ont, pour cela, fait venir Iossif Dzerjinski, spécialiste psychotropes au laboratoire 12 du KGB, là-bas il concevait aussi les poisons pour éliminer les dissidents. Dzerjinski a fabriqué pour la Section des substances chimiques qui altéraient la personnalité et le système nerveux. L'équipe des jeunes a reçu beaucoup d'injections de dérivés d'amphétamines, du LSD militaire aussi, importé de Tchécoslovaquie, qui permettait de suggérer des théories en les gardant dans la lucidité permanente. Effets secondaires terribles, les gamins hurlaient, convulsions et vomissements à n'importe quel moment. Ils ne pouvaient pas savoir ce qui arrivait à eux parce que les drogues leur étaient administrées à leur insu. La phase II a bien amélioré le rendement et on leur administrait petites doses de drogues dures chaque jour. Les chercheurs sont devenus des cobayes des pires expérimentations scientifiques. Le temps était venu pour la phase III. Je me souviens très bien du jour où Krasnov, Kniasev et Kusntov ont rendu visite à nous en personne à la Section pour annoncer une découverte prometteuse pour les recherches. Plusieurs mois avant, une patrouille militaire qui surveillait base de recherches en armes chimiques et bactériologiques de Vozrozhdeniya avait découvert par hasard des ruines dans le lit asséché de la mer d'Aral. Des fouilles… comment dites-vous…

— Archéologiques ? proposa Sinead.

— Oui c'est ça, archéologiques avaient été menées et avaient montré l'existence d'une civilisation inconnue engloutie par la mer il y a très longtemps. Les archéologues avaient mis au jour tombes, sarcophages d'argile qui gardaient des momies humaines avec les paupières tatouées et les visages parés de fins masques d'or. Le carbone 14 a prouvé que les ruines dataient plus longtemps que cinq mille ans. La disparition de la mer d'Aral avait révélé une civilisation d'orfèvres millénaire, vous comprenez ? Mais ça, ce n'était pas le plus intéressant. Les K ont expliqué à nous que les momies portaient des traces de brûlures et certaines ruines semblaient être comme brûlées sous l'effet d'une source de chaleur intense. C'était un phénomène de haute énergie venu du cosmos. Pour les K, ce phénomène avait été forcément provoqué par un cataclysme cosmique jamais observé avant ce jour, un fameux trou de ver, créé quand deux dimensions, deux Univers parallèles entrent en collision. C'est un phénomène capable de dévaster des régions entières ou des galaxies. La thèse des K, c'était que ces momies faisaient partie d'un groupe humain survivant du trou de ver. Les masques d'or c'était à la fois pour dissimuler leurs brûlures et pour vouer un culte à la lumière elle-même.

Sinead interrompit Grigoriev et demanda.

— D'après vous cette découverte était bien réelle ?

— La découverte archéologique était bien réelle, oui. Mais ce qui touchait à la théorie des cordes, c'était une mascarade. Les scientifiques de la Section 4 étaient brillants mais drogués jusqu'à l'os, ils étaient donc un public acquis. Tous se sont enthousiasmés à l'annonce de la découverte majeure. Et la machine de mort s'est déclenchée.

Gregoriev s'arrêta de parler. L'histoire qu'il racontait cadrait jusque-là parfaitement avec tous les indices que Raphaël et Sinead avait recueillis depuis le début de leur enquête.

— Que s'est-il passé ensuite ? voulut savoir Sinead. De quelle machine de mort parlez vous ?

Grigoriev sourit comme un diable et reprit son récit.

— Celle qui m'a conduit jusqu'ici… Le seul dessein des K, c'était de répandre la rumeur de grande découverte de l'autre côté du rideau de fer. Alors, ils ont imaginé un plan risqué mais malin. Ils ont organisé une mission secrète, nom de code : les Larmes d'Aral. La moitié de l'équipe c'était les chercheurs cobayes de la Section 4. Le reste, c'était six scientifiques étrangers, archéologues, mathématiciens, astrophysiciens… triés sur le volet et tous camarades communistes. Le 7 mai 1977, la mission Larmes d'Aral était lancée. La Section 4, l'équipe médicale que moi je dirigeais et les scientifiques étrangers, nous avons embarqué avec le matériel de recherche à bord d'un avion Antonov de l'Armée rouge à destination de Moynaq où nous attendait un convoi de camions et de véhicules tout-terrain. Nous avons roulé dans la direction du nord, pour gagner un point secret au large de l'île de Vozrozhdeniya. Là, nous avons découvert la cité ancienne où nous allions passer plusieurs semaines. C'est seulement une fois là-bas que les détails de la mission dont les étrangers ignoraient tout ont été dévoilés. Après seulement quelques jours, les physiciens ont compris dans quel piège ils étaient tombés. Ils ont protesté pour être rapatriés. La mission, c'était fini, alors qu'elle venait à peine de commencer.

— Mais que s'est-il passé ? pourquoi avez vous été conduits au goulag ? demanda Raphaël.

— Il y a eu de gros incidents. Le premier a été le vol des paupières tatouées sur deux momies par scientifiques étrangers, deux physiciens et l'anthropologue qui avaient senti le danger. Eux, ils préparaient leur fuite, ils avaient compris que les tatouages des reliques cachaient des secrets. Elle permettraient de trouver coordonnées géographiques de l'endroit où nous étions, le seul moyen de fuir. Les paupières, c'était également la preuve, oui la preuve de l'existence de cette mission, c'était comme assurance-vie pour eux, en cas d'une menace par les services secrets soviétiques. Mais ils n'ont pas eu le temps de s'évader ; eux, ils ont été arrêtés et emmenés dans ce goulag avec les chercheurs de la Section 4 aussi. Moi, j'ai été montré du doigt comme seul responsable, par les trois K, du traitement expérimental monstrueux sur jeunes recrues de Leningrad et on m'a interné ici même. Sans doute avec la pression des ambassades, les étrangers ont été libérés, mais les communistes ont menacé eux, ici, dans les murs de Zhaslyk, s'ils lâchaient des informations sur Larmes d'Aral, alors les représailles envers leurs proches seraient terribles. Les autres, ceux de Section 4, sont restés à Zhaslyk et peu à peu la folie puis la mort ont emporté l'un après l'autre tous les membres de la mission.

La suite, Sinead et Raphaël la connaissaient. Dimitar Markov alias Saïph avait survécu et continué à croire à la réalité de ce mensonge. Devenu schizophrène à force de protocoles médicaux monstrueux, il n'avait cessé de croire à la théorie des K, non pas dans le but de faire progresser la science, mais à des fins personnelles. Il avait utilisé l'image du rayonnement fossile pour y déceler des anomalies qui révéleraient l'empreinte laissée par des trous de ver et sans doute leur périodicité. Il croyait fermement à la thèse démente d'un passage possible entre deux Univers, d'un déchaînement d'énergie qui le consumerait, que la destruction de son enveloppe charnelle le transformerait non pas en poussière mais en lumière. Saïph était un alchimiste qui croyait en la possibilité d'une transmutation, celle qui lui permettrait de voyager pour l'éternité à travers le cosmos à la manière des photons du rayonnement fossile. Aussi dément que cela pouvait paraître, Saïph le tueur, Markov le brillant physicien vivait dans un monde irréel, il courait vers la mort, vers sa propre résurrection… Restaient plusieurs points d'ombre.

Raphaël interrogea à nouveau Grigoriev.

— Savez-vous où se trouve le site archéologique ?

— Non, les K voulaient garder lieu secret. Nous y avons été conduits dans des camions fermés, vous comprenez ? Nous n'avons même pas vu la route.

— Pouvez-vous nous décrire ce lieu tel que vous l'avez découvert ?

— Là-bas, c'est comme une cité troglodyte, les tombes se cachaient dans les grottes. Je me rappelle de hautes roches creusées de gorges, la couleur est ocre.

— Comment avez-vous su pour le vol des reliques ?

— Parce que moi j'ai organisé leur évasion vers l'Ouest grâce à un des médecins de mon équipe, Paul Gehlen, Allemand de l'Est qui a été libéré avec Neumann de la Stasi. Nous supportions mal d'administrer les drogues aux recrues de la Section, ce que nous faisions subir à eux était très cruel, de la pure violence… Nous perdions nous-mêmes la raison. Nous avons voulu aider… je n'ai pas su si Gehlen était rentré et si ces paupières avaient franchi le mur de Berlin.

— Elles l'ont franchi, j'ai retrouvé deux paupières en Irlande dans les ruines d'une maison, de ma maison, murmura Sinead.

— Elles n'ont pas été utiles pour me faire libérer.

Raphaël considéra un moment cet homme qui à ses yeux était passé du stade de prisonnier politique à celui de monstre. Il n'avait aidé les scientifiques que dans l'espoir de son propre salut.

— Méritez-vous vraiment la liberté ? demanda-t-il enfin.

— Non, sans doute que non, vous avez raison. Mais moi je n'ai pas besoin de votre jugement. Seul Dieu a ce pouvoir.

Raphaël désigna alors la tête de mort coiffée d'une couronne gravée sur le bras de l'homme et demanda :

— Et ce tatouage sur votre peau, que signifie-t-il ?

— Ceux qui étaient enfermés dans le quartier 21 le portaient… Allez-vous en maintenant, laissez-moi en paix.

— Nous allons bientôt vous laisser, ajouta Sinead qui s'était brutalement assombrie. Avant de partir je souhaite vous poser une dernière question. Vous avez parlé de scientifiques étrangers, connaissiez-vous leur identité ?

— *Niet*, nous avions interdiction de révéler notre véritable identité. Les médecins étaient désignés par des numéros, les chercheurs portaient des noms d'étoiles. Je me souviens d'Orion, Mintaka, Mon, Ankaa, Sirius…

— Saïph…

— Oui… Saïph, les autres je ne sais plus.

— Vous n'avez pas la moindre idée d'où ils venaient ?

— Si, il y avait un Allemand, l'anthropologue. Il y avait un Grec et aussi un Irlandais, je ne connais pas le nom de lui, mais c'était un homme qui venait de Belfast, un républicain, ça je me souviens…

61.

Le 4x4 de Klimov mordait de nouveau la piste glacée et Zhaslyk ne fut bientôt plus qu'une tache sombre dans la steppe mauve qui s'endormait. Tout autour, les nuages crépusculaires, pareils à d'immenses chaînes de montagnes, comblaient le vide de l'horizon.

Le fantôme du goulag leur avait livré les derniers secrets des Larmes d'Aral et leurs soupçons se confirmaient. Grâce aux paupières, Saïph était désormais en mesure de localiser le site archéologique. En recoupant cette information avec l'interprétation que le Bulgare Katincharov avait faite des tatouages et leur lien avec le solstice d'hiver, il était évident que le tueur touchait au but. Aussi insensé que cela puisse sembler, Sinead et Raphaël sentaient sa folie meurtrière planer comme un charognard au-dessus de cette terre maudite.

Eux, en revanche, étaient incapables de déterminer les coordonnées géographiques précises du lieu, or il restait moins de vingt-quatre heures avant le début du solstice et, sans cette information, ils n'avaient aucun moyen de neutraliser le tueur.

Depuis leur départ de la prison, l'Irlandaise avait sombré dans un profond mutisme qui ne lui ressemblait pas. Les derniers éléments communiqués par Grigoriev sur la présence d'un Irlandais au sein de la mission semblaient l'avoir ébranlée. Raphaël l'interrogerait plus tard, pour l'heure il lui laissait prendre de la distance.

— Où nous emmenez-vous ? demanda-t-il au toubib.

— Il est tard et nous avons laissé notre stock de nourriture aux prisonniers. On va passer la nuit dans un village à une trentaine de kilomètres d'ici. On y trouvera de quoi manger et un feu pour se réchauffer.

Klimov poursuivit la route en silence comme pour faire comprendre à Raphaël qu'il ne souhaitait pas en apprendre davantage sur cette affaire. Sans doute cherchait-il à ne pas s'attirer plus d'ennuis qu'il n'en risquait déjà.

La nuit glissa bientôt sur les rivages de la mer disparue. La neige reflétait la lueur de la lune, donnant le sentiment de naviguer au cœur d'un rêve blanc dont on aurait souhaité ne jamais sortir. Une heure plus tard, ils virent apparaître dans le faisceau des phares les premières bâtisses de Baranbay. Le village, un ancien kolkhoze de pêcheurs, se résumait à une large rue principale de chaque côté de laquelle s'alignaient des maisons dont la plupart étaient en ruines. Des pylônes en bois délabrés et ornés de grappes de câbles arrachés leur indiquèrent que Baranbay avait autrefois communiqué avec le reste de l'empire soviétique, mais ce passé était bien révolu.

— La plupart des villageois ont déserté les lieux, expliqua le toubib. Les familles qui restent survivent en pêchant dans les quelques réservoirs d'eau encore présents au large de l'île de Vozrozhdeniya. L'hiver, ils partent pour des expéditions à dos de chameau sur la mer gelée. Ils posent leurs filets sous la glace pour capturer des carrelets, les derniers poissons qui ont résisté au sel et à la pollution.

Klimov ralentit et stoppa devant une maison à la façade blanchie à la chaux. Ils sortirent de la voiture et le toubib frappa au portail en tôle. Après quelques minutes, un homme vint leur ouvrir. Klimov lui serra la main, ils échangèrent quelques mots en ouzbek puis l'homme les invita à entrer.

— C'est Jalrazbaï Ibragiev. Il est d'accord pour nous accueillir.

Aussi grand que le toubib, l'Asiatique paraissait jeune malgré ses cheveux grisonnants et sa peau couperosée, presque pourpre par endroits, qui lui donnaient l'air d'un homme mûr. Il leur serra la main sans prononcer un mot, ni manifester la moindre curiosité. Sinead et Raphaël purent distinguer entre ses lèvres qu'une bonne partie de ses dents avait été remplacée par des couronnes en or massif. Il était vêtu d'un vieil anorak taché et portait en guise de pantalon une combinaison de caoutchouc gris avec bottes intégrées que le flic identifia comme une tenue antiattaques chimiques et biologiques, sans doute récupérée sur une base militaire après le départ des Soviétiques.

Il les guida à travers la cour, où ils passèrent devant un vieux side-car Oural en parfait état de marche, puis Jalrazbaï expliqua *via* Klimov qu'il allait falloir se serrer. L'hiver, la famille quittait les bâtiments d'habitation, trop difficiles à chauffer, pour s'installer dans l'étable dont une partie était aménagée, se chauffant grâce aux animaux et à leurs excréments qu'ils utilisaient comme combustible.

En pénétrant dans l'étable, ils tombèrent nez à nez avec deux monstrueux chameaux laineux, couchés sur des balles de fourrage. Jalrazbaï les dépassa et leur fit signe de le suivre à travers une petite porte. Une forte odeur de musc et de beurre rance embaumait les lieux.

La pièce était éclairée à la lampe à pétrole et meublée d'une unique table basse. Au sol, on avait couvert la terre battue à l'aide de tapis de laine blanche ornés d'arabesques rouges. Sur les murs, d'autres tapis empêchaient le froid de s'insinuer par les fenêtres.

Un jeune garçon sauta sur le dos de Jalrazbaï qui, de sa main d'ours, l'envoya valdinguer contre le mur, déclenchant l'hilarité de trois autres gamins qui jouaient aux osselets dans un coin. Sinead salua la première une petite femme en blouse bleue coiffée d'un foulard blanc moucheté de fleurs roses, comme une toile de Jouy. Les traits fins, elle arborait le même sourire en or massif que son mari.

Klimov fit les présentations.

— Elle s'appelle Aynour. Ça signifie « rayon de lune ».

La femme s'adressa alors au toubib, qui traduisit.

— Elle dit que vous êtes les bienvenus. Ils vont nous laisser leur chambre pour la nuit.

Aynour plongea immédiatement la main dans la poche de sa blouse et en sortit une photo d'identité aux couleurs passées qu'elle posa au cœur de sa paume pour la présenter aux visiteurs. La photo représentait un jeune homme âgé d'à peine dix-sept ans au fin visage rectangulaire et aux grands yeux en amande.

— C'est Alisher, son fils, expliqua Klimov. Il est

décédé d'une leucémie l'année dernière, c'est à cette triste occasion que je les ai rencontrés. C'est la seule photo, la seule trace qu'ils ont de lui, elle vous le montre pour raviver ses souvenirs. Contentez-vous de hocher la tête, comme si vous le saluiez en personne.

Au même instant, Jalrazbaï brandit une bouteille de vodka et plusieurs petits verres.

— C'est l'anniversaire de ma fille aujourd'hui, on va boire !

Sinead et Raphaël croisèrent le regard du toubib qui leur sourit.

— Désolé, mais vous n'avez pas le choix. C'est la coutume. Allez, ça vous détendra.

Le pêcheur disposa les verres sur la table et les remplit à ras bord tandis qu'Aynour apportait des coupelles remplies de bonbons aux emballages multicolores ainsi qu'une assiette de petits cubes jaunes translucides séparés en deux tas bien distincts.

Jalrazbaï leva son verre, le vida d'un trait, puis il attrapa un cube dans l'assiette et l'engloutit, avant de se verser un nouveau verre.

— On fait pareil ! dit Klimov en levant son verre et en désignant l'assiette. Le tas de gauche c'est de la bosse de chameau, celui de droite ça doit être de la graisse de jument. C'est conservé dans la farine.

Sinead et Raphaël sentirent le breuvage artisanal leur parcourir le corps comme un trait d'acide, mais l'effet apaisant l'emporta sur la brûlure. Jalrazbaï les regarda manger un morceau de graisse, avant de remplir de nouveau les verres.

Il porta un autre toast puis se lança dans un long discours que traduisit le toubib.

— En résumé, il trinque à votre visite. Il dit qu'il

est heureux de vous avoir autour de cette table. Il veut surtout savoir ce que vous êtes venus faire ici.

Touchée par l'hospitalité de l'homme, Sinead sortit de son mutisme.

— Dites-lui que nous sommes très honorés… Nous sommes ici à la recherche de ruines très anciennes qui se situeraient dans la région de Vozrozhdeniya. Elles ont été découvertes au milieu des années 1970. Jalrazbaï a-t-il jamais remarqué un tel lieu lors de ses expéditions de pêche ?

Klimov posa la question au pêcheur et traduisit simultanément la réponse.

— J'ai quarante ans, et je travaille depuis plus de trente ans. J'ai commencé à neuf ans comme mousse sur les chalutiers. À cette époque, la région de Vozrozhdeniya était interdite, c'était une zone militaire où les Soviétiques testaient leurs saloperies d'armes chimiques et de virus. Nous y pêchons seulement depuis l'année dernière. Jusqu'à présent, je n'ai jamais rien vu de tel, il faut dire aussi que nous n'avons plus de bateau, nous ne pêchons donc que l'hiver sous la glace. Nous empruntons toujours la même route et la neige recouvre la steppe. C'est difficile de repérer quoi que ce soit dans ces conditions.

— S'il vous plaît, Arkadi, demandez-lui de bien réfléchir. Est-ce qu'il aurait connaissance de zones de relief… d'anciens récifs sous-marins ? Il n'existe pas de cartes marines de la mer d'Aral ?

Avant même que Klimov ait fini de traduire la question de Raphaël, Jalrazbaï se leva et sortit de l'étable. Il revint un moment plus tard avec un coffre en bois à la peinture grise écaillée qu'il posa par terre. Il en souleva le couvercle.

Raphaël et Sinead s'approchèrent. La malle contenait un uniforme de la marine soviétique soigneusement plié avec sa boucle de ceinture en laiton ainsi que plusieurs boîtes métalliques empilées les unes sur les autres.

Jalrzabaï expliqua qu'il s'agissait du paquetage reçu pour son service militaire. Il contenait différents instruments de navigation. Pour illustrer ses propos, l'Ouzbek ouvrit la première boîte qui recelait un sextant et l'exhiba avec fierté.

Depuis qu'il était entré dans la police, Raphaël avait peu eu l'occasion d'utiliser ses compétences maritimes. Cette fois, elles risquaient de se révéler précieuses. Il plongea la main dans la malle et en sortit un premier rouleau. C'était une carte de navigation du Balkhach, un lac immense à la frontière du Kazakhstan et de la Chine. Le second rouleau fut le bon. Le texte était en cyrillique mais il reconnut les contours de la mer d'Aral. Sinead l'aida à déployer la carte à plat sur le sol. Jalrazbaï vint se joindre à eux. Juste derrière lui, le toubib traduisait au fur et à mesure.

— Ce document date des années 1940, expliqua-t-il. À cette époque le niveau des eaux était encore haut.

— Ça signifie que la nécropole était engloutie.

Raphaël pointa du doigt des inscriptions minuscules.

— Ces chiffres symbolisent les hauts-fonds, il y en a pas mal. Il faut également tenir compte du fait que les méthodes de relevés étaient moins précises à l'époque qu'aujourd'hui, les cartographes ne faisaient sans doute pas beaucoup de différence entre la topographie des différents récifs. Ça risque d'être difficile d'identifier ce que nous cherchons.

— D'après Grigoriev, la patrouille qui a découvert

les ruines était en charge de la sécurité des installations militaires de Vozrozhdeniya, rappela Sinead.

— Tu as raison, ça signifie qu'il faut se fixer un périmètre autour de l'île. Il reste à déterminer à quelle distance. Qu'en pense Jalrazbaï ? demanda le flic à Klimov.

Le toubib posa la question au pêcheur qui répondit.

— Il se souvient des patrouilles… Elles se faisaient en bateau, lorsque la mer s'est retirée les soldats ont remplacé leur navires par des véhicules tout-terrain. À l'époque où Vozrozhdeniya était encore une île, la navigation et la pêche étaient interdites dans un périmètre de cinq milles marins.

— Soit un peu moins de dix kilomètres, murmura Raphaël en inspectant de nouveau la carte.

Il s'empara d'un compas, traça le périmètre sur le papier jauni avant d'inspecter en détail la zone qui allait jusqu'à l'ancien rivage de l'île.

— Il y a quatre récifs ici. Vu la faible profondeur le long du rivage, mon expérience me guiderait plutôt vers ce groupe de hauts-fonds, mais il se trouve au-delà du périmètre interdit, aucune raison que les patrouilles se soient rendues jusque-là.

— Les patrouilles étaient quotidiennes jusqu'en 1990, expliqua Jalrazabaï via Klimov. Si la découverte n'a été signalée qu'à la fin des années 1970, cela signifie que ces ruines venaient tout juste d'émerger de l'eau. À cette époque, la mer était à peu près ici, dit-il encore en désignant du doigt une ligne fictive à l'extérieur du périmètre de surveillance tracé par Raphaël.

Le flic se repencha sur la carte.

— Dans la zone que vous désignez, il n'y a que ce

groupe de récifs, au sud, qui pourrait correspondre. Les lignes de sonde indiquent que lorsque la mer d'Aral était encore en eau, la profondeur était à cet endroit d'une vingtaine de mètres. Le point le plus haut de ce haut-fond était signalé à six mètres de profondeur. Ça signifie donc que les ruines font partie d'un ensemble géologique qui culmine à quatorze mètres sous la surface. Ça cadre avec la description que nous a faite Grigoriev du site.

— C'est loin d'ici ? demanda Sinead.

Le flic calcula les distances avec le compas.

— À quinze kilomètres au nord-est.

— Que comptez-vous faire ? demanda Klimov.

— Nous y rendre avant le lever du jour. Vous êtes de la partie ?

— Bien entendu. Vous pourrez avoir besoin de moi, sourit le toubib en dévoilant la crosse d'une arme automatique qui dépassait de sa ceinture.

Ils passèrent le reste de la soirée en compagnie de Jalrazbaï et de sa famille. Aynour leur donna des morceaux de poisson frit et ils remplacèrent la vodka par un thé noir et âcre, servi au samovar. Sinead sentait que la confrontation avec Saïph était imminente. Malgré cette réalité, elle semblait sereine. Alors qu'elle jouait aux osselets avec les enfants, Raphaël découvrait à la jeune femme un autre visage. Il se rendait compte que, pendant ces jours passés à ses côtés, jamais il ne l'avait entendue rire. Ce soir-là, pour la première fois, son visage, son corps exprimaient un désir de vivre qu'il commençait à ressentir lui aussi. Une vie simple et différente, loin de leurs fantômes, qu'il souhaitait partager avec elle. Vers dix heures, ils saluèrent leurs hôtes et se retirèrent dans la pièce qu'on avait mise à leur disposition. Klimov les laissa seuls sous prétexte qu'il devait travailler sur le 4x4. Ils s'allongèrent sur les couches de peau de mouton en protégeant leurs corps du froid sous de gros édredons de crin et de laine.

Couchée à côté de lui, Sinead ferma les yeux presque aussitôt. Raphaël savait qu'elle ne dormait pas, mais il la laissa en paix, pourtant il aurait voulu lui parler, lui demander ce qui allait se passer une fois que tout serait terminé, lui dire la douceur qu'il ressentait chaque fois qu'il la regardait, ce désir qu'il avait de s'occuper d'elle, de l'aimer… mais il sentait toujours cette barrière invisible qui la maintenait à distance comme un champ magnétique. Elle finit par s'endormir. Alors il s'autorisa à contempler son profil qui se découpait à la lueur tremblante des braises, de la main il lui frôla le visage, les cheveux comme s'il la caressait. Il pouvait, à distance, ressentir la douceur de sa peau, la chaleur de son corps, son cœur battre dans ses veines.

Il tourna les yeux vers la fenêtre. À travers les petits carreaux sales, il distinguait la lueur des astres qui scintillaient dans le ciel d'encre. Il songea à ce cosmos insondable d'où avait surgi la folie de Saïph, il songea au néant qui, à cet instant, ne lui inspirait plus aucune crainte, il ressentait la paix intérieure qu'il avait tant convoitée. Il savait que ce sentiment de sérénité, il ne le devait qu'à la présence de Sinead à ses côtés. Il laissa de nouveau son regard glisser vers le profil de reine de la jeune femme.

Après, songea-t-il, *quand tout sera terminé*, puis il sombra dans un sommeil blanc comme la steppe.

62.

Lorsque Raphaël ouvrit les yeux, il faisait encore nuit.

Le foyer de braises s'était éteint pendant leur sommeil, laissant le froid lentement envahir son corps. Il s'attaquait à présent à ses os.

Un sentiment de malaise l'étreignait, sans qu'il puisse en identifier la cause. En tournant le visage vers Sinead, il comprit.

La couche de l'Irlandaise était vide.

Le flic bondit et enfila ses vêtements à la hâte. Il traversa le plus silencieusement possible la pièce centrale, où il distingua Klimov qui s'était couché avec la famille de Jalrazbaï, et sortit de l'étable.

De fins flocons virevoltaient dans la clarté de la lune, mais les traces de pas de Sinead étaient encore apparentes dans la neige poudreuse. Elles filaient vers l'entrée de la cour. Raphaël franchit le portail dont la tôle battait au vent.

Le 4x4 avait disparu.

Sinead avait mis les voiles.

Il regarda autour de lui. Sur le sol, il finit par apercevoir le morceau de papier, posé sous une pierre.

Une feuille volante arrachée à un carnet. Elle lui avait laissé une lettre.

C'est la honte qui tient ma plume, la honte que je ressens de t'avoir emmené à bord de ce vaisseau pareil à ceux qui hantent cette steppe ; je souhaite, en partant vers l'aurore, que nos chemins ici se séparent, je souhaite te sauver du cauchemar où je t'ai entraîné. Je revois la corde nouée à la poutre de mon cottage et je suis rongée par le regret de n'avoir pas laissé la mort venir me prendre ce matin-là...

Il ne faut jamais écouter les sorcières.

Personne ne peut rapporter la vérité absolue sur sa propre existence, en t'écrivant ces mots je te promets de garder l'honnêteté qui m'a toujours guidée. Je te dois la vérité. À l'instant où je t'écris, je me moque des juges, je souhaite qu'un seul homme me comprenne, et que cet homme ce soit toi.

Ce matin, je pleure le sang versé, la haine et la folie.

Je hurle d'un cri blanc de n'avoir rien vu, de n'avoir rien compris avant ce jour où nous avons pénétré dans la forteresse de Zhaslyk. Grigoriev, pauvre fou coupable lui aussi d'avoir créé Saïph, coupable de toutes ces morts... J'ai lu la vérité en filigrane de ses paroles, j'ai vu la vérité tatouée sur sa peau.

Je me souviens de l'Irlandais, je me souviens de Padraig McKeown, mon père, professeur de physique et chercheur de l'université de Belfast, sympathisant communiste. Il m'emmène acheter un violon. Je me souviens de son sourire, de ce cadeau de bois et de cordes qu'il paye avec l'argent qu'il vient de recevoir pour partir. Il est ivre de joie parce qu'il s'envole loin de l'Irlande. Je me souviens de ses mots murmurés le soir à ma mère. Quelques syllabes, « les larmes d'Aral », qui tintent dans ma mémoire comme du verre brisé. À cette époque, il me raconte que son travail à lui c'est d'explorer, de comprendre... Pourquoi les étoiles brillent, pourquoi le soleil brûle, pourquoi la lumière illumine mes cheveux d'or... La suite, je l'imagine, Padraig McKeown en train de découper les paupières tatouées parce que tout va mal. Lorsqu'il comprend que cette mission au cœur de l'empire soviétique n'est qu'une mise en scène, qu'il est pris au piège. Il pactise avec Grigoriev pour préparer sa sortie, il croit garantir sa sécurité, il signe son arrêt de mort et rejoint les fantômes du goulag de Zhaslyk. À Belfast, son absence dure, ma mère s'inquiète, elle cache ses mains qui tremblent. Les semaines, les mois passent. Ma mère ouvre aux hommes des services anglais en costume qui viennent lui parler de mon père. Ceux-là même qui le feront sortir de sa geôle. Mon père revient, mais il a changé. Il est pâle et maigre à faire peur. Il me confie qu'il ne veut plus savoir pourquoi les étoiles brillent. Mon père est désormais un tranquille professeur de mathématiques. Mais l'angoisse ne le lâche pas. Il cherche un endroit où dissimuler les fragments de peau dans le cottage du Donegal. Si bien cachés que celui qui les cherche, celui que j'ai du mal à nommer, que je suis coupable d'avoir aimé, ne peut les trouver. Saïph..., Markov..., Gari... qui m'a séduite et manipulée, celui qui porte un tatouage derrière l'épaule. Petite tête de mort couronnée, petite tête de mort que je griffe lors de nos étreintes et qui me guette dans la nuit, je croyais qu'il s'agissait d'un talisman pour conjurer le sort, traverser la mort tapie dans l'ombre des conflits qu'il traversait. C'était la marque au fer des maudits de Zhaslyk.

Il quitte la steppe puis s'évade. À Moscou, il rencontre Séror puis Joffre qui lui fait traverser le rideau de fer. Gari... Markov, Saïph est celui qui tue, celui qui traque Padraig McKeown jusqu'à Belfast, celui qui par rage écorche le corps de mon père et asperge ma mère d'acide. Il est jeune mais déjà il torture pour récupérer les paupières, et dissimule son crime parmi les horreurs de la guerre d'Irlande... Il tue encore, Joffre veut l'abattre. Pour survivre, Saïph le passe-muraille doit alors disparaître. Il repart de l'autre côté du rideau de fer, prend la fausse identité de Tarass Tchevtchenko, journaliste ukrainien. Il sera exfiltré par les services britanniques et prendra alors le nom de Gari Weiss. Il peut ainsi s'affranchir de son passé et m'approcher comme un serpent froid pour s'emparer de ma vie. Il reste à mes côtés en espérant trouver un jour le butin. En marge de son métier de reporter, il étudie l'Univers, cherche les trous de ver. Lorsqu'il découvre l'image du rayonnement fossile, il a besoin d'argent, de beaucoup d'argent, pour décrypter ses secrets. Il reprend contact avec Séror, qui le met dans la combine des ventes d'armes des anciens réseaux stay-behind, *puis il le tue.*

Joffre sait alors que Saïph est revenu. Pour le traquer, il veut se servir de Weiss-Tchevtchenko, l'homme qui obsède Saïph lors de ses délires, il veut l'utiliser comme appât sans jamais comprendre que c'est de Saïph lui-même qu'il s'agit. Quand Gari repère les hommes de Joffre autour du cottage, il est acculé, il doit de nouveau disparaître. Le cottage vole en éclats avec le corps de je ne sais encore quel innocent à la place du sien. Je survis, Saoirse, enfant du mensonge, martèle mon cœur de ses petits poings.

Je ne veux plus rien croire. Voilà mon histoire. Elle est triste et vaine. Tu comprends maintenant ? C'est seule que je dois marcher vers la vérité. J'espère qu'il sera là.

Raphaël aux yeux verts, au cœur de cendres et de miel, au prénom si doux, tu as été ma lumière. Je l'ignorais jusqu'à cette nuit, je le sais maintenant, tes mains ont effleuré mon visage, et pour cela je ne regrette pas d'avoir vécu. Puisses-tu voir la lumière après cette nuit trop longue que tu traverses, moi je suis impatiente et je pars avant toi.

S.

La main de Raphaël se crispa sur la feuille. Elle avait choisi de partir seule affronter Saïph. Il devait la rattraper avant qu'elle ne parvienne à la nécropole, avant que le tueur ne l'achève.

Le flic se rua vers l'étable et se glissa dans la salle principale. Sans un bruit, il s'accroupit et fouilla les affaires de Klimov. Sinead avait déjà pris l'arme du toubib en même temps que les clés du 4x4. Il enfila une paire de gants et une chapka, enroula son écharpe autour de son visage.

Une fois à l'extérieur, il poussa le side-car de Jalrazbaï vers la rue et après plusieurs coups de kick parvint à lancer le moteur. Il passa la première et prit la direction de la steppe vers le nord-est sur les traces de Sinead.

Le froid mordant lacérait son visage, mais la lettre froissée qui reposait contre son cœur lui donnait la force de ne pas fléchir. Il s'efforça de ne pas penser, laissant son esprit se détacher peu à peu de son corps pour s'affranchir de toute souffrance. Bientôt il lui sembla que même le vent traversait son corps comme il aurait traversé une ombre. Au-dessus de lui, le ciel pâle s'étirait, la lumière froide du soleil remplaçait peu à peu l'éclat de la Voie lactée. Il filait dans la steppe, à la suite de l'empreinte laissée par Sinead, le regard tendu le plus loin possible pour repérer le véhicule de Klimov, en vain. L'averse de neige redoubla, les flocons lui griffaient les yeux, pétrifiaient ses doigts sur le guidon de l'Oural et bientôt les traces laissées par l'Irlandaise disparurent sous le manteau de givre. Raphaël continua, évitant les obstacles, les yeux rivés sur le soleil opaque qui lui indiquait la route. Et soudain ils se dressèrent devant lui, les reliefs au milieu du désert, les pics de roche dressés vers les cieux telles des cathédrales de givre.

Il avait retrouvé la cité des Larmes d'Aral.

Une balle dans la chambre et la main calée sur la crosse de l'arme de Klimov, Sinead progressait au cœur d'un étroit canyon aux parois sculptées par les vents ancestraux venus de Sibérie.

Ses pas s'enfonçaient dans la neige duveteuse.

L'air glacial consumait ses poumons mais elle ne ressentait pas le froid. De chaque côté du chemin, des dunes de neige aux crêtes mouvantes paraissaient s'ouvrir à son passage.

Pas une ombre, pas une silhouette, tout semblait désert.

Pourtant l'Irlandaise sentait la présence de Gari, qui l'attirait comme un champ de forces.

Le tueur se terrait quelque part au milieu de ces vestiges.

Au cœur du silence.

Elle en était certaine.

La veille, alors qu'elle écoutait le récit de Grigoriev, un engrenage s'était lentement déclenché en elle, ouvrant les portes de la mémoire de la petite fille qu'elle avait été, l'obligeant à revisiter les événements tragiques qui avaient abîmé son enfance pour les envisager sous un jour nouveau. Les dernières interrogations avaient laissé place à la lumière éclairant les zones d'ombre les plus sinistres de l'enquête. Elle avait voulu ne pas y croire, mais le tatouage du fantôme de Zhaslyk, identique à celui que Gari arborait sur sa peau, avait levé les derniers doutes. Elle avait embrassé l'insoutenable vérité. Elle n'avait plus d'autre choix que d'affronter celui qui avait tout détruit, celui qui avait tué son enfant.

À mesure qu'elle avançait, le canyon s'élargissait et formait à présent une crevasse blanche vertigineuse dont les parois étaient creusées d'ouvertures. La mer d'Aral avait bien englouti une ancienne forteresse troglodyte antédiluvienne, une Pétra des neiges, celle-là même que les trois K avaient choisi pour assouvir leur fantasme de toute-puissance.

C'était ici que Saïph avait peu à peu sombré dans la folie, le corps chargé de drogues et l'esprit nourri de haine…

Un froissement de tissu la fit sursauter.

Il était là, tout près. Derrière elle.

Sinead fit volte-face et le vit marchant vers elle tel un spectre tout droit revenu du royaume des morts.

Son visage était creusé, livide, méconnaissable.

Même ses yeux noirs si perçants avaient perdu leur éclat.

Il avançait.

D'un geste sûr, Sinead sortit son arme et la braqua dans sa direction. Elle avait redouté ce moment, pourtant ses mains ne tremblaient pas.

Ils restèrent un moment sans parler. Sinead luttait contre les images de leur passé qui venaient se loger une à une dans sa tête et son cœur comme autant de balles tirées à bout portant. Leur première nuit à Bagdad dans le fracas des bombes, ses lèvres posées sur sa nuque sur la falaise de Fahan, leurs éclats de rire, sa main caressant son ventre qui s'arrondissait… Elle lui avait tout offert, il l'avait utilisée et anéantie.

— Ne t'approche pas plus, c'est un conseil, siffla l'Irlandaise.

Gari stoppa sa progression. Il était à présent à moins de cinq mètres d'elle.

— Tu m'as donc retrouvé.

— Oui, je croyais à ta mort, je voulais la venger, aujourd'hui tu vas payer.

— Je t'ai toujours aimée, Sinead, je ne t'ai jamais menti.

L'Irlandaise reçut les mots comme un crachat au visage.

— Comment peux-tu me salir encore ? Tu as traîné mes parents dans le sang de ta folie. Mon frère croupit derrière les barreaux de Long Kesh depuis quinze ans, jamais il n'aurait sacrifié sa vie à l'IRA si tu n'avais tué nos parents en laissant croire qu'ils avaient été assassinés par les Bouchers de Shankill. Laisse l'amour en dehors de ça, tu veux !

Gari leva les yeux vers le ciel comme une supplique.

— Ton père a eu le choix, et il a refusé de me livrer ce qu'il avait volé. Quant à ta mère, elle connaissait mon existence, elle constituait une menace, elle ne pouvait donc pas vivre.

— Ce pauvre type que tu as placé dans la maison pour faire croire à ta mort, c'était qui ?

— Une victime du hasard qui lui a fait croiser mon chemin… un ivrogne solitaire de Letterkenny, un pauvre homme dont j'ai abrégé les souffrances, crois-moi… Il m'a suffi d'échanger nos dossiers au cabinet dentaire. Lorsque j'ai repéré les hommes de Joffre autour du cottage, le temps était venu de disparaître. J'ai donc assassiné cette vermine et je l'ai installée dans le cottage avant de la plastiquer. La thermite que j'avais placée dans le sous-sol a décuplé l'incendie, je me suis assuré qu'il ne resterait rien qui permette une identification par l'analyse de son ADN.

Il replongea dans le silence.

Sinead lâcha froidement.

— Et Katincharov, et moi… et notre enfant… notre enfant… qu'avons-nous fait pour que tu nous fasses souffrir ainsi ? Tu es monstrueux, tu as massacré des innocents, tes rituels tordus n'ont apporté que souffrance…

— Je…

— TAIS-TOI, je ne veux pas savoir.

Gari avança. Sinead recula.

— Encore un pas et tu es mort, menaça-t-elle.

— Pourquoi est-ce que tu ne me tues pas, c'est pour ça que tu es venue, non ?

— Je veux être certaine que je ne rêve pas, que c'est bien toi que j'ai en face de moi. Que c'est bien toi le monstre qui a fait ça.

Gari ferma les yeux comme pour se plonger dans sa folie.

— Ma quête est autrement plus importante que quelques vies… J'y ai consacré mon existence. Tu ne te rends pas compte quels espoirs sont nés en moi lorsque j'ai découvert les images du rayonnement fossile. C'est la trame du cosmos, une lucarne sur les origines du commencement. Cette image porte en elle l'histoire même de notre Univers, elle prouve la théorie de l'expansion, elle permet d'explorer les structures primordiales de la matière… Elle recèle toutes réponses, il suffit de savoir la décrypter. Tu n'as pas idée de ce que j'y ai découvert !

— Tu n'as rien découvert, Gari. On t'a drogué, conditionné pour te faire croire à toutes ces conneries… Ton esprit est malade.

Gari gardait les yeux fermés comme un bouclier contres les paroles de Sinead.

— Tu te trompes, j'ai déchiffré sans relâche les fluctuations du rayonnement et les anomalies que j'y ai décelées valident des théories auxquelles la plupart des scientifiques se heurtent parce qu'ils ne savent pas ce qu'ils cherchent. Longtemps j'ai erré comme toi, comme vous tous… Je suis parti sur les traces de cette nécropole, à la recherche de ce qui me permettrait de démontrer l'existence des trous de ver, de la théorie des cordes, en vain. C'est cette lumière des origines qui m'a insufflé l'espoir. Au-delà même de la découverte scientifique, pense à la dimension métaphysique de ce spectacle. L'homme, enfermé dans sa condition éphémère, assiste enfin à la genèse de l'Univers ! Nous sommes spectateurs du commencement ! Nous touchons l'éternité ! La science a enlevé la religion aux hommes, aujourd'hui elle lui rend son éternité en rétablissant le lien avec la création ! Nous approchons de l'absolu. Nous repoussons les limites de l'espace et du temps…

Gari tenta de nouveau de s'approcher d'elle. Elle cadra son tir et l'atteignit à la rotule.

Gari s'écroula, le sang carmin se répandit en quelques secondes dans la neige, qui parut soudain plus blanche.

Cette ordure ne semblait même pas souffrir.

— Je n'étais pas comme ça, Sinead, il y a deux êtres en moi… Dimitar Markov, celui que j'étais, que je suis toujours, un enfant plein de rêves, et puis il y a Saïph, celui que la Section 4 a créé. Saïph, la sixième étoile, la plus brillante de la constellation d'Orion, Saïf al Jabbar, l'épée du géant en arabe. Je n'y suis pour rien… J'ai tué parce que c'était nécessaire. J'ai toujours respecté mes victimes, je leur ai offert ce passage vers l'éternité.

— Tu crois vraiment ce que tu es en train de me dire ? C'est un cauchemar… Une saloperie de cauchemar…

— Tu doutes de moi ?

Sinead resta sans voix à cette dernière question.

— Tu sais pourtant que j'ai raison. J'ai donné ma vie pour ce jour.

— Que va-t-il se passer ?

— Tu le sais n'est-ce pas… sinon tu n'aurais jamais trouvé cet endroit.

— Que va-t-il se passer, JE VEUX L'ENTENDRE DE TA BOUCHE DE TARÉ !

— Je ne suis pas un simple taré comme tu dis… mais ça aussi, tu le sais, Sinead.

— Cesse de prononcer mon nom.

— Je vais te dire ce que tu veux entendre, tu le mérites… J'ai analysé l'image du rayonnement fossile, je l'ai explorée comme si je voyageais moi-même à travers l'Univers, pour franchir ses frontières tant dans l'espace que dans le temps. Je l'ai nettoyée de l'ombre de la Voie lactée et son gaz sombre, je me suis glissé derrière les galaxies, j'ai franchi les quasars pour récolter le rayonnement le plus pur qui soit, la lumière originelle. J'ai pu contempler le cosmos dans sa nudité la plus ancienne, celle des tout premiers instants, j'ai dévoilé sa préhistoire et ce que j'y ai vu était émouvant, Sinead, extraordinairement émouvant.

— Qu'as-tu vu ?

— Des cercles, des multitudes de cercles de taille infiniment petite ou incommensurable, ils sont les empreintes des collisions anciennes entre notre Univers et d'autres Univers parallèles, ils prouvent que notre cosmos n'est qu'une bulle au cœur d'un méta-Univers lui-même constitué d'une infinité d'Univers, chacun possédant ses propres lois physiques. J'ai su alors que je n'avais pas fait fausse route, que ce que nous ont fait subir les trois K n'était pas vain. Que ces hommes qui ont initié les Larmes d'Aral étaient des visionnaires : ils ont compris que l'esprit humain enfermé dans le carcan de sa condition ne peut envisager naturellement de telles hypothèses. Ils ont compris qu'il s'était passé quelque chose dans cette steppe, un phénomène qu'une entité qui nous échappe nous a permis de contempler et qui va se reproduire, là, pendant ce solstice. Ce moment, je l'ai attendu toute ma vie. Il va se reproduire ici même, cette même collision qui a eu lieu il y a près de cinq mille ans.

Un déchaînement d'énergie qui va me transporter vers l'éternité. Rejoins-moi, Sinead, ensemble nous deviendrons lumière et nous voyagerons à travers l'espace et le temps !

— Tu es complètement dingue… Ce ne sont que des images, des nombres, tout ça n'est que théorie. Nous sommes spectateurs d'un Univers qui nous échappe, nous disparaîtrons comme nous sommes apparus, nous sommes une anomalie.

Sinead reprit son souffle pour conclure.

— Il ne va rien se produire… tout ceci est dans ta tête, Gari, Saïph, Markov… ou qui que tu sois… tu es malade. Je vais t'achever comme un chien et laisser ta carcasse pourrir dans le froid. Tu ne mérites rien d'autre.

Gari sourit à cette dernière phrase.

— Fais ce que tu veux, mais sache qu'il est déjà trop tard. Tu vas venir avec moi que tu le veuilles ou non…

Sinead sentit un malaise la gagner.

— Avec toi… Qu'est-ce que tu veux dire ?

— Tu ne vois pas ? Tu ne sens pas ce qu'il se passe ?

Le coup de feu résonna entre les parois du canyon. Raphaël sentit son cœur se décrocher, il accéléra et surgit au cœur du cirque de roche.

Sinead se tenait debout au-dessus du tueur. Elle venait de lui tirer une balle dans la jambe et braquait à présent son arme sur sa tête.

Le flic s'immobilisa puis reprit sa marche.

Quelque chose d'étrange était en train de se produire. Le tueur était étendu par terre et le sol semblait s'assombrir autour de lui. Raphaël s'approcha encore pour comprendre… Ce n'était pas du sang, on aurait plutôt dit que la neige fondait.

Lorsqu'il comprit, ses jambes se dérobèrent sous lui. Il hurla de toutes ses forces.

— SINEAD… DÉGAGE ! JE T'EN SUPPLIE, DÉGAGE DE LÀ !

L'Irlandaise pressa la détente à deux reprises et fit exploser le crâne du tueur qui se recroquevilla dans la neige.

— SINEAD… hurla encore le flic.

Il vit alors l'Irlandaise pivoter et braquer son arme dans sa direction.

Elle tira un premier coup de semonce pour le stopper.

Elle savait.

La neige fondait de plus en plus autour du cadavre et l'Irlandaise ne gardait son arme braquée vers Raphaël que pour une seule raison : le protéger.

Dans la dépouille qui gisait avaient cohabité deux âmes. Celle de Markov, génie de l'astrophysique, et celle de Saïph, psychopathe aux pulsions meurtrières. Markov avait capitulé face à Saïph, il savait pourtant qu'il fallait arrêter là le massacre. Saïph avait trop tué, la mer d'Aral était la fin de sa quête. Il avait forcé le tueur à se charger de substance ionisante, de la même matière radiologique qui lui avait servi à exécuter les Tchétchènes du bois de Vincennes.

Saïph se consumait sur place, sous les radiations d'un feu nucléaire. En s'approchant si près de Sinead, il l'avait emportée dans sa folie. Il l'avait condamnée.

Raphaël stoppa à une dizaine de mètres de la jeune femme qui le tenait toujours en joue.

Il s'arrêta lorsqu'il fut assez proche pour distinguer clairement la pureté de ses traits. De minuscules flocons étincelants recouvraient peu à peu sa peau pâle, presque translucide, lui donnant l'air d'un être surnaturel.

Raphaël reprit sa marche vers elle.

Il l'implora.

— Lâche cette arme…Viens avec moi, je vais te sortir de là…

Sinead essaya de parler mais aucun son ne sortit de sa bouche.

De ses yeux bleus comme des opales givrées glissèrent deux larmes que le vent glacé cristallisa sur son visage. Lentement, elle ramena son bras vers sa poitrine. Elle cala la gueule noire du canon sous son menton puis pressa la détente.

Et tout fut terminé.

Composé par Nord Compo
à Villeneuve-d'Ascq (Nord)

Imprimé en France par

CPI
BRODARD & TAUPIN

à La Flèche (Sarthe)
en avril 2013

POCKET – 12, avenue d'Italie – 75627 Paris Cedex 13

N° d'impression : 73059
Dépôt légal : mai 2013
S23589/01